U0567426

心是孤独的猎手

[美]卡森·麦卡勒斯——著

Carson McCullers

秦传安——译

人民文学出版社

著作权合同登记号　　图字 01-2017-3896

Carson McCullers
The Heart is a Lonely Hunter

图书在版编目(CIP)数据

心是孤独的猎手/(美)卡森·麦卡勒斯著;秦传
安译.—北京:人民文学出版社,2017
(麦卡勒斯作品系列:珍藏版)
ISBN 978-7-02-013428-1

Ⅰ.①心…　Ⅱ.①卡…　②秦…　Ⅲ.①长篇小说-美
国-现代　Ⅳ.①I712.45

中国版本图书馆 CIP 数据核字(2017)第 251507 号

责任编辑　朱卫净　邱小群
封面设计　高静芳

出版发行　人民文学出版社
社　　址　北京市朝内大街 166 号
邮政编码　100705
网　　址　http://www.rw-cn.com

印　　制　上海盛通时代印刷有限公司
经　　销　全国新华书店等

开　　本　890 毫米×1240 毫米　1/32
印　　张　11.5
字　　数　276 千字
版　　次　2017 年 8 月北京第 1 版
印　　次　2018 年 1 月第 1 次印刷

书　　号　978-7-02-013428-1
定　　价　59.00 元

如有印装质量问题,请与本社图书销售中心调换。电话:010-65233595

目录

前　言

诺思亚娜·萨维诺 [1]

　　一九四○年，欧洲已陷入战争，美国尚未参战。此时的文坛上，出现了一位奇特的新人。她时年二十三岁，高挑、纤瘦，目光有力，说话时带着浓重的南方口音，穿一身长裤、衬衫，与当时的女性颇为不同。她是卡森·麦卡勒斯，一九一七年出生于佐治亚州。她小时候名叫露拉·卡森·史密斯，但她很快就弃用了"露拉"这个在她看来过于娇弱的名字。后来，她嫁给了一位名叫利夫斯·麦卡勒斯的军人。在她成名的城市纽约，原本没有人认识她，可几个星期后，她的名字出现在大大小小的新闻和评论里。因为她的小说处女作《心是孤独的猎手》在评论界和公众当中掀起了热浪。

　　在种族主义盛行，民权运动还很遥远的南方，伴随着夏季的潮热，这本书诚然受到了一些批评，但赞扬无疑占了上风。人们听到了一个新声音，领略到一种属于作家的感知力。她那精准的语调、对人性孤独的洞见、描写南方小镇的人情世故时所展现的笔力都令人惊异。最重要的是，面对那些因不符合他人期待而被排挤的人，她表现出关切与体贴。人们注意到了她笔下人物的品质与力量：约翰·辛

---

① 诺思亚娜·萨维诺（Josyane Savigneau），法国作家，麦卡勒斯研究专家。

格，一名聋哑人，叙事围绕他展开；米克·凯利，一位个子过高的女孩，她想成为音乐家（和卡森本人的愿望一样）；比大·布兰农，咖啡店老板，小说人物们在他的咖啡店产生交集；本尼迪克特·科普兰，一位黑人医生，马克思主义知识分子；杰克·布朗特，嗜酒的造反派。约翰·辛格是孤独的极致化形象：聋哑的他在故事一开始就与他唯一的同伴、另一位聋哑人分开了（我们知道卡森·麦卡勒斯原本想给书取名为《哑巴》）。辛格成了其他人物的知心人，可他却无从吐露自己的心声，就这样死去了。

《心是孤独的猎手》确实是一部了不起的小说，它仿佛不是出自新人之手，而是由一位作家老手写成的，这位作者能够准确拿捏悲剧与幽默、感情与政治分析、反叛与热爱的比例。无论是过去的年轻人还是今天的年轻人，都能在米克·凯利这个形象中找到他们自己的痛苦。如果说有什么值得注意的评价，那应当是来自于麦卡勒斯后来遇到的黑人作家理查德·赖特。在一九四〇年八月五日的《新共和》杂志上，赖特毫不犹豫地将麦卡勒丝与福克纳相提并论，这或许有些夸张，但他强调了麦卡勒丝特有的品质："《心是孤独的猎手》令我印象最深刻的是那份对人类的惊人见解，凭借它，南方文学史上首次出现了这样一位白人作家，她用与对待自身种族一样的简洁和精准塑造了一系列黑人角色。这不仅关乎写作风格或政治立场，还来源于一种面对生活的态度，这种态度使麦卡勒斯小姐有可能避开周围环境的压力，将人类汇聚在一起，无论对白人或是黑人，她都抱有一视同仁的理解与温柔。"

作为一颗新星，卡森·麦卡勒斯结识了一些作家、艺术家，有美国人，也有逃到美国的欧洲人。如果说自戴高乐将军六月十八日的宣言之后，伦敦成为了抵抗运动的象征，那么对于那些从纳粹主义国家中逃出来的人们而言，纽约则是他们的流亡地。卡森与德国大作家托马斯·曼的两个孩子克劳斯、艾丽卡尤为相熟。克劳斯在一九四〇年六月二十六日的私人日记里写道："认识了有趣的新朋友：年轻的卡森·麦卡勒斯，优秀的小说《心是孤独的猎手》的作者。来自南方。身上有一种奇特的气质，融合了文雅与野性、柔美与天真。可能极有天分。"

第一部小说大获成功后，人们急切而又小心翼翼地等待着麦卡勒斯第二部作品的出版。一九四〇年六月十六日的《纽约时报》上写道："人们怀着担忧的心情等待着第二部小说。卡森·麦卡勒斯将标准定得太高了，不可能再次达到同样的高度。"一位年轻作家会被这样的话唬住。但卡森没有。她再次回到了工作状态。接下来，有必要列一份简短的人物传记了。

卡森和她的丈夫利夫斯都想当作家。他们曾有一个约定。一个人写作时，另一个人负责养家。一旦这本书写完了，两人就互换角色。《心是孤独的猎手》的巨大成功改变了这个约定。卡森继续写作。然而，由于她的第二部小说《金色眼睛的映像》发生在军营里，便总有传闻认为那其实是利夫斯·麦卡勒斯的作品。毫无疑问，利夫斯的军人生涯给卡森带来了启发与帮助。他一定提供了一些细节。可是，只需读一读他在战场上写的信——他参与了一九四四年六月六日的诺曼底登陆——就能知道，两人之中，卡森才是那个作家。尽管他的信十分详尽而且感人，但缺少了卡森那种独特的风格。

卡森的第二部小说完成于一九四一年初，在二月十四日出版，那天也是美国人热衷庆祝的情人节。《金色眼睛的映像》献给了安娜玛丽·克拉拉克-施瓦岑巴赫——一位年轻的瑞士女人，卡森通过托马斯·曼一家认识了她，然后爱上了她——在她心里，这份爱更多的是一种情绪、一种热爱，而非肉体之爱。五天后，也就是二月十九日，她二十四岁了。她返回南方，不再出入纽约知识分子圈，但她依然是一九四一年初风头正劲的作家。诗人路易斯·昂特迈耶（1885—1977）为她写了被美国人称作"广告"的东西，这种宣传语会占据封面的四分之一，由著名的作家撰写，彰显前辈作家提携新人的"文学授勋"传统。路易斯·昂特迈耶写道："故事具有一种内在的冲动，同生活本身一样自发且无可回避。它层层发展，伴随着各种离奇、阴暗的转折和突如其来的幽默，又自然而然地走向了意料之外、情理之中的结局。对我来说，这是目前出版的最与众不同的作品，是美国有史以来最引人入胜、最令人不安的故事之一。"

现在，许多人都同意田纳西·威廉斯在一九五〇年的再版后记中说的，《金色眼睛的映像》也许是卡森·麦卡勒斯最厉害的一本书。最挑衅。最细致、紧张、干涩。对日常的观察巨细靡遗。最不多愁善感，对人际关系的残酷抱有最无声的冷漠。

这部小说震惊了清教徒众多的美国。一九六七年，在卡森·麦卡勒斯去世几天后，约翰·休斯顿从这本书中获得灵感，与马龙·白兰度、伊丽莎白·泰勒一起制作了一部精彩的电影，同样震惊了那些道德家联盟。一九四一年，评论家们讨论这部小说的技巧，并将它与《心是孤独的猎手》进行比较，以此掩饰对它根深蒂固的反感。人们说它写得太快，认为它太病态、太反常。有些人认为它比第一部写得更早，没有经过充分的修改就出版了。《纽约时报》节制地表达了失望："精明的读者，无论他们在文学上的品位和喜好如何，都认为《心是孤独的猎手》令人难以忘怀。这部更短、更脆弱的小说也部分地展现了相同的品质。但它显然比第一部要差一些。"人们或许会想要更多的论证，好知道它差在哪里。然而，令人震惊的是卡森·麦卡勒斯对被认为是"反常"的东西的关注。无比喜爱《心是孤独的猎手》的评论家罗斯·费尔德也写道："我们把麦卡勒斯女士比作威廉·福克纳：事实上，她似乎试图向福克纳最病态的部分看齐。"由于诸多言论针对这种病态，针对她对"反常"的喜爱，卡森·麦卡勒斯不得不多次表达自己对这部小说的观点，更多的是对文学中"正常"的看法。她试图在《写作笔记》中总结："对病态的指责是不公正的。只能说，作家的写作是从他潜意识里的种子开始的，这粒种子一点一点地生长。大自然从不反常。只有缺乏生命力是不正常的。"一九六七年，去世前不久，她在《金色眼睛的映像》的笔记（保存于得克萨斯州奥斯汀市卡森·麦卡勒斯基金）中写道："我忙于各种家务，每天打扫我们的小公寓。我累了。我没有想到要开始写另一本书，但一不留神，站岗士兵这个灵感就占据了我的大脑，我写下：和平时期的陆军驻地沉闷寂静。一个又一个人物在那里诞生，在那里确立（……）这个故事侵入了我的生活，我从来没有写得如此愉悦。叙事的风格是最重要的，字词的奇迹每一天都令我陶醉。通常情况下，我平均每天写一页，但令我惊讶且快乐的是，这篇故事我每天能写四页，有时甚至能写到六页。"

接下来，卡森·麦卡勒斯的主要任务便是与疾病战斗，努力存活，不顾一切地写下去。疾病最初的几次发作是在《心是孤独的猎手》出版后不久，却未被正确诊断。这是一种急性类风湿关节炎，发作了好几次，因误诊而未引起关注，最终导致她身体左侧瘫痪。此外，她的情感生活一片混乱。她和利夫斯·麦卡勒斯先是离婚，后又复合。一九四二年十一月十五日，她爱着的安娜玛丽·克拉拉克-施瓦岑巴赫从自行车上摔下来，死在了瑞士。这对她打击很大。

安娜玛丽·克拉拉克-施瓦岑巴赫去世时刚刚三十四岁。卡森二十五岁。她不知道自己已经走过了一半的人生。但她朦胧地感觉到，安娜玛丽的死亡以悲剧的方式为她的青春烙下了结束的印记。随后，利夫斯·麦卡勒斯去了战场。她成了一个战争新娘，不断地给利夫斯写信，等候回音——他在信里讲述自己在法国的见闻，以及对这个国度的爱。一直以来，卡森都爱喝酒精饮料，尤其是热樱桃茶，里面的樱桃往往比茶更多。这逐渐导致其健康的恶化，显示出她的一种自我毁灭的倾向。

一九四五年，卡森·麦卡勒斯决定在三月十五日完成新小说《婚礼的成员》的手稿。于是，她回到了前一年夏天拜访过的耶多艺区——位于萨拉托加温泉市的作家之家。她做事有恒心且严谨。她反复修改某些段落，把它们拿给耶多的经理伊丽莎白·艾姆斯过目。在伊丽莎白的鼓励下，她一丝不苟地工作了两个月。八月末，她把完成的手稿拿给伊丽莎白。伊丽莎白在夜里读后对她说："我知道，它终于完美了。"这是一九四六年，距离这本书的出版还有几个月的时间。她感觉到自己的作品又将完成。彼时她刚刚写完《伤心咖啡馆之歌》，一部中篇小说，很久之后才和其他几篇中短篇合集出版。

《婚礼的成员》出版于一九四六年三月十九日，献给了伊丽莎白·艾姆斯。一些评论家将它视为卡森的"代表作"。它在南方又成了人们谈论的禁区，但这一次，故事不是发生在陆军驻地。一九四四年至一九四五年的几个月里（除了结尾之外，故事集中发生在一九四四年八月末），一位少女诉说着她生活的痛苦、她的孤独。她强烈地宣告想要"参与"某事的疯狂欲望，特别是她哥哥贾维斯与嘉尼丝的婚礼。在美国，"婚礼的成员"几乎成为一个流行语，用来指那些热切希望"归属"于某个群体、某个团体的人。弗兰西丝·洁丝敏·亚当斯，她自称"弗兰淇"或"弗·洁丝敏"，显然是《心是孤独的猎手》中米克·凯利的姐妹。她也是卡森的姐妹，一个长得太快的少女——"这个夏天她长得这么高，简直成了一个大怪物。她的双肩很窄，两腿太长"。青少年们能够从她身上看见自己，看见自己对身体的窘迫，对身体发育的害怕，担心随着时间的推进，他们将不可避免地成为大人。和卡森本人一样，弗兰淇表达了抗拒："我希望我是别人，反正不是我自己。"她对雪和寒冷的幻想与卡森童年时期一样。弗兰淇有两个对话者，一个是黑人女佣贝丽尼斯·赛蒂·布朗，另一个是弗兰淇的表弟约翰·亨利·韦斯特，这个六岁小男孩总是惹恼她，可她却不自觉地爱着他。这份三角关系不是她所渴望的。她想与她的哥哥、哥哥的未婚妻再创造一段关系。这个奇怪的状况在同样奇怪的几天后被揭露。婚礼开始了。十三岁的弗·洁丝敏用回了自己的本名，弗兰西丝。到这里，麦卡勒斯已经能够创作出一部简练、诗意、哀而不伤的小说了。音乐在这部小说中的分量不如《心是孤独的猎手》，但像往常一样，音乐依然在麦卡勒斯的作品中组织着话语。如果说，弗兰淇的角色更接近《心是孤独的猎手》而非《金色眼睛的映像》，这部小说的叙事则与《金色眼睛的映像》有着相同的厚度和力度。

许多评论家认为《婚礼的成员》是卡森·麦卡勒斯绝对的代表作，远远领先于她的其他作品，很可能是因为他们从中发现了更明显的自传性。当然，这篇小说的自传性是卡森作品中最清晰的，是对青春期作为人生关键时刻的戏剧化肯定。卡森·麦卡勒斯认为，青春期中的人们处于一种以后不可能再达到的清醒状态。这当然是值得商榷的。与卡森的另外三部小说及其他作品相比，《婚礼的成员》运用了减少作品力度的方法。在《婚礼的成员》里，人们会错误地相信这是一个"关于青春期危机的故事"，成功地找回了"从童年迈入青春期的那个难以捉摸的时刻"，就像《时代》杂志上写的那样。在《金色眼睛的映像》以及后来的《没有指针的钟》里，不适感直接针对读者，迫使他们认为虚构对他们自身的叙述与对作者、对书中人物的叙述一样多。

我们看到，评论家在谈论《婚礼的成员》时要和缓许多。有些评论家相当赞赏它，并因此将麦卡勒斯视为一位"独特的作家"，一位"推荐作家"。几个月后，这本书却在英国遇冷。人们批评卡森缺乏敏感性，"用福克纳最差的水平写了一篇尴尬、浮夸的小说"——将她与福克纳相比总归是一种褒奖，想到这里，她多少能获得一些安慰。在美国，极富声望的埃德蒙·威尔逊刊发在《纽约客》上的批评最为严苛，但也比英国的那些评论更加高明。他审慎地评价，卡森·麦卡勒斯是一位才华横溢的作家，心思十分敏锐，但"似乎不擅长将自己的才能运用于真正的戏剧性主题。她最新的小说《婚礼的成员》是戏剧性的，但相当不真实"。威尔逊谨慎地总结道："我希望我面对这本书时没有表现出愚蠢，因为这本书让我恍惚有种上当的感觉。"威尔逊不可能愚蠢。但他或许有些过于传统，稍稍有些大意，因为，只需认真阅读文本就能发现，他那些用来佐证自己观点的评价其实是错的。卡森·麦卡勒斯对威尔逊抱有极大的敬意，这一负面评论使她无法平静。她因此发誓，永远不看别人针对她作品所写的东西。显然，她没有信守诺言。

就在这部小说出版之后，她认识了田纳西·威廉斯，一直到她去世，他都是她最亲密的伙伴，坚定不移地捍卫她，抵挡那些关于她的陈词滥调——"繁琐""具侵略性""不够自主""对任何接近她的人来说都是负担"。一九七五年，弗吉尼亚·斯潘塞·卡尔写了一部关于卡森的传记，名为《孤独的猎手》，威廉斯为它撰写了前言。他有一段文字被卡森·麦卡勒斯的妹妹玛格丽塔·史密斯引用在《抵押出去的心》的序言中，这段文字详细地叙述了他与卡森·麦卡勒斯的相识："这位终于被我发现的新朋友，她似乎也有趣地、神奇地游离于我们这个世界，如同黑夜本身。"这两位作家都被视为"可怕的孩子""在自恋中不可自拔"，可他们却每天都在同一张桌子上一起工作。威廉斯认为卡森应该将《婚礼的成员》改编成戏剧。由于她没有他那样的戏剧写作经验，他便给她提了很多建议，以便她能写好这部戏。但她很快就不再来了，因为她和利夫斯复婚了，利夫斯想让她见识一下法国。于是，一九四六年十二月，他们待在巴黎。战后，人们为了忘掉悲伤，常常聚会庆祝。卡森和利夫斯总是在狂欢，很少睡觉。利夫斯参与了解放法国的诺曼底登陆，以英雄的身份出了名。卡森则被视为一位年轻的文学奇才而受人崇拜，《心是孤独的猎手》和《金色眼睛的映像》都被译成了法语。利夫斯对所有愿意倾听的人说，来到欧洲对他意味着重生。然而，他们违背了复婚时彼此许下的节制饮酒的承诺，他们喝得更多了，每天都喝，甚至每人每天都要喝掉一瓶白兰地。一九四七年春天，卡森刚满三十岁，她还不知道，这是她作为一个仅仅身体虚弱而已的年轻女子所度过的最后一个春天，此时的她并没有真的患上不可治愈的疾病。然而，几个月后，每个遇到她的人看到的都是一个残疾了的她——夏天，她突然发病，导致身体左半边瘫痪。尽管如此，她依然决定留在法国，立刻开始撰写新书。然而到了十一月，她再次生病住院。利夫斯和她于十二月一日回到美国，发誓永不再去欧洲。

直到一九四七年圣诞节临近，她才出院。接下来的一年似乎非常痛苦。三十岁的她是否是一位落魄的小说家、作品注定流产的剧作家？那些乌鸦嘴认为是的。但田纳西·威廉斯不这样想。卡森和利夫斯又分开了，她像抓住救生圈一样紧紧抓住了她的写作欲望。她想看到《婚礼的成员》变成戏剧。可她身体很虚弱，经常病倒，总是左半身瘫痪——直到去世都是如此，而田纳西·威廉斯此时在欧洲，在罗马。一九四九年着实是艰难的一年，一切都没有起色。她又病了。她收到了田纳西·威廉斯为《金色眼睛的映像》的再版所写的精彩文章，可她甚至没有力气感谢他。她被病痛折磨，动一动都困难，但仍然调动了身上所剩的全部精力去完成她的戏剧。一九四九年的夏天和秋天，她跟踪着这部戏的整个制作过程：从导演到演员。十二月二十二日，这出戏在费城预演，随后轰动纽约。评论在一开始就非常积极。一九五○年，距离她成功出版第一部小说《心是孤独的猎手》已经过去十年，卡森·麦卡勒斯重新回到了文艺界。一九五○年一月五日，《婚礼的成员》在纽约百老汇剧院首演。演出结束时，公众起立致敬。所有的评论都看好这部戏，有些甚至认为它非常卓越。《纽约时报》用"恩典"来评价卡森·麦卡勒斯和演员们的表现。成功迅速到来。这部戏一直演到了一九五一年三月十七日，为卡森带来了大量的现金收入，保证了她的物质生活。这部戏获得了由戏剧评论界授予的季度最佳戏剧创作奖。接着，她又获得了百老汇处女作奖，然后是年度戏剧评论家奖。她在技术上并不纯熟，但她拥有现代戏剧的品位。她的小说焕发了第二次生命，她觉得这振奋人心的新开始也令她重生了。她和田纳西·威廉斯的巨大肖像出现在一九五一年四月的《时尚》杂志上。五月，她出版了小说集《伤心咖啡馆之歌》，收获了评论界的一致好评，书很畅销。一九五二年初，她当选美国艺术文学院成员。

卡森·麦卡勒斯的人生似乎重新起航了，但这不包括她的疾病以及与利夫斯之间的关系。为了让自己的身体有所好转，她尝试了一种又一种排毒疗法。但卡森明白，从今以后她再也不会有灵活的四肢了。就像那些永远意志薄弱的青少年一样，卡森和利夫斯再次食言。一九五二年初，他们前往欧洲。第一站是罗马，卡森在那儿写她的新小说《没有指针的钟》。前来拜访她的人觉得她总是"处在酒精的迷雾中"。到了法国，他们定居在巴希维莱尔的弗克桑，一所被花园环绕的神甫住宅里。他们与花园里的瓜果蔬菜为伴，享受着健康的生活。但很快，酒精取代了健康的食物。卡森的法国编辑决定把她写的所有东西都翻译出来，可是巴希维莱尔发生的事情令他担忧，他不知道卡森是否在写她的小说。天知道。利夫斯和她返回意大利待了两个月，当他们十月份回到巴希维莱尔时，一场不可逆转的灾难发生了。《没有指针的钟》的手稿遇到了问题。利夫斯声称自己写了一本书，但他主要是在参观酒窖。他们常常争吵，相互冲对方大喊大叫。一九五三年的夏末，卡森飞往美国，在尼亚克与她的母亲见面，那里也是她结束生命的地方。从此，她再也没见过利夫斯。十一月十九日，他被发现死在巴黎某旅馆的房间里。是自杀？是药物和酒精过量？我们永远无法了解真相，但我们知道，几个月前，利夫斯曾向卡森提议一起自杀。卡森认为，利夫斯应该被葬在巴黎，这座他深爱的城市。但利夫斯的家人没有同意。

卡森·麦卡勒斯病得越来越重，她唯一的念头就是：为写作活下去。她要写完《没有指针的钟》。在尼亚克，她还没有遇见她的医生玛丽·默瑟博士——她照顾她，支持她，延长她的生命。人们看到才三十六岁却如此憔悴、痛苦的卡森时，都无法想象她能活这么久。一九五四年夏天，卡森回到耶多，完成了戏剧《奇妙的平方根》的初稿，并且继续写了一点《没有指针的钟》。当她离开耶多时，所有人都以为再也见不到她了，以为她会跟随利夫斯·麦卡勒斯而去。利夫斯曾说，她是"坚不可摧的"。耶多的住客们错了，利夫斯对了。写作的意愿赋予了她毋庸置疑的力量。她没有待在尼亚克，因为害怕与世隔绝的感觉。她常去纽约。一九五五年四月，她在基韦斯特和田纳西·威廉斯重聚。两人一起写作。但困难突然出现。卡森的母亲，玛格丽特·沃特斯·史密斯，在一九五五年六月十日溘然去世，享年六十五岁。那个一直关怀她的女人不在了，卡森只剩一个选择：放弃抵抗，向疾病投降，也许会死，也许能争取做一个出色的作家。如果她必须放弃，她早就放弃了。然而，一九五六年是可怕的一年，她的左臂让她越来越难受。但她依然完成了戏剧《奇妙的平方根》，并在第二年上演。结果是一场灾难。难道她不该把更多的注意力放在小说《没有指针的钟》上吗？这次失败让她不知所措。她觉得自己不能再写了。她就像她的人物弗兰淇一样叹道："我的感觉真真切切，就像有人把我的整张皮给剥了下来。"

时间到了一九五八年，卡森既不抱希望也毫无计划。一位精神病专家朋友将卡森介绍给自己的同行，玛丽·默瑟博士，她在一九五三年搬到了尼亚克。这是一次决定性的会面。卡森对心理疗法颇为抗拒，本无意参与这场精神分析的冒险。因为卡森并不富裕，玛丽给每个疗程定价十美元。多亏她的治疗，卡森重新开始工作了。一九五九年夏天，卡森十分高兴，因为《没有指针的钟》的手稿已经过半。一九六〇年十二月一日，手稿完成。她耗费了十年的时间和巨大的心力才完成了这部作品。她上一本伟大的小说《婚礼的成员》完成于一九四六年，就在"重病时期"开始前。《没有指针的钟》献给了玛丽·默瑟，出版于一九六一年九月十八日，连续六个月排名畅销书榜的前六位。由此看来，卡森·麦卡勒斯一直拥有等待她的读者，以及声望。

当然，这又是一部关于南方的小说。在一个小镇里，有一位年迈的南方法官和他的孙子，以及一个年轻的黑人男孩——他有一双不知从哪儿混血来的蓝眼睛，另外还有一个四十岁时会死于白血病的男人。卡森·麦卡勒斯已经很久没回南方了，但正如她反复说的那样，生在南方，便永远属于南方，即使厌恶种族主义，厌恶它给黑人群体的日常生活带来的所有不幸。确切地说，《没有指针的钟》是卡森·麦卡勒斯最直面这个主题的作品。这是一本关于死亡和种族问题的书。有评论写道："她的意图，是在最深的层面，也就是人类灵魂最隐秘的皱褶里，与我们分享这个问题，因为问题就藏匿在那里。"一九六一年的那个秋天，没有哪家报纸不在谈论《没有指针的钟》。卡森·麦卡勒斯的作品还从未引起过那么多讨论。如果说英国方面的评价都是正面的，美国这里则褒贬不一。评论的文章通常很长，火力十足。《时代》杂志这样写道："死亡是卡森·麦卡勒斯小说公认的主题，但我们没有感觉到它黑暗、强大的存在。相反，我们只看到了这种缺乏生命的死亡仿冒品。"在《纽约客》上，人们甚至懒得分析，一则简短的评论总结说："谈到麦卡勒斯女士那扭曲、啰嗦的文字，便让人奇怪地联想到一张凌乱的床。"在读这些话的时候，我们尤其能感受到来自文学批评家们古怪的冷漠。

鉴于这一切，我们渴望记下戈尔·维达尔在《纽约记者》里的话，更何况人们知道他往往并不宽容，对卡森·麦卡勒斯更是如此："从技术上讲，它会让你屏住呼吸，看到麦卡勒斯如何设置一个场景，然后在上面钉上一个又一个角色，从一句话、一行字中萌发生命。"他认为，她的小说与福楼拜的《简单的心》相似："里面没有任何虚假的字符。她的文字天赋仍是我们文化中少有的、幸运的成就之一。"

然而，越来越多的人认为，《没有指针的钟》可能是卡森·麦卡勒斯最糟糕的一本书。是因为田纳西·威廉斯对它的喜爱不如前几本吗？是因为伟大的作家奥康纳讨厌它是"分崩离析的典范"吗？还是因为人们很难承认，一个被放弃又被拾起、一半手写一半口述的文本仍能神奇地保持其魅力、独创性和内在的音乐性？然而，当一个人了解了卡森遭受的痛苦，看见她面临死亡时的样子，那么他会在读第一句话时就被打动："人终将一死，但死法千差万别。"在《没有指针的钟》的结尾，卡森·麦卡勒斯又写道："可他的生机正离他远去，而在弥留之际，生活呈现出马隆从未知晓的井然之序，一切都变得简单。"尽管这最后的战斗取得了胜利，可她怎么能不想到这即将离她而去的生机？她同意接受一些记者的采访，他们试图不让她察觉出，她在他们眼中有多么脆弱。她身高一米七五，体重还不到四十五公斤。她在轮椅上费了好大力气才能站起来接待他们，为他们提供波旁威士忌，并用南方的方式问一句："要给身体来点儿托迪酒吗？"

卡森·麦卡勒斯笔下的 J.T. 马隆，"他的气势、生命力已经消失了，而且他似乎也不再需要它们"。卡森并非如此。她想继续往前走，再坚持一下，出门转转，去百老汇看田纳西·威廉斯新戏的首映，去爱尔兰见约翰·休斯顿——他将《金色眼睛的映像》改编成了电影。一九六七年春天，她成功地进行了这次爱尔兰之旅。她在那儿待了一个星期。这是她最后的幸福时光。她被视为明星，但几乎连说话的力气都没有。她回来的时候，开心地在《纽约时报》里找到了一幅大肖像，标题写着"弗兰淇五十岁了"。她确实刚满五十岁。连美国总统都看她的小说。一九六七年对她来说似乎没有之前的两三年那么可怕了，但在八月十五日，她再次发生了严重的脑瘫。她完全瘫痪，不省人事。九月二十九日上午，昏迷四十七天后，她在尼亚克医院去世。人们意识到，一个短暂的人生结束了，她留下的作品数量不多却具有强大的生命力——几年后，她的作品出现在著名的"美国文库"中，就证明了这一点。

人们没有想到的是，虽然卡森·麦卡勒斯去世了，但她的作品并没有结束。她的妹妹玛格丽塔·史密斯曾在母亲去世时因遗产问题与卡森产生分歧。她决定将卡森的文章收集起来。她编辑了《抵押出去的心》并撰写了前言，这本书于一九七一年出版。这是一本小说、散文和诗歌的合集，其中收录了卡森·麦卡勒斯在十六岁时写的第一篇短篇小说《吸管》。在序言中，玛格丽塔·史密斯大量引用了田纳西·威廉斯对卡森的回忆文字，包括卡森的一些生活片段，尤其是她离开南方故乡到达纽约时遇到的困难。玛格丽塔提到她和卡森一起住过的房间，"面朝一片安第斯丁香和日本木兰"，她们还分享了"同一张红木床"。这是一个看似琐碎的细节，但如果我们知道卡森一生中多么害怕一个人睡觉，多么无法独自生活，这个细节就有了很多意义。在这本文集的引言里，玛格丽塔·史密斯强调，弗兰淇这个脆弱少女就是卡森·麦卡勒斯本人。在她眼里，这是最像卡森的一个角色。尽管发生了那些让她们产生隔阂的事情——尤其是她们的母亲对卡森有着明显的偏爱——玛格丽塔·史密斯在谈到她的姐姐时仍然带着深深的爱意，她回忆她那南方语调的甜美嗓音、她对"漂亮故事"的喜好，说"她美化了自己生活中最值得注意的瞬间"。在读《抵押出去的心》时，我们还能发现一件事：比她早几年出生的南方作家尤多拉·韦尔蒂擅长写短篇小说，长篇小说则欠佳，但卡森能完美地掌握这两种体裁。她最后一本文集就是如此。那是她一九五五年写的，当时她在基韦斯特，与田纳西·威廉斯一起。"再也不能写了"对她来说只是身体的问题，由疾病所致。她写作的欲望从未停止，思想或想象力也从未干涸。也许正是因为她所有作品中都流露出的这种能量，因为她永恒的敏感的青春，她打动了一代又一代青少年，他们从米克·凯利和弗兰淇的身上看到了自己的不安。而作为成年人，我们更是清楚地看到了她的才华、她的写作技艺、她风格中的音乐性。我们知道，她是二十世纪美国文学中最令人迷醉的声音之一。伟大的作家往往会被误解，因此他们的作品需要流传，需要捍卫，需要被阅读。

（郁梦非　译）

第一部

1

镇上有两个哑巴，他们总在一起。每天一大早，两个人就从他们住的那幢房子里出来，手挽手走到大街上，去上班。这两个朋友有着天壤之别。走在前面的那位是个肥胖臃肿、神情恍惚的希腊人。夏天出门时，他总穿一件黄色或绿色的马球衫，前摆胡乱塞进裤子里，后摆松松垮垮地吊在身后。天冷时，他就在外面套上一件样式难看的灰色毛衣。他的脸蛋滚圆而油腻，眼睑半睁半闭，嘴唇弯出一丝温和而笨拙的微笑。另一个哑巴身材高挑，眼神里透着一股敏捷和聪明。他的穿着打扮总是干净整洁，颜色素淡。

每天早晨，两个朋友默不作声地一起走着，直至来到镇上的主街。随后，来到一家果品店门前，在店外的人行道上停留片刻。那个希腊人斯皮罗斯·安东尼帕罗斯在这家水果店里打工，老板是他表哥。他的工作是制作糖果和甜食，拆箱取出水果，打扫店内卫生。那个瘦高个哑巴约翰·辛格几乎总是把手搭在朋友的胳膊上，盯着他的脸看上一两秒钟，然后转身离去。告别之后，辛格独自穿过马路，走向他工作的那家珠宝店，他在那家店里是一个银器雕刻工。

傍晚时分，两个朋友再次碰面。辛格回到果品店，等安东尼帕罗斯下班回家。希腊人懒洋洋地拆开一箱桃子或甜瓜，或者在商店后面他工作的厨房里看着一份滑稽小报。离开之前，安东尼帕罗斯总是打开一个纸袋，白天的时候他把这个纸袋藏在厨房里的一个货架上。袋子里装着他收集的各种食物：一块水果，糖果样品，或者一小截肝泥香肠。通常，下班之前，安东尼帕罗斯会蹑手蹑脚地蹒跚着走向商店前厅的那个玻璃柜，一些肉和干酪藏在那里。他轻轻滑开玻璃柜的后门，他那只胖乎乎的手深情地摸索着，搜寻里面他所渴望的美味。有时候，他那位店老板表哥没有看到他。但是，如果注意到了，他就会紧盯着他的表弟，他那绷紧而苍白的脸上透露出一丝警告。而安东尼帕罗斯就会惋惜地把里面的一块食物从一个角落挪到另一个角落。在此期间，辛格笔直地站着，双手插在口袋里，朝另外的方向看着。他不想眼睁睁地看着两个希腊人之间发生的这一幕。因为，除了喝酒和某种孤独而秘密的快乐之外，安东尼帕罗斯在这个世界上最喜爱的事情就是吃。

暮色中，两个哑巴一起漫步回家。在家里，辛格总是在对安东尼帕罗斯说话。他打着飞快的手语，滔滔不绝。脸上透着热切，灰绿色的眼睛明亮地闪烁。用他那双瘦长而有力的双手，他向安东尼帕罗斯讲述着白天发生的一切。

安东尼帕罗斯懒洋洋地靠坐着，看着辛格。他很少动一下自己的双手说点儿什么——偶尔动一下，也是为了说他想吃、想睡或想喝。他总是用同样含糊而笨拙的手势来说这三件事情。夜里，如果没有喝多的话，他会跪在床前，祷告一会儿。随后用他那胖乎乎的双手比画出几个词汇："神圣的耶稣"、"上帝"或"亲爱的玛利亚"什么的。这些是安东尼帕罗斯说过的全部词汇。辛格从来搞不清楚，他的朋友对他讲述的一切究竟明白多少。但这并不重要。

他们合租了小镇商业区附近一幢小房子的楼上。那儿有两个房间。安东尼帕罗斯在厨房里的那个煤油炉上做两人的饭菜。有几把简朴的直背餐椅，是给辛格坐的，有一个加厚软垫大沙发，供安东尼帕罗斯专用。卧室的家具主要有一张大双人床，盖着鸭绒被，由大个子希腊人睡，还有一张窄小的铁床供辛格使用。

晚饭总是要花很长时间，因为安东尼帕罗斯热爱食物，而且吃得很慢。吃完之后，大个子希腊人仰靠在他的沙发上，用舌头慢慢地舔他的每一颗牙齿，要么是咂摸某种美味，要么是因为他不想失去这一顿的滋味——与此同时，辛格则在洗盘刷碗。

有时候，晚上两个哑巴会下一会儿象棋。辛格一向喜欢下棋，多年来他一直试着教安东尼帕罗斯下棋。起初，他的朋友对于在棋盘上移动各种不同的棋子的理由很感兴趣。接下来，辛格开始在桌子底下放一瓶好喝的东西，每课之后便拿出来。希腊人从未搞明白"马"的古怪走法以及"王后"大范围移动的灵活性，但他学会了开局的几步。他更喜欢白棋，要是给他黑棋，他就不玩了。最初几步之后，辛格便自己跟自己下完这局，他的朋友则在一旁懒洋洋地看着。如果辛格对他自己的兵马发起漂亮的攻击，以至于黑棋国王被将死了，安东尼帕罗斯总是非常自豪和开心。

两个哑巴没有其他朋友，除了上班之外，他们总是单独在一起。一天天的日子彼此并无不同，由于他们总是独来独往，因此从未有过什么事情打扰他们。他们每周去一次图书馆，为辛格借一本悬疑小说，星期五夜里他们去看一场电影。发工资的那天，他们总是去海陆军商店上面那家廉价照相馆，给安东尼帕罗斯拍张照片。这些是他们定期探访的唯一地方。镇上有很多地方他们从未去过。

小镇位于深南地区的中部。夏天漫长，冬天里寒冷的日子很短。几乎总是碧空万里，烈日高悬。随后，十一月里，轻飘飘、冷飕飕的小雨如期而至。稍后，多半有霜冻，以及短短几个月的寒冷。冬天变化无常，冷暖不定，但夏天总是灼热如焚。镇子很大。主街上有几个街区，由两三层高的店铺和写字楼组成。不过，镇上最大的建筑是工厂，雇用了很大比例的小镇人口。这些棉纺厂都很大，生意兴隆，而镇上的大部分工人都很穷。街道两旁的行人，脸上常常显露出饥饿和孤独的绝望神色。

但两个哑巴一点儿也不孤独。在家里，他们心满意足地吃吃喝喝，辛格总是热切地打着手语，把自己心里的所有想法告诉他的朋友。日子就这样安安静静地过去了许多年，一晃辛格已经三十二岁，与安东尼帕罗斯一起在镇上生活了十年。

忽然一天，希腊人生病了。他坐在床上，两手搭在他那滚圆的肚子上，几滴油粒般的硕大泪珠顺着他的脸颊滚落下来。辛格去找他朋友那位开水果店的表哥，还给自己请了假。医生给安东尼帕罗斯规定了日常饮食，说他再也不能喝酒了。辛格严格执行医生的命令。他整天坐在朋友的床边，竭尽所能地让时间过得更快，但安东尼帕罗斯只是气哼哼地用眼角看着他，怎么逗也不开心。

希腊人很烦躁，不停地找岔子，挑剔辛格为他准备的果汁和食物。他时不时地要他的朋友扶他下床，好让他可以做祷告。跪下的时候，他那硕大的臀部压在他那双胖乎乎的小脚上。他笨拙地打着手语说"亲爱的玛利亚"，随后他握住那个用一根脏兮兮的绳子系在脖子上的小小的铜质十字架。他那双大眼睛顺着墙壁向上抬起，仰望着天花板，眼睛里透露着恐惧的神情，随后，他很生气，不让他的朋友对他说话。

辛格很有耐心，做了他能做的一切。他画了一些小画，有一次，为逗他的朋友开心而给他画了一幅速写。这幅画伤害了大个子希腊人的感情，他拒绝和解，直至辛格把他的脸画得年轻而英俊，把他的头发涂成亮黄色，眼睛涂成中国蓝。这之后，他竭力不让自己的高兴显露出来。

辛格悉心照料他的朋友，一周之后，安东尼帕罗斯就能回去上班了。可是，从那时起，他们的生活方式便有所不同。麻烦接踵而至。

安东尼帕罗斯没再生病，人却变了。他变得急躁易怒，晚上不再满足于安静地待在家里。夜里他想外出时，辛格便紧跟在后面。安东尼帕罗斯走进一家饭馆，他们在桌旁坐下。安东尼帕罗斯偷偷摸摸地把几块糖、一瓶胡椒粉或几件银质餐具揣进自己的口袋。辛格总是为他拿走的东西付账，倒也没有惹出什么麻烦。在家里，他大声斥责安东尼帕罗斯，而大个子希腊人只是看着他，脸上带着一丝漠然的笑意。

几个月过去，安东尼帕罗斯的这些习惯越来越变本加厉。一天中午，他平静地走出表哥的水果店，走到街对面，大庭广众之下对着恒丰银行大楼的墙壁撒尿。有时候，在人行道上遇见看不顺眼的面孔，他就会冲撞那些人，用胳膊肘和肚子推挤他们。有一天，他走进一家商店，拖走了一台落地灯，没有付钱。还有一次，他试图拿走他在一个玻璃展示柜里看到的一台电动火车。

对辛格来说，这是一段痛苦不堪的时期。他连续不断地在午饭期间陪安东尼帕罗斯去法院，解决这些违法行为。辛格变得非常熟悉法庭程序，他始终处于焦虑紧张的状态。他在银行里的存款都花在了缴纳保释金和罚款上。他竭尽全力，花光了金钱，为的是不让他的朋友因为诸如盗窃、公开猥亵以及攻击与打人这样的指控，而被送进监狱。

希腊人为之打工的那位表哥丝毫没有卷入这些麻烦。查尔斯·帕克（这是他表哥的名字）让安东尼帕罗斯继续留在店里，但始终绷着那张苍白的脸紧盯着他，却并没有做出任何努力去帮助他。辛格对查尔斯·帕克有一种古怪的感觉。他开始不喜欢这个人。

辛格生活在持续不断的混乱和烦恼中。但安东尼帕罗斯总是表情漠然，不管发生什么事情，他的脸上依然挂着温和友善、软弱乏力的微笑。之前的那些年里，在辛格看来，他朋友的这种微笑中似乎有某种微妙而精明的东西。他从不知道安东尼帕罗斯究竟理解多少，不知道他到底在想些什么。如今，在这个大块头希腊人的表情中，辛格认为自己发现了某种狡黠的、开玩笑的东西。他摇晃着朋友的肩膀，直至筋疲力尽，打着手语一遍又一遍地解释某些事情。但这一切都无济于事。

辛格身上所有的钱都花光了，不得不向他打工的珠宝店老板借钱。有一次，他没钱为他的朋友缴纳保释金，安东尼帕罗斯在监狱里待了一夜。当辛格第二天把他领出来时，他很不高兴。他不想离开。他很喜欢那顿晚餐：腌肉和浇上糖汁的玉米面包。新的住宿环境和狱友都令他愉快。

他们一直过着遗世独立的生活，以至于困境中辛格没有一个人帮他。安东尼帕罗斯则没有任何东西打扰他，也没有什么东西能够治疗他的恶习。在家里，他有时候会做一道他在监狱里吃过的新式菜，在大街上，谁也不知道他会干什么。

接下来，最终的麻烦降临在辛格的身上。

一天下午，他去水果店接安东尼帕罗斯，查尔斯·帕克交给他一封信。信中解释，查尔斯·帕克已经为他表弟做好了安排，要把他带到两百英里之外的州立精神病院。查尔斯·帕克利用他在镇上的影响力，已经安排好了所有细节。安东尼帕罗斯下周将离开，住进那家精神病院。

辛格把信读了好几遍，一时间大脑里一片空白。查尔斯·帕克隔着柜台和他说话，但他甚至都没有试图去解读他的口形并理解他的意思。最后，辛格在他一直揣在口袋里的拍纸簿上写下了一句话：

你不能这样做。安东尼帕罗斯必须跟我在一起。

查尔斯·帕克激动地摇了摇头。他不怎么会说英语。"不关你的事"，他一遍又一遍地说着这句话。

辛格知道一切都已结束。这个希腊人担心有朝一日他可能要为自己的表弟负责。查尔斯·帕克对美语懂得不多——但他很懂美元，他很快利用自己的金钱和影响力把他表弟送进了那家精神病院。

辛格束手无策。

接下来的一周充满了狂躁的活动。他不停地诉说，一遍又一遍。尽管他的双手片刻不停，但还是有说不完的话要说。他想把自己心里所有的想法全都告诉安东尼帕罗斯，可已经没有时间了。他那双灰色的眼睛闪烁着光芒，敏捷而聪慧的脸庞显露出极大的紧张。安东尼帕罗斯懒洋洋地看着他，他的朋友不知道他真正明白多少。

接下来，安东尼帕罗斯必须离去的日子到了。辛格取出自己的手提箱，非常细心地收拾好他们最值钱的共同财物。安东尼帕罗斯给自己做了一份路上吃的午餐。傍晚时分，他们最后一次手挽手走到大街上。那是十一月末的一个寒冷下午，一小团一小团哈气出现在他们面前。

查尔斯·帕克陪同他的表弟一起去，但他在站台上离他们远远地站着。安东尼帕罗斯挤进了公共汽车，精心准备了好一会儿，才在前排的一个座位上安顿下来，辛格隔着车窗看着他，双手开始拼命地打着手语，最后一次与他的朋友交谈。但安东尼帕罗斯一心忙着检查午餐盒中各种不同的食物，一时间无暇分心。就在公共汽车驶离路边之前，他把脸转向了辛格，他的微笑漠然而遥远——仿佛他们之间已经相隔万里。

接下来的几周恍若幻梦。辛格整天在珠宝店后面的工作台旁埋头干活，夜里独自回家。他最想做的事情就是睡觉。刚刚下班回家，他就躺在自己那张帆布床上，试着小睡片刻。半睡半醒之间，他进入了梦乡。所有的梦里，都有安东尼帕罗斯的身影。他的双手神经质地抽搐着，因为在梦里，他一直在对他的朋友诉说，而安东尼帕罗斯则一直看着他。

辛格努力回想认识这位朋友之前的岁月。他努力对自己讲述年轻时发生的某些事情。但是，他努力回忆起的这些事情，似乎没有一件是真的。

有一件特殊的事情，他回想起来了，但对他根本不重要。辛格回想起，尽管他从小就聋了，但他并不是一个真正的哑巴。他很小的时候就成了孤儿，并被送进了一家收留聋儿的慈善机构。他学会了手语和阅读。九岁之前，他可以用一只手以美式手语与人交谈——也能按照欧洲人的方法打双手手语。他学会了解读别人的口形，理解他们所说的话。最后，他被教会了说话。

在学校里，他被认为非常聪明。他学习功课比其余的学生都要快。但他从未习惯于用嘴说话。这对他来说很别扭，觉得自己的舌头在嘴里就像一条鲸鱼。如果用嘴巴与人交谈，从对方脸上茫然的表情中，他能感觉到自己的声音听上去想必就像动物的声音，或者自己的言语中有某种令人讨厌的东西。对他来说，努力用嘴说话是痛苦的，但他的双手随时都能说出他想说的话。二十二岁那年，他从芝加哥来到这个南方小镇，马上就遇到了安东尼帕罗斯。打那以后，他再也没用嘴说过话，因为与他的这位朋友在一起，他无需动嘴。

除了与安东尼帕罗斯一起度过的这十年时光，其余的似乎都不真实。半梦半醒之间，他非常真切地看到了自己的朋友，醒来之后，一种锥心的孤独感油然而生。偶尔，他会收拾一箱子东西寄给安东尼帕罗斯，但从未收到任何回复。几个月的日子就在这样的空茫和梦幻中度过。

春天，辛格身上发生了变化。他无法入睡，身体焦躁不安。每到夜里，他会在房间里单调地走来走去，无法消除一种新的活力感。就算能休息片刻，也只是在黎明之前的那几个小时——那时候，他会昏昏沉沉地陷入沉睡中，直至早晨的光线像一把弯刀，突然刺入他睁开的眼睑里。

他开始在镇上到处瞎逛，以此打发夜晚的时光。他再也不能站立在安东尼帕罗斯住过的房间里，于是便在离镇中心不远的一幢死气沉沉的公寓里租了一个新的住处。

他在两个街区之外的一家餐馆里吃饭。这家餐馆位于那条长长的主街尽头，名叫"纽约咖啡馆"。第一天，他快速扫视了一眼菜单，然后写了一张便条，交给餐馆老板。

每天早餐我要一个鸡蛋、一片烤面包和一杯咖啡——0.15 元午餐我要汤（随便哪种汤）、一份三明治和一杯牛奶——
0.25元

晚餐请给我三份蔬菜（随便哪种，卷心菜除外），鱼或肉，
再加一杯啤酒——0.35元

谢谢。

老板看过便条，警惕而得体地瞥了他一眼。老板是个硬朗的男人，中等身高，胡子深黑浓密，以至于脸的下部看上去仿佛是用铁塑成的。他通常站在角落里，靠着收银台，两臂交叉放在胸前，静静地观察着周围发生的一切。辛格逐渐熟悉了这个人的脸，因为他一日三餐都在这家店里吃。

每天夜里，哑巴都要在街上独自行走几个小时。有时候，夜晚很冷，三月的寒风凛冽而潮湿，雨下得很大。但对他来说，这无关紧要。他的步态焦虑不安，双手总是紧紧地塞进裤兜里。日子就这样一周周地过去，天气变得暖和而沉闷。焦虑逐渐让位于疲惫，他的身上看上去有一种深沉的平静。他的脸上开始显露出一种若有所思的平和，我们经常可以在那些非常悲伤或非常聪明的人的脸上看到这种平和。但他依然在小镇的大街小巷瞎逛，总是沉默不语，形单影只。

2

初夏一个漆黑而闷热的夜晚，比夫·布兰农站在"纽约咖啡馆"收银台的后面。时值午夜十二点。外面，街灯已经熄灭，这样一来，咖啡馆里透出的灯光在人行道上形成了一个清晰的黄色长方块。街上空无一人，但咖啡馆内有几个顾客，正在喝着啤酒、桑塔·露琪亚葡

萄酒或威士忌。比夫无动于衷地等待着，胳膊肘搁在柜台上，大拇指按压着他那长鼻子的鼻尖。他目不转睛，尤其注视着一个穿着工装裤的矮胖男人，此人已经喝醉了，很狂暴。他的目光时不时地扫过坐在中间一张桌子旁的哑巴，或者柜台前面的另外几个顾客。但他的目光总是会转回到那个穿工装裤的醉汉身上。夜越来越深，比夫继续在柜台后面安静地等待着。终于，他最后一次巡视餐馆，然后走向通到楼上的后门。

他安静地走进了楼梯顶部的房间。房内很暗，他小心翼翼地走着。走了几步之后，他的脚趾碰到了什么硬东西，他蹲下身，摸到了地板上一个手提箱的把手。他在房间里只待了几秒钟，正当他准备离去时，灯亮了。

艾丽斯在那张被弄得乱七八糟的床上坐起身来，看着他。"干吗动那个手提箱？"她问道，"你能不能把那个疯子打发走，而不用把他已经喝光的还给他？"

"醒醒吧，自己下楼去。去叫警察，让他在链子拴成串的囚犯中，被玉米面包和豌豆所腌渍。去吧，布兰农太太。"

"如果他明天还在楼下，我会这样做的。但你别动那个手提箱，它不再属于那个寄生虫了。"

"我了解寄生虫，布朗特可不是寄生虫，"比夫说，"至于我自己——我不是很了解。可我不是那种小偷。"

比夫平静地把那个手提箱放到了外面的台阶上。房间里的空气不像楼下那么又霉又热。他决定待一会儿，用冷水浇一下脸，然后再回去。

"我已经告诉你了，如果你今晚不让那小子永久性地滚蛋，我会怎么做。白天他在后屋里打瞌睡，夜里你让他白吃白喝。至今一个礼拜，他一分钱也没给。他的胡言乱语和愚蠢行为会让任何正派体面的生意彻底破产。"

"你不了解人，你也不了解真正的生意，"比夫说，"你所说的那小子十二天之前来到这里，在镇上他是个陌生人。第一周他给了我们二十元的生意。至少是二十元。"

"打那以后就赊账了，"艾丽斯说，"赊了五天账，喝得醉醺醺的，真丢人。再者说，他不过是个懒汉和怪人而已。"

"我喜欢怪人。"比夫说。

"我料想你喜欢怪人！我就知道你应当喜欢怪人，布兰农先生——因为你自己就是个怪人。"

他揉了揉他那青色的下巴，不以为意。在他们婚后生活的头十五年里，他们互称对方为比夫和艾丽斯。接下来，在一场争吵中，他们互称对方为先生和太太，打那以后，他们再也没有和好到把称呼改回去。

"我只是警告你，我明天下楼的时候，他最好是别在那里。"

比夫走进浴室，洗了一把脸之后，他盘算着还有刮胡子的时间。他的胡子又黑又密，仿佛三天没有刮。他站在镜子前，若有所思地揉了揉脸颊。他后悔刚才跟艾丽斯说话。跟她在一起，最好是默不作声。在那个女人身边总是让他变得不同于真实的自己。让他变得像她一样粗暴、狭隘和平庸。比夫的眼神冷飕飕的，目不转睛，由于眼睑那种玩世不恭的下垂而半睁半闭。他那只结满老茧的手，小拇指上戴着一个女式婚戒。他身后的门敞开着，从镜子里他可以看到艾丽斯躺在床上。

"听着，"他说，"你的问题在于，你没有任何真正的善意。我所认识的女人当中，只有一个人有我所说的这种真正的善意。"

"得了吧，我就知道你会做这个世界上任何男人都羞于启齿的事。我知道你要——"

"或许我指的是好奇心。你对任何重要的事从来都视而不见，不加留意。你从不观察和思考，从不试图弄明白任何事情。或许，这就是你我之间最大的差别。"

艾丽斯差不多又睡着了，他透过镜子，漠然地看着她。她的身上没有任何与众不同的特点吸引他的关注，他的目光从她淡棕色的头发，滑向被子底下她那双粗短的脚的轮廓。脸部柔和的曲线一直连到浑圆的臀部和大腿。当他的视线从她身上移开时，脑海里没有留下任何显著的特征，在他的记忆里，她是一个完整而连贯的形象。

"你从不知道戏剧性场面所带来的乐趣。"他说。

她的声音有些疲惫。"楼下那家伙就是一出好戏，没错，而且还是一场马戏。但我已经受够了他。"

"见鬼，那家伙对我毫无意义。他和我非亲非故。但你不懂搜集大量细节然后得出真相是怎么回事。"他拧开热水，迅速开始刮胡子。

是的，那是五月十五日的早晨，杰克·布朗特走进了店里。他立即注意到了，并盯着他看。那人身材粗短，厚实的肩膀像横梁一样。他蓄着乱蓬蓬的小胡子，下唇看上去仿佛被一只黄蜂叮咬过。这家伙身上有很多东西似乎是对立的。他的头很大，外形匀称，但他的脖子却像个孩子一样柔弱而细长。小胡子看上去像是假的，仿佛是为了参加化装舞会而粘上去的，如果说话太快会掉下来。这使得他看上去已近中年，尽管他的脸，连同高高的光滑额头和睁大的眼睛，都很年轻。他有一双大手，污渍斑斑，结满老茧，穿着廉价的白色亚麻布西装。此人身上有某种非常可笑的东西，但与此同时，另一种感觉却让你笑不出来。

他要了一品脱酒，半个小时就喝光了。接着，他在一个火车座里坐了下来，吃着一大份鸡肉套餐。随后他一边读着一本书，一边喝着啤酒。那就是开头。尽管比夫非常仔细地观察过布朗特，但他怎么也不会猜到后来发生的种种疯狂的事情。他从未见过一个人在十二天时间里发生这么多的改变。从未见过一个家伙喝这么多酒，醉这么长时间。

比夫用大拇指向上推压着鼻尖，开始修刮上唇的胡子。刮完后，他的脸看上去更清爽了。当他穿过卧室走向楼梯时，艾丽斯睡着了。

那个手提箱很沉。他把它拎到了餐馆的前台，放在收银台的后面，他每天晚上通常都站在那里。他有条不紊地扫视了一下四周。有几个顾客已经离去，店里不那么拥挤了，但格局是一样的。哑巴依然坐在中间的一张桌子旁独自喝着咖啡。醉鬼说个不停。他并没有具体针对周围的哪个人说话，也没有任何人在听。当他那天晚上走进店里的时候，他穿着蓝色的工装裤，换下了那身已经穿了十二天的脏兮兮的亚麻布西装。他的袜子不见了，脚踝划伤了，还粘着泥块。

比夫已经开始把他长篇大论的零碎片段拼凑起来。那家伙似乎又在谈论某种古怪的政治话题。昨天夜里，他一直在谈论自己去过的地方——得克萨斯、俄克拉荷马、南北卡罗来纳。有一次，他谈到了妓院的话题，随后，他的笑话变得如此粗俗下流，以至于不得不用啤酒把他的嘴巴堵上。但大多数时候，没有一个人明白他究竟在说啥。说——说——说。话语像瀑布一样从他的喉咙里喷涌而出。事实上，他的口音一直在变，他使用的词汇也在变。有时候，他说起话来像个傻瓜，有时候又像个教授。他会使用很长的单词，然后又把语法弄错。说不清他属于何种民族，也搞不清他来自哪个地区。他总是在变。比夫若有所思地抚弄着自己的鼻尖。没有任何关联。然而关联通常伴随着大脑。没错，此人脑子很好，但他总是毫无来由地从一件事情转到另一件事情。他就像一个被某种力量甩出了轨道的人。

比夫靠在柜台上，开始读晚报。头条新闻说到，镇议会经过四个月的审议，断定本地的财政预算负担不起在镇上某些危险的十字路口设置红绿灯。左栏报道了亚洲的战争。比夫同样专注地读了这两篇报道。他的眼睛浏览着报纸上的文章，而他其余的感官则警觉地关注着周围的各种喧闹。读完这两篇文章，他的眼睛依旧半睁半闭地盯着报纸。他觉得有些紧张。这家伙是个麻烦，天亮之前得想出个解决办法。而且，他莫名其妙地觉得今晚会发生什么重要事情。这家伙不可能永远这样下去。

比夫感觉到有人站在门口，于是迅速抬起眼睛。一个又瘦又高、淡黄色头发的少年，其实是一个大约十二岁的小姑娘，正站在门口张望。她穿着卡其布短裤、蓝衬衫和网球鞋——因此乍一看像个小男孩。看到她，比夫便丢开报纸，当她走到面前时，他笑了笑。

"嗨，米克。参加女童子军了吗？"

"没呢，"她说，"我跟她们不是一伙的。"

透过眼角的余光，他注意到那个醉鬼狠狠地一拳砸在桌子上，从谈话对象的身上转过脸去。在和面前这个小姑娘说话时，比夫的声音变得粗糙起来。

"你家人知道你深更半夜还在外面吗？"

"没事儿。今儿晚上我们那个街区有帮小家伙玩到很晚。"

他从未见过她跟同龄的孩子一起走进这个地方。几年前，她总是跟在哥哥身后。凯利一家就人数而言是个大家庭。后来，她会拖着一辆童车来这里，车里装着两个流鼻涕的小家伙。不过，如果她不照看小家伙，或者不做大孩子的跟屁虫，她总是独来独往。眼下，这孩子站在那里，拿不定主意自己想要什么。她不停地用手掌向后捋着她那湿漉漉的、略带白色的头发。

"请给我一包烟。最便宜的那种。"

比夫欲言又止，随后把手伸进了柜台。米克掏出一个手帕，开始解角上的结，她把钱藏在手帕里。当她猛地拉开那个结时，硬币丁零当啷掉到了地板上，滚向布朗特，他正站在那里自言自语地嘟囔。片刻间，他茫然地注视着那些硬币，但是，还没等那孩子追上它们，布朗特便专心致志地蹲下身来，捡起了那些钱。他步履沉重地走到柜台前站住，手掌里颠晃着两个分币、一个五分币和一个角币。

"香烟现在是一角七分钱吗？"

比夫等待着，米克看看这个，又看看那个。醉鬼在柜台上把那些零钱码成一个小堆，依旧用他那只脏兮兮的大手护着。他缓慢地拿起一个分币，轻轻把它扔下。

"五厘给种植烟草的穷白人，五厘给卷烟的傻瓜，"他说，"这一分钱给你，比夫。"接下来，他眯缝起眼睛，试图看清那个五分币和角币上的铭文。他不停地推着两个硬币画圆圈。终于，他推开了它们。"这是献给自由的谦卑敬意。献给民主和暴政。献给自由和强盗行径。"

比夫平静地捡起那些钱，扔进了钱柜里。米克看上去似乎想再待会儿。她长时间地注视着那个醉鬼，随后，她把目光转向了屋子的中间，哑巴正独自坐在那里的一张桌子旁。片刻之后，布朗特也时不时地朝相同的方向扫视着。哑巴默不作声地坐在那里，面对着他的那杯啤酒，用一个烧过的火柴棍懒懒地在桌子上画着。

杰克·布朗特首先开口。"真逗，过去三四夜里我老是在睡梦中见到那家伙。他不会丢下我不管。你是否注意到，他好像从不说话。"

比夫很少和一个顾客讨论另一个顾客。"没错，他从不说话。"他敷衍了事地答道。

"真逗。"

米克把重心从一只脚转到另一只脚上，把那包烟塞进短裤的口袋里。"你要是对他有所了解的话就不会觉得古怪了，"她说，"辛格先生和我们住在一起。他的房间就在我们家里。"

"是么？"比夫问道，"我声明——我并不知道此事。"

米克走向门口，头也不回地答道："当然。他已经和我们一起住了三个月。"

比夫放下他的衬衫袖子，再小心地把它们卷上去。米克离开餐馆时，他的目光一直没有从她身上移开。即使在她离开几分钟之后，他还在笨手笨脚地整理着他的衬衫袖子，盯视着空荡荡的门道。随后，他双臂抱胸，再次转向那个醉鬼。

布朗特重重地靠在柜台上。他那双棕色的眼睛看上去有些湿润，睁得大大的，表情有些茫然。他像山羊一样臭烘烘的，很需要洗个澡。他那被汗水湿透的脖子上布满污渍，脸上有油污。他的嘴唇又厚又红，褐色的头发乱蓬蓬地耷拉在脑门上。他的工装裤太短，他不停地拉扯着裤裆。

"伙计，你也该懂点儿事了，"比夫终于开口说话，"你不能这副模样到处瞎逛。我真奇怪，你怎么没有被当作流浪汉给抓起来。你应该醒醒酒。你需要洗一洗，头发也该剪剪了。圣母她老人家在上！你不适合在人群当中瞎逛。"

布朗特怒目而视，紧咬着下嘴唇。

"嗨，别发火，消消气。照我说的去做。去厨房，让那黑孩子给你倒一大盆热水。叫威利给你一条毛巾和足够的肥皂，好好把自己洗洗。然后吃点儿牛奶吐司，打开你那个行李箱，穿上一件干净衬衫和一条合身的裤子。明天就能做你想做的事情，去干你打算干的任何工作，事情就会走上正轨。"

"你知道你能做什么，"布朗特醉醺醺地说，"你只能——"

"得了吧，"比夫平静地说，"不，我可不能。眼下你只要规矩些就行。"

比夫走向柜台的尽头，拿回两杯生啤。醉鬼笨手笨脚地端起自己那杯，以至于啤酒在他手里泼出来了，弄脏了柜台。比夫津津有味地品尝着他的那一份。他紧盯着布朗特，眼睛半睁半闭。布朗特并不是个怪物，尽管你第一次见到他会留下这样的印象。这就像他身上有某种畸形的东西——但是，当你仔细观察他的时候，他的每个部位都很正常，该是什么样就是什么样。因此，如果这种差别不是身体上的，那多半是心智上的。他就像一个在监狱里服过刑的人，在哈佛大学上过学的人，或者在南美洲与外国人一起生活过很长时间的人。他就像是去过别人不可能去的地方，或者做过别人不可能做的事情。

比夫歪着头，问道："你来自什么地方？"

"乌有之乡。"

"好吧，总得有个出生地吧。北卡罗来纳，田纳西，阿拉巴马——总得有个地方吧。"

布朗特眼神恍惚，视线模糊。"卡罗来纳。"他说。

"我看得出你曾四海为家。"比夫巧妙地暗示道。

但醉鬼并没有在听。他把目光从柜台转移开来，凝视着黑乎乎、空荡荡的大街。片刻之后，他朝门口走去，脚步散漫而踉跄。

"再见。"他回头喊了一声。

比夫再次一个人待着，他迅速而彻底地巡视了一遍餐馆。已经过了凌晨一点，店里只有四五个顾客。哑巴依旧独自坐在中间的那张桌子旁。比夫懒洋洋地看着他，晃了晃杯底剩下的几滴啤酒，然后慢慢地一口把它喝干了，重新回到柜台上那张摊开的报纸。

这一次，他再也没法把心思集中在面前的字句上。他想起了米克。他很想知道，到底该不该卖那包烟给她，抽烟对孩子来说是不是真的有害。他想起了米克眯缝着眼睛、用巴掌把头发向后捋的样子。想起了她那沙哑的、男孩子般的声音，她拽拉卡其布短裤的习惯，像电影里的牛仔那样昂首阔步。一种温柔的感情油然而生。他有些不安起来。

比夫慌张地把注意力转到辛格的身上。哑巴坐在那里，双手揣进口袋，面前那杯喝了一半的啤酒变得温暖而停滞。他想在辛格离去之前请他喝一杯威士忌。他对艾丽斯说过的话是真的——他就是喜欢怪人。他对病人和残疾人有一种特殊的亲和感。任何时候，只要有兔唇或结核病人走进店里，比夫都会请他喝啤酒。或者，如果顾客碰巧是个驼背或瘸子，那么准会为他提供一杯免费的威士忌。有一个家伙，在一次锅炉爆炸中被炸掉了阴茎和左腿，每当他来到镇上，准会有一品脱免费啤酒等着他。如果辛格是个嗜酒的家伙，任何时候他都可以按半价买酒。比夫暗自点头。随后他把报纸折叠好，放到柜台下面，与其他的报纸摆在一起。周末他会把这些报纸全都拿回到厨房后面的储藏室里，他把过去二十一年的晚报完整地保存在那里，一份都不少。

两点钟的时候，布朗特再次走进餐馆。他带来了一个高个子黑人，手里拎着一个黑包。这个醉鬼试图把他领到柜台那儿喝一杯，但那个黑人刚一发现领他进来的原因，便立即走掉了。比夫认识那个黑人，是个医生，自他记事以来便一直在镇上执业行医。他跟厨房里的小威利好像有点儿亲戚关系。在他离开之前，比夫看到他带着憎恨的表情颤抖着转向布朗特。

醉鬼只是站在那儿。

"你知不知道，不能带黑鬼进入白人喝酒的地方？"有人问他。

比夫远远地看着眼前的一幕。布朗特很生气，这会儿明显看得出他喝多了。

"部分程度上我自己就是黑鬼。"他大声吼道，像是一种挑衅。

比夫警觉地注视着他，店里很安静。从他鼻毛浓密的鼻孔和翻滚的眼白来看，他说的似乎很有可能是真话。

"我部分程度上就是黑鬼，再加上南欧佬、东欧佬和中国佬。我全都有份儿。"

有人笑出声来。

"我还是荷兰人加土耳其人加日本人加美国人。"他绕着哑巴喝咖啡的那张桌子，走着之字形的路线。他的声音洪亮而嘶哑。"我是一个知道的人。在一个陌生的国度，我是一个陌生的人。"

"安静一下。"比夫对他说。

布朗特不理睬店里的任何人，除了哑巴。他们俩互相看着对方。哑巴的眼睛就像猫的眼睛那样冷漠而温和。他的整个身体似乎都在倾听。醉鬼处在极度的兴奋中。

"你是这个镇子上唯一听得懂我的意思的人，"布朗特说，"到现在两天了，我一直在心里对你说话，因为我知道你懂得我想要表达的意思。"

火车座里有人笑了起来，因为这个醉鬼完全不知道他挑选出来试图与之交谈的那人是个聋哑人。比夫眼神飞快地注视着他们俩，全神贯注地倾听着。

布朗特在那张桌子旁坐了下来，俯身贴近辛格。"这世界有两种人：知道的人和不知道的人。每一万个不知道的人，只有一个知道的人。这在任何时代都是奇迹——千百万所知甚多的芸芸众生却不知道这个。这就像在十五世纪，人人都相信地球是平的，只有哥伦布和少数几个伙计知道真相。只有天才才认为地球是圆的，不同之处，盖在于此。尽管这个真相如此明显，但它却是整个人类历史上的一个奇迹，以至于人们都不知道。你当然知道。"

比夫把胳膊肘支在柜台上，好奇地看着布朗特。"知道什么？"他问道。

"别理他，"布朗特说，"别在乎那个平脚板、青下巴、大鼻子杂种。你瞧，当我们这些知道的人彼此相遇，那可是件大事。这事几乎没有发生过。有时候，我们彼此遇见了，但谁也不曾想到对方也是一个知道的人。这是件很糟糕的事。这事在我身上发生过多次。但你知道，我们这样的人少之又少。"

"共济会吗？"比夫问。

"你给我闭嘴！否则我把你的胳膊拧下来，再用它把你揍得青一块紫一块。"布朗特吼道。他弓起身子贴向哑巴，压低声音，成了一个醉醺醺的耳语者。"怎么回事？这个无知的奇迹为何得以持续下去？只有一个原因。一个阴谋。一个巨大而阴险的阴谋。蒙昧主义。"

火车座的人还在嘲笑那个醉鬼试图跟哑巴交谈。只有比夫是严肃的。他想弄明白，哑巴是不是真的理解醉鬼对他说的话。那家伙频频点头，脸上的表情若有所思。他只是反应有点儿慢——仅此而已。布朗特开始在他关于"知道"的谈话中夹杂几句玩笑。哑巴一直很严肃，直至醉鬼发表了可笑的评论之后，他才笑了；接下来，谈话再次变得沉闷，笑意依旧挂在脸上，持续时间未免长了点儿。这家伙很不寻常。甚至早在人们认识到他身上有什么与众不同的东西之前，人们就不由自主地注视他。他的眼神让人不由得想到，他听到过别人从未听过的东西，他知道你从前不曾想过的东西。他似乎并不完全是人。

杰克·布朗特趴在桌子上，话语滔滔不绝，仿佛体内的大坝已经决堤。比夫再也听不懂他说什么。布朗特的舌头由于喝多了变得如此沉重，说话的速度又是如此剧烈，以至于听上去哆哆嗦嗦完全被搅在一起。比夫很想知道，假如艾丽斯把他扫地出门，他会去哪里。到早晨她就会那么做——就像她说的那样。

比夫疲倦地打了个呵欠，用指尖拍着张开的嘴巴，直至下颌松弛下来。时近凌晨三点，是一天当中最死气沉沉的时辰。

哑巴很有耐心。他一直在听布朗特说话，差不多一个小时。此时，他开始偶尔看看时钟。布朗特对此毫不留意，继续滔滔不绝。终于，他停了下来，为的是卷一支香烟，随后，哑巴朝时钟的方向点了点头，用他那种秘而不宣的方式笑了笑，从桌旁站起身来。像往常一样，他的双手依旧揣在口袋里。他快速地走了出去。

布朗特烂醉如泥，根本不知道发生了什么。他甚至根本没有注意到哑巴从未答复半句。他开始朝店内四处打量，张着嘴巴，转动眼珠，迷迷糊糊。额头上凸显出红色的血管，他开始用拳头愤怒地捶打桌子。他的酒疯这会儿已经持续不了多久。

"得了吧，"比夫和蔼地说，"你的朋友已经走了。"

这家伙依然在四处寻找辛格。此前他似乎从未醉得这么厉害。他的样子十分丑陋。

"我找你有点儿事，我想跟你说句话。"比夫哄着他。

布朗特从桌子上挺起身子，再次散漫地迈着大步走向大街。

比夫靠着墙壁。进来出去——进来出去。归根到底，这不关他的事。店里空旷而安静。时间缓慢地流逝。他疲惫不堪地垂着头。一切运动似乎缓慢地离开这间屋子。柜台、面孔、火车座和桌子，墙角的收音机，天花板上嗖嗖转动的风扇——所有这一切似乎都变得虚弱无力，静止不动。

他想必打了会儿盹。有人用手摇晃着他的胳膊。他缓慢地恢复了先前的机智，抬起眼想看看是怎么回事。威利，也就是厨房里的那个黑人男孩，站在他的面前，戴着他那顶帽子，系着他那个长长的白色围裙。威利结结巴巴，因为不管说什么他总是很兴奋。

"就这样，他用拳头捶、捶、捶打这里的砖墙、墙、墙。"

"什么？"

"就在隔壁两家、家、家之外的巷子里。"

比夫挺直了垂落的双肩。"从头开始讲，好让我明白究竟是怎么回事。"

"就是那个蓄着小胡、胡、胡子的矮个儿白人。"

"布朗特先生，是吗？"

"嗯——我没看到事情是怎样开始的。当我听到喧闹声的时候，我正站在后门口。听上去像是巷子里在打猛架。于是我便跑、跑、跑去看。那个白人简直疯了。他不停地用头撞着那道砖墙，还用拳头砸。他不停地咒骂和打斗，之前我从未见过一个白人这样打斗。只是跟那堵墙打斗。再这么打下去，肯定会把自己打得头破血流。随后，有两个白人听到了喧闹声，跑了过来，站在旁边看着——"

"后来呢？"

"嗯——你知道，那个哑巴先生——双手揣在口袋里——那个——"

"辛格先生。"

"他走了过来，只是站在那里四下张望，想看看究竟是怎么回事。

布、布、布朗特先生看到了他，开始说话和叫喊。后来，突然间，他倒在了地上。没准真的把自己的脑袋撞开了花。一个警、警、警察跑了过来，有人告诉他布朗特先生一直待在这儿。"

比夫低下头，把刚才听到的故事重新组织成一个简洁的模式。他揉着自己的鼻子，想了一会儿。

"他们随时都会涌进来。"威利走到门口，朝大街上张望，"这会儿他们全都过来了。他们不得不拖着他。"

十几个看热闹的人和一个警察全都试图挤进餐馆。外面有两个妓女站在那儿，正透过前窗朝里面张望。有一件事情始终很古怪：每当发生什么不同寻常的事情时，总会有那么多人不知从什么地方冒出来。

"别再添乱了。"比夫说，他看着那个搀扶着醉鬼的警察，"其余的人最好是清理出去。"

警察把醉鬼扶到一把椅子上，把那一小群人赶回了大街上。随后他转向比夫："有人说他一直待在这儿，跟你一起。"

"不是。但他不妨待在这儿。"比夫说。

"想让我把他带走吗？"

比夫想了想。"今夜他不会再惹麻烦了。当然，我不可能负有责任——但我想，这会让他安静下来。"

"好吧。收工前我会再来一趟。"

比夫、辛格和杰克·布朗特被丢下不管。自他被带进店里以来，比夫第一次把注意力转向了那个醉鬼。看来，布朗特的下巴似乎伤得很重。他颓然趴在桌子上，一只大手捂着嘴巴，前后摇晃着。头上有一道裂口，血顺着他的太阳穴流下来。指关节蹭破了皮，他是如此肮脏，以至于看上去仿佛是被人揪着脖子从下水道里拉出来的。所有的能量从他的体内喷涌殆尽，他彻底垮了。哑巴坐在他对面，把一切看在他那双灰色的眼里。

接下来，比夫看到，布朗特并没有伤着下巴，他之所以捂着嘴巴，是因为他的嘴唇在颤抖。眼泪顺着他那张脏兮兮的脸滚落下来。他时不时地斜着眼睛朝比夫和辛格瞥上一眼，很恼火让他们看到自己哭。场面有些尴尬。比夫对哑巴耸耸肩，带着一副"怎么办"的表情扬了扬眉毛。辛格把头歪向一侧。

比夫左右为难。他若有所思地琢磨着该如何对付目前的情境。他还在试图拿定主意，而此时，哑巴把菜单翻了过来，开始写道：

> 如果你想不出有什么地方让他去，他可以跟我一起回家。先来点儿汤和咖啡对他有好处。

比夫松了一口气，一个劲地点头。

他在桌上放上了昨天夜里的特价饭菜，两碗汤，还有咖啡和甜点。但布朗特不愿吃。他不肯把手从嘴巴上挪开，仿佛他的嘴唇是他的某个非常隐秘的部位，正要被人暴露在外。他的呼吸夹杂着刺耳的哭泣，他巨大的肩膀神经质地抽搐着。辛格指着一盘食物，随后又指指另一盘，但布朗特只是坐在那里，捂着嘴，摇摇头。

比夫缓慢地吐着字，好让哑巴能够看清。"这样的紧张不安——"他语气轻松地说。

汤的热气不断地飘到布朗特的脸上，过了一会儿，他颤抖着拿起汤匙。他把汤喝完了，吃了一点儿甜食。他那厚重的嘴唇依旧在颤抖，他低下头，脑袋几乎要触到面前的盘子。

比夫注意到了这一点。他在想，几乎每一个人的身上都有某个特殊的身体部位，一直被小心地守护着。在哑巴那里是他的双手。假小子米克总是拉扯衬衫的前襟，不让衣服摩擦她胸前刚开始长出的娇嫩乳头。对艾丽斯来说则是她的头发；要是他的头上抹了油，她就决不让他跟自己睡在一起。他自己呢？

比夫缓慢地转动小拇指上的那枚戒指。无论如何，他知道它不是什么。不是。不再是。一道深纹刻进了他的额头。插在裤袋里的那只手神经质地伸向了他的生殖器。他开始用口哨吹一支歌，一边从桌旁站起身来。不过，认准别人身上的这个部位很好笑。

他们扶着布朗特站起身来。他虚弱地摇摇晃晃。他不再哭了，似乎在思考某件丢脸而阴郁的事。他被人领着往前走。比夫从柜台后面拿出那个手提箱，对哑巴解释了一下。辛格看上去仿佛对任何事情都不会大惊小怪。

比夫跟着他们走向门口。"打起精神，别再喝酒惹事了。"他对布朗特说。

漆黑的夜空开始亮起来，随着清新早晨的到来而变成了深蓝色。只有几颗微弱的、银亮的星星。街道空旷而寂静，几乎有些清冷。辛格左手拎着手提箱，空出的那只手搀扶着布朗特。他点点头，跟比夫告别，两人一起走上了人行道。比夫站在那儿目送着他们。走出半个街区之后，只有他们黑色的身影显现在暗蓝的夜色里——哑巴身板挺直，步伐稳固，而宽肩膀布朗特踉踉跄跄地靠在他身上。当他再也看不见他们的身影时，比夫又等了一会儿，举目望天。浩瀚而深邃的天空令他着迷，也让他感到压抑。他揉了揉前额，回到了灯火通明的餐馆。

他站在收银台的后面，努力地回想晚上发生的事情，他的脸随之而收缩，变得僵硬。他有一种感觉：想对自己有所解释。他回想着单调乏味的细节，但还是一头雾水。

随着一拨拨顾客突然涌入，店门几次开开合合。夜晚就这样过去了。威利把一些椅子堆在桌子上，开始拖地。他就要回家，一边哼着歌。威利很懒。在厨房里，他总是停下手里的活，吹会儿随身携带的口琴。这会儿，他昏昏欲睡地拖着地，沉着镇定地哼唱着孤独寂寞的黑人歌谣。

店里依旧宾客寥落——这时辰，正是那些通宵达旦熬夜的人与那些刚刚醒来、准备开始新的一天的人碰面的时刻。睡眼蒙眬的女招待正端上啤酒和咖啡。没有喧嚣，也没有交谈，每个人似乎都是形单影只。有人刚刚醒来，有人正要结束一个漫漫长夜，他们之间的互不信任让每个人都不由得产生一种疏离感。

黎明的晨曦中，街对面的银行大楼显得格外苍白。接下来，它的白色砖墙逐渐变得清晰起来。终于，初升太阳最早的光束开始照亮街道，比夫最后巡视了一遍店堂，上楼去了。

进门的时候，他故意把门把手弄得嘎嘎作响，为的是把艾丽斯吵醒。"圣母她老人家在上！"他说，"这是怎样的一夜啊！"

艾丽斯警觉地醒来。她像一只愠怒的猫那样，躺在乱七八糟的床上，伸了一个懒腰。房间在早晨新鲜而灼热的阳光里呈现出黄褐色，一双丝袜松松垮垮地挂在窗帘的绳子上。

"那个醉醺醺的傻瓜还在楼下吗？"她问道。

比夫脱掉衬衫，仔细检查了衣领，看看是不是足够干净，可以再穿一天。"你自己下楼去看看吧。我跟你说过，没人会妨碍你一脚把他踢出去。"

艾丽斯睡眼惺忪地伸出手，从床边的地板上捡起一本《圣经》、空白菜单和一本主日学校手册。她翻动《圣经》的书页，直至翻到某个段落，开始读了起来，她费劲而专注地大声朗读着里面的词句。那是礼拜日，她在为本区教堂少儿部的孩子们准备每周一次的课程。"耶稣顺着加利利的海边走，看见西门和西门的兄弟安得烈在海里撒网；他们本是打鱼的。耶稣对他们说：来跟从我，我要叫你们得人如得鱼一样。他们就立刻舍了网，跟从了他。"

比夫走进浴室，想洗个澡。艾丽斯还在大声朗读，丝绸般的低语声依旧在继续。"——次日早晨，天未亮的时候，耶稣起来，到旷野地方去，在那里祷告。西门和同伴追了他去，遇见了就对他说：众人都找你。"

她读完了。比夫让那些词句再次在内心里温柔地回绕。他试图把实际的词句跟艾丽斯朗读时发出的声音分离开来。他很想记起儿时母亲经常朗读的段落。他带着怀旧之情低头看了一眼小拇指上的那枚结婚戒指，它曾经是母亲的。他又一次很想知道，母亲对他放弃教会和宗教会有怎样的感觉。

"今天的课程是关于门徒的集会，"艾丽斯自言自语地备着课，"课文是'众人都找你'。"

猛然间，比夫从沉思中惊醒过来，把水龙头拧到最大。他脱掉了内衣，开始洗澡。他总是一丝不苟地从腰部向上搓洗。每天早晨，他都要给胸部、手臂、脖子和脚打上肥皂——这个季节他大约一天两次进入浴缸，清洗身体的各个部位。

比夫站在床边，很不耐烦地等待艾丽斯起床。透过窗户，他看到外面的天气没有一丝风，滚烫灼热。艾丽斯读完了她的课程，依旧懒洋洋地横躺在床上，尽管她知道比夫在等她起床。他的心里不由得升起一股平静而阴郁的怒火。他挖苦地暗自笑了。随后他尖酸地说："要是你喜欢的话，我可以坐下来读会儿报纸。但我还是希望这会儿你能让我睡觉。"

艾丽斯开始梳妆打扮，比夫整理了床铺。他熟练地以各种可能的方式把床单翻来倒去，先是颠头倒尾，再翻上覆下。当床被铺得平平整整之后，他一直等到艾丽斯离开房间之后，这才脱掉裤子，爬上床。他的双脚从盖被下面伸出，毛发粗硬的胸部在枕头的衬托下显得黑乎乎的。他很高兴自己没把醉鬼身上发生的事情告诉艾丽斯。他倒是很想跟人谈谈此事，因为，如果他大声说出全部事实的话，或许就能够弄明白让他迷惑不解的事。那可怜的狗娘养的家伙老是说呀说呀说个不停，甚至不让任何人明白他的意思。很可能他自己也不明白。他被吸引到那个聋哑人身边，把他挑选出来，试图把自己内心的一切一股脑地交给他。

为什么？

因为就某些人而言，他们打心眼里想在某个时刻交出每一件个人物品，趁着它还没有发酵和毒化——把它扔给某个人的存在或人的观念。他们不得不这样。就某些人而言，这是他们内在的想法——那篇课文是"众人都找你"——或许这就是原因——或许——他是一个中国佬，那家伙这样说过。一个黑鬼，一个南欧佬，以及一个犹太人。如果他足够坚定地相信这个，事情没准就是这样。他所说的每一个人和每一样东西，他都是——

比夫向外伸开双臂，一双赤脚交叉叠放。在早晨的光亮中，他的脸显得更老，眼睑紧闭而皱缩，两颊和下巴上是浓密的、铁丝一般的胡须。逐渐地，他的嘴巴变得柔软而松弛。太阳那刺目的黄色光束透过窗户照射进来，这样一来，卧室里变得灼热而明亮。比夫疲倦地翻了个身，双手蒙住眼睛。他只不过是——巴塞罗缪——有两个拳头和伶牙俐齿的老比夫——布兰农先生——独自待着。

3

太阳早早叫醒了米克，尽管昨夜她在外面可能玩得太晚。天气太热，早餐甚至都不想喝咖啡，她于是喝了点儿掺糖汁的冰水，吃了几块冷的软烤饼。她在厨房里溜达了一会儿，随后走到前廊，读起了连环画报。她想，辛格先生没准会在前廊读报纸，就像他在大多数礼拜日早晨所做的那样。但辛格先生不在那儿，稍后，她老爸说，辛格昨天夜里很晚才回来，他的房间里还有一个伙伴。她等了辛格先生很长时间。除他之外，其他所有房客都下楼了。最后，她回到厨房，把拉尔夫从高脚椅上抱下来，给他擦了一把脸。稍后，等巴布尔从主日学校放学回家，她就要带两个小家伙出去了。她让巴布尔和拉尔夫一起坐在童车里，因为他赤着脚，灼热的人行道会烫伤他的脚。她拉着童车，大约走过了八个街区，来到正在施工的一幢巨大的新楼前。梯子依旧靠着屋顶的边缘，她鼓起勇气，开始向上攀爬。

"你看着点儿拉尔夫，"她回头朝巴布尔喊道，"当心别让小虫子落在他的眼皮上。"

五分钟后，米克站起身，挺得笔直。她伸开双臂，就像展开的翅膀。这是每个人都想站立的地方。最高点。但能够站上这个地方的孩子并不多。大多数孩子都吓坏了，因为，一旦失手，你就会从房顶的边缘滚落下来，断送小命。在小镇的另一边，有教堂的尖塔和工厂的烟囱。天空蔚蓝，骄阳似火。太阳让地面上的每一样东西都变成要么是令人炫目的白色，要么是一团漆黑。

她想唱歌。她熟悉的所有歌曲全都涌向喉咙，却没有声音。上个礼拜，有一个大个子男孩爬上了屋顶的最高处，在那里放声大叫，随后喊出了他在中学里学到的一篇演说——"各位朋友，各位罗马人，各位同胞，请听我说！"[1]爬上最高点之后，就会让你有一种狂野的感觉，让你想要大声叫喊，放声歌唱，或者张开双臂，展翅飞翔。

她觉得自己的网球鞋鞋底有些打滑，于是小心地蹲下来，跨坐在屋顶的尖顶上。房子差不多完工了。它将是这一地区最大的建筑物之一——两层楼，天花板很高，还有她所见过的最陡的屋顶。但是，这项工程很快就要完工了。木匠们将会离开，孩子们不得不找别的地方去玩。

她形单影只。四周空寥，天地俱寂，总算可以思考一会儿了。她从短裤口袋里掏出昨夜买来的那包香烟。她缓慢地吸着烟。香烟让她有一种微醺的感觉，因此肩膀上的那颗脑袋似乎变得沉重而松弛，但那支烟她没有抽完。

M.K.——当她十七岁且名扬天下时，她将把这两个缩写字母写在每一样东西上。她将开着一辆红白相间的帕卡德汽车衣锦还乡，车门上就有这两个首字母缩写。她将让人用红色把 M.K. 印在自己的手帕和内衣上。或许，她会成为一个伟大的发明家。她会发明极小的收音机，就像一颗绿豆那么大，人们可以把它塞进耳朵里，带着它满世界跑。还要发明一种飞行器，人们可以像背包一样把它拴在后背上，满世界飞来飞去。接下来，她还要成为打通一条巨大隧道的第一人，它将贯穿世界，直通中国，人们可以乘坐巨大气球，顺隧道而下。这些将是她的第一批发明。全都计划好了。

当香烟抽完一半的时候，她用力把它掐灭了，把剩下的半截顺着屋顶的斜坡弹了下去。随后，她俯身向前，将脑袋搁在手臂上，独自

---

[1] 语出莎士比亚的《恺撒大帝》。

哼唱起来。

那是一件很古怪的事情——但几乎自始至终，总有一支钢琴曲或别的音乐在她脑海深处奏响。不管她做什么或想什么，音乐总在那儿。布朗小姐是她家的房客，她的房间里有一台收音机，去年整个冬天，每个礼拜天下午，她都会坐在台阶上，听收音机里播放的节目。那些节目多半是古典音乐，却是她记得最清楚的曲目。有一个家伙的曲子，每次听到都让她心头一紧。有时候，这家伙的音乐就像一块块五彩缤纷的水晶糖，还有一些时候，他的音乐是她想象中最温柔、最悲伤的东西。

突然传来一阵哭声。米克坐直了身子，倾听着。风吹乱了她前额上的刘海，明亮的阳光让她的脸变得煞白而潮湿。呜咽声在继续，米克匍匐在尖屋顶上，手脚并用，缓慢移动。到达尽头时，她俯身向前，趴在那里，好让脑袋可以伸出屋檐，看到地面。

小家伙们还在原先的地方。巴布尔蹲在那里，盯着地面上的什么东西，他的旁边是一个又小又矮的、黑乎乎的影子。拉尔夫依旧被绑在童车里。他的岁数刚好大到足以坐起身来，他抓住童车的两侧，帽子歪歪斜斜地扣在头上，一直在哭。

"巴布尔！"米克朝下喊道，"看看拉尔夫想要啥，拿给他。"

巴布尔站起身来，死死地盯着那孩子的脸。"他啥也不要。"

"好吧，那就好好摇摇他。"

米克爬回了她先前坐的地方。她想长时间地琢磨琢磨两三个人，想对自己歌唱，想制订计划。但那个拉尔夫还在嚎啕大哭，她根本不会有片刻的安宁。

她开始大胆往下爬，爬向靠在屋顶边缘的那把梯子。斜面很陡，只有几个木块钉在上面，每个木块之间相距甚远，那是工人们用来站脚的。她头晕目眩，心跳加快，不由自主地哆嗦起来。她用命令的口吻大声对自己说："双手抓牢这里，然后向下滑，直至右脚的脚趾牢牢地踩住那儿，再稳住，然后摆向左边。勇敢点儿，米克，你要一直保持勇气。"

在任何攀爬中，向下爬都是最难的部分。米克花了很长时间才爬到楼梯那儿，总算觉得安全了。当她终于站在地面上的时候，她似乎矮了许多，小了许多，片刻间，她觉得两腿像是要随她一起坍塌下来。她拽了拽短裤，把皮带拉紧了一扣。拉尔夫还在哭，但她没理会哭声，径直走进了这幢空荡荡的新房子。

上个月，有人在门前竖了块牌子：儿童不得入内。有天夜里，一帮孩子在屋里打作一团，有一个小姑娘，在黑暗中什么也看不见，跑进了一个没有铺地板的房间，掉了下去，摔断了腿。到现在还躺在医院里，打着石膏绷带。还有一回，几个粗鲁的男孩用尿把其中的一面墙浇了个透，并涂上了一些相当下流的话。可是，不管竖起了多少"请勿入内"的牌子，都挡不住孩子们进入，除非房子粉刷并装修完成，有人搬了进来。

房间里散发着新鲜木材的气味，当她走动时，网球鞋底噗噗作响，整幢房子都发出回声。空气闷热而安静。她在前厅的中间静静站了一会儿，随后突然想起了什么。她从口袋里摸出了两个粉笔头——一个是绿色的，另一个是红色的。

米克十分缓慢地描画着大写字母。她在最顶上写下了 EDISON（爱迪生），再在下面描画了 DICK TRACY（迪克·特雷西）和 MUSSOLINI（墨索里尼）这两个名字。然后，在每个角上，以最大的字体，用绿色粉笔涂写，再用红色粉笔勾边，她写下了自己名字的首字母缩写——M.K.。写完之后，她走到对面的墙壁前，写下了一个非常下流的词——PUSSY（阴户），在下面也写下了自己名字的缩写。

她站在空房间的正中间，凝视着自己刚才描画的这些字。粉笔依然攥在手里，她并没有真正感到满足。她在使劲地回想去年冬天从收音机里听到的那些曲子的作者是谁。她已经问过学校里一个有钢琴的小姑娘，她上过关于那位作曲家的课，而且那个女孩去问了她的老师。那家伙好像是个小孩，若干年前生活在欧洲的某个国家。可即便是个小孩子，他就已经创作出了所有这些优美的钢琴曲、小提琴曲，还有管弦乐作品。在她的脑海里，她大约能够记住她所听过的他创作的六支不同的曲子。其中有几支很明快，丁丁当当的，另外一首闻起来有雨后春天的气息。但这些曲子全都让她莫名其妙地感到悲伤，同时又很兴奋。

她哼唱了其中一支曲子，独自一人在这幢闷热的空房子里待了一会儿之后，她感觉到泪水盈满了自己的眼眶。她的喉咙又紧又涩，再也哼不下去了。她在这份名单的最上面迅速写下了那家伙的名字——MOTSART（莫扎特）。

拉尔夫就像她离开时一样被绑在童车里。他安静地坐着，一动不动，那双胖乎乎的小手抓着童车的两侧。拉尔夫看上去像个中国小孩，留着四四方方的黑色刘海，眼珠子也是黑色的。阳光照在他的脸上，这就是他为什么哭喊的原因。巴布尔不见踪影。当拉尔夫看见她走过来时，又开始哭了起来。她把童车拉到那幢新房子侧面的阴凉处，从衬衫口袋里掏出一粒蓝色的豆豆糖。她把那粒糖塞进了那孩子温暖柔软的嘴里。

"你好自为之吧。"她对拉尔夫说。这在某种程度上是一种浪费，因为拉尔夫太小，品尝不了那颗糖的真正滋味。给他一粒干净的石子也没啥不一样，这个小傻瓜只会把它吞进肚子里。他既不懂得味道，也听不懂别人说话。你要是说，你十分厌烦拉着他到处跑，真想把他丢到河里去，这对他来说就跟你说爱他是一回事。不管什么事情，对他来说都并无不同。正是因为这一点，拉着他到处瞎逛才是如此令人厌烦。

米克双手团起，紧紧夹住，通过大拇指之间的缝隙吹气。她的腮帮子鼓了起来，起初只有空气穿过拳头的声音。接下来，发出了一阵高亢而尖厉的口哨声，片刻之后，巴布尔从房子的拐角处跑了出来。

她胡弄着巴布尔的头发，掸掉里面的锯末，然后整理了一下拉尔夫的帽子。这顶帽子是拉尔夫最漂亮的东西，用蕾丝做成，绣满了花饰。下巴底下的丝带，一面是蓝色的，另一面是白色的，两只耳朵的上方各有一个玫瑰花结。对于那顶帽子来说他的头太大，刺绣被刮破了，但是，每当她带他外出时，她总是给他戴上那顶帽子。拉尔夫并不像大多数小孩子那样拥有一辆真正的童车，也没有夏天穿的毛线鞋。不得不把他放在一辆破旧的老式童车里拉着，那是三年前米克因为圣诞节而得到的。但那顶漂亮的帽子给他长脸了。

街上空无一人，因为那是礼拜天的正午时分，天气很热。童车嘎吱嘎吱地响着，发出尖锐的声音。巴布尔打着赤脚，灼热的人行道把他的脚烫得火辣辣的。绿色的橡树在地面上投下深色的阴影，看上去像是很凉爽，但那点儿树荫根本不够。

"爬到车里去，"她对巴布尔说，"让拉尔夫坐在你的腿上。"

"没事，我可以走。"

漫长的夏天让巴布尔患上了腹绞痛。他没有穿衬衫，肋骨轮廓清晰，颜色煞白。太阳让他变得苍白，而不是黝黑，他小小的乳头就像胸前的两粒蓝色葡萄干。

"我不介意拉你，"米克说，"坐上去吧。"

"那好吧。"

米克慢条斯理地拉着童车，因为她并不急着回家。她开始跟两个小家伙说话，不过更像是自言自语。

"真是件怪事——我最近老在做的那些梦。我好像在游泳。但并不是在水里游，我推开双臂，从一大群人当中游过。那群人比礼拜六下午克雷斯百货商店里的人多一百倍，是世界上最大的一群人。有时候，我大呼小叫，游过人群，不管游到哪儿都把他们全都撞倒——还有些时候，我躺在地上，人们踩遍我的全身，把我的五脏六腑都踩出来了，摊开在人行道上。我想那更像是噩梦，而不是平平常常的梦——"

每到礼拜天，房子里总是挤满了人，因为房客有客人来。报纸沙沙作响，雪茄烟雾弥漫，楼梯上总是响起脚步声。

"有些事情，你只是自然而然地想要守口如瓶。这倒不是因为它们是坏事，而只是因为你不想让别人知道。有两三件事情，我甚至不想让你们知道。"

来到街角的时候，巴布尔下了车，帮着把童车抬下马路牙子，再抬到下一条街的人行道上。

"但有一样东西，我愿意为它放弃一切。那就是钢琴。要是我有一台钢琴，每天晚上我都会练习，学习世界上每一支曲子。这是我最想得到的东西。"

他们这会儿走到了自己家所在的街区。距离他们家的房子只有几户人家。那是小镇整个北区最大的房子之一——有三层楼高。但当时家里有十四口人。真正有血缘关系的凯利一家并没有那么多人——但他们吃在那儿，睡在那儿，每口人五美元，所以你不妨把他们也算进来。辛格先生不在其中，因为他只是租了一间房，自己把房间收拾得干干净净。

房子很窄，许多年没有粉刷过。对于它的三层高度来说，房子建得似乎并不够结实。它的一侧已经下陷了。

米克松开拉尔夫，把他从童车里抱了起来。她迅速奔过门厅，眼角的余光瞥见客厅里满是房客。爸爸也在那儿。妈妈应该在厨房里。他们全都在那里闲待着，等候吃饭的时间。

她走进了家人留给他们自己住的三个房间中的第一间。她把拉尔夫放在了爸爸和妈妈睡的那张床上，给他一串珠子让他玩。从隔壁房间紧闭的门里传出了说话声，她决定进去。

黑兹尔和埃塔看见她，便不再说话。埃塔坐在靠窗的椅子里，用红色指甲油涂着指甲。她的头发扎着钢质卷发筒，下巴底下一小块地方抹了一点儿白色面霜，那里长出了一个粉刺。黑兹尔像往常一样，懒洋洋地摊开床上。

"你们在聊啥？"

"关你屁事，"埃塔说，"闭上你的嘴，离我们远点儿。"

"这可不光是你们的房间，它也是我的房间。我像你们一样有权待在这儿。"米克昂首挺胸，从房间的一个角落走到另一个角落，直至把整个房间走了个遍，"但话说回来，我可不想挑起战斗。我只是想要我自己的权利。"

米克用巴掌向后捋了捋她蓬乱的刘海。她经常这么干，以至于额头上方有几绺翘着的头发。她耸了耸鼻子，对着镜子朝自己做鬼脸。随后，她又开始在房间里走来走去。

黑兹尔和埃塔作为姐姐来说还算不赖。可埃塔就像满脑子蛆虫。她一门心思只想着电影明星和演电影。有一回她给珍妮特·麦克唐纳写信，并收到了一封打字机写的回信，说她要是去好莱坞的话可以去找她，在她的游泳池里游泳。打那以后，那个游泳池便一直在她的脑海里挥之不去。她成天琢磨着攒够车费去好莱坞，找一份当秘书的差事，跟珍妮特·麦克唐纳成为闺蜜，自己也去演电影。

她成天精心打扮。这是糟糕的方面。埃塔并不像黑兹尔那样天生丽质。主要问题是她几乎没有下巴。她老是拉拽自己的下颌，按照她从一本电影书里看来的方法，进行过大量的下巴锻炼。她总是看着镜子里自己的侧影，试图让嘴巴摆出某种造型。但这一切都白费力气。有时候，埃塔会双手抱脸，在夜里为这张脸暗自哭泣。

黑兹尔是个彻头彻尾的懒鬼。她长得很好看，只是脑子进水了。她已经十八岁，是家里除比尔之外年龄最长的孩子。或许，这正是麻烦之所在。每一样东西，她总是得到第一份，也是最大的一份——第一个试穿新衣服，得到任何特别款待中最大的份额。黑兹尔性情温和，她从不争抢什么东西。

"你打算一整天就在房间里走来走去吗？看到你穿着那些傻小子的衣服就让我恶心。得有人来管管你，米克·凯利，好让你规矩点儿。"埃塔说。

"闭嘴，"米克说，"我穿短裤，是因为我不想穿你的旧衣服。我不想像你们一样，不想看上去像你们当中的任何一个。我不愿意。那就是我穿短裤的原因。我宁愿任何时候都是个男孩子，我真希望能搬去和比尔同住。"

米克钻到床底下，拿出一个大帽盒。当她抱着盒子走到门口时，她们两个都在她身后大喊："谢天谢地，总算走了！"

比尔的房间是家里孩子中最好的。像个兽窝——他独霸整个房间——除巴布尔之外。比尔把一些从杂志上剪下来的画片钉在墙上，大多是漂亮女人的头像，另一个角落里钉着一些画，是米克去年上兔费艺术班时画的。房间里只有一张床和一张书桌。

比尔弓着身子趴在书桌上，正在读《大众机械》杂志。米克走到他的身后，双臂抱住他的肩膀。"嗨，你这个老混蛋。"

他没有像以前那样跟她扭打起来。"嗨。"他说，晃了晃肩膀。

"我想在这儿待一会儿，不会打扰你吧？"

"当然不会——想待就待吧，我不介意。"

米克跪在地板上，解开那个大帽盒上的绳子。她双手悬停在盒盖的边缘，不知何故，她拿不定主意是不是要打开它。

"我一直在琢磨，我已经对这个盒子做了什么，"她说，"它可能起作用，也可能不起作用。"

比尔还在读杂志。她依然跪在盒子旁边，没有打开它。她的目光瞟向背对着她的比尔。看书的时候，他的一只大脚始终踩在另一只脚上。他的鞋子磨破了。有一次，老爸说，比尔吃下的午餐都跑到脚上去了，早餐去了一只耳朵，晚餐去了另一只耳朵；这话有点儿刻薄，比尔为此生了一个多月的闷气，但这个说法很逗。他一对招风耳向外张开，红彤彤的，尽管他才中学毕业，却穿十三码的鞋子。站起身来的时候，他总是把一只脚在另一只脚的后面蹭来蹭去，试图藏起他的大脚，但这只会让事情变得更糟。

米克把盒子打开了几英寸，随后又把它关上。这会儿她觉得太兴奋，不敢朝里面看。她站起身来，在房间里走来走去，直至自己能够稍稍平静一些。几分钟后，她在一幅画的面前停了下来，那是她去年冬天上政府为学童们举办的免费艺术班时画的。画的是大海上的风暴，一只海鸥在空中被大风冲击。画的题目叫"背部被折断的海鸥在风暴中"。老师在最初两三节课上描述了那片大海，几乎每一个孩子都是从这几课开始。班上大多数孩子都像她一样，其实从未亲眼见过大海。

那是她画的第一幅画，比尔把它钉在自己房间的墙上。她其余所有的画都画满了人。起初她画了不少海上风暴——有一幅画的是飞机失事，人们为了逃生纷纷向外跳；另一幅画的是跨大西洋班轮沉没，所有的人你推我搡，试图挤上一艘小小的救生艇。

米克走进比尔房间里的储物间，拿出了她在艺术班画的另外几幅画——几幅铅笔素描，几幅水彩，一幅帆布油画。它们全都画满了人。她想象了布罗德街上的一场大火，描绘了她所想象的场景。火焰是明亮的绿色和橙色，布兰农先生的餐馆和恒丰银行大楼是劫后幸存的唯一建筑。死去的人倒在街道上，活着的人奔跑逃生。一个男人穿着睡衣，一位女士试图带走一串香蕉。另一幅画叫做"工厂里锅炉爆炸"，人们跳窗而逃，一路狂奔，而一群穿着工装裤的小孩子你推我搡，挤作一团，手里捧着饭盒，他们是来给爸爸送饭的。那幅油画描绘的是全镇的人在布罗德街上打架。她不明白自己为什么画这幅画，也想不出一个合适的名字。画面上没有任何大火或风暴，也看不出有什么理由会发生这场打斗。但这幅画中的人物和跑动比其他任何画中都要多。这是最棒的一幅，想不出合适的名字实在太糟糕了。潜意识里她知道这幅画表现的是什么。

米克把画放回了储物间的架子上。没有一幅拿得出手。人没有手指，有些人的胳臂比腿还长。但艺术班还是挺好玩。不过，她只是把莫名其妙地浮现在脑海里的东西画下来——在心底里，绘画从未带给她像音乐一样的感受。没有什么东西真正比得上音乐。

米克在地板上跪了下来，迅速抬起那个大盒子的顶盖。里面是一把已经开裂的夏威夷四弦琴，绷着两根小提琴弦，一根吉他弦，一根班卓琴弦。四弦琴背面的裂缝已经用橡皮膏修补得整整齐齐，中间的圆洞用一块木头塞住了。一个小提琴琴马在末端支撑着琴弦，两侧雕出了几个音孔。米克在为自己做一把小提琴。米克把那把小提琴放在腿上。她有一种之前实际上从未看过它的感觉。不久前，她用一个雪茄盒和胶带，给巴布尔制作了一把很小的玩具曼陀林琴，这让她产生了制作小提琴的想法。打那以后，她就到处搜寻不同的零部件，这项工作每天一点点地进展。在她看来，她已经做了所有事情，除了没把自己的脑袋用上。

"比尔，这玩意儿看上去不像我见过的任何真正的小提琴。"

他还在读杂志。"哦——"

"它看上去确实不对头。它简直不——"

这天她原本打算拧紧小提琴的弦轴。但她突然认识到一切都是白费力气，于是不想看到它。她慢吞吞地扯下琴弦，一根接一根。它们全都发出微弱而空洞的砰砰声。

"我怎么才能搞到一把琴弓呢？你肯定琴弓只能用马尾巴做吗？"

"是啊。"比尔有些不耐烦地说。

"像细铁丝或人的头发之类，绷在一根柔韧的棍子上，不行吗？"

比尔蹭着双脚，没有回答。

愤怒使得汗珠从她的额头上冒了出来。她的声音变得嘶哑。"它就连一把蹩脚的小提琴都算不上。它不过是曼陀林与四弦琴的杂种。我恨它们。我恨它们——"

比尔转过身。

"结果全是错的。根本不对。没救了。"

"拉倒吧，"比尔说，"你还要继续捣鼓那把破琴吗？当初就该告诉你，认为自己能做一把小提琴的想法真够疯狂的。那不是你坐下来捣鼓几下就能做成的东西——你得掏钱买。我以为这样的道理谁都明白。但我寻思，要是你自己弄明白，倒也不是什么坏事。"

有时候，这世界上她最恨比尔。她真想把小提琴砰地摔到地上，把它踩个稀烂，但她还是胡乱把它塞进了盒子里。眼泪夺眶而出，滚烫似火。她朝盒子踢了一脚，看都没看比尔一眼，跑出了房间。

当她躲躲闪闪穿过门厅，直奔后院时，跟妈妈撞了个满怀。

"出啥事了？你怎么啦？"

米克极力想挣脱，但妈妈死死抓住她的胳膊。她很不高兴地用手背擦了擦脸上的泪水。妈妈一直在厨房里，这会儿还系着围裙，穿着室内便鞋。像往常一样，她看上去心里有很多话要说，但没有工夫多问。

"杰克逊先生带他两个妹妹来吃午饭，椅子不够，今天你和巴布尔一起在厨房里吃。"

"那再好不过了。"米克说。

妈妈放开了她，去脱围裙。餐厅里传来午餐铃声，突然爆发出一阵兴高采烈的谈话声。她听到老爸在说，他实在不该在摔断髋骨之前把意外险停掉，损失了一大笔钱。这是老爸念念不忘的一件事——原本能够赚上一笔，却没赚到。接着传来盘碟碰撞的丁当声，过一会儿说话声音停止了。

米克靠在椅子的扶手上，突然哭了起来，一边打着嗝。她似乎回想起了上个月，在理智上，她其实并不相信那把小提琴真的管用。但在心底里，她一直努力让自己相信。即使到现在，也很难一点儿都不相信。她过去总认为比尔是世界上最了不起的人。无论比尔去哪儿，她总是跟着——去森林里钓鱼，去他和其他男孩们创建的俱乐部会所，去布兰农先生的餐馆后厅玩老虎机——不管什么地方。或许，他并不想让她像现在这样情绪低落。但不管怎么说，他们再也不可能是好伙伴了。

　　大厅里传来了香烟和礼拜日午餐的味道。米克深深吸了一口气，转身向厨房走去。午餐闻起来味道不错，她饿了。她能听到波西娅跟巴布尔说话的声音，有点儿像她在哼唱着什么，或者是在给他讲故事。

　　"我为什么远比大多数黑人姑娘更加幸运，这就是原因之一。"波西娅一边说着，一边打开了门。

　　"为什么？"米克问。

　　波西娅和巴布尔正坐在厨房里的餐桌旁吃午饭。在暗褐色皮肤的映衬下，波西娅的绿色印花连衣裙看上去很清爽。她戴着绿色的耳环，头发梳得干净利落，整整齐齐。

　　"你总是抓住别人的话尾巴冲进来，然后想弄个究竟。"波西娅说。她站起身来，走到滚烫的炉旁，俯身给米克的盘子里装了点儿吃的。"巴布尔和我刚才谈到我外公在老萨迪斯路上的家。我告诉巴布尔，我外公和舅舅们如何拥有那儿整个地方。十五英亩半。他们总是把其中的四英亩拿来种棉花，有些年为了让土地保持肥沃而改种豌豆，山上的一亩地只栽桃树。他们有一头骡子，一头种母猪，始终有二十到二十五只下蛋的母鸡和一些小鸡仔。他们有一片菜园，两棵核桃树，以及大量的无花果树、李子树和浆果树。这些都是真话。很多白人农场也不像我外公把土地伺弄得那么好。"

　　米克把胳膊肘搁在桌子上，俯身向着她的盘子。除了她的丈夫和哥哥，波西娅说得最多的是那片农场。听她讲这些，你会觉得那片农场简直就是白宫。

　　"我们家刚开始只有一个小房间。经过许多年的不断扩建，直至我外公，他的四个儿子，以及他们的妻儿，还有我哥哥汉密尔顿，全都有了各自的空间。在客厅里，他们有一架真正的管风琴和一台留声机。他们在墙上挂了一幅大画，画的是我外公穿着门房的制服。他们把所有水果和蔬菜都做成罐头，不管冬天变得多么阴冷多雨，他们几乎总是有很多东西可吃。"

"那你干吗跑到这儿来跟我们一起生活？"米克问。

波西娅停止了削土豆皮，她那棕褐色的细长手指轻轻地敲着桌子，和着她说话的节拍。"事情是这样。瞧——他们每个人都给自己的家建造了房子。这些年里，他们全都努力干活。当然，这年头每个人都在努力干活。但你知道——我还是个小姑娘的时候就跟外公一起生活。但在那里的时候我从未干过任何活。任何时候，只要我、威利和海博尔遇到麻烦，我们随时都可以回去。"

"你父亲有没有建造一幢房子？"

波西娅停止了咀嚼。"谁的父亲？你是说我的父亲？"

"当然。"米克说。

"你知道得很清楚，我父亲是个黑人医生，就在镇子上。"

米克之前倒是听波西娅说过此事，但她以为那是她编的故事。一个黑人怎么能当医生呢？

"事情是这样。在我妈妈嫁给我父亲之前，她除了真正的善良什么都不知道。我外公自己就是个好好先生。但我父亲跟他不一样，就像白天不同于黑夜。"

"坏人？"米克问。

"不，他不是个坏人，"波西娅慢条斯理地说，"只是有点儿不对劲。我父亲跟其他的黑人都不一样。这事很难解释。我父亲一直在自学。很久之前，他接受了所有这些关于一个家庭应该是什么样子的观念。他老是对家里的小事发号施令，夜里还试图教我们这些孩子学习。"

"听起来不算很糟。"米克说。

"听我说。你知道，大多数时候他很安静。可有些晚上他会突然发作。他发作起来比我见过的人都要疯狂。认识我父亲的人都说他确实够疯狂的。他做过一些很粗野、很疯狂的事情，我妈妈离他而去。那时候我十岁。我妈妈带着我们这帮孩子去了外公的农场，我们在那里长大成人。父亲一直想我们回来。但即使我妈妈去世之后，我们这些孩子也没有回家住。如今我父亲一个人过。"

米克走到炉旁，第二次装满了自己的盘子。波西娅的声音像唱歌一样高低起伏，这会儿没有什么东西能让她停下来。

"我很少见我的父亲——或许每周一次吧——但我经常想起他。我比我认识的任何人都更加为他难过。我猜他读过的书比镇上任何白人都要多。他读的书多，操心的事情也多。他心里装满了书本和焦虑。他失去了上帝，背弃了宗教。他的所有烦恼都来自于此。"

波西娅很兴奋。不管什么时候，只要谈起上帝——或哥哥威利，或丈夫海博尔——她都会兴奋。

"嗨，我可不是呼喊派教徒。我属于长老会，我们并不赞成在宗教集会上满地打滚、胡言乱语。我们并不每个礼拜去接受净化，一起在泥里打滚。在我们的教堂里，我们唱歌，让牧师布道。说实话，我并不认为唱点儿歌、布点儿道会对你有害，米克。你应该领着你的小弟弟去主日学校，而且你也老大不小了，完全可以上教堂了。瞧你最近趾高气扬的作派，我看你的一只脚已经踏进地狱了。"

"去你的吧。"米克说。

"瞧，海博尔在跟我结婚之前是个圣洁男孩。他喜欢每个礼拜天去接受圣灵，大喊大叫，净化自己。但我们结婚之后，我让他加入了我们的教派，尽管有时候让他保持安静并不容易，但我认为，他已经做得很不错了。"

"我不相信上帝，就像我不相信圣诞老人一样。"米克说。

"你等等！这就是为什么有时候在我看来你比我认识的任何人都更像我父亲的原因。"

"我？你说我像他？"

"我不是说脸或外表。我是说你们灵魂的形状和色彩。"

巴布尔坐在那里，瞅瞅这个，瞧瞧那个。他的餐巾围在脖子上，手里依然握着空空的汤匙。"上帝吃啥玩意儿？"他问道。

米克从餐桌旁站起身来，站在门道里，准备离开。有时候，捉弄波西娅很好玩。她开始用同样的调门，翻来覆去说同样的话——全都是她所知道的诸如此类。

"像你和我父亲这些从不上教堂的家伙，决不可能有片刻的安宁。就拿我来说吧——我信，所以我有安宁。而巴布尔，他也有安宁。我的海博尔和我的威利也是一样。至于那位辛格先生，我一眼就看出他也有安宁。我第一次见他就有这种感觉。"

"随你怎么说吧，"米克说，"你比你们任何一个人的父亲还要疯狂。"

"但你从没有爱过上帝，也没有爱过任何人。你像牛皮一样结实坚韧。我算是看透你了。今天下午你又要到处瞎逛，什么东西也满足不了你。你会东游西荡，像是要找什么丢失的东西。你会把自己弄得兴奋起来。因为没有爱，因为不得安宁，你的心将剧烈跳动，足以要你的小命。然后，总有一天你会炸开，彻底崩溃。到那时，谁也帮不了你。"

"什么，波西娅？"巴布尔问，"上帝吃啥玩意儿？"

米克哈哈大笑，跺脚走出了房间。

下午的时候，她绕着那幢房子闲逛，因为她不得安宁。有些日子也是这样。首先，想到小提琴就让她一直很烦躁。她决不可能把它做得像真的小提琴一样——在这么长时间的计划之后，想到它就让自己恶心。但是，她怎么能如此肯定自己的想法就一定管用呢？真的这么蠢吗？或许，当人们极度渴望一样东西时，这种渴望本身便使得他们相信任何有可能给自己带来这件东西的事情。

米克不想回到家人所待的房间里去。她不想跟任何一个房客交谈。除了大街没有别的地方可去——可火辣辣的太阳实在太热。她漫无目标地在门厅里游来荡去，不断地用巴掌把她凌乱的头发向后推。"见鬼，"她大声对自己说，"除了一架真正的钢琴之外，我最想要的就是一个属于我自己的地方。"

那个波西娅有某种黑人的疯狂，但她人不错。她决不会像某些黑人姑娘那样，偷偷摸摸地对巴布尔或拉尔夫做什么卑劣的勾当。可波西娅说自己从来没有爱过任何人。米克停下了脚步，一动不动地站在那里，用拳头蹭了蹭头顶。如果波西娅真的知道，她会怎么想呢？她究竟会怎么想呢？

她一直对有些事情守口如瓶。这是一个无可置疑的事实。

米克缓慢地走上楼梯。她走过了一个楼梯平台，继续走上第二个。有些房门为了通风而敞开着，房子里有很多不同的声音。米克在楼梯的最后一级停住脚步，坐了下来。要是布朗小姐拧开她的收音机的话，她就能听到音乐了。没准会播出很好的节目。

她把头放在膝盖上，系好网球鞋的鞋带。如果波西娅知道总是一个人接一个人，她会说什么呢？每一次，都好像她身体的某个部位要爆炸成无数的碎片。

但她一直守口如瓶，从来没有人知道。

米克在台阶上坐了很久。布朗小姐没有拧开收音机，除了人发出的噪声之外，啥也没听到。她想了很长时间，不断地用拳头捶打大腿。她的脸觉得好像被撕成了碎片，头抬不起来。这种感觉远比饥饿糟糕很多，但还是很像饥饿。我要——我要——我要——便是她所能想起的一切——但真正想要的究竟是什么，她并不知道。

大约一个小时之后，上面的楼梯平台传来门把手转动的声音。米克迅速抬起头，是辛格先生。他在门厅里站了几分钟，脸色悲伤而宁静。随后，他走进了浴室。他的同伴没有跟他一起出来。从她坐着的地方，米克可以看到房间的一部分，那位同伴在床上睡着了，身上盖着被单。她等着辛格先生走出浴室。她觉得两颊火辣辣的，于是伸手摸了摸。或许是真的，她爬上这些顶层台阶，只是为了在听楼下布朗小姐的收音机的同时能够看到辛格先生。她很想知道，她在脑子里听到了而耳朵却听不到的音乐，究竟是哪种音乐。没有人知道。如果辛格先生能说话，他会说些什么呢。也没人知道。

米克等着，过了一会儿，他出来了，再次走进门厅。她希望他朝下看，对她笑笑。接下来，当他走到门口时，他确实朝下看了一眼，点了点头。米克露齿而笑，嘴咧得很大，浑身颤抖。他走进了房间，关上了门。那意思可能是他想邀请她进去看他。突然间，米克很想走进他的房间。待会儿他的同伴不在时，她要进去看看辛格先生。她真的会这样做。

闷热的下午过得很慢，米克依然独自坐在台阶上。莫扎特那家伙的音乐再次在她脑海里回响。这有些古怪，但辛格先生让她想起了这支曲子。有些曲子太过私人性，不适合在人头攒动的房子里哼唱。米克试图想出某个好地方，她可以去那里，独自待着，仔细琢磨这支曲子。不过，尽管她想了很久，但一开始她就知道，这样的好地方根本不存在。

4

傍晚时分，杰克·布朗特醒了过来，觉得自己睡够了。他躺着的那个房间很小，但很整洁，房内的陈设有一个五斗橱，一张桌子，一张床，还有几把椅子。五斗橱上，一台电扇缓慢转动，从一面墙摆向另一面墙。当电扇吹出的微风拂过杰克的脸上时，他想到了凉水。窗户旁边，一个男人坐在桌前，盯着摆在面前的一局象棋。借着日光，房间对杰克来说一点儿也不熟悉，但他马上认出了那个人的脸，仿佛已经认识他很久很久。

纷至沓来的回忆把杰克的大脑搞糊涂了。他一动不动地躺在那里，睁着眼睛，掌心向上。他的手很大，在白床单的映衬下呈褐色。当他把双手举到面前时，他发现，手划破了，青一块紫一块——血管鼓胀，仿佛长时间地紧紧握住什么东西。他的脸看上去疲惫而肮脏。棕褐色的头发耷拉在前额上，胡子乱七八糟。就连他的翅形眉毛也粗糙而凌乱。当他躺在那儿的时候，随着每一次神经质的颤抖，嘴唇动一两下，胡子猛地抽搐一下。

过了一会儿，他坐起身来，用他的大拳头朝头的一侧重击了一下，好让自己清醒点儿。当他动身起来的时候，那个下棋的男人迅速抬起头，朝他微笑。

"上帝啊，我渴死了，"杰克说，"我觉得就像整个俄国大军踏着他们穿长袜的脚从我的嘴巴里走过。"

那人看着他，依旧微笑着，随后突然趴向桌子的另一侧，拿出一个装着冰水的磨砂水壶和一只杯子。杰克气喘吁吁地牛饮起来——半裸着站在房间当中，头向后仰，一只手紧握拳头。喝完四杯之后，他才深吸一口气，稍稍放松了些。

霎时间，某些记忆浮现脑海。他不记得跟这个人回家，但后来发生的事情这会儿清晰起来。他在一盆冷水里泡了会儿，总算清醒了，随后，他们喝了点儿咖啡，交谈起来。他掏心掏肺地讲了很多，那人则听着。他嗓子都说哑了，但他记得那人脸上的表情，比自己说过的话记得还要清楚。他们在早晨上床睡觉，拉下窗帘，不让光线照射进来。起初，他不断地从睡梦中惊醒，不得不开灯，好让自己再次清醒些。灯光也会把那家伙弄醒，但他毫无怨言。

"你昨天晚上干吗不把我撵出去？"

那人又只是笑笑。杰克很奇怪他为什么这样安静。他四下寻找自己的衣服，看到他的手提箱放在床边的地板上。他不记得是如何把手提箱从那家欠酒账的餐馆里拿回来的。他的书、白西装和几件衬衫全都在箱子里，还是他收拾时的样子。很快，他开始穿衣服。

等到他穿好衣服时，桌子上的电咖啡壶煮得正欢。那人把手伸进了搭在椅背上的马甲的口袋里，掏出一张卡片，杰克满腹狐疑地接了过来。卡片中间用雕版印着那人的名字——约翰·辛格——其下的一段文字像雕版一样精致而准确，那是一段简短的信息：

> 我是个聋哑人，但我能读懂唇语，能理解你对我说的意思。
> 请不要大声。

这一令人震惊的信息让杰克觉得轻飘飘、空茫茫。他和约翰·辛格只是互相看着对方。

"真奇怪，我竟然花了这么长时间才发现这一点。"

他说话时，辛格一直十分仔细地注视着他的嘴唇——他之前就已注意到了。真蠢！

他们坐在桌子旁边，用蓝色的杯子喝着热咖啡。房间里很凉爽，半开半合的窗帘让透过窗户照射进来的强烈光线变得更柔和。辛格从储藏柜里拿出一个金属罐，里面装着一块面包，几只橘子，以及一些乳酪。他没怎么吃，只是靠着椅背坐着，一只手揣在口袋里。杰克狼吞虎咽地吃着。他必须马上离开这个地方，好好琢磨琢磨。只要依然身处困境，他就得赶快去找份工作。这个安静的房间太安宁，太舒适，让人无所适从——他得出去，一个人走会儿。

"这儿还有其他聋哑人吗？"他问道，"你是不是有很多朋友？"

辛格还在笑。他起初没有听懂，杰克不得不重复一遍。辛格扬了扬他那轮廓分明的黑色眉毛，摇摇头。

"感到孤单吗？"

这家伙还是摇摇头，不置可否。他们静静地坐了一会儿，随后，杰克起身离去。他几次感谢辛格收留自己过夜，小心翼翼地动着嘴唇，以确保对方听懂自己的话。哑巴再次笑了，耸耸肩。当杰克问他是否可以把手提箱在他床下放几天时，哑巴点点头，意思是可以。

接下来，辛格把手从口袋里拿了出来，很仔细地在拍纸簿上写了点儿什么。他把拍纸簿推到杰克面前。

> 我可以在地板上铺一张床垫，你可以留在这里，直至你找到住的地方。我白天大部分时间出门在外。不会有任何麻烦。

杰克觉得自己的嘴唇在发抖，突然有一种心怀感激的感觉。但他不能接受。"谢谢，"他说，"我已经有了住的地方。"

当他起身离去时，哑巴交给他一条蓝色工装裤，紧紧卷成了一个小包，还有七角五分钱。工装裤很脏，杰克认出了它，猛然回忆起过去一周里所发生的事情。辛格设法让他明白，那些钱是他口袋里的。

"再见①，"杰克说，"我很快会回来。"

他走了，哑巴一直站在门道里，双手揣进口袋，脸上似笑非笑。走下了几级台阶之后，他回身招了招手。哑巴也朝他招招手，关上了房门。

走到屋外，突然而锐利的光亮扑面而来。他站在屋前的人行道上，刚开始，阳光让他头晕目眩，什么也看不清。一个小家伙坐在房子的楼梯栏杆上，瞧着有些眼熟。他记起了她穿的那条男孩短裤，以及她眯着眼睛看人的样子。

他举了举手里那卷工装裤。"我想把它扔了。哪儿能找到垃圾桶？"

小家伙纵身从栏杆上跳了下来。"垃圾桶在后院。我领你去吧。"

他跟着她走过了房子旁边那条狭窄而潮湿的小巷。当他们来到后院时，杰克看到两个黑人正坐在后台阶上。他们都穿着白西装和白鞋子。其中一个黑人个子很高，领带和袜子都是鲜艳的绿色。另一个是中等身材的混血儿。他在膝盖上磨蹭着一把锡制口琴。他的领带和袜子是大红色，跟他的高个子伙伴形成鲜明对比。

那个假小子指了指后院围栏旁边的垃圾桶，转向厨房的窗户。"波西娅！"她喊道，"海博尔和威利在这儿等你。"

厨房里传来一声柔和的应答："用不着大喊大叫。我知道他们在等我。我这会儿正在戴帽子。"

在扔掉之前，杰克先解开了那条工装裤。裤子上沾满了泥巴，变

---

① 原文是西班牙语。

得硬邦邦的。一条裤腿撕破了，前面沾上了几滴血。他把裤子丢进了垃圾桶。一个黑人姑娘从房子里走了出来，在台阶上跟那个穿白西装的小伙子坐在了一起。杰克看到，那个穿短裤的假小子正在仔细打量着他。她把重心从一只脚转到了另一只脚上，似乎有些兴奋。

"你是辛格先生的亲戚吗？"她问道。

"半点儿亲戚关系也没有。"

"好朋友吗？"

"好到能跟他一起过个夜而已。"

"我只是很想知道——"

"主街怎么走？"

她朝右边指了指。"从这儿走过两个街区就是。"

杰克用手指捋了捋胡子，走了。他把那七角五分钱放在手里，弄得丁当作响，紧咬着下嘴唇，直至嘴唇上出现了斑斑点点的猩红印子。三个黑人缓慢地走在他前面，一路说说笑笑。由于在这个陌生的小镇上他感到孤独，于是就紧跟在他们后面，听他们说话。那姑娘挽着两个小伙子的胳膊。她穿一条绿色的裙子，戴着红帽子，穿着红鞋子。两个小伙子紧挨着她。

"今晚咱们打算干啥？"她问。

"听你的，宝贝，"高个子男孩说，"威利和我没什么具体计划。"

她左右看了看两人。"你们俩定吧。"

"那好吧——"穿红色裤子的矮个男孩说，"海博尔和我觉得，我们仁还是去教堂吧。"

那姑娘用三个不同的音调唱出了她的回答："好——吧——上完教堂后，我想我们应该去爸爸那里坐一会儿——就一小会儿。"他们在第一个街角拐过去了，杰克站住了，盯着他们看了一会儿，然后继续朝前走。

主街安静而闷热，几乎空无一人。到这会儿他才意识到今天是礼拜日——想到这个让他有些沮丧。大门紧闭的店铺支起了帆布篷，在明晃晃的阳光里，房子看上去光秃秃的。他走过了"纽约咖啡馆"。门开着，但店内看上去空荡荡、黑乎乎的。那天早晨他没有找到一双袜子可穿，灼热的人行道烫穿了他薄薄的鞋底。感觉太阳就像一块滚烫的烙铁，压在他的头上。小镇看上去比他所熟悉的任何地方更加孤寂。街道的寂静给他一种古怪的感觉。喝醉的时候，这个地方似乎狂暴而喧嚣。眼下，仿佛一切都戛然而止，纹丝不动了。

他走进了一家果品店，买了一份报纸。招聘广告栏很短。有几则广告招聘二十五至四十岁之间的年轻人，要求有汽车，按提成推销各种不同的产品。他迅速跳过了这些广告。一则招聘卡车司机的广告让他关注了几分钟。但他最感兴趣的是最底下的一则广告。上面写着：

急聘有经验的技工。阳光南方游乐场。求职者请至韦弗斯巷与第十五街的街角。

他不知不觉地走回到了他曾度过两周时间的那家餐馆的门口。它是整个街区除果品点之外唯一没有关门的店铺。杰克突然决定进去，看看比夫·布兰农。

从外面的明亮中走进来，咖啡馆里显得很暗。店里的每一样东西都比他记忆中的更暗淡，更安静。布兰农像往常一样站在收银台后面，双臂交叉抱胸。他那位漂亮丰满的妻子坐在收银台的另一头，正在锉指甲。杰克注意到，他进来的时候他们互相瞟了一眼。

"下午好。"布兰农说。

杰克感觉到气氛有些诡异。没准那家伙在笑，因为他想起了他喝醉时发生的事情。杰克呆头木脑地站在那儿，心里有些气愤。"请来包靶牌香烟。"当布兰农伸手到柜台底下去拿烟的时候，杰克断定他没有笑。白天的时候，这家伙的脸看上去不像晚上那么僵硬。他的脸色苍白，仿佛没有睡觉似的，他的眼睛看上去像一只疲惫不堪的秃鹰。

"说吧，"杰克说，"我欠你多少钱？"

布兰农拉开抽屉，拿出一个公立学校的便笺簿放在柜台上。他一页页慢慢地翻着，杰克则看着他。便笺簿看上去更像是一个私人笔记本，而不像是他记录日常账目的地方。上面有长长的一行行数字，加减乘除什么的，还有少量的图画。他在某一页停了下来，杰克看到角上写着自己的名字。这一页没有数字——只有很小的勾和叉。纸上胡乱画着一些滚圆的、坐着的小猫，长长的曲线代表猫尾巴。杰克瞪眼看着。小猫的脸是人脸，而且是女人的脸。那些小猫的脸都是布兰农太太。

"这上面的勾代表啤酒，"布兰农说，"叉代表主餐，直线代表威士忌。让我瞧瞧——"布兰农揉了揉鼻子，眼皮垂了下来。随后，他合上了便笺簿，"大约二十美元吧。"

"可能要很长时间才能还你，"杰克说，"兴许你会拿到钱。"

"不急。"

杰克倚靠着柜台。"说说看，这个小镇是个什么样的地方？"

"普普通通，"布兰农说，"和同样大小的其他地方差不多。"

"多少人口？"

"大约三万吧。"

杰克拆开那包烟，给自己卷了一支。他的手在哆嗦。"大多数是工厂么？"

"没错。有四家大棉纺厂——是最主要的工厂。一家针织品厂。还有几家轧花厂和锯木厂。"

"工资怎么样?"

"平均每周十到十二元吧——当然,时不时地会停工。干吗问这个?你打算去工厂里找份工作么?"

杰克困倦地用拳头揉了揉眼睛。"不知道。可能去,也可能不去。"他把报纸摊开在柜台上,指了指他刚才看到的广告,"我想去这个地方看看。"

布兰农读了广告,想了想。"哦,"他最后说,"我去那个游乐场看过表演,并不咋的——只有几项新奇玩意儿,旋转木马和秋千什么的。去那里玩的都是黑人、工人和小孩子。他们到镇上不同的空地去表演。"

"告诉我怎么走。"

布兰农跟着他来到大门口,指了指方向。"今天早晨你跟辛格回家了么?"

杰克点点头。

"你觉得他这人咋样?"

杰克咬着嘴唇。哑巴的脸非常清晰地出现在他的脑海里。那就像是一张他已经认识很长时间的老朋友的脸。自从离开他的房间以来,他一直在想着这个人。"我甚至不知道他是个哑巴。"他最后说。

他开始再次走上灼热而空寂的街道。他不像是一个陌生人走在一个陌生的小镇上。他看上去好像在找什么人。很快,他走进了河边的一个工厂区。街道变得狭窄,路面没有铺砌,不再是空荡荡的。一群群肮脏邋遢、面黄肌瘦的孩子互相喊叫着在玩游戏。外表一样的两室棚屋破烂不堪,没有粉刷。食物和污水散发出的恶臭与空气中的尘土相混合。河上游的瀑布发出微弱的冲刷声。人们默不作声地站在门道里，或懒洋洋地坐在台阶上。他们的脸色蜡黄，面无表情地看着杰克。他也瞪大棕褐色的眼睛注视着他们。他急冲冲地走着，时不时地用他那多毛的手背擦擦嘴。

韦弗斯巷的尽头有一片空地，曾经被用作堆放废旧汽车的垃圾场。生锈的机器零件和破损的内胎依然乱扔在场地上。一辆拖车停在场地的一角，旁边是一个旋转木马，部分被帆布所遮盖。

杰克缓慢地走近。两个穿工装裤的小家伙站在旋转木马前。他们的附近，一个黑人坐在箱子上，在黄昏的阳光里昏昏欲睡，两个膝盖互相抵着。他的一只手里拿着一袋已经融化的巧克力。杰克看着他把手指插进黏糊糊的巧克力里，然后慢慢舔着手指。

"谁是这个游乐场的老板？"

那个黑人把他沾满糖汁的手指塞进嘴里，用舌头舔着。"他是个红头发的家伙，"舔完之后，他说，"我就知道这个，船长。"

"他这会儿在哪儿？"

"他在那辆最大的货车后面。"

走过草地时，杰克解下领带，把它塞进了口袋里。太阳开始西沉。在屋顶那黑乎乎的轮廓线上方，天空呈现出一片温暖的深红色。游乐场的老板独自站在那里抽烟。他红色的头发像一块海绵一样长在他的头顶上，他用那双松弛乏力的灰色眼睛盯视着杰克。

"你是老板？"

"嗯嗯。我叫帕特森。"

"我看到早晨的报纸，来这儿找工作。"

"哦。我不要新手。我需要有经验的技工。"

"我很有经验。"杰克说。

"你干过什么？"

"我干过纺织工和织机安装工。我还在汽车修理厂和汽车装配厂干过。干过各种不同的事情。"

帕特森领着他走向那台部分被遮盖起来的旋转木马。纹丝不动的木马在傍晚的阳光里显得有些怪诞。它们静止不动地保持着腾跃的姿态，被暗淡无光的镀金横杆所穿透。离杰克最近的那匹木马肮脏的臀部上有一道木头裂缝，眼珠子盲目而疯狂地转动，有几块油漆从眼窝里剥落了。在杰克看来，这台一动不动的旋转木马就像是醉酒后梦里的什么东西。

"我想要一个有经验的技工管理这玩意儿，让它保持运转良好。"帕特森说。

"没问题，我能行。"

"这可是一项两手兼顾的工作，"帕特森解释道，"你得全面负责。除了照看这台机器之外，你还要维持人群的秩序。你得确保每个坐上木马的人都有票。你得确保票是有效的，而不是作废的舞厅票。人人都想骑上木马，那些黑鬼没有钱的时候会设法糊弄你，到时你准会大吃一惊。自始至终你得睁大三只眼睛。"

帕特森把他领到木马圈内的那台机器，指点着各个不同的零部件。他调整了一下操作杆，稀稀拉拉的机器音乐开始丁零当啷地响起。围着他们的木马队列似乎把他们与外界隔绝开了。当木马停下来的时候，杰克问了几个问题，然后自己动手操作起机器来。

"原先那家伙辞工不干了，"当他们再次走出木马圈，来到那块场地时，帕特森说，"我一直很讨厌停业让新手熟悉工作。"

"我啥时候开始上班？"

"明天下午。我们一个星期营业六天六夜——下午四点开始，晚上十二点关门。你得三点来，帮着准备。夜里游乐场关门后还得花一个小时收拾场地。"

"薪水多少？"

"十二元。"

杰克点点头，帕特森伸出苍白无力的手，指甲脏分分的。

当他离开那片空地时，天色已晚。刺目的蓝色天空变得苍白，东边出现了一轮白色的月亮。暮色让沿街房屋的轮廓变得柔和起来。杰克没有马上穿过韦弗斯巷回去，而是在附近的街区闲逛。远处传来某些气味和声音，让他时不时地在尘土弥漫的街边停下脚步。他漫无目标地走着，从一个方向猛地转到另一个方向。他觉得头很轻，仿佛是用薄薄的玻璃做的。他身上正在发生一种化学变化。他的体内不断储存的啤酒和威士忌开始起反应。他被醉意撞了一下。之前看上去死气沉沉的街道变得生机蓬勃。街道边缘有一条参差不齐的绿草带，杰克走着走着，地面似乎在上升，离他的脸越来越近。他在草地的边缘坐了下来，靠着一个电话亭。他把姿势调整得更舒适一些，用土耳其人的方式叉着双腿，捋着胡子的末梢。他突然想起了一些话语，做梦似地大声对自己说了出来。

"怨恨是贫穷最珍贵的花朵。没错。"

开口说话就是好。他的声音给他带来快乐。声音似乎引发了回声，在空中回荡，以至于每个单词都听到两次。他咽了咽口水，把嘴弄湿，又开始说了起来。突然间，他很想回到哑巴那个安静的房间，把自己头脑里的想法告诉他。想跟一个聋哑人交谈是一件奇怪的事。但他确实很孤独。

随着夜幕降临，面前的街道而变得暗淡起来。偶尔有几个男人走过狭窄的街道，跟他挨得很近，用单调的语气互相交谈，每走一步，他们的脚边便腾起一团尘土。有女孩子成群结队走过，也有肩上抱着孩子的母亲走过。杰克麻木地坐了一会儿，终于站起身来，继续走。

韦弗斯巷黑沉沉的。油灯在门道和窗户里投射出颤抖而斑驳的黄色光晕。有些房子漆黑一片，一家人坐在门前的台阶上，只有通过隔壁房子的反射光才能看见。一个女人从窗户里探出身子，把一桶脏水泼到街上。有几滴溅到了杰克的脸上。可以听到一些房子的后面传出高亢而愤怒的声音。另一些房子里则传来椅子缓慢摇动的安宁平和的声音。

杰克在一幢房子前停了下来，有三个男人坐在门前的台阶上。屋内投射出的一束苍黄灯光照在他们身上。其中两个人穿着工装裤，但没穿衬衫，光着脚。其中一个人个子很高，吊儿郎当。另一个是小个子，嘴角生着脓疮。第三个人穿着衬衫和裤子，膝盖上放着一顶草帽。

"嗨。"杰克说。三个人看着他，满脸菜色，面无表情。他们嘀嘀咕咕，但没有挪动位置。杰克从口袋里掏出那包靶牌香烟，散了一圈。他在最底下的台阶上坐下来，脱掉了鞋子。凉爽而潮湿的地面让他的脚感到很舒服。

"在干活吗？"

"是啊，"拿着草帽的那人说，"大多数时间在干活。"

杰克挖着脚趾头。"我心里装着福音，"他说，"我想跟什么人讲讲。"

那几个人笑了。从狭窄街道的对面传来了一个女人唱歌的声音。静止不动的空气里，他们吐出的烟雾紧紧环绕着他们。一个路过的小家伙停了下来，解开裤裆要撒尿。

"拐过街角有个帐篷，今儿是礼拜天，"小个子男人终于开口，"你可以去哪里，把你想讲的福音全都讲出来。"

"不是那样的福音。它更好，它是真理。"

"是哪样的？"

杰克舔了舔胡子，没有回答。过了一会儿，他说："你们这儿有过罢工吗？"

"有过一次，"高个子男人说，"大约六年前，这儿有过一次罢工。"

"发生了什么？"

嘴角生疮的那个人蹭着脚，把烟屁股扔到了地上。"得了吧——他们只是想要每小时二十美分，所以就甩手不干了。大概有三百人吧。于是，工厂派出了几辆大卡车，不出一个礼拜，整个镇子上便挤满了来这儿找工作的伙计。"

杰克转过头，面对着他们。那几个人坐在比他高两级的台阶上，于是他不得不仰着头，才能看到他们的眼睛。"这没让你们发疯么？"他问。

"你什么意思——发疯？"

杰克前额上血管突起，颜色鲜红。"苍天啊，伙计！我的意思是发疯——发——疯。"他愤怒地仰视着他们困惑而蜡黄的脸。在他们身后，透过敞开的大门，他可以看到屋内。前屋里有三张床和一个脸盆架。后屋里有一个光着脚的女人坐在椅子上睡着了。旁边一个黑乎乎的门道里传来吉他的声音。

"我就是坐着大卡车来这儿找工作的人之一。"高个子男人说。

"那没啥不一样。我要跟你们讲的东西明明白白，简简单单。拥有这些工厂的那帮混蛋全都是百万富翁。而落纱工、梳毛工以及在机器后面干活的所有人，成天忙着纺织布料，却填不保他们的肚子。看到了吗？当你们在大街上走来走去，琢磨琢磨此事，看看那些饥肠辘辘、疲惫不堪的人，看看那些患佝偻病的小家伙，难道不会让你们发疯？不会吗？"

杰克两颊通红，满脸悲愤，嘴唇颤抖。三个人警惕地看着他。随后，拿草帽的那个人开始笑了起来。

"笑吧，继续窃笑吧。坐在那儿，笑破你们的肚皮吧。"

他们缓慢而放肆地笑着，三个人笑一个人。杰克擦掉脚板上的灰土，穿上鞋。他紧攥着拳头，嘴巴因为愤怒的冷笑而扭曲。"笑吧——你们就知道笑。我希望你们坐在那里窃笑，直至烂掉！"当他僵硬地走上街道时，他们的笑声和嘘声依然跟在他身后。

主街上灯火通明。杰克在街角上踯躅徘徊，抚弄着口袋里的硬币。他的头抽搐着，尽管夜晚很热，但一丝寒意从他的身体里穿过。他想到了哑巴，急着想回去，跟他坐一会儿。在他下午买报纸的那家果品店里，他挑了一篮用玻璃纸包的水果。柜台后面的那个希腊人说，价钱是六角，因此付完账时他只剩下一个五分钱的镍币。刚一走出店面，他就觉得这件礼物送给一个健康人似乎有些荒唐。几颗葡萄吊在玻璃纸下面，他如饥似渴地把它们摘了下来。

他到达时，辛格在家。他坐在窗前，面前的桌子上摆开了象棋。房间就像杰克离开的时候一样，电扇开着，桌子旁边放着冰水罐。床上有一顶巴拿马草帽和一个纸袋，看来哑巴也是刚刚进来。他突然把头转向对面的那把椅子，把棋盘推到一边。他向后靠着，双手揣在口袋里，脸上的表情似乎在问杰克离开之后发生了什么。

杰克把水果放到了桌子上。"对今天下午来说，"他说，"最恰当的格言是：出去找一条章鱼，然后让它闭嘴。"

哑巴笑了，但杰克搞不清楚他是不是听懂了自己说的话。哑巴惊讶地看着水果，随后解开了玻璃纸包装。当他在对付那篮水果时，这家伙的脸上有一种非常奇怪的东西。杰克试图理解这个表情，一时间被搞糊涂了。随后，辛格灿烂地笑了。

"今天下午我找了份工作，游乐场那样的地方。我负责管理旋转木马。"

哑巴似乎一点儿也不吃惊。他走进储物间，拿出了一瓶葡萄酒和两个杯子。他们默不作声地喝着酒。杰克觉得自己从未在这样安静的房间里待过。头顶上的灯光在他面前闪亮的酒杯中反射出他自己的一个古怪映像——同样的映像，他曾在水罐和锡杯那弯曲的表面上看到过很多次——脸的形状像个鸡蛋，矮矮胖胖，胡子向上散开，几乎挨着耳朵。对面的哑巴双手捧着杯子。酒开始在杰克的血管里活跃起来，他觉得自己又进入了醉眼蒙眬的万花筒。兴奋让他的胡子一跳一跳地颤抖。他胳膊支着膝盖，瞪大眼睛，仔细端详着辛格。

"我打赌，我是这个镇子上唯一疯掉的人——我说的是真正疯掉——已经疯了整整十年。就在一会儿之前，我他妈的差点儿跟人打起来。有时候我觉得自己真的疯了。我竟然不知道。"

辛格把那瓶酒推到客人面前。杰克对着瓶子喝了一口，摸了摸头顶。

"你瞧，好像我是两个人。一个我是受过教育的人。我去过一些全国最大的图书馆。我读书。我一直在读书。我读那些纯粹讲真话的书。那儿，我的手提箱里装着卡尔·马克思和索尔斯坦·凡勃伦以及像他们那样的作家的书。我一遍又一遍读他们的书，我读得越多，疯得越厉害。我熟悉每一页上的每一个字。首先我喜欢这些词汇。辩证唯物主义——耶稣会士的支支吾吾——"杰克带着一种充满爱意的庄重感，让这些音节在他的嘴里翻滚——"目的论倾向。"

哑巴用一块折叠得整整齐齐的手帕擦了擦额头。

"但我所说的意思是这个。当一个人**知道**，却又没法让别人理解的时候，他怎么办？"

辛格伸手去拿酒杯，把它斟满，稳稳地放到杰克那只青肿的手里。"嘿，醉了吗？"杰克手臂一抖，几滴酒溅到了他的白裤子上。"给我听着！你到哪儿都能看到卑劣和腐败。这个房间，这瓶葡萄酒、篮子里的这些水果，全都是利润和亏损的产物。一个家伙想要活下去，就得被动接受卑劣行径。有人为了我们嘴里的每一口饭、我们身上的每一根纱而累得半死——似乎没人知道这个。每个人都又瞎又哑又笨——愚蠢而卑鄙。"

杰克用拳头压住自己的太阳穴。脑子里的想法朝着几个方向猛冲，根本控制不了。他想发火。他想冲出去，在人头攒动的大街上找个什么人暴打一架。

哑巴依然兴味盎然、很有耐心地看着他，拿出了他的银铅笔。他小心翼翼地在一张纸上写道：**你是民主党还是共和党？**然后把纸片递到桌子对面。杰克把它在手上揉皱了。房间开始再次绕着他旋转起来，他甚至看不清纸上的字。

他的眼睛一直盯着哑巴的脸，想让自己稳定下来。辛格的眼睛是房间里唯一看上去不动的东西。那双眼睛的颜色千变万化，斑斑驳驳地闪烁着琥珀色、灰色和浅褐色。他久久地盯着这双眼睛，几乎变得有些恍惚起来。他已经没有了想要发疯的冲动，再次平静下来。那双眼睛似乎明白了他想说的一切，并且有话想对他说。过了一会儿，房间重新安定下来。

"你懂的，"他用含糊不清的声音说，"你明白我的意思。"

远处传来柔和而清脆的教堂钟声。隔壁房子的屋顶上，月光正白，天空湛蓝。他们无声地同意：在找到住处之前，杰克将在辛格这里待上几天。酒喝完的时候，哑巴在床边的地板上铺了一个褥垫。杰克衣服也没脱，躺倒便睡，很快进入了梦乡。

5

在镇上远离主街的一个黑人区，本尼迪克特·马迪·科普兰医生独自一人坐在他黑暗的厨房里。已经过了九点，礼拜日的钟声这会儿阒寂无声。尽管夜晚很热，圆鼓鼓的柴炉里还是燃着很小的一团火。科普兰医生挨着柴炉，坐在一个直背餐椅上，身体前倾，纤细的双手捧着头。火红的光亮透过炉子的裂缝照到他的脸上——在这团光亮中，他厚厚的嘴唇在黑皮肤的映衬下看上去几乎是紫色的，灰白的头发紧贴着脑壳，就像一顶羊毛帽子，也呈现出浅蓝色。他以这个姿势，一动不动地坐了许久。就连他的眼睛，从银框眼镜的后面凝视着前方，也一动不动地、阴郁地盯视着。随后，他狠狠地清了清喉咙，从椅子旁边的地板上捡起一本书。房间里四周都黑乎乎的，他不得不凑近炉子，好看清书上的字。今晚他读的是斯宾诺莎。他并不完全理解书中复杂的观念游戏和复杂的短语，但在阅读的时候，他还是感觉到了词语背后强烈的真实意图，他觉得自己差不多懂了。

夜里，常常有刺耳的门铃声把他从沉默中唤醒，接下来，他会在前屋里发现一个断了骨头或被剃刀割伤的患者。但今夜没人打扰他。孤孤单单地在黑暗的厨房里坐了几个小时之后，他开始缓慢地左右摇晃，他的喉咙里发出一种类似呜咽吟唱的声音。波西娅来的时候，他正在发出这种声音。

科普兰医生预先知道她来了。他听到外面的街上传来口琴演奏一支蓝调歌曲的声音，他知道是他儿子威廉在吹。他没有开灯，径自穿过门厅，打开大门。他没有走到外面的门廊里，而是站在纱门后面的黑暗中。月光如水，波西娅、威廉和海博尔的影子投射在黑乎乎、灰蒙蒙的街道上。这个街区的房子看上去都很破旧。科普兰医生的房子不同于附近的其他任何建筑。它是用砖块和粉饰灰泥结结实实地建造起来的。屋前小院的周围有一道尖桩篱笆。波西娅在门口与丈夫和哥哥道了别，敲了敲纱门。

"干吗这样在黑咕隆咚中坐着？"

他们一起走过黑暗的门厅，回到厨房。

"你有很亮的电灯。搞不懂你干吗要一直这样在黑咕隆咚中坐着。"

科普兰医生拧开吊在桌子上方的电灯泡，屋子里顿时亮堂起来。"黑暗更适合我。"他说。

房间里干干净净，空空荡荡。餐桌的一边有几本书和一个墨水瓶——另一边摆着一叉、一勺、一碟。科普兰医生笔挺地坐在那里，两条长腿交叉搁着，起初，波西娅也僵硬地坐着。父女俩长得很像——都有着一样又宽又扁的鼻子，一样的嘴巴和额头。但波西娅的皮肤跟父亲比起来就显得非常浅了。

"这儿真是在烧烤，"她说，"照我看，除了做饭的时候，你还是把火灭了吧。"

"要不咱们去我的办公室吧。"科普兰医生说。

"我没事。就在这儿得了。"

科普兰医生调整了一下他的银框眼镜，然后双手交叉放在大腿上。"我们上次在一起之后你近况如何？你和你丈夫——还有你哥哥?"

波西娅放松了，从轻便鞋里悄悄抽出了双脚。"海博尔、威利和我过得很好。"

"威廉还跟你们住在一块么?"

"当然，"波西娅说，"你瞧——我们有我们自己的生活方式和我们自己的计划。海博尔——他付房租。我用自己的钱买所有吃的。而威利——他负责缴纳我们大家的教会会费、保险费、住宿费和'周末之夜'的费用。我们三个人有我们自己的计划，各尽自己的本分。"

科普兰医生低头坐在那里，拔着他长长的手指，直至所有指关节都噼啪作响。干净的衬衫袖口盖过了手腕——瘦长的双手似乎比身体的其余部分颜色更浅，手掌是浅黄色。他的双手总是看上去干净而皱缩，仿佛用刷子擦洗过，并在水盆里浸泡了很长时间。

"瞧，我差点儿忘了我带来的东西，"波西娅说，"你吃晚饭了吗?"

科普兰医生说话总是小心翼翼，以至于每个音节似乎都经过他那阴郁而厚重的嘴唇过滤了一遍。"没有，我还没吃。"

波西娅打开她放在餐桌上的纸袋。"我带来了一把非常好的甘蓝叶，我想我们可以一起吃晚饭。我还带来了一块肋肉。这些甘蓝叶需要用肋肉来调味。你不介意我用肉来烧甘蓝叶吧?"

"没关系。"

"你还不吃肉吗?"

"不。纯粹出于私人原因，我是个素食者，不过，如果你想用肉来烧甘蓝叶，也没啥关系。"

波西娅光着脚站在餐桌旁，开始细心地择菜。"地板让我的双脚感到很舒服。你不介意我脱掉那双勒脚的轻便鞋，光着脚走来走去吧?"

"没事，"科普兰医生说，"那样很好。"

"嗯——我们有了这些上好的甘蓝叶，还有玉米饼和咖啡。我还要切下几片肋肉，给我自己吃。"

科普兰医生的目光跟随着波西娅。她脚上只穿着袜子，缓慢地在房间里走来走去，从墙上取下擦洗干净的平底锅，把炉火烧旺，洗去菜叶上的砂粒。他时不时地张嘴说了句什么，然后又紧闭双唇。

"那么说，你、你丈夫和哥哥有你们自己的合作计划。"他最后说。

"没错。"

科普兰医生猛拉着手指，试图再次让指关节发出噼啪声。"你们是不是打算要孩子？"

波西娅没有看她父亲。她生气地泼掉了那个装着甘蓝叶的平底锅里的水。"有些事情，"她说，"在我看来完全取决于上帝。"

他们再也没说别的。波西娅把晚餐放在炉子上烧着，默不作声地坐在那里，纤长的双手无精打采地垂在两膝之间。科普兰医生的头垂在胸前，仿佛睡着了；时不时地，一阵神经质的颤抖从他的脸上掠过。然后他会深呼吸，再次沉着脸。晚餐的香味开始盈满这个沉闷的房间。寂静中，碗橱顶部的时钟听上去声音很大，因为他们刚刚交谈的话题，那单调的滴答声听上去就像是一遍又一遍地说着"孩——子，孩——子"。

他总是遇见他们当中的一个——光着身子在地板上爬着，或者在玩弹子游戏，甚或是在黑暗的街道上搂抱着一个女孩。男孩们全都叫做本尼迪克特·科普兰。但对于女孩子，则有本妮·梅、玛迪本或本妮迪恩·玛迪恩这样一些名字。他计算过，至少有十几个孩子按照他的名字取名。

但终其一生，他都在诉说、解释和劝告。他会说，你不能这样做。他会告诉他们，有各种各样的理由，不能再要第五、第六或第九个孩子。我们不需要更多的孩子，而是要为这世间已经有的孩子们提供更多的机会。他所极力劝告的，是黑人种族的优生优育。他会用简单朴素的语言告诉他们，几乎总是用同样的方式，而且，许多年过去，它变得有点儿像一首他能够倒背如流的愤怒的诗歌。

他研究并熟知任何新理论的发展。他会自掏腰包，把工具分发给他的患者。他是镇子上迄今为止唯一想到这种事情的医生。他会给予并解释，给予并告知。但每个星期还是会有四十多次分娩。玛迪本或本妮·梅。

那是唯一的要点。唯一的。

整个一辈子，他知道自己的工作有一个理由。他一直知道，他生来注定要教育他的同胞。他整天背着个包走门串户，跟他们无所不谈。

漫长的一天过去，沉重的疲惫感降临在他的身上。但在夜里，当他推开大门，疲惫感便消失得无影无踪。那儿有汉密尔顿、卡尔·马克思、波西娅和小威廉，还有黛西。

波西娅揭开炉子上平底锅的盖子，用一把餐叉搅了搅甘蓝叶。"父亲——"过了一会儿，她说。

科普兰医生清了清喉咙，在手帕上吐了一口痰。他的声音苦涩而沙哑。"嗯？"

"我们别再吵了。"

"我们没有吵啊。"科普兰医生说。

"争吵也未必要说话，"波西娅说，"在我看来，即使我们像这样安安静静地坐着，也好像一直在争吵。这只是我的感觉。说实话——

每次来看你，我都差不多累死了。我们无论如何别再争吵了好吗。"

"我肯定不希望争吵。如果你有那样的感觉，我很抱歉，女儿。"

她倒了两杯咖啡，把没加糖的一杯递给了父亲。在自己的那一杯里，她放了几匙糖。"我饿了，这咖啡喝起来应该味道不错。你一边喝着，我一边给你讲一件不久前发生的事儿。现在想起来有点儿好笑，但我们有充分的理由不要笑得太厉害。"

"讲吧。"科普兰医生说。

"嗯——前不久，一个长得很帅、穿着整洁的黑人来了镇上。他自称是 B.F. 梅森先生，还说他从华盛顿特区来。他每天挂着个手杖在镇上走来走去，穿着漂亮的花衬衫。晚上他会去'社会咖啡馆'。他比镇上任何人都吃得好。每天晚上他会给自己要一瓶杜松子酒和两块猪排。他总是对每个人微笑，总是对女孩子点头哈腰，为进进出出的人开门。大约一周的时间里，他到哪儿都让人十分开心。人们开始问他一些问题，对这位富有的 B.F. 梅森先生很好奇。没过多久，在这儿混熟了之后，他便安顿下来，开始做生意了。"

波西娅张开嘴，朝咖啡的托盘里吹气。"我猜，你已经从报纸上读到了关于政府为老年人度身定制的'夹钳'养老计划吧？"

科普兰医生点点头。"养老金。"他说。

"嗯——他和这事有关。他是政府的人。他是华盛顿特区总统派来的，让每个人加入政府的'夹钳'计划。他挨家挨户跑，解释你如何缴纳一元加入计划，然后每周再交二角五分钱的会费——四十五岁之后，政府每个月付给你四十五元的生活费。我认识的所有人都为此兴奋不已。他送给每个加入的人一张免费的总统照片，底下有总统的签名。他说六个月之后，每个成员都会有免费的制服。俱乐部的名字叫'黑人夹钳大联盟'——两个月后，每个人将会得到一条橙黄色的丝带，上面有俱乐部名字的缩写 G. L. P. C. P. 。你知道，就像其他所有政府组织的缩写字母一样。他带着一个小本子，挨家挨户地跑，每个人都着手加入。他记下他们的名字，然后把钱拿走。每个星期六他都会来收钱。三周后，这位 B.F. 梅森先生招到的会员实在太多，以至于星期六他一个人根本忙不过来。他不得不每三四个街区雇一个人帮他收钱。每个星期六一大早，我都在我们住的地方附近帮他收那二角五分钱的会费。当然，威利一开始就加入了，还有海博尔和我。"

"我在你们住的地方附近不同的房子里看到过很多总统的照片，我记得听人提到过梅森的名字，"科普兰医生说，"他是个贼吧？"

"他就是贼，"波西娅说，"有人开始发现这位 B.F. 梅森先生的真实面目，他被逮起来了。他们发现他来自亚特兰大，连华盛顿特区和总统的影子都没见过。所有的钱都被藏起来了，或者被花掉了。威利刚好扔掉了七元五角。"

科普兰医生有些兴奋。"那就是我要说的意思——"

"死后，"波西娅说，"这个家伙肯定要用烧红的干草叉把他的肠子掏出来。但眼下，一切都结束了，似乎有点儿好笑，当然，我们有充分的理由不要笑得太厉害。"

"每个星期五，黑种人都自己爬到十字架上。"科普兰医生说。

波西娅的手抖了一下，咖啡从她拿着的托盘里淌了出来。她舔了舔胳膊上的咖啡。"你说的是什么意思？"

"我的意思是，我一直在观察。我的意思是，如果我们找到十个黑人——十个我们自己的人——有骨气、有头脑、有勇气，愿意拿出自己的一切——"

波西娅放下咖啡。"咱们别谈论这种事情了。"

"只要四个黑人，"科普兰医生说，"只要四个，就是汉密尔顿、卡尔·马克思、威廉和你凑在一起的总数。只要四个真正具有这些纯正品格和骨气的黑人——"

"威利、海博尔和我都有骨气，"波西娅生气地说，"这是个艰难时世。在我看来，我们三个人一直都很努力。"

片刻间，他们沉默了。科普兰医生把眼镜放在桌子上，用他皱缩的手指按压着眼珠。

"你始终在用那个词——黑人，"波西娅说，"那个词总是很伤人的感情。即使是过去使用的黑鬼，也比它强。但有教养的人——不管是什么肤色——总是说有色人。"

科普兰医生没有回答。

"就拿威利和我来说吧。我们并不完全是有色人。妈妈的肤色实际上很浅，我们的身上有很多白人的血统。而海博尔——他是印第安人。他身上有一部分印第安血统。我们没有一个人是纯种的有色人，你一直在使用的那个词有点儿伤人。"

"我对这些诡辩之词不感兴趣，"科普兰医生说，"我只对实实在在的真相感兴趣。"

"好吧，真相就在这里。每个人都怕你。老实说，要想让汉密尔顿、巴迪、威利或海博尔像我这样到这幢房子里来陪你坐会儿，除非他们喝多了。威利说，他还记得小时候的你，那时候他就害怕自己的父亲。"

科普兰医生咳嗽起来，咳得很厉害，然后他清了清喉咙。

"人人都有感情——不管是谁——没有人愿意走进一间他们的感情肯定会受到伤害的房子。你也一样。我见过你的感情被白人伤害过很多次，而他们并不知道。"

"不，"科普兰医生说，"你没有见过我的感情受到伤害。"

"当然，我知道，威利、海博尔和我——我们没有一个人是学者。但海博尔和威利都像金子一样宝贵。只不过他们和你有所不同而已。"

"没错。"科普兰医生说。

"汉密尔顿、巴迪、威利和我——我们没有一个人愿意像你那样说话。我们说话都像我们的妈妈，像她的同胞，像他们之前的同胞。你在脑子里琢磨每一件事情。而我们宁愿说出心里藏了很久的话。那就是区别之一。"

"没错。"科普兰医生说。

"一个人抱起自己孩子，不可能只是为了强迫他们成为自己想要他们成为的样子。不管是不是伤害他们。不管是对是错。你千方百计，使出浑身解数。到如今，在我们当中，我是唯一一个愿意走进这幢房子，像这样陪你坐一会儿的人。"

科普兰医生的眼睛里闪着亮光，声音很大，很严厉。他咳嗽起来，整个脸在颤抖。他试图端起那杯已经冷了的咖啡，手却不听使唤，端不稳杯子。泪水盈满了眼眶，他伸手去拿眼镜，试图掩饰自己的双眼。

波西娅看见了，马上站起身来走向他。她抱住了他的头，把自己的脸颊紧贴着他的额头。"我伤害了父亲的感情。"她轻柔地说。

他的声音很严厉。"不。不断重复这句关于伤害感情的话，愚蠢而粗糙。"

泪水顺着他的脸颊缓慢地流了下来，在火光的映衬，呈现出蓝色、绿色和红色。"我真的很抱歉。"波西娅说。

科普兰医生用他的棉手帕擦了擦脸。"没事了。"

"我们别再吵了好吗。我受不了我们之间的争吵。在我看来，每次我们在一起，总会产生很糟糕的感觉。我们别再这样争吵了。"

"不吵了，"科普兰医生说，"我们不吵了。"

波西娅抽噎着，用手背擦了擦鼻子。有几分钟的时间，她站在那里，抱着父亲的头。过了会儿，她最后一次擦了把脸，走向炉子上装着甘蓝叶的平底锅。

"到这会儿菜叶刚好很嫩，"她高兴地说，"现在，我要用一些菜叶做点儿好吃的玉米饼，就着甘蓝叶一起吃。"

波西娅光脚穿着袜子在厨房里缓慢地走来走去，父亲的目光追随着她。他们再次陷入了沉默。

他的眼睛有些湿润，东西的轮廓看上去模模糊糊，波西娅真的很像她母亲。许多年前，黛西也是这样在厨房里走来走去，默不作声，忙个不停。黛西不像他那么黑——她的皮肤有点儿像深色蜂蜜那种漂亮的颜色。但在温柔的外表之下，她的身上有某种固执的东西，不管多么认真细心地研究，他都理解不了妻子那种温和的倔强。

他会劝告她，他会把心里的想法全都告诉她，而她依旧是那么温和。她依旧不会听他的，而是自行其是。

后来，有了汉密尔顿、卡尔·马克思、威廉和波西娅。对于他们的到来，这种目的感是如此强烈，以至于他准确地知道他们应当做的每一件事情。汉密尔顿将成为一位伟大的科学家，卡尔·马克思将成为黑种人的一位导师，威廉应该是一个与不公正作斗争的律师，而波西娅应该是一个给妇女儿童治病的医生。

甚至当他们还是婴儿的时候，他就跟他们讲到了他们必须从肩头卸下的重轭——顺从和怠惰之轭。当他们稍稍大一些的时候，他就向他们强调：不存在上帝，但他们的生命是神圣的，他们每个人的生命都是为了这个真正的目标。他会一遍又一遍地跟他们讲这些，而他们则会坐在一起，离他远远的，用他们黑孩子的大眼睛看着他们的母亲。黛西坐在那里，根本没有听，温和而固执。

因为汉密尔顿、卡尔·马克思、威廉和波西娅来到这个世界的真正目标，他清楚地知道每一个细节应该怎样。每一年的秋天，他都会带他们去镇上，给他们买漂亮的黑鞋子和黑袜子。他给波西娅买了做裙子的黑色毛料，以及做衣领和袖口的白色亚麻布。给男孩子们买了做裤子的黑色羊毛，以及做衬衫的精细白色亚麻布。他不想让他们穿色彩鲜艳、又轻又薄的衣服。但当他们上学的时候，他们想穿那样的衣服，黛西说，他们十分为难，他是一个严厉的父亲。他知道这个家应该是个什么样子。不能有花里胡哨的东西——不能有花哨俗气的日历、蕾丝花边枕头和小摆设——房子里的每一样东西都必须是朴素的、暗色的、直白的，有着真正的实际用途。

一天晚上，他发现黛西给小波西娅的耳朵打了孔，为的是戴耳环。另一次，当他回家时，发现壁炉架上有一个穿着羽毛裙子的丘比特娃娃，黛西温和而顽固，不愿意把它收起来。他还知道，黛西正在教孩子们温柔顺从。她给他们讲地狱和天堂。她还让他们相信鬼和闹鬼的地方。黛西每个礼拜天都上教堂，她悲伤地对牧师谈到自己的丈夫。她总是固执地带孩子们去教堂，他们也乖乖地听从。

整个黑人种族都有病，他整天忙忙碌碌，有时候要忙到半夜。漫长的一天过去，巨大的疲惫感把他淹没，当他推开家里的大门，疲惫感便消失得无影无踪。然而，当他走进家门，威廉正在用一把卫生纸包着的梳子演奏音乐，汉密尔顿和卡尔·马克思正在掷骰子赌他们的午餐钱，波西娅正和母亲一起哈哈大笑。

他会跟他们从头再来，只不过是以不同的方式。他会拿出他们的功课，跟他们交谈。他们会紧挨着坐在一起，看着他们的母亲。他一遍又一遍地说着，但他们没有一个人想要理解他所说的。

他心头浮现出来的，是一种黑暗的、可怕的、黑人式的感觉。他会试着在自己的办公室里坐下来，阅读和思考，直至自己能够平静下来，重新开始。他会把房间里的窗帘放下来，好让房间里只有明亮的灯光、书，以及思考的感觉。但有时候，这种平静并不会出现。他还年轻，可怕的感觉不会随着阅读和思考而消失。

汉密尔顿、卡尔·马克思、威廉和波西娅很怕他，一直看着他们的母亲——有时候，当他认识到这一点的时候，黑暗的感觉便会把他淹没，他不知道自己在干什么。

他没法阻止这些可怕的事情，过后他怎么也理解不了。

"这顿晚饭在我闻起来确实很香，"波西娅说，"我们最好是现在就吃，因为海博尔和威利随时会来找我。"

科普兰医生推了推眼镜，把椅子拉到桌旁。"你丈夫和威廉今夜在哪里打发时间？"

"他们在掷马蹄铁。雷蒙德·琼斯家的后院里有一个掷马蹄铁的场子。雷蒙德和他妹妹拉芙·琼斯每天晚上都玩。拉芙是个很丑的女孩，我才不在乎海博尔和威利去他们家，他们想什么时候去就什么时候去。但他们说十点差一刻来找我，我想这会儿他们随时会来。"

"趁我还没忘记，"科普兰医生说，"我猜你经常收到汉密尔顿和卡尔·马克思的信吧。"

"我收到过汉密尔顿的信。他几乎接管了外公农场里的所有工作。至于巴迪，他在莫比尔——你知道他那双大手从不写信。不过，巴迪一直跟人相处得很好，对他我从不操心。他是那种总能混得很好的人。"

他们默不作声地坐在餐桌旁，面对着晚餐。波西娅一直看着碗橱上的时钟，因为已经到了海博尔和威利来这里找她的时间。科普兰医生低头对着盘子。他手里拿着叉子，仿佛叉子很重似的，手指颤抖着。他只尝了几口，每一口都吞咽得很困难。有一种紧张感，两个人仿佛都在没话找话。

科普兰医生不知怎么开头。他有时想，从前的岁月里，他对孩子们说的太多，而他们理解的太少，如今却根本无话可说。过了一会儿，他用手帕擦了擦嘴。犹犹豫豫地开了口。

"你几乎没怎么提到自己。跟我讲讲你的工作，你最近在做什么。"

"当然，我还住在凯利家，"波西娅说，"但我告诉你，父亲，我不知道我在那儿能待多久。工作很辛苦，总是要很长时间才能干完。但这并不让我烦恼。我操心的是工钱。我认为一周应该挣三元——但有时候，凯利太太喜欢少给个一元或五角什么的。当然，过后她总是尽快补上。但总让人心里不踏实。"

"那不对，"科普兰医生说，"你为什么要容忍？"

"那不是她的错，她也没办法，"波西娅说，"有一半房客不付租钱，维持所有的花销要一大笔钱。我跟你说实话——凯利一家距离摊上官司只有一步之遥。他们的日子很不好过。"

"你应该能找到别的工作。"

"我知道。但凯利一家确实都是很好的白人。我打心眼里喜欢他们。他们的三个小孩就像我自己的亲人。我觉得，实际上就像是我自己抚养了巴布尔和那个小家伙。尽管米克和我在一起老是吵架，但我对她也有一种真正的亲近感。"

"可是你得想想你自己。"科普兰医生说。

"米克，唉——"波西娅说，"她真的是个问题。没有人知道如何管教这孩子。她极其傲慢而任性。她总是要弄出点儿什么事情来。对这孩子，我有一种古怪的感觉。我觉得，有朝一日她真的会让人大吃一惊。不过，究竟是好得令人吃惊，还是坏得令人吃惊，我就不知道了。米克有时候让我迷惑不解。但我真的喜欢她。"

"你首先得考虑自己的生计。"

"我说过，那不是凯利太太的错。打理那么大的一幢老房子要很多钱，有人却不付房租。房客里只有一个人足额付房租，而且从不拖欠。那人只在那里住很短一段时间，他是镇上的一个聋哑人。是我近距离接触过的第一个聋哑人——他是一个很好的白人。"

"又高又瘦，灰绿色眼睛？"科普兰医生突然问道，"总是对每个人彬彬有礼，穿着打扮非常得体？不像是这个镇子上的人——更像是一个北方人，没准是个犹太人？"

"正是他。"波西娅说。

科普兰医生的脸上顿时露出热切的表情。他把玉米饼掰碎，放进盘子里的甘蓝菜汤中，再次有了胃口，开始吃起来。"我有个患者也是聋哑人。"他说。

"你怎么认识辛格先生？"波西娅问。

科普兰医生咳嗽起来，用手帕遮住自己的嘴。"我只见过他几次。"

"我最好是现在收拾收拾，"波西娅说，"威利和我们家海博尔马上要来了。这儿有真正的水池和充足的自来水，几个小碟子眨眼间就能洗完。"

许多年来，白种人无声的傲慢是他竭力想忘掉的事。每当这种怨恨浮现心头，他都会认真思考和研究。在大街上，在白人周围，他的脸上会保持庄严，总是默不作声。年轻时，他被称作"伙计"——但如今他是"大叔"。"大叔，去街角的那个加油站给我叫个机修工来。"

不久前，一个白人坐在车里朝他喊。"伙计，给我搭把手。""大叔，去干吧。"他听都不听，继续走路，一脸庄严，沉默不语。

几天前，一个喝醉酒的白人走近他，开始拉着他沿着马路上走。他拿着一个包，他以为有人受伤了。但那个醉鬼把他拉进了一个白人的餐馆，柜台旁的那些白人开始傲慢地朝他吼叫。他认识到，那个醉鬼在拿他逗乐。即便在那时候，他也一直保持着尊严。

但遇到这个又高又瘦、长着灰绿色眼睛的白人时，却发生了不同的事，这样的事情从前在任何白人那里从未发生过。

此事发生在几周前一个漆黑的雨夜。他刚刚看完一个产科病人出来，在街角上站在雨中。他试图点着一根香烟，划了一根接一根火柴，都没点着。他站在那里，嘴里叼着那根没有点着的香烟，正当此时，那个白人走了过来，递给他一根点着的火柴。黑暗中，借着两个人之间的火光，他们可以看清对方的脸。白人朝他微笑着，为他点着了香烟。他不知道该说些什么，因为此前从未发生过这样的事。

他们一起在街角上站了几分钟，随后，那个白人递给他一张卡片。他很想跟那个白人交谈，问他一些问题，但他拿不准白人是不是真的理解。因为所有白种人都很傲慢，他害怕在友善中丧失自己的尊严。

但那个白人给他点着了香烟，朝他微笑，看样子想跟他接触。打那以后，他把这件事情琢磨了很多遍。

"我有个患者是聋哑人，"科普兰医生对波西娅说，"这个患者是一个五岁大的小男孩。不知何故，我总是忍不住觉得，他的残疾应当归咎于我。是我给他接的生，两次产后探视之后，我把他给忘了。他的耳朵开始出问题，但他母亲没有留意耳朵里流出的脓，没有带他来找我。当此事最终引起我的注意时，为时已晚。当然，他什么也听不见，因此也无法说话。但我悉心地看护过他，在我看来，如果他正常的话，他应该是一个非常聪明的孩子。"

"你一直对小孩子很感兴趣，"波西娅说，"你对小孩子的关心远远超过成年人，不是么？"

"小孩子身上有更多的希望，"科普兰医生说，"但这个聋哑孩子——我一直在打听，看是不是有那个机构愿意收留他。"

"辛格先生会告诉你。他真的是一个很和善的白人，一点儿也不傲慢。"

"我不知道——"科普兰医生说，"有那么一两次，我琢磨着给他写一封短信，看他能不能给我一些信息。"

"如果我是你的话，我肯定会写。你是一个很棒的书信写手，我会替你把信交给辛格先生，"波西娅说，"两三周前，他拿着几件衬衫来到厨房里，想让我帮他洗一下。这些衬衫都很干净，就算是施洗者约翰本人穿过的衬衫，也不见得比它们更干净。我要做的不过是把它们浸在温水里，搓一搓领口，然后熨烫一下。但那天夜里，当我把五件干净的衬衫送到他房间里的时候，你知道他给了我多少钱吗？"

"不知道。"

"他像往常一样微笑着，给了我一美元。为了洗几件小衬衫就给了我整整一美元。他确实是一个和蔼可亲、令人愉快的白人，我不怕问他任何问题。我甚至愿意亲自给这个好心的白人写一封信。你写吧，父亲，如果你想写的话。"

"也许我会写。"科普兰医生说。

波西娅突然坐直了身子，开始整理她浓密而油腻的头发。外面传来一阵隐隐约约的口琴声，随后，音乐声越来越大。"威利和海博尔来了，"波西娅说，"这会儿我得出去见他们。你多保重，要是有什么事情需要我，就给我捎句话。我很高兴跟你一起吃饭、聊天。"

口琴声这会儿已经很清晰，从声音中能够听出威利正在大门口边吹边等。

"等一会儿，"科普兰医生说，"我只有两次看见你和你丈夫在一起，我相信我们彼此从未真正会过面。威廉还是三年前看望过他父亲。为什么不叫他们进来坐一会儿呢？"

波西娅站在门道里，用手指抚弄着头发和耳环。

"上一次威利来这儿，你伤了他的感情。你瞧，你就是不懂得如何——"

"那好吧，"科普兰医生说，"这只是一个建议。"

"等等，"波西娅说，"我去叫他们。我这就去叫他们进来。"

科普兰医生点着了一根香烟，在屋子里走来走去。他没法把自己的眼镜调整到恰当的位置，他的手指一直在颤抖。从前院里传来了很低的声音。接下来，门厅里响起沉重的脚步声，波西娅、威廉和海博尔走进了厨房。

"我们来了，"波西娅说，"海博尔，我想你和我父亲还没有被正式介绍给对方。但你们彼此还是认识的。"

科普兰医生跟他们两个握了握手。威利羞怯地后退，靠着墙，海博尔迈步向前，正式地鞠了一躬。"我老是听人说起您，"他说，"很高兴认识您。"

波西娅和科普兰医生从客厅里搬来椅子，四个人围炉而坐。他们都默不作声，有些不安。威利神经紧张地打量四周——餐桌上的书，水池，靠墙的帆布床，还有他父亲。海博尔咧嘴笑着，扯了扯领带。科普兰医生似乎想说点儿什么，随后润了润嘴唇，依旧默不作声。

"威利，你的口琴吹得越来越好了，"波西娅终于开口说，"照我看，你和海博尔必定是偷着去喝酒了。"

"没有，夫人，"海博尔彬彬有礼地说，"星期六以来我们滴酒未沾。我们刚才在玩掷马蹄铁游戏。"

科普兰医生依旧一言不发，他们都在用眼睛瞄着他，等待着。屋子里憋得慌，寂静让每个人都有些紧张。

"他们男孩子的衣服就是难对付，"波西娅说，"我每个星期六洗他们俩的白西装，一周熨烫两次。看看它们现在的样子。当然，他们只是在下班回家之后才穿西装。但两天之后，它们看上去便黑乎乎的。我昨天夜里才熨烫他们的裤子，这会儿一条折缝也没有。"

科普兰医生依旧默不作声。他一直盯着儿子的脸，但是，当威利注意到这一点的时候，他便咬着自己粗钝的手指，盯视着自己的脚。科普兰医生感觉到手腕上和太阳穴上脉搏的怦然跳动。他咳嗽起来，用拳头按压着胸口。他很想对儿子说点儿什么，却想不出有什么话可说。从前的辛酸苦涩浮上心头，他没有时间认真思考，并让痛苦平息下来。脉搏在体内怦然跳动，他感到困惑不解。但他们全都看着他，寂静是如此强大，以至于他不得不说点儿什么。

他声音很高，但听上去仿佛并不是从他嘴里发出的。"威廉，我很想知道，小时候我对你说的那些话还有多少留在你的脑子里。"

"我不懂你说的是什么意、意、意思。"威利说。

没等科普兰医生搞清楚自己要说什么，话就已经出口了。"我的意思是，我把心里的一切都对你、汉密尔顿和卡尔·马克思交了底。我把所有的信任和希望都寄托在你们身上。而我得到的，只有误解、懒散和漠不关心。我付出了一切，却什么也没留下。一切都从我这里拿走了。我试图做的一切——"

"别说了，"波西娅说，"父亲，你答应过我，我们不再争吵。简直是疯了。我们再也经不起争吵了。"

波西娅站起身来，向大门走去。威利和海博尔立即跟了上去。科普兰医生最后一个向门口走去。

波西娅一只手挽住丈夫和哥哥，另一只手伸向了科普兰医生。"让我们在离开之前和好吧。我受不了我们之间的这种争吵。我们别再吵了好吗。"

沉默中，科普兰医生再次和他们握了握手。"对不起。"他说。

"我没事。"海博尔客气地说。

"我也没事。"威利咕哝了一句。

波西娅把他们所有人的手拉到一起。"我们再也经不起争吵了。"

他们道了别，科普兰医生站在黑暗的前廊里，目送着他们一起走上了大街。他们逐渐远去的脚步声听上去有些孤寂，他感觉到虚弱而疲惫。当他们走到一个街区之外，威廉再次吹起了口琴。音乐声悲伤而空茫。他独自在前廊里一直待着，直至再也看不到他们的身影，听不见他们的声音。

科普兰医生关掉了屋里的电灯，黑暗中在炉前坐了下来。但安宁并没有出现。他很想把汉密尔顿、卡尔·马克思和威廉从脑海里消除掉。波西娅对他说过的每一句话，全都以响亮和刺耳的方式回到了他的记忆里。他突然站起身来，拧开电灯。他在桌旁坐了下来，上面堆放着斯宾诺莎、威廉·莎士比亚和卡尔·马克思的书。当他大声朗读斯宾诺莎的时候，那些单词发出洪亮而黑暗的声音。

他想起了他们谈到的那个白人。要是这个白人能帮帮那个聋哑患者奥古斯塔斯·本尼迪克特·马迪·刘易斯就好了。就算没有这个理由和这些问题要问，给这个白人写封信也是好的。科普兰医生双手捧着头，喉咙里发出古怪的声音，有点儿像歌唱般的呻吟。他记得那个白人的脸，那个雨夜，在火柴那昏黄的火焰后面，他微笑着——于是，他的内心便安宁了。

6

到仲夏时节，辛格的来客比那幢房子里的其他任何人都要频繁。夜里，他的房间里几乎一直都有人说话的声音。在"纽约咖啡馆"吃过晚饭之后，他洗个澡，穿上一件凉爽的浴衣，像往常一样不再出门。房间里凉爽宜人。他的储物间里有一个冰箱，里面始终存放着几瓶冰啤酒和果汁。他从不手忙脚乱，也不急急匆匆。他总是面带微笑，在门口迎接客人。

米克很喜欢去辛格先生的房间。虽说他是个聋哑人，但他听得懂她说的每个字。跟他谈话就像是一场游戏，只是比任何游戏都蕴涵了更多的东西。那就像是发现了关于音乐的一些新东西。她会把自己的一些计划告诉他，这些她不会告诉其他任何人。他会让她胡乱摆弄他漂亮精致的象棋子。有一次，她玩得高兴，衬衣下摆被卷进了电扇，他的举止十分体贴，让她一点儿也不觉得尴尬。除了爸爸之外，辛格先生是她认识的最和蔼可亲的男人。

科普兰医生给约翰·辛格写了一封信，谈到奥古斯塔斯·本尼迪克特·马迪·刘易斯的情况，他收到了一封客气礼貌的回信，邀请他方便的时候造访。科普兰医生先去了那幢房子的后屋，在厨房里跟波西娅坐了一会儿。然后，他上了楼梯，来到那个白人的房间。这个人的身上的确没有一丝无声的傲慢。他们一起喝着柠檬汁，哑巴把他想知道的问题的答案写下来。这个人不同于科普兰医生遇到过的任何白种人。过后，他对这个白人琢磨了很长时间。后来，由于辛格热情友好地邀请他再来，他又去拜访了一次。

杰克·布朗特每个礼拜都来。当他上楼去辛格的房间时，整个楼梯都在颤动。通常，他会带来一纸袋啤酒。房间里常常传出他响亮而愤怒的声音。但在离开之前，他的声音总是逐渐平静下来。当他走下楼梯时，他不再拿着那个装啤酒的纸袋了，他若有所思地走开了，看样子似乎根本不在乎要去哪里。

一天夜里，就连比夫·布兰农也来到哑巴的房间。但由于不能离开餐馆太久，他只待了半个小时就走了。

辛格对每个人的态度始终一样。他坐在靠窗的一把直背椅里，双手紧紧插在口袋里，向客人点头或微笑，表示自己听懂了他们说的话。

如果夜里没有访客，辛格就会去看晚场电影。他喜欢坐在后排，看着演员们在银幕上说个不停，走来走去。走进电影院之前他从来都不看片名，不管放什么片子，每一场他都同样看得津津有味。

接下来，七月里的一天，辛格突然没打招呼就离开了。他让房门一直敞开着，桌子上放着一个信封，是留给凯利太太的，里面装着上个星期的房租四美元。他几件简单的私人物品也不见了，房间里非常干净，空荡荡的。访客们来的时候，看到这个空房间，离开时都感到伤心和惊讶。谁也想象不到，他为什么要这样离去。

辛格的整个暑假都是在安东尼帕罗斯住院的那个小镇上度过的。几个月以来，他一直计划着这次旅行，想象着他们在一起的每个瞬间。他提前两周预订了酒店的房间，很长时间里，他一直把火车票装在一个信封内，揣在口袋里。

安东尼帕罗斯一点儿也没变。当辛格走进他的房间时，他平静地走过去迎接他的朋友。他甚至比过去还要胖，但脸上那恍惚的笑容还是一样的。辛格抱着几个袋子，大个子希腊人首先注意到了这些袋子。礼物包括一件鲜红色的晨衣，一双柔软的卧室拖鞋，两件绣着字母的睡衣。安东尼帕罗斯非常仔细地检查了盒子里所有包装纸的底下。当他看到并没有什么好吃的东西藏在里面时，便轻蔑地把礼物倾倒在床上，再也不理睬它们。

房间很大，阳光充足。几张床隔着一段空间排成一行。三个老人在一个角落里玩纸牌，根本没有注意辛格和安东尼帕罗斯，两个朋友独自坐在房间的另一侧。

在辛格看来，他们从前在一起的日子恍若隔世。有太多的话要说，以至于他打手语的速度跟不上趟。他灰绿色的眼睛燃烧着激情，汗珠子在额头上闪闪发光。从前快乐和喜悦的感觉很快又回来了，他有点儿无法自控。

安东尼帕罗斯那黑暗而油亮的眼睛盯着他的朋友，一动不动。他的双手无精打采地摸索着裤裆。除了别的事情之外，辛格还告诉他，有很多访客来看他。他告诉他的朋友，他们帮助他忘掉了孤独寂寞。他告诉安东尼帕罗斯，他们都是陌生人，总是说个不停——但他喜欢他们来找他。他画了杰克·布朗特、米克和科普兰医生的速写像。接下来，当他看出安东尼帕罗斯不感兴趣时，辛格便把速写像揉作一团，不再提起。护理员进来说时间到了，辛格想说的话还没说完一半。但他还是离开了房间，很累，也很快乐。

病人只能在星期四和星期天接待朋友。在他不能和安东尼帕罗斯待在一起的那些日子，辛格便在酒店的房间里走来走去。

他第二次探望朋友就像第一次一样，唯一的不同是，房间里的老人无精打采地看着他们，而不是在玩纸牌。

费了不少周折，辛格总算获准带着安东尼帕罗斯外出几个小时。

他提前计划好了这次短途旅行的每个细节。他们搭乘一辆出租车去了乡下，四点半钟去了酒店的餐厅。安东尼帕罗斯很享受这顿额外的大餐。菜单上的菜他点了一半，狼吞虎咽地吃着。吃完之后，他还不愿离去。他抓住桌子不肯松手。辛格好言哄他，出租车司机想动武。安东尼帕罗斯无动于衷地坐在那里，当他们挨得太近时，便做出一些下流的手势。最后，辛格从酒店经理那里买了一瓶威士忌，把他哄进了出租车。当辛格把那瓶尚未打开的酒扔出窗外时，安东尼帕罗斯既失望又生气，哭了起来。这趟短途旅行的末尾让辛格很难过。

他接下来的探望是最后一次探望，因为两周的假期就要结束了。安东尼帕罗斯已经忘掉了之前发生的事情。他们坐在房间里相同的角落里。时间过得飞快。辛格用手语拼命地说着，他那张瘦长的脸十分苍白。最后，到了动身离去的时刻。他抓住朋友的胳膊，看着朋友的脸，就像从前每天上班之前与他分手时的情形。安东尼帕罗斯昏昏欲睡地看着他，一动不动。辛格离开了房间，双手紧紧插在口袋里。

辛格刚刚回到寄宿公寓的房间不久，米克、杰克·布朗特和科普兰医生又开始来看他。他们每个人都想知道他去了哪里，为什么不让他们知道他的计划。但辛格假装听不懂他们的问题，他的微笑像谜一样神秘莫测。

他们一个接一个来到辛格的房间，陪他度过夜晚的时光。哑巴始终体贴周到，镇定从容。他那双色彩丰富、温柔和蔼的眼睛像巫师的眼睛一样严肃。米克·凯利、杰克·布朗特和科普兰医生会来到这里，在寂静的房间里跟他交谈——因为他们觉得，哑巴始终听得懂他们想说的任何话。或许比这还要多。

第二部

1

这年夏天不同于米克记得的其他任何时候。并没有发生多少可以用思想或语言描述的事情——但还是感觉到了变化。自始至终她都很兴奋。早晨，她迫不及待地起床，开始新的一天。夜里，她痛恨又要上床睡觉。

刚吃过早饭，她便带着孩子们出去，除了吃饭，他们一天中大多数时间都在外面。大部分时间他们只是在大街上闲逛——她拉着拉尔夫的童车，巴布尔跟在后面。她一直忙于思考和计划。有时候，她会突然抬头看，此时他们来到了镇子上就连她都不认识的某个地方。有那么一两次，他们偶然遇见了比尔，她完全沉浸在思考中，比尔不得不抓住她的胳膊，才让她看见自己。

一大早，天气还算清凉，他们的影子在面前的人行道上拉得很长。但正午时分，天空总是火一般的炽热。阳光强烈得让人无法一直睁着眼睛。很多时候，那些关于将要发生的事情的计划都跟冰雪混在一起。有时候，她好像是在瑞士，苍莽的群山被大雪所覆盖，她正在凛冽、泛青的冰面上滑行。辛格先生跟她一起滑着。收音机里正在演奏的，没准是卡洛尔·隆巴德或阿图罗·托斯卡尼尼。他们会一起滑冰，随后辛格先生掉进了冰窟窿，她会奋不顾身地跳下去，在冰下面游泳，把他救出来。那是她头脑里一直酝酿的计划之一。

通常，闲逛了一会儿之后，她会把巴布尔和拉尔夫放在荫凉的地方。巴布尔是个极其出色的小家伙，她已经把他训练得非常棒。如果她告诉他，不要走远，要在听得见拉尔夫哭声的距离之内，他就决不会跑到两三个街区之外跟一帮小孩打弹子。他会在童车附近独自玩耍，当她离开他们的时候，她并不怎么担心。她要么去图书馆看《国家地理杂志》，要么就在周围闲逛，琢磨些别的事情。如果口袋里有点儿钱的话，她会去布兰农先生的店里买杯软饮料或一块银河牌巧克力。他给孩子们打折，五分钱的东西卖给他们三分钱。

但自始至终——不管她在干什么——都会有音乐。有时她一边走一边独自哼唱，有时她静静地聆听内心的歌唱。她的头脑里有各种各样的音乐。有些是她从收音机里听来的，有些早已在她的脑海里，她从未在任何地方听过。

夜里，孩子们一上床，她便自由了。那是一天中最重要的时刻。当她在黑暗中独自待着的时候，有很多事情发生。刚吃过晚饭，她便再次跑到外面。她不可能告诉任何人她在晚上的所作所为，当妈妈问起的时候，她会编个听上去合情合理的小故事作为回答。但大多数时候，如果有人叫她，她就索性跑开，仿佛没听见一样。只有对爸爸不这样。爸爸的声音里有某种东西让她无法跑开。他是整个镇子上块头最大、个子最高的男人之一。但他的声音是如此平静而和蔼，以至于当他开口说话时人们都大吃一惊。不管她进来时多么急急忙忙，只要爸爸叫她，她总要停下来。

这年夏天，她认识到了爸爸身上她之前从不知道的某种东西。在那之前，她从未把他作为一个真正独立的个体来看待。很多时候，他会叫住她。她会走进他工作的前屋，在他身边站上几分钟——但听爸爸说话时，她总是心不在焉。一天晚上，她突然理解了爸爸。那天晚上并没有发生什么不同寻常的事，她不知道是什么东西让她理解了爸爸。过后，她觉得自己长大了，仿佛像理解别人一样理解爸爸了。

那是八月末的一个夜晚，她急急忙忙的。她必须九点之前赶到那幢房子，再不动身就晚了。爸爸叫住了她，她走进前屋。他弯腰驼背地坐在工作台前。出于某种原因，看到他坐在那儿似乎很不自然。在去年发生意外之前，他一直是个油漆工和木匠。每天早晨天亮之前，他会穿上工装裤出门，一整天都不回家。晚上，有时候他会摆弄时钟，作为一项额外的工作。有很多次，他试图在珠宝店找一份工作，这样他就可以坐在一张工作台前，穿着干净的白衬衫，系着领带。现在，他再也干不了木匠活，于是他在屋前竖了块牌子，上书"廉价修理钟表"。但他看上去跟大多数钟表匠都不一样——镇上的钟表匠都是一些手脚麻利、肤色黝黑的小个子犹太人。对于那张工作台来说，爸爸的个子太高了，他巨大的骨骼似乎是松松垮垮地连在一起。

爸爸只是盯着她看。她看得出来，他叫住她并没有什么理由。他只是很想和她说说话。他琢磨着如何开头。他那双褐色的眼睛对他那张又瘦又长的脸来说显得太大，他的头发掉光了，灰白光秃的头顶让他看上去有点儿一丝不挂的感觉。他依旧一言不发地看着她，而她急着要走。她必须九点钟准时赶到那幢房子，已经没有时间可浪费了。爸爸看出了她的焦急，清了清喉咙。

"我有东西给你，"他说，"不多，不过你或许可以用它给自己买点儿什么。"

他其实大可不必仅仅因为孤独寂寞想找人说而给五分或一角的硬币。他挣到的钱只够他每周喝两次啤酒。这会儿他的椅子旁边就放着两个啤酒瓶子，一个是空的，另一个刚打开。每次喝酒时，他总想找人说话。爸爸摆弄着皮带，她把目光移开了。今年夏天，他变得像个小孩子，总是把五分一角的硬币藏起来。有时藏在鞋子里，有时藏在他在皮带上割开的一个口子里。她并不很想拿那一角钱，但当他递给她时，她的手还是自然而然地张开了，准备接住硬币。

"我有很多活要干，以至于不知从哪儿着手。"他说。

事实恰好相反，他和她一样清楚这一点。他没有多少钟表要修，修完之后，他便在房子里走来走去，找点儿零活干。夜里，他坐在自己的工作台旁，清洗旧发条和齿轮，千方百计捱到上床睡觉的时间。自从他摔断髋骨、失去稳定的工作以来，他必须每时每刻干点儿什么。

"今夜我想了很多。"爸爸说。他倒了杯啤酒，在手背上撒了几粒盐。然后他舔了舔盐，从杯子里喝了一口啤酒。

她心急如焚，以至于几乎站不住了。爸爸注意到了这一点。他试图说点儿什么——但他叫她进来并不是为了什么具体的事。他只是想和她说会儿话。他刚开口说，又咽了回去。他们只是互相看着对方。寂静在蔓延，两个人都一言不发。

正是这个时候，她理解了爸爸。那并不像她得知了一个新的事实——她一直用各种方式理解爸爸，只是没用过大脑。现在，她突然知道，她了解爸爸。他很孤独，他是个老人。因为没有一个孩子为了什么事情去找他，因为他挣不了多少钱，他觉得自己就像被这个家庭抛弃了。孤独中，他想靠近自己的任何一个孩子——他们全都很忙，以至于他们并不知道这一点。他觉得自己对任何人都没什么用了。

就在他们互相看着对方的时候，她理解了这一点。这让她有了一种古怪的感觉。爸爸拿起一根钟表弹簧，用刷子蘸上汽油清洗起来。

"我知道你很忙。我只是想和你打个招呼。"

"不，我一点儿也不忙，"她说，"这是真话。"

那天夜里，她在爸爸的工作台旁的椅子里坐了下来，他们说了一会儿话。他谈到了账目和开支，以及如果他换一种方式经营生意会如何。他喝着啤酒，眼里噙满泪水，他用衬衣袖口蹭了蹭鼻子。那天夜里，她在他身边待了好一会儿，即使她心急如焚。但出于某种原因，她不能把自己心里的事情告诉他——关于那些闷热而黑暗的夜晚。

那些夜晚是秘密，是整个夏天最重要的时间。黑暗中，她独自漫步，就像镇上只有她一个人。在夜晚，几乎每一条街道都像他们家所在的街区一样朴素。有些小孩害怕在黑暗中走过陌生的地方，但她不怕。姑娘们害怕什么地方突然窜出个男人把她们搞了，就像她们已经结婚一样。大多数姑娘都是傻瓜。如果是一个块头和乔·路易斯或山人迪安差不多的人扑向她，她会撒腿就跑。但如果是一个体重不超过她二十磅的家伙，她会给他一顿猛揍，然后继续走路。

夜晚很奇妙，她没有时间琢磨担惊受怕这样的事。不管何时，只要在黑暗中，她便琢磨音乐。在街上漫步的时候，她会独自哼唱。她觉得整个镇子都在聆听，却并不知道是米克·凯利在唱。在夏天那些自由自在的夜晚，她学到了很多关于音乐的知识。当她走到镇上的富人区时，家家户户都有收音机。所有窗户都敞开着，她可以听到非常奇妙的音乐。不久之后，她便知道哪家的收音机正在播放她想听的节目。特别是有一户人家，总是播放各种好听的交响乐。夜里，她会去到那幢房子，溜进黑咕隆咚的院子里偷听。房子的周围有漂亮的灌木丛，她会坐在靠近窗户的一棵灌木之下。当节目播完之后，她会站在黑暗的院子中，双手插在口袋里，琢磨很长时间。那是整个夏天最真实的部分——她从收音机里聆听这首乐曲，仔细研究它。

"先生，请关上门①。"米克说。

巴布尔像野蔷薇一样锋利。"小姐，劳驾帮个忙②。"他回嘴答道。

在职业学校上西班牙语课确实很棒。说外语让她有一种见过大世面的感觉。自开学以来，每天下午她都兴味盎然地说着新学会的西班牙语单词和句子。起初，巴布尔被难住了。在她说外语的同时观察巴布尔的脸很好玩。紧接着，他很快赶上来了，没过多久，巴布尔便能模仿她所说的每一句话。他也记住了他所学到的单词。当然，他并不明白所有句子的意思是什么，不过话说回来，她也不是为了这些句子所表达的意义而说它们。不久之后，这孩子学得太快，以至于她会说的西班牙语都用完了，只好含混不清地说一些编造出来的声音。但没过多久，他便发现了她的鬼把戏——没人骗得了老练的巴布尔·凯利。

"我假装像是第一次走进这幢房子，"米克说，"这样我才能看出所有的装饰究竟是好还是不好。"

她走出屋子，来到前廊，然后又走回来，站在门廊里。整整一天，她、巴布尔、波西娅和爸爸都在为这场派对布置门厅和餐厅。装饰物是秋天的树叶、藤蔓和红色皱纹纸。在餐厅的壁炉和衣帽架后面的支撑物上，有嫩黄色的树叶。他们沿着墙壁拉上了藤蔓，餐桌上将摆放宾治盆。红色皱纹纸缀着长长的流苏，悬挂在壁炉架上，并在椅

①② 原文为西班牙语。

背上围成圆环。有足够的装饰。一切都没问题。

她用手擦了擦前额，眯缝着眼睛。巴布尔站在她旁边，模仿着她的一举一动。"我敢肯定这场派对最终会很不错。我确信这样。"

这将是她举办的第一场派对。她参加过的派对不过四五场而已。去年夏天，她参加过一场同学派对。但没有一个男孩子邀请她散步或跳舞，她只是站在宾治盆旁边，直至点心都吃完了，然后就回了家。这场派对完全不同于那一场。几个小时后，她邀请的人将开始到来，喧闹将会开始。

她不记得举办这场派对的想法是如何冒出来的。在职业学校上学后不久，她很快就产生了这个想法。中学确实很棒，一切都跟小学不同。如果像黑兹尔和埃塔那样去上速记课，她就不会这么喜欢职业学校了——但她得到了特许，像男孩一样上机械班。机械、代数和西班牙语都很棒。英文有点儿难。她的英文老师是明纳小姐。人人都说，明纳小姐把自己的大脑卖给了一个有名的医生，卖了一万美元，这样一来，她去世之后，这位医生就可以切下她的大脑，看看她为什么这么聪明。写作课上，她总是突然提出这样的问题："说出八个当代著名的约翰逊博士"，"引用十句《威克菲德的牧师》中的话"。她按照字母顺序点名，上课期间记分册一直打开着。就算她很聪明，她也是个阴郁的老处女。西班牙语老师曾经去欧洲旅行过。她说，在法国，人们扛着大面包棍回家，包都不包一下。他们站在马路上说话时，面包会打到路灯柱上。法国根本没有水——只有酒。

在几乎所有方面，职业学校都妙不可言。他们在班级之间的走廊里走来走去，午餐期间学生们在体育馆里闲逛。有一件事情很快就让她烦恼了。大家一起在走廊里走来走去，似乎每个人都属于某个特定的小圈子。一两周之内，她在走廊和班级里认识了一些人，跟他们说说话——仅此而已。她不是任何小圈子的成员。在小学里，她想要属于哪个群体，径直参加进去就行了，事情就这么定了。在这里有所不同。

第一个星期，她在走廊里走来走去，琢磨着此事。她计划加入某个小圈子，在这个问题上花的心思就几乎和音乐一样多。她心里一直惦记着这两件事。最后，她想到了举办派对。

她对待邀请很严格。不邀请小学生，不邀请十二岁以下的孩子。她只邀请十三岁至十五岁之间的孩子。她邀请的每一个人她都认识，关系好到足以在走廊里跟他们说话——如果不知道名字的话，她就去打听。她给那些自己有电话号码的人打电话，其余的人都在学校里当面邀请。

电话里她总是说同样的话。她让巴布尔把耳朵贴着话筒一起听。"我是米克·凯利。"她说，如果他们不熟悉这个名字，她会一直说下去，直至他们想起来，"星期六晚上八点我要举办一场同学派对，我现在邀请你参加。我住在第四大街103号A公寓。"A公寓在电话里听上去很时髦。几乎每个人都说自己很高兴受到邀请。几个很难对付的男孩子试图自作聪明，一遍又一遍地问她的名字。其中一个男孩子想卖萌，他说："我不认识你呀。"她立即顶了一句，让对方哑口无言："你吃屎去吧！"除了那个自作聪明的家伙之外，她知道有十个男孩和十个女孩会来。这是一场真正的派对，比她之前参加过或听说过的任何派对都要好，而且很不一样。

米克最后一次仔细检查了门厅和餐厅。她在衣帽架前停住了，面对着那幅"老脏脸"的照片。这是妈妈的祖父的照片。他是内战时期的一个少校，在一场战斗中阵亡了。不知哪个孩子给这张照片添上了眼镜和胡子，铅笔的印记被擦除之后，他那张脸脏得一塌糊涂。这就是她为什么叫他"老脏脸"的缘故。这幅照片处在一个三联画框的中间。两边是他儿子的照片。他们看上去跟巴布尔的年龄相当。他们身穿制服，脸上露出惊讶的表情。他们也在战斗中阵亡了。那是很久以前的事了。

"为了这场派对，我要把这幅照片取下来。它看上去太普通了。你不觉得吗?"

"我不知道，"巴布尔说，"我们不普通吗，米克?"

"我不普通。"

她把那幅照片放到了衣帽架底下。装饰总算可以了。辛格先生回家之后，应该会感到高兴。房间看上去空旷而寂静。桌子已经为摆放晚餐收拾好了。她走进厨房，想看看茶点准备得怎样。

波西娅在做软烤饼。茶点在炉子上。有花生酱、果冻三明治、巧克力脆饼和水果宾治。三明治上盖着一块湿的洗碗布。她偷偷看了看它们，但没有拿起一块。

"我跟你说过四十遍了，一切都没问题，"波西娅说，"我在家里做完晚饭，马上就会回来，系上那条白围裙，把这顿饭弄得妥妥帖帖。然后，九点半我就得离开这里。这个星期六晚上，海博尔、威利和我也有我们的计划。"

"当然，"米克说，"我只想让你帮我们把开头弄好——你知道。"

她屈服了，拿起了一块三明治。接下来，她让巴布尔跟波西娅待在一起，走进了中间的屋子。她要穿的裙子正摊开在床上。黑兹尔和埃塔很够意思，都把自己最好的行头借给了她——鉴于她们并不打算参加这场派对。埃塔的是一件长长的蓝色双绉晚礼服，一双白色轻便鞋，以及一副水钻头饰。这些衣服确实非常漂亮。很难想象她穿上这些是个什么样子。

傍晚降临，阳光透过窗户投下长长的暗黄斜影。如果她需要两个小时为这场派对梳妆打扮的话，眼下到了应该开始的时候。当她想到就要穿上这些漂亮衣服时，她就坐不住了。她缓慢地走进浴室，脱掉她的旧短裤和衬衫，拧开了水龙头。她擦洗着身体的粗糙部位：脚后跟、膝盖，尤其是肘部。她洗澡花了很长时间。

她光着身子跑进中间的屋子，开始穿衣服。她穿上了丝绸连衫衬裤和长丝袜。她甚至穿上了埃塔的胸罩，只是为了好玩。接下来，她小心翼翼地穿上了裙子和轻便鞋。这是她第一次穿上晚礼服。她在镜子前面站了很久。她的个子太高，以至于礼服的下摆高出脚踝两三英寸——鞋子太小，勒得脚疼。她在镜子前面站了很久，最后断定，自己看上去要么像个傻瓜，要么非常漂亮。二者必居其一。

对于头发，她试过六种不同的发型。额前翘起的一绺头发有点儿小麻烦，于是她打湿了刘海，弄出了三个波浪卷。最后，她戴上了水钻头饰，涂了很厚的口红和胭脂。梳妆打扮完毕，她像个电影明星那样扬起下巴，半闭着眼睛。她缓慢地把脸从一侧转到另一侧。她看上去非常漂亮——的确漂亮。

她觉得根本不像自己。镜子里是另一个人，完全不同于米克·凯利。派对还要过两个小时才开始，她羞于让任何家人在那个时间之前看到自己打扮成这样。她再次走进浴室，锁上了门。她不可能坐下来把衣服弄乱，于是她站在地板中间。周围封闭的墙壁似乎把所有的兴奋都挤压在里面。她觉得完全不同于过去的米克·凯利，以至于她认识到，这一次比她整个一辈子的其他任何事情都要好——这场派对。

"哈哈！宾治！"

"最漂亮的裙子——"

"嗨！你解出了那道三角题，四十六乘以二十——"

"劳驾！别挡着我的道！"

当人们蜂拥而入的时候，大门每时每刻都在砰然作响。尖厉和柔和的声音混在一起，直至只剩下喧嚣嘈杂的声音。女孩们穿着长长的漂亮的晚礼服，三五成群地站在那里，男孩们穿着干净的帆布裤、预备役军训制服或崭新的深色西装，走来走去。屋子里太过混乱，以至于米克注意不到任何单独的脸或人。她站在衣帽架旁边，注视着整个派对。

"人人都得到一张约帖，开始约伴吧。"

起初，屋子里太吵闹，什么也听不清，什么也注意不到。男孩们密密麻麻地围着宾治盆，以至于根本看不到餐桌和藤蔓。只有爸爸的脸耸立在男孩们的头顶上方，笑眯眯地把水果宾治装进小纸杯里。在她旁边的衣帽架的底座上，放着一罐糖果和两块手帕。有几个女孩子认为这是她的生日，她打开了她们带来的生日礼物，并表示感谢，却没有告诉她们，自己还要过八个月才满十四周岁。每个人都像她一样干净、清新、穿戴整齐。他们身上的味道也很好闻。男孩们把头发抹得湿润而光滑。女孩们穿着五颜六色的长裙站在一起，她们就像一丛鲜艳的花朵。开头很精彩。派对的开始十分顺利。

"我有部分苏格兰爱尔兰和法国血统，还有——"

"我有德国血统——"

她再一次大声叫喊大家拿好约帖，然后才走进餐厅。很快，他们从门厅里蜂拥而入。每个人拿了一张约帖，三五成群地靠墙排列成行。这会儿派对正式开始。

突然间出现了非常奇怪的事情——这样的安静。男孩们一起站在房间的一侧，女孩们和他们正面相对。出于某种原因，每个人都同时安静下来。男孩们拿着他们的约帖，看着女孩子们，屋子里非常安静。没有一个男孩子像人们预期的那样邀请女孩子。可怕的寂静变得越来越严重，她参加过的派对太少，一时间不知所措。接下来，男孩们互相用拳头击打对方，并交谈起来。女孩们在那里傻笑——即使她们并没有看着男孩子，你也能断定，她们一门心思只想着自己是不是受欢迎。可怕的寂静此刻消失了，但屋子里依旧有一种紧张不安的氛围。

过了一会儿，一个男孩走向了一个名叫德洛丽丝·布朗的女孩。他刚刚约了她，其他男孩便同时奔向德洛丽丝。当她的约帖全都约满了，他们便奔向了另一个名叫玛丽的女孩。这之后，一切都再次停了下来。另外有一两个女孩得到了邀约——因为是米克举办派对，所以有三个男孩约了她。仅此而已。

人们只是在餐厅和门厅里瞎逛。男孩们大多聚集在宾治盆周围，试图互相炫耀。女孩们三五成群地扎堆，笑个不停，假装正在度过一段美好时光。男孩们在琢磨女孩子，女孩们在琢磨男孩子。但结果所得到的一切，不过是屋子里的一种古怪感觉。

正是这个时候，米克开始注意到哈里·米诺维茨。他住在隔壁的那幢房子里，她从小就认识他。尽管他比她大两岁，但她长得比他快，这个夏天，他们经常在街边的草地上摔跤、打架。哈里是犹太人，但看上去不是很像。他的头发是浅褐色，而且笔直。今天晚上，他穿得非常整洁，进门时，他把一顶带羽毛的成人巴拿马草帽挂在了衣帽架上。

引起她注意的，并不是他的衣服。他的脸上有些变化，因为没有像往常那样戴角质边框眼镜，一粒通红的、下垂的麦粒肿从他的一只眼睛里冒了出来，为了看清东西，他不得不像鸟一样把脑袋斜向一边。他又瘦又长的手不断地触碰那颗麦粒肿，仿佛很痛似的。当他要水果宾治的时候，径直把纸杯戳到了爸爸的脸上。她看得出他十分需要眼镜。他有些紧张，不停地撞到人。除了她之外，他没有约任何女孩——因为这是她的派对。

所有水果宾治全都被喝光了。爸爸担心她会难堪，于是就和妈妈一起去厨房榨柠檬汁。有些人在前廊和人行道上。她很高兴到外面呼吸夜晚的凉爽空气。走出闷热、明亮的房子之后，黑暗中她能闻到即将到来的秋天的气息。

随后，她看到了意想不到的事情。沿着人行道的边缘，在黑咕隆咚的大街上，有一群住在附近的孩子。皮特、萨克·韦尔斯、贝比、斯佩尔里布斯——整个一伙，从年龄小于巴布尔的，到十二岁以上的，都有。甚至还有一些孩子，她根本不认识，不知怎么嗅到了派对的气味，也跑来凑热闹。有些年龄和她相仿、甚至大一点儿的孩子，她也没有邀请，因为他们曾对她干过坏事，或者她对他们干过坏事。他们全都脏兮兮的，穿着普通的短裤、邋遢的灯笼裤或日常的旧衣服。他们只是在黑暗中闲逛，注视着派对。当她看到这些孩子的时候，心里浮现出两种感情——一种是悲伤，一种是警惕。

"这支舞曲我约了你。"哈里·米诺维茨装作在读他的约帖，但她可以看到上面什么也没写。爸爸来到门廊，吹响了口哨，第一支舞曲开始了。

"那好吧，"她说，"我们走吧。"

他们开始沿着街区闲逛。穿着长裙，她依然觉得自己很时髦。"看那边，米克·凯利！"黑暗中一个孩子喊道，"瞧她！"她继续走着，就像没听见一样，但她知道那是斯佩尔里布斯，改天她一定会逮住他。她和哈里沿着黑乎乎的人行道走得很快，走到街道尽头时，他们拐进了另一个街区。

"你今年多大，米克——十三岁？"

"差不多十四了。"

她知道他在想什么。她也一直为此而烦恼。身高五英尺六英寸，体重一百零三磅，而她才十三岁。派对上的每个孩子站在她旁边都成了小矮人，只有哈里除外，他只比她矮一两英寸。没有一个男孩子愿意跟一个比自己高那么多的女孩子散步。没准抽烟能帮助阻止她继续长高。

"我去年只长高了三点二五英寸。"她说。

"我在集市上见过一个女人，身高八英尺五英寸。不过，你多半不会长那么高。"

哈里在一棵黑乎乎的紫薇树旁停住了脚步。周围没人。他从口袋里掏出个什么东西，开始摆弄它。她俯过身子去看——是他的眼镜，他正在用手帕擦拭着。

"对不起。"他说。随后他戴上眼镜，她能听到他深深的呼吸声。

"你应该一直戴着眼镜。"

"嗯。"

"没戴眼镜你怎么到处走动？"

夜晚很安静，天很黑。过马路时，哈里抓住了她的胳膊。

"派对上有个年轻的女士，她认为戴眼镜的家伙有些女里女气。这个人——好吧，或许是我——"

他没有说完。突然间，他绷紧了身子，向前跑了几步，跳起来去够头顶上大约四英尺高的一片树叶。黑暗中，她刚好看得见那片高高的叶子。他弹跳力很好，一下子便够着了那片树叶。随后，他把树叶放在嘴里，黑暗中猛击了几下空拳。她赶上了他。

像往常一样，一首曲子浮现在她的脑海里。她独自哼唱起来。

"你唱的是什么？"

"一个名叫莫扎特的家伙写的曲子。"

哈里感觉很好。他像一个快拳手那样走着横跨步。"听上去像是德国人的名字。"

"我猜也是。"

"法西斯分子？"他问。

"什么？"

"我说那个莫扎特是不是一个法西斯分子或纳粹分子？"

米克想了一会儿。"不。他们是新近出现的，这家伙已经死了很久。"

"那就好。"他又开始在黑暗中猛击空拳。他希望她问为什么。

"我说那就好。"他又说了一遍。

"为什么？"

"因为我痛恨法西斯分子。如果我在大街上遇到一个法西斯分子，我会杀了他。"

她看着哈里。街灯下，树叶在他脸上投下迅速变换、斑斑驳驳的影子。他有些兴奋。

"为什么？"她问。

"天哪！你从不读报纸吗？你瞧，事情是这样——"

他们走回了原先的街区。家里一片喧闹。人们在人行道上叫喊、奔跑。她的胃感到一阵强烈的恶心。

"没有时间解释了，除非是再走回那个街区。我不介意告诉你我为什么痛恨法西斯分子。我很愿意讲这个。"

这大概是他第一次有机会把这些想法一股脑地说给别人听。但她没时间听。她正忙着打量她家房前的情景。"好吧，一会儿见。"约会到此结束，于是她可以查看并思考眼前的那片混乱。

她不在的时候发生了什么事？她离开时，大家都穿着漂亮的衣服，四处闲站着，这是一次真正的派对。而现在——仅仅五分钟之后——这个地方看上去更像是一座疯人院。她不在的时候，那帮孩子从黑暗中跑出来，径直冲进了派对。他们真有胆！那个老练的皮特·韦尔斯冲出前门，手里拿着一杯水果宾治。他们呼啸一路狂奔，跟受到邀请的客人混作一团——穿着邋遢的灯笼裤和日常的旧衣服。

贝比·威尔逊在前廊上胡闹——贝比还不到四岁。任何人都能看出，这会儿她应该回家睡觉，就像巴布尔一样。她一级一级走下台阶，把那杯水果宾治高高举过头顶。她根本没有理由来这儿。布兰农先生是她姨父，在他店里，她随时可以得到糖果和饮料。她刚走上人行道，米克便一把抓住了她的胳膊。"马上回家去，贝比·威尔逊。现在就走。"米克环顾四周，想看看自己还能做点儿什么，让事情恢复应有的样子。她走向了萨克·韦尔斯。他远远地站在黑乎乎的人行道上，拿着纸杯，神情恍惚地看着每一个人。萨克七岁大，穿着短裤，光着膀子，赤着双脚。他没有制造任何麻烦，但眼前发生的一切让她气得发疯。

她抓住萨克的肩膀，开始摇晃他。起初，他咬紧牙关，但过了一会儿，他的牙齿便哆嗦着发出格格声。"回家去，萨克·韦尔斯。别在这儿瞎逛了，这里没有邀请你。"当她放他走的时候，萨克掖好衣服的下摆，慢吞吞地走到了大街上。但他没有径直回家。走到街角之后，她看到他在马路牙子上坐了下来，注视着派对，他以为米克看不见他。

片刻间，她感觉好多了，总算把萨克这小子打发掉了。但紧接着，她心里有一种非常不安的感觉，她开始叫他回来。把一切搞得一团糟的是大孩子们。他们是真正的捣蛋鬼，干起坏事来最大胆。他们喝光了饮料，把一场真正的派对弄成了一场骚乱。他们乒乒乓乓地从大门跑进跑出，呼喊咆哮，横冲直撞。她走向了皮特·韦尔斯，因为他是所有人当中最坏的。他戴着橄榄球头盔，跟别人顶撞。皮特十四岁出头，却还在上七年级。她走到他跟前，但他块头太大，不可能像对付萨克那样摇晃他。当她叫他回家时，他晃了晃身子，朝她冲了过来。

"我在六个不同的州待过。佛罗里达、阿拉巴马——"

"用银光布做成的、配有饰带——"

派对被弄得一团糟。所有人同时在说话。来自职业学校的受到邀请的人与附近的那帮小孩混作一团。男孩们和女孩们依旧三五成群地分开站着，尽管——没有一个人跳舞。屋里，柠檬汁就要喝完了。宾治盆的底部只剩一点儿汁水，上面漂浮着几片柠檬皮。爸爸一直对孩子们太好。不管谁把杯子递给他，他都给倒上一杯宾治。她走进餐厅时，波西娅正在给大家分三明治。五分钟不到，三明治就分光了。她只得到了一块——一块被粉红色果冻泡湿的面包片。

波西娅待在餐厅里注视着派对。"这儿真开心，我都不想走了，"她说，"我已经捎话给海博尔和威利，让他们自己去过周末之夜。每个人都那么兴奋，我要等着看这场派对的结尾。"

兴奋——就是这个词。米克能够在屋子里、门廊上和人行道上感受到这一切。她也感到兴奋。当她从衣帽架的镜子前走过时，她看到了自己脸颊上的红色胭脂和头上的水钻头饰，还有漂亮的裙子和脸蛋，但她并不只是为了这些而兴奋。或许是为了那些装饰，以及职业学校里的所有这些孩子们挤在一起。

"瞧她在跑！"

"哎哟！别闹了——"

"别没大没小的！"

一群女孩子在大街上奔跑，拽起裙子，长发飘飘。几个男孩子砍下一棵麟凤兰的叶片，做成锋利的长矛，拿着它们追赶女孩子。职业学校的新生全都为一场真正的舞会打扮得整整齐齐，但他们的行为举止还是像孩子。一半是玩闹，一半根本不是玩闹。一个男孩子拿着叶片长矛逼近她，她也奔跑起来。

举办派对的念头如今彻底了结了。这只是一次正常的玩闹。但那是她经历过的最疯狂的夜晚。这个结果是那帮小孩子造成的。他们就像传染病一样，他们来到这场派对，让其他所有人都忘掉了中学，忘了自己差不多长大成人。这就像是下午洗澡之前，你跑到后院里滚一身泥巴，仅仅为了进入浴缸之前感觉到痛快淋漓。每个人在星期六晚上都是在外面疯玩的野孩子——她觉得自己是其中最野的一个。

她大喊大叫，推推搡搡，总是第一个尝试任何新奇的绝技。她制造出的动静太大，跑动的速度太快，以至于注意不到其他人在干什么。她的呼吸跟不上趟，让她没法完成她想要做的所有疯狂事情。

"注意街边的沟！沟！沟！"

她首先冲向了它。他们在街道下面铺设新的管道，挖了一条深沟。沟边周围的火盆在黑暗中通红明亮。她迫不及待地要爬下去。她一直跑到摇晃的火焰边，然后跳了下去。

要是穿着网球鞋，她肯定会像猫一样落地——可是，她的高跟鞋让她滑倒了，肚子撞上了一根管子。呼吸停止了。她静静地躺着，双眼紧闭。

这场派对——很长时间里，她记得自己如何想象它，如何想象职业学校里的新朋友，以及她每天都想加入的小圈子。这会儿站在走廊里，她会有不同感觉，她认识到他们并没有什么特殊之处，像其他任何小孩一样。关于这场被搞得一团糟的派对，这就不错了。不过，一切都已结束。这就是结局。

米克从沟里爬了出来。几个小孩围着那些小火盆在玩。火焰发出红光，投射出长长的、迅速变化的影子。一个男孩子回了家，戴着提前为万圣节而购买的面具。关于这场派对，除了她之外，什么都没改变。

她慢吞吞地走路回家。当她从孩子们身边经过时，她没有说话，也没有看他们。门厅里的装饰被扯掉了，因为大家都出去了，屋子里显得空荡荡的。在浴室里，她脱下了蓝色的晚礼服。褶边被撕破了，她把衣服折了起来，这样就看不见破的地方。水钻头饰不知在哪儿弄丢了。她的旧短裤和衬衫摊在地板上原先丢下它们的地方。她把它们穿上了。她个子太大，这次派对之后，再也不能穿那条短裤了。今夜之后，再也不能了。不能了。

米克站在门外的前廊上。卸妆之后，她的脸很白。她双手窝在嘴前，做了一次深呼吸。"每个人都回家了！门关上了！派对结束了！"

在这个寂静而神秘的夜晚，她再次形单影只。时间不算太晚——沿街房子的窗里透出方方正正的昏黄光亮。她慢吞吞地走着，双手插在口袋里，头歪向一侧。她漫无目的地走了很长时间。

接下来，房子之间隔得很远，有一些院子，里面有高大的树木和黑魆魆的灌木丛。她环顾四周，认识到自己就在今年夏天她来过多次的那幢房子的附近。她的双脚不知不觉地把她带到了这里。当她走到那幢房子面前时，她等了一会儿，以确认没人看见她。随后，她穿过了侧院。

收音机像往常一样开着。她在窗边站了一会儿，观察着里面的人。那个秃顶男人和头发灰白的女士在桌旁玩牌。米克坐在了地上。这是一个非常美好而神秘的地方。周围是密密的雪松，这样她就完全把自己藏了起来。今晚收音机里的节目不太好——有人唱流行歌曲，全都以同样的方式结尾。她心里空落落的。她把手伸进了口袋，用手指摸索着。口袋里有葡萄干、一颗七叶树的坚果和一串珠子——还有一根香烟和火柴。她点着了烟，双臂抱膝。她的心里一片空茫，甚至没有任何感觉或思想。

收音机里的节目一个接一个，全都是朋客摇滚乐。她不是特别喜欢。她抽着烟，扯了一把草叶。过了一会儿，一个新的播音员开始说话。他提到了贝多芬。她在图书馆里读到过这位音乐家——他名字的发音有个 a，拼写起来有两个 e。他像莫扎特一样也是个德国伙计。他活着的时候生活在国外，说外语——她也很想这样。播音员说马上要播放他的第三交响曲。前面的话她只听了一半，因为她想再走走，她不是很关心他们播放什么。接下来，音乐开始了。米克抬起头，用拳头抵住了喉咙。

怎么回事？片刻间，开始部分的平衡点从一侧转到了另一侧。像是一次散步或行军。像上帝在夜里昂首阔步。身外的一切突然冻住了，只有音乐的第一部分在心里热乎乎的。之后她甚至听不到声音，但她坐在那儿等待着，僵住了，紧攥着拳头。过了一会儿，音乐再次传出，更刺耳，更响亮。它跟上帝没有任何关系。这是她的，米克·凯利，白天漫步行走，夜晚形影相吊。在烈日下，在黑暗中，内心充满了各种计划和感情。这首曲子是她的——完完全全是她的。

能听清的部分尚不足以让她把它听完整。乐曲在她心里沸腾。究竟是哪部分？抓住精彩的部分，仔细琢磨，这样以后就不会忘掉——或者应该放松，听播放的每个部分，既不琢磨，也不试图记住？天哪！整个世界都是这首乐曲，她却不能听个够。最后，音乐的部分再次响起，所有不同的乐器把每个音符聚拢在一起，就像一个攥得很紧的拳头猛击着她的心脏。第一乐章结束了。

这首乐曲既不长也不短。它和时间的流逝毫无关系。她坐在那里，双臂紧抱着大腿，使劲地咬着自己带有咸味的膝盖。她可能听了五分钟，也可能听了半个夜晚。第二乐章是黑色的——一支慢板进行曲。没有悲伤，但就像整个世界都已死去，一片漆黑，回想之前是什么样子毫无意义。一种有点儿像号角的乐器演奏出悲伤而清亮的曲调。接下来，音乐扬起愤怒的声音，底下潜藏着兴奋。最后，黑色进行曲再次开始。

不过，或许这首交响乐的最后一个乐章是她最喜爱的——喜悦欢快，就像是世界上最伟大的人在以一种艰难而自由的方式奔跑和跳跃。像这样美妙的音乐也是最伤人的。整个世界都是这首交响曲，她怎么也听不够。

它结束了。她双臂抱膝，僵硬地坐在那里。收音机里传出了另一个节目，她用手指塞住了耳朵。刚才那首乐曲在她心里只留下了严重的伤害，以及一片空白。她记不起来这首交响乐的任何一部分，哪怕是最后几个音符。她试图去回想，但根本想不起任何声音。现在，一切都结束了，只有她的心像兔子一样在跳，还有这可怕的伤害。

房子里的收音机和电灯都关掉了。夜晚一片漆黑。突然间，米克开始用拳头捶打自己的大腿。她使出全身力气，连续重击同一块肌肉，直至眼泪顺着脸颊流淌下来。但她觉得这还不够。灌木下面的石子很尖利。她抓起一把石子，开始来来回回地刮擦同一个地方，直至手上沾满了血。随后，她躺倒在地，仰望夜空。大腿上剧烈的疼痛让她觉得好受一些。她尤力地躺在湿漉漉的皁地上，过了一会儿，她的呼吸再次变得缓慢而轻松。

探险家们为什么不通过仰望天空来知道这个世界是圆的？天空是弯曲的，就像一个巨大玻璃球的内侧，深蓝色的天空洒满明亮的星星。夜晚一片寂静。空气里有温暖雪松的气味。当她根本没有试着想起那首乐曲时，它却回到了她的耳畔。第一乐章在她的脑海里响起，就像刚才播放的一样。她静静地、缓慢地听着，就像解一道几何题一样琢磨着每一个音符，好让自己能够记住。她能够非常清晰地看见声音的形状，她不会忘记它们。

这会儿她感觉好多了。她大声地自言自语："上帝啊，宽恕我吧，因为我不知道自己在做什么。"她为什么想到这句话？过去几年里，人人都知道根本不存在真正的上帝。当她想到她从前想象的上帝是个什么样子时，她只能看到辛格先生，裹着长长的白色床单。上帝沉默不语——或许那正是她为什么想起上帝的原因。她把那句话再说了一遍，正像她对辛格先生说那样："上帝啊，宽恕我吧，因为我不知道自己在做什么。"

音乐的这一部分美妙而清晰。现在，她随时都能哼唱它。或许，以后当她在某个早晨醒来的时候，更多的音乐将会重新回到她的耳畔。要是她能再听一遍那首交响乐，她会记住另外一些乐章。或许，要是她能再听上四遍，就四遍，她会把它全部记住。或许。

她又听了一遍这首乐曲的开头部分。接下来，音符变得更缓慢、更柔和，就像她慢慢沉入黑暗的大地。

米克猛然惊醒。空气变得寒冷，当她正要醒来时，她梦见老埃塔·凯利正拿走所有的盖被。"把毯子给我——"她费劲地说。随后，她睁开了眼睛。天空漆黑一团，所有的星星都消失不见了。草地湿漉漉的。她赶忙站了起来，因为爸爸会担心。接下来，她记起了那首乐曲。她不知道现在是午夜还是凌晨三点，于是她急忙往家里赶。空气里有一种很像秋天的气味。音乐在她脑海里响亮而快速，她在通往自己家的人行道上跑得越来越快。

2

到了十月，天空蔚蓝，气候寒冷。比夫·布兰农脱下绉条薄纱裤，换上了深蓝色的哔叽呢裤子。在咖啡馆的柜台后面，他安装了一台制作热巧克力的机器。米克特别喜欢热巧克力，每星期都要来那么三四次，喝上一杯。他卖给她五分钱一杯，而不是一毛钱，其实他很想免费给她。当米克站在柜台后面时，他目不转睛地看着她，心烦意乱，满腹忧伤。他很想伸出手，摸摸她晒焦的蓬乱头发——但不像他从前摸一个女人那样。他心里有些不安，对她说话时，他的声音听上去粗暴而陌生。

他心里有很多担忧。首先，艾丽斯身体不好。她像往常一样在楼下干活，从早晨七点一直干到晚上十点，她行动迟缓，眼睛下面有黑眼圈。干活时，她的这种病态表现得最明显。有一个礼拜天，当她在打字机上打出这天的菜单时，她给特价菜奶油白汁鸡标上了两毛，而不是五毛，直至几个顾客点了这个菜并准备付款时，才发现这个错误。另一回，顾客给她十元钱，她找回了两张五元和三张一元。比夫会站在那里，久久地看着她，满腹心思地擦着鼻子，眼睛半睁半闭。

他们没有在一起谈论此事。晚上，他在楼下干活，而她已经睡去，早晨，她独自打理餐馆。当他们一起工作时，他待在收银台后面，注视着厨房和桌子，这是他们的惯例。除了生意上的事，他们几乎不说话，但比夫会站在那儿看着她，一脸的困惑。

十月八日下午，他们睡觉的房间里突然传出痛苦的叫喊声。比夫急匆匆地跑到楼上。不到一个小时，他们把艾丽斯送到了医院，医生从她体内切下了一个肿瘤，差不多有新生儿那么大。接下来，又过了不到一个小时，艾丽斯死了。

在医院里，比夫坐在她的床边，陷入了震惊之后的沉思。她死的时候他在场。她的眼睛由于用乙醚麻醉而显得模模糊糊，随后变得像玻璃一样坚硬。护士和医生退出了病房。他继续看着她的脸。除了略带蓝色的苍白之外，和平常没什么两样。他仔细观察了她身上的每个细节，仿佛自己并没有二十一年来每天看到她。接下来，当他坐在那里的时候，他的思绪逐渐转向了很久以来一直藏在心里的一幅画。

寒冷的绿色海洋，灼热的金色沙滩。小孩子们在丝绸般的泡沫边缘玩耍。身体结实、皮肤黝黑的小女孩，身材瘦小、赤身裸体的男孩，还有一些半大的孩子，在奔跑，在用甜美、尖锐的声音互相呼喊。里面有他认识的孩子，米克和他外甥女贝比，也有一些陌生的年轻面孔，此前谁也没有见过。比夫低下了头。

过了许久，他从椅子里站起身来，走到病房中间。他能听见妻妹露西尔在外面的走廊里踱来踱去。一只胖蜜蜂从梳妆台顶上爬过，比夫敏捷地把它抓在手里，从敞开的窗户里放了出去。他再次瞥了一眼死者的脸，然后带着丧妻之后的镇静，打开了通往医院走廊的门。

第二天上午晚些时候，他坐在楼上的房间里做针线活。为什么？为什么在真爱的情况下，留下的一方经常并不通过自杀追随他所爱的人而去呢？仅仅是因为活着的人要埋葬死去的人吗？是因为死后必须完成的有条不紊的葬礼吗？是因为那个留下来的一方暂时走上了舞

116

台，每一秒钟都膨胀为无限的时间，很多双眼睛都注视着他吗？是因为他还有职责要履行吗？或者，因为有爱，丧偶者必须留下来，等待他所爱的人复活——因为离去的人并没有真正死去，而是在生者的灵魂中第二次被创造出来，并生长？为什么？

比夫俯身凑近手里的针线活，思考了很多事情。他非常熟练地缝着，指尖上的老茧已经很硬，以至于他无需顶针便可以把针推过去。两套灰色西装袖子上的黑纱已经缝好，这会儿他正在缝最后一件。

这一天晴朗而闷热，秋天最早的落叶堆积在人行道上。他早早地出门了。每一分钟都很漫长。前面有无尽的空闲。他锁上餐馆的大门，在门外挂上一个白色百合花环。他先去了殡仪馆，精心挑选棺材。他摸了摸内胆的材料，试了试框架的强度。

"这种绉纱叫什么——乔其纱？"

殡仪员以一种讨好而油滑的腔调回答了他的问题。

"你们的业务中火葬的比例有多大？"

再次来到大街上，比夫走路的姿态缓慢而拘谨。西边吹来一股暖风，太阳很明亮。他的手表停了，于是他掉头朝威尔伯·凯利家走去。威尔伯·凯利最近在自家门口立了块修理钟表的招牌。凯利穿着一件打了补丁的浴衣，坐在工作台旁。他的工作间也是卧室，米克放在童车里拉着到处闲逛的那个婴儿安静地坐在地板上的一个垫子上。每一分钟都很漫长，因此有充足的时间思考和询问。比夫请凯利解释钻石在手表里的确切用途。他注意到凯利的右眼透过钟表匠的小型放大镜时那扭曲变形的样子。他们谈了一会儿张伯伦和慕尼黑。接下来，时间还早，比夫决定去楼上哑巴的房间看看。

辛格正在穿衣服，准备去上班。昨天晚上，他寄去了一封吊唁信。他将是葬礼上的抬棺人。比夫在床上坐了下来，他们一起抽了一支烟。辛格时不时地用他那双机警的灰绿色眼睛看着他。他递给他一杯咖啡。比夫没有说话，哑巴停住了，拍了拍他的肩膀，盯着他的脸看了一会儿。辛格穿好衣服后，他们一起走了出去。

比夫在商店里买了一些黑丝带，然后去见了艾丽斯常去的那座教堂的牧师。一切安排妥当之后，他便回家了。把事情安排得井井有条——这是他心里的想法。他把艾丽斯的衣服和个人物品打好包，准备交给露西尔。他彻底打扫和清理了五斗橱的抽屉。他甚至重新整理了楼下厨房的货架，从电扇上扯下了颜色喜庆的绉纱彩带。做完这件事之后，他坐在浴缸里，从头到脚洗了个痛快澡。上午就这样过去了。

比夫把线咬断，抚平了外套袖子上的黑纱。到这会儿，露西尔应该会在等他。他、露西尔和贝比将一起乘坐出殡车。他放下针线筐，小心翼翼地穿上了缝着黑纱的外套。他迅速地扫视了一遍房间，看到一切妥当，这才动身出门。

一个小时后，他来到了露西尔的小厨房里。他双腿交叉坐在那儿，大腿上放着一块餐巾，正喝着一杯茶。露西尔和艾丽斯在各个方面都大不相同，以至于很难看出她们是姐妹。露西尔又瘦又黑，今天她全身穿着黑衣。她正在给贝比梳头。那孩子很有耐心地坐在餐桌上等待着，双手叠放在膝盖上，而母亲则在弄她的头发。厨房里，阳光安静而柔和。

"巴塞洛缪——"露西尔说。

"什么？"

"你是不是已经开始回首过去？"

"没有。"比夫说。

"你知道，就好像我整天要戴上眼罩，才不会胡思乱想或回忆过去一样。我只能让自己琢磨每天要工作，要做饭，要考虑贝比的未来。"

"那是正确的态度。"

"我在理发店里给贝比做了手推波浪卷。但发卷很快就散开了，我琢磨着给她做个电烫。我不想自己给她做——我想，或许我去亚特兰大参加美容师大会时可以带上她，让她在那里做头发。"

"天哪！她才四岁。那会吓着她的。而且，电烫会让头发变得粗糙。"

露西尔把梳子浸在一杯水里，压了压贝比耳朵上方的卷发。"不，不会吓着她。她想做个电烫。贝比尽管小，但她已经像我一样野心勃勃。这就够了。"

比夫在手掌上蹭着指甲，摇了摇头。

"每次贝比和我去看电影，看到那些孩子扮演的精彩角色，她的感觉就和我是一样的。我发誓她是这样，巴塞洛缪。看完电影之后我甚至都没法让她好好吃饭。"

"天哪。"比夫说。

"她的舞蹈课和表演课都学得很好。明年我想让她学钢琴，因为我想，弹弹琴对她会有所帮助。她的舞蹈老师打算让她在晚会上跳一支独舞。我觉得我要尽一切可能推她一把。因为她的事业开始得越早，对我们两个就越有好处。"

"天哪！"

"你不懂。对待有天赋的孩子不能像普通孩子那样。那就是我想让贝比离开这个普通街区的原因之一。我不能让她像周围的那些捣蛋鬼那样谈吐粗俗，像他们那样撒野。"

"我认识这个街区的孩子们，"比夫说，"他们都挺好的。街对面凯利家的孩子——克莱因家的孩子——"

"你很清楚，他们没有一个人达到贝比这个层次。"

露西尔给贝比做好了最后一个发卷。她捏了捏孩子的小脸蛋，好让脸色更红润一些。随后把她从桌上抱了下来。为了葬礼，贝比穿上了白裙子、白鞋子和白袜子，甚至戴上了白色的小手套。每当有人看着她的时候，贝比总是仰头摆个姿势，这会儿就是这个姿势。

他们在闷热的小厨房里坐了一会儿，谁也没说话。随后，露西尔哭了起来。"我们好像从来没有像姐妹那样亲近。我们有些不一样，我们也不是经常见面。或许是因为我小很多。但你自己的血脉亲人总是有点儿什么东西，如果发生任何这样的事情——"

比夫咕哝着安慰了几句。

"我知道你们俩过得怎样，"她说，"你们并不总是花前月下。或许这会儿说这种话让你更不好受。"

比夫用胳膊夹起贝比，把她抡到了肩膀上。这孩子越来越重了。走进客厅时，他小心翼翼地扶着她。贝比在他的肩膀上感觉得温暖而亲密，她的小丝绸衬衫衬着他的黑色外套显得更白。她用自己的小手紧紧抓住他的一只耳朵。

"比夫姨父！看我劈义。"

他把贝比轻轻地放到了地上。她双臂在头顶上弯成弧线，双脚在打了蜡的地板上缓慢地朝相反的方向滑去。片刻间，她坐到了地上，两腿伸得笔直，一条腿在前，一条腿在后。她双臂摆成一个花式角度，带着一种悲伤的表情，侧脸看着墙壁。

她又爬了起来。"看我翻筋斗。看我——"

"宝贝，安静点儿。"露西尔说。她在比夫身边坐了下来，坐在那张长毛绒沙发上。"她是不是让你有点儿想起他——她的眼睛和她的脸？"

"见鬼，没有。我看不出贝比和勒鲁瓦·威尔逊之间有任何相似之处。"

露西尔看上去太瘦，太憔悴，跟她的年龄不相称。或许是因为那身黑衣服，因为她刚刚哭过。"毕竟，我们得承认他是贝比的父亲。"她说。

"你就不能忘掉那个男人吗？"

"我不知道。我想，对于两样东西我一直是个傻瓜。那就是勒鲁瓦和贝比。"

比夫新长出的胡子衬着他脸上苍白的皮肤显得更青，他的声音听上去很疲惫。"你能不能把一件事琢磨透，认识到究竟发生了什么，应该从中得到什么？你能不能使用一下逻辑——如果这些就是给定的事实，那么这就应该是结果？"

"对于他，我想不能。"

比夫疲惫不堪地说着话，眼睛几乎要闭上。"你十七岁时嫁给了这个家伙，后来，你们之间只有吵闹，一场接一场。你跟他离了婚。两年之后，你第二次嫁给了他。如今他又跑掉了，你不知道他在哪里。这些事实似乎应该让你明白一件事情——你们俩都不适合对方。而且，撇开更加个人化的方面不谈——不管怎么说，这家伙碰巧就是这种人。"

"上帝知道，我一直清楚他是个靠不住的混蛋。我只是希望他再也别来敲那扇门了。"

"看，贝比。"比夫急速地说。他扭着手指，举起双手。"这是教堂，这是尖顶。打开门吧，这儿是上帝的子民。"

露西尔摇摇头。"你不必担心贝比。我把一切都告诉她。她从头至尾了解整个事情。"

"如果他回来，你还会让他留下来，继续靠你混日子，想混多久就混多久——就像从前一样，是不是？"

"是啊。我想我会的。每次门铃或电话响起，每次有人走上门廊，我就会下意识地想到那个男人。"

比夫摊开手掌。"瞧你这德行。"

时钟敲响两点。房间里又闷又热。贝比在打蜡的地板上又翻了一个筋斗，再做了一个劈叉。随后，比夫把她抱到膝盖上。她小小的双腿悬在他的小腿上。她解开他的马甲，钻进了他的怀里。

"听着，"露西尔说，"如果我问你一个问题，你愿不愿意保证说真话？"

"当然。"

"不管是什么问题？"

比夫摸了摸贝比柔软的金发，轻轻地把手放在她的小脑袋上。"当然。"

"大约七年前吧。我们第一次结婚后不久。一天夜里，他从你那里回来，满头都是大包，他告诉我，你抓住他的脖子，按住他的头往墙上猛撞。他编了个故事，说你为什么那么干，但我想知道真正的原因。"

比夫转动着手指上的结婚戒指。"我从来都不喜欢勒鲁瓦，我们打了一架。那时候的我跟现在可不一样。"

"不。你这么干肯定有具体的缘由。我们互相认识很久了，到如今我知道，你做每一件事情都有真正的理由。你的头脑总是跟随理性，而不只是欲望。你答应过我告诉我真相，我想知道。"

"现在已经没有任何意义了。"

"我告诉过你，我想知道。"

"好吧，"比夫说，"那天夜里他走了进来，我们开始喝酒，他喝醉之后便信口开河讲到了你。他说，他一个月回家一次，把你打得屁滚尿流，而你会默默忍着。过后你会走到外面的走廊里，大笑几次，好让其他房间的邻居以为你们只是在打闹，一切都是个玩笑。这就是当时发生的事，忘掉它吧。"

露西尔坐直了身子，两颊泛红。"你瞧，巴塞洛缪，那就是我什么喜欢一直戴着眼罩的原因，这样我就不会瞻前顾后，胡思乱想了。我能让自己想的，只有每天要工作，在家里要准备一日三餐，要考虑贝比的职业生涯。"

"嗯。"

"我希望你也这样，别开始回忆过去。"

比夫把头低到胸前，闭上眼睛。在这漫长的一天里，他都没法去想艾丽斯。当他试着去回忆她的面庞时，心里只有一片空白。关于她，他脑海里唯一清晰的东西是她的双脚——又短又粗，又软又白，脚趾肿胀。脚底是粉红色的，左脚跟附近有一颗褐色的小痣。他们结婚的那天夜里，他脱掉她的鞋和袜子，亲吻了她的脚。突然想到这个——倒也值得一想——是因为日本人相信，女人身上最精华的部位——

比夫动了动身子，瞥了一眼手表。再过一会儿，他们要动身去教堂，葬礼在那里举行。他在脑子里把葬礼上的活动过了一遍。教堂——自己与露西尔和贝比坐在车上，缓慢而庄重地跟在灵柩后面——人群在九月的阳光里垂首肃立。太阳照着白色的墓碑，照着正在凋萎的鲜花，照着那顶帆布帐篷覆盖着刚刚挖好的墓穴。然后回家——再然后呢？

"不管怎么吵，自己的亲姐姐总归不一样。"露西尔说。

比夫抬起头。"为什么不再婚？难道没有此前从未结过婚的好小伙子，愿意照顾你和贝比？如果你忘掉勒鲁瓦，你会成为一个好男人的好妻子。"

露西尔好一会儿没有回答。最后她说："你知道，我们一直怎样——我们几乎始终能很好地互相理解，而没有任何脸红心跳的杂念。好吧，这就是我想任何男人保持的最亲密的关系了。"

"我的感觉是一样的。"比夫说。

半小时之后，响起了敲门声。葬礼用车停在了屋前。比夫和露西尔缓慢地站起身来。他们三个人庄重而安静地走到门外，贝比穿着白色丝绸裙子走在前面。

第二天，比夫让餐馆关了一天门。接下来，傍晚时分，他从大门上取下了已经凋谢的百合花环，再次开门营业。老顾客进来时一脸的悲伤，靠着收银台跟他交谈几分钟，然后各就各位。几个常客都在——辛格，布朗特，在这个街区沿街店铺里以及在河下游的工厂里干活的各色人等。午餐过后，米克·凯利领着弟弟出现了，把一个五分硬币投进了老虎机。输掉第一个硬币时，她便用拳头猛击老虎机，不停地打开接收槽，以确定真的什么也没掉出来。随后她塞进了另一个硬币，差点儿中了个头奖。硬币稀里哗啦地掉出来，滚了一地。这孩子和弟弟一边捡着硬币，一边目光敏锐地环顾四周，以防其他顾客踩着硬币。哑巴坐在屋子中间那张桌子旁边，面前摆着他的午餐。杰克·布朗特坐在他的对面喝啤酒，穿着礼拜天的衣服，正说着话。一切都和从前没什么两样。过了一会儿，空气由于抽烟而变得灰蒙蒙的，噪声越来越大。比夫很警觉，任何声音或动作都逃不过他的注意。

"我到处走动。"布朗特说，他热切地俯身趴在桌子上，目不转睛地盯着哑巴的脸，"我到处走动，试图告诉他们。他们哈哈大笑。我没法让他们理解任何东西。不管我说什么，似乎都不能让他们认识真理。"

辛格点点头，用他的餐巾擦了擦嘴。因为无法低头吃饭，他的午餐已经凉了，他太客气，不好意思打断布朗特说话。

在男人们更粗糙的声音中，老虎机前两个孩子的话显得高昂而清晰。米克不断地把硬币投回到老虎机中。她时不时地看着中间那张桌子周围，但哑巴背对着她，看不见她。

"辛格先生点了一份炸鸡作为晚餐，可他一块也没吃。"那小男孩说。

米克非常缓慢地拉下那台机器的操作杆。"别多管闲事。"

"你总去他的房间，要不就知道他在什么地方。"

"我说过给我闭嘴，巴布尔·凯利。"

"你就是这样。"

米克摇晃着他，直至他的牙齿格格作响，然后拽过他走向门口。"你给我回家睡觉去。我已经跟你说过，我白天受够了你和拉尔夫，我不想你晚上还跟着我，我以为这段时间我应该是自由的。"

巴布尔伸出他脏兮兮的小手。"那好吧，给我一个硬币。"他把那个硬币揣进衬衫口袋之后，便回家了。

比夫弄直了外套，向后抚平了头发。他的领带是纯黑色的，灰色外套的袖子上有他缝上去的黑纱。他想走到老虎机前，跟米克说说话，但有什么东西不让他这么做。他深深地吸了一口气，喝了一杯水。收音机里传来一支管弦乐舞曲，但他不想听。最近十年所有的曲调都千篇一律，他分不清彼此。一九二八年之后，他就再也不喜欢音乐了。但他年轻的时候总是演奏曼陀林，他熟悉每首流行歌曲的歌词和旋律。

他把手指放在鼻了的一侧，把头歪向另 ·侧。米克过去一年长的太快，以至于很快就会比他还高。她穿着开学以来每天都穿的红色毛衣和蓝色百褶裙。这会儿裙子都翻出来了，褶边松松垮垮地拖在她清晰突出的膝盖周围。在她这个年龄，她看上去既像是一个姑娘，又像是一个长得过快的男孩。在这个问题上，为什么最聪明的人多半都没有看出这一点呢？所有人天生都是双性人。所以，婚姻和婚床无论如何都不是全部。证据么？真正的青年和老年。因为老年男人的声音常常变得又高又尖，走起路来忸怩作态。而老年妇女有时候变得身材臃肿，声音粗糙深沉，甚至长出了黑色的小胡子。他甚至亲自证明了这一点——他的一部分有时候几乎希望自己是一个母亲，米克和贝比是他的孩子。突然间，比夫从收银台转过身去。

报纸被弄得一团糟。他已经两个星期没有整理过一张报纸。他从柜台底下拿出一叠报纸。他以训练有素的眼睛从报头到报尾扫了一眼。明天他要检查一下后屋里储藏的报纸，看看能不能改变一下归档的办法。做几个架子，用那些装运罐头的结实箱子做些抽屉。按年代顺序，从一九一八年十月二十七日一直排到现在。用不同的文件夹和封面标签概述历史事件。分成三组：第一组是国际大事，从停战开始，到后来的慕尼黑协定；第二组是国内事件，第三组是本地消息，从莱斯特市长在乡村俱乐部枪杀妻子，到哈得逊工厂大火。过去二十年里发生的每一件大事都有目录和摘要，完完整整。比夫擦着下巴，用手挡住嘴巴默不作声地面露笑意。但艾丽斯想让他把报纸拉走，好让她把那间屋子改成女卫生间。那正是她经常催促他干的事，但有一次，他把她打倒在地。只有那一次。

比夫以一种心平气和的专注，沉浸于面前那张报纸的细节中。他镇静而专注地读着报纸，但出于习惯，他身体的另一部分对周围的一切保持着警觉。杰克·布朗特还在说个不停，时不时地用拳头击打桌子。哑巴小口地喝着啤酒。米克绕着收音机焦躁不安走来走去，眼睛注视着顾客。比夫逐字逐句地读着第一张报纸，在边上的空白处做了几条笔记。

突然，他猛地抬头，脸上露出惊讶的表情。他张大着嘴巴，随后突然闭上。收音机转到了一首老歌，可以追溯到他和艾丽斯订婚的时期。《黄昏时只有一个孩子在祈祷》。那是一个礼拜天，他们乘坐有轨电车去老萨迪斯湖，还租了一艘划艇。日落时分，他弹着曼陀林，她唱着歌。她戴着一顶水手帽，他抱着她的腰，她——艾丽斯——

一张捕捞失去的感情的拖网。比夫叠好报纸，放回了柜台底下。他单脚站在那儿，不时地换脚。最后，他朝屋子那头的米克喊道："你不在听吧？"

米克关掉了收音机。"没听。今天晚上没什么可听的。"

那一切他不愿去想，而是要专注于别的事情。他趴在柜台上，逐一观察着顾客。最后，他的注意力落在了中间桌子旁的哑巴身上。他看见米克慢吞吞地朝哑巴走去，并在他的邀请下坐了下来。辛格指了指菜单，女招待给她端来了一杯可口可乐。除了像哑巴这样的怪人，这样与其他人隔绝的人，谁也不会邀请一个妙龄少女在他和另一个男人一起喝酒的桌子旁坐下来。布朗特和米克都看着辛格。他们交谈起来，当哑巴注视着他们的时候，他的表情变了。这是一件很好笑的事情。原因——是在他们身上，还是在他身上？他很安静地坐在那里，双手插在口袋里，由于他不说话，这使他看上去显得高傲。这家伙在想什么，明白了什么？他知道什么？

这天夜里，比夫两次想走到中间的那张桌子旁，但每一次他都克制住了。他们走了之后，他还在琢磨这个哑巴是怎么回事——在黎明的晨曦中，他躺在床上，脑了里翻来覆去地琢磨着问题和答案，都不能令人满意。这个困惑在他心里扎下了根。在意识深处困扰着他，让他烦躁不安。一定有什么事情出了差错。

3

科普兰医生和辛格先生谈过很多次。他真的和其他白人不一样。他是个聪明人，他理解强大的、真正的目标，其方式是其他白人所不能的。他倾听，脸上有某种温和的、犹太式的东西，对一个属于受压迫种族的人充满理解。有一次，他带着辛格先生一起去巡诊。他领着辛格先生穿过那些寒冷而狭窄的过道，过道里散发着污秽、疾病和炸肥肉的气味。他让辛格观看了对一位重度烧伤女患者的脸部所做的一次成功的植皮手术。他治疗过一个患梅毒的孩子，指给辛格先生看手掌上正在脱落的疹子，那没有光泽的、不透明的眼睛表面，以及倾斜的上门牙。他们探访了那些只有两间房的简陋棚屋，里面住着十二到十四个人。壁炉里橘黄色炉火快烧完了，他们很无助，一个老人患上了肺炎，喘不过气来。辛格先生走在他后面，观察着，理解了。他塞给孩子们一些硬币，由于他的安静和端庄，他没有像其他来访者那样打扰患者。

天气寒冷，变化无常。镇上爆发了一次流行性感冒，因此科普兰医生白天黑夜大部分时间都很忙。他开着高高的道奇汽车闯过镇上的黑人区，过去九年里他一直开着这辆车。为了挡住寒风，他把鱼胶材料做的窗帘扣在车窗上，脖子上围着他那条灰色的羊毛围巾。这段时间里，他没有见到波西娅、威廉和海博尔，但他经常想到他们。有一次他外出时，波西娅来看他，留下了一张字条，借走了半袋玉米粉。

一天夜里，他回家时已筋疲力尽，尽管还有几个地方要出诊，但他还是喝了杯热牛奶，上床睡觉。他浑身发冷，有些发烧，刚开始没法入睡。随后，正当他要睡着时，一个声音在叫他。他疲倦地起身下床，依然穿着长长的法兰绒睡衣，他打开了前门。是波西娅。

"老天帮帮我们，父亲。"她说。

科普兰医生站在那里瑟瑟发抖，睡衣紧紧裹着腰部。他用手捂住喉咙，看着她，等她说话。

"是我们家威利。他是个坏孩子，给自己惹上了大麻烦。我们得做点儿什么。"

科普兰医生拖着僵硬的脚步从门厅往回走。他在卧室停了下来，找出浴衣、围巾和拖鞋，然后回到了厨房。波西娅在那儿等他。厨房里了无生气，冷飕飕的。

"好吧。他干了什么？怎么回事？"

"等一会儿。让我头脑清醒清醒，好让我把事情想透彻，然后才能说清楚。"

他弄皱了放在炉边的几张报纸，捡起了几根引火柴。

"让我来生火吧，"波西娅说，"你在桌旁坐着就行，等炉子热了，我们就煮杯咖啡。然后，没准一切并没有那么糟糕。"

"没有咖啡了。最后剩下的一点儿我昨天喝掉了。"

他说这话的时候，波西娅哭了起来。她凶巴巴地把报纸和木柴塞进了炉子里，哆哆嗦嗦地点着了。"事情是这样，"她说，"威利和海博尔今晚去一个地方胡闹，他们在那儿没什么正经事。你知道我是什么感觉吗？我一直让威利和我们家海博尔紧跟在我身边。没错，如果我在那儿，就不会有这样的麻烦。但我去教堂参加姐妹会了，这两小子闲不住。他们去了丽巴夫人的'甜蜜快乐宫'。父亲，这肯定是一个邪恶的坏地方。他们找了个男人在那儿卖票——但他们还找来了一些趾高气扬、一肚子坏水、搔首弄姿的黑人女孩，拉着红色绸缎帘子——"

"女儿，"科普兰医生急躁地说，他用手压住自己的太阳穴，"我知道这个地方。别绕弯子了。"

"拉芙·琼斯在那儿——她是个坏女孩。威利喝了酒，一直围着她跳摇摆舞，转眼间跟人打了起来。跟他打架的那小子叫六月虫——为了拉芙。他们徒手打了一会儿，然后六月虫掏出了刀子。我们家威利没有刀子，于是他大叫一声，绕着客厅狂奔。最后，海博尔给威利找了一把剃刀，他被堵住了，差点儿把六月虫的脑袋给割了下来。"

科普兰医生把围巾拉得更紧了一些。"他死了吗？"

"那小子命贱，死不了。他在医院里，但要不了多久他就会出来，还会找麻烦。"

"威廉呢？"

"警察来了，把他带上了囚车，拉到了大牢里，他还被关在那儿。"

"他没受伤么？"

"哦，他的一只眼睛被打破了，屁股上割下了一小块。但这对他来说不算什么。我搞不懂的是，他为什么会和那个拉芙搞到一起。她至少比我还要黑十个灰度，是我见过的最丑的黑人女孩。她走起路来就像两腿间夹着个鸡蛋，不想把它打破了。她甚至很不干净。而威利为了她，却干了这么件漂亮活儿。"

科普兰医生俯身靠近了炉子，嘴里哼哼着。他咳嗽起来，脸部变得僵硬。他拿起纸巾捂着嘴，纸巾上沾着血点。脸上的黑皮肤呈现出绿幽幽的苍白。

"当然，海博尔很快就跑来，把那里发生的一切告诉了我。你知道，我家海博尔跟那些坏女孩没有任何关系。他只是给威利作个伴儿。他为威利感到伤心，出事之后一直坐在监狱前面的马路牙子上。"火红的泪珠子顺着波西娅的脸颊滚落下来，"你知道我们三个人一向如何。我们有我们自己的计划，之前从未出过什么差错。就连金钱也没让我们犯过愁。海博尔付房租，我买吃的——而威利负责周末之夜的花销。我们一直就像三胞胎。"

最后，已经是早晨。工厂里传来第一班开工的哨声。太阳出来了，照亮了炉子上方挂在墙壁上的平底锅。他们已经坐了很长时间。波西娅扯着耳朵上的耳环，直至耳垂疼痛难忍，变成了紫红色。科普兰医生依旧双手捧着头。

"照我看，"波西娅最后说道，"如果我们能找到一些白人写信替威利说说话，或许能帮上我们。我已经去找过布兰农先生。他完全照我说的写了。这一切发生之后，他像从前一样还在咖啡馆里。于是我走了进去，向他解释了是怎么回事。我带着他的信回家了。我把它夹在《圣经》里，这样我就不会把它弄丢或弄脏了。"

"信中说了什么？"

"布兰农先生只是照我的要求写。信中说威利三年来如何为布兰农先生工作。讲到威利是一个诚实正直的黑人小伙子，之前从未惹过祸。信里说，如果他像其他黑人小伙子一样，他有大量的机会在咖啡馆里偷东西，还有——"

"哼！"科普兰医生说，"这些有个屁用。"

"可我们总不能坐在那儿干等呀。威利关在牢里。我们家威利是个多么可爱的小伙子，即使今晚做了错事。我们总不能坐在那儿干等呀。"

"也只好这样了。这是我们能做的唯一事情。"

"是啊,我知道我啥也做不了。"

波西娅从椅子里站起身来。她的眼睛心烦意乱地四处张望,仿佛在搜寻什么东西。接下来,她突然走向了大门。

"等一会儿,"科普兰医生说,"你这会儿要上哪儿去?"

"我去上班。我得保住我的工作。我得跟凯利太太待在一起,挣到每周的工钱。"

"我想去监狱,"科普兰医生说,"或许我可以见见威廉。"

"我上班的路上要经过监狱。我还得打发海博尔去上班——否则的话,他很可能整个上午坐在那里为威利伤心。"

科普兰医生匆忙穿好衣服,和波西娅一起来到门厅。他们出了门,走进了这个凉爽而蔚蓝的秋日早晨。监狱里的人对他们态度粗暴,他们几乎没有打听到什么。科普兰医生随后去咨询了一位律师,他以前给此人治过病。接下来的几天十分漫长,脑子里装满了忧心忡忡的想法。三周后,对威廉的审判开庭了,他被宣判犯有用致命武器袭击罪,被判处九个月的苦役,立即被送往本州北部的一座监狱。

即便他心里一直存在着强大的、真正的目标,现在也没有工夫去考虑它。他挨家挨户地跑,工作没完没了。每天一大早,他就开着那辆汽车出发,十一点,患者来到他的办公室。在室外呼吸了秋天凛冽的空气之后,屋子里有一股闷热的、发霉的气味,让他忍不住咳嗽起来。走廊的长椅上总是坐满了耐心等待看病的黑人,有时候,就连前廊和卧室里也挤满了人。一整天都有工作,经常要干到半夜。由于身心俱疲,他有时候很想在地板上躺下来,用拳头击打,然后大哭一场。如果能休息,他可能会好起来。他患有肺结核,每天量四次体温，每个月照一次 X 光。但他不能休息。因为有另外一件事情比疲倦更重大——这就是强大的、真正的目标。

他会一直想着这个目标，直至有时候，在漫长的日夜劳作之后，他的大脑一片空白，这时他会暂时忘记了这个目标究竟是什么。接下来，他会再次想起，他会焦躁不安，急于着手新的工作。但他经常张口结舌说不出话来，他的声音如今变得嘶哑，也不像从前那么响亮。他把这些话送进那些很有耐心的黑人患者的耳中，他们是他的同胞。

他经常跟辛格先生谈。跟他谈化学和宇宙之谜。谈极其微小的精子和成熟受精卵的分裂。谈复杂的百万倍细胞分裂。谈生命物质的神秘和死亡的简单。还跟他谈种族问题。

"我的同胞是被人从大草原和幽暗的绿色丛林中带到这里，"有一次，他对辛格先生说，"在被铁链锁着走向这片海岸的漫长旅途中，他们成千上万地死去。只有身强体壮的人幸存下来。他们被锁在恶臭难闻的船上，被带到这里后又有人死去。只有吃苦耐劳的黑人才会活下来。他们遭到殴打，被铁链锁住，被公开拍卖，强壮的人当中那些最不强壮的人再次死去。最后，经过了艰苦的岁月，我的同胞当中最强壮的人依然在这儿。他们的儿女们，他们的子子孙孙。"

"我来借东西，我来请你帮个忙。"波西娅说。

当她走过前厅、站在门道里对他说这话时，科普兰医生独自一人在厨房里。自威廉被送走之后，已经过去了两个星期。波西娅变了。她的头发不像从前那样抹得油光水滑，梳得整整齐齐，眼睛里布满血丝，仿佛喝了烈性酒。她两颊凹陷，蜜色的脸上布满悲伤，现在她真的很像她母亲。

"你知道你这里有一些漂亮的白色盘碟和杯子吧？"

"你可以拿走，并留下它们。"

"不，我只想借用一下。我来这儿还想请你帮个忙。"

"什么事都行。"科普兰医生说。

波西娅在桌子旁边父亲的对面坐了下来。"我想最好是先解释一下。昨天我收到外公捎来的口信，说他们明天要来，和我们一起待一个晚上和半个礼拜天。当然，他们很为威利担心，外公觉得我们大家应该重新聚在一起。他也是对的。我很想再见见亲人。威利走后，我一直很想家。"

"你可以拿走那些盘碟，以及你在这里能找到的其他任何东西，"科普兰医生说，"但挺起你的胸膛，女儿。你的仪态很糟糕。"

"那将是一次真正的团聚。你知道这是二十年来外公第一次在镇上过夜。他整个一辈子只有两次在自家之外的地方睡过觉。不管怎么说，他晚上总是有点儿紧张。夜里，他得起来喝水，看看孩子们是不是盖好了被子。我有点儿担心，外公在这儿是不是过得惯。"

"我的任何东西，只要你需要——"

"当然，李·杰克逊会带他们来，"波西娅说，"跟着李·杰克逊，他们怕是要花一整天的时间才能赶到这里。我估计他们要到吃晚饭的时候才到。当然，外公对李·杰克逊总是很有耐心，根本不会催他。"

"天哪！那头老骡子还活着？他应该足足十八岁了。"

"比这还要老。外公用他干活到现在二十年了。他拥有那头骡子这么长时间，以至于他总是说李·杰克逊就像是他的一位亲人。他理解并爱李·杰克逊，就像对自己的孙子孙女一样。我从未见过一个人像外公那样清楚地了解一头动物在想什么。他对一切能走会吃的东西都有一种亲近感。"

"一头驴子干活二十年真够长的。"

"确实是这样。如今李·杰克逊相当虚弱。但外公肯定会好好照顾他。当他们在太阳底下犁地的时候，李·杰克逊的头上戴着一顶大草帽，像外公一样——他的耳朵上还打了两个孔。那头骡子的草帽是个名副其实的笑话，犁地的时候如果头上没有那顶帽子，李·杰克逊一步也不肯动。"

科普兰医生从架子上取下白瓷盘，开始用报纸包它们。"你有没有足够的锅碗瓢盆来做所有吃的东西？"

"够了，"波西娅说，"我不想特别费心。外公自己就是个体贴先生——他们一家来吃饭时，他总要带点儿什么东西来帮衬帮衬。我只要足够的玉米粉、卷心菜和两磅上好的鲻鱼。"

"听上去不错。"

波西娅蜡黄的手指紧张地绕在一起。"有件事我还没有告诉你。一个惊喜。巴迪和汉密尔顿都要来。巴迪刚从莫比尔回来。他现在在农场里帮忙。"

"我上次见到卡尔·马克思还是五年前。"

"这正是我要问你的，"波西娅说，"你应该还记得，我进门时便告诉你，我来借东西，并请你帮个忙。"

科普兰医生把指关节弄得噼啪作响。"嗯。"

"好吧，我来是想看看明天的团聚你能不能来。除威利之外，你所有的孩子都要去。我觉得你应该参加。要是你能来，我肯定会高兴。"

汉密尔顿、卡尔·马克思和波西娅——还有威廉。科普兰医生摘下眼镜，用手指按压着眼皮。霎时间，他非常清楚地看到了他们四个，就像许久之前一样。随后他抬起头，戴好眼镜。"谢谢你，"他说，"我会去的。"

那天晚上，在黑暗的房间里，他独坐炉旁，回忆往事。他回想起自己的儿时。母亲生下来就是个奴隶，自由之后，她成了个洗衣妇。父亲是个牧师，曾经认识约翰·布朗。他们教他读书识字，从每周挣到的两三元钱中存下一部分。十七岁那年，他们送他去北方，在他的鞋子里藏了八十元钱。他在一家铁匠铺里干过活，在一家酒店里当过侍者和门童。与此同时，他一直坚持学习、阅读和上学。父亲去世了，没有了父亲，母亲也没活多久。奋斗十年之后，他成了一个医生，认识到了自己的使命，再次回到南方。

他结了婚，安了家。他没完没了地挨门串户，宣讲使命和真理。他的同胞们毫无希望的受苦受难让他发狂，心里产生了一种疯狂而邪恶的毁灭感。有时他喝烈性酒，头撞地板。心里有一股野蛮的暴力，有一次，他从炉膛里抓起一根拨火棍，把妻子打倒在地。她带着汉密尔顿、卡尔·马克思、威廉和波西娅回了娘家。他的心灵在痛苦挣扎，压制着邪恶的黑暗。但黛西没有回到他的身边。八年后，当她去世时，他的儿子们不再是孩子了，他们也没有回到他的身边。他已经是个老人，被留在一幢空荡荡的房子里。

第二天下午五点，他准时赶到了波西娅和海博尔的住处。他们住在镇上一个叫糖山的地方，那幢房子是一个狭小的农舍，有一个门廊和两个房间。屋里传出了含混而嘈杂的声音。科普兰医生很拘谨地走近了房子，站在门道里，手里拿着他那顶破旧的毡帽。

屋里挤满了人，起初没人注意到他。他找到了卡尔·马克思和汉密尔顿的脸。他们旁边是外公和两个坐在地上的孩子。当波西娅发现他站在门口时，他还在目不转睛地盯着他的两个儿子的脸。

"父亲来了。"她说。

说话声戛然而止。外公在椅子上转过身来。他身材瘦小，弯腰驼背，满脸皱纹。他穿着墨绿色的西装，还是三十年前女儿婚礼上穿过的那套。他的马甲上挂着一根已经失去光泽的黄铜表链。卡尔·马克思和汉密尔顿互相看了一眼对方，随后低头看看地板，最后看着他们的父亲。

"本尼迪克特·马迪——"老人说，"好久不见。真的好久了。"

"可不是吗！"波西娅说，"这是多年来我们大家的第一次团聚。海博尔，你到厨房去拿把椅子来。父亲，这是巴迪和汉密尔顿。"

科普兰医生跟他的两个儿子握了握手。他们两个都高大强壮，笨手笨脚。衬着他们蓝色的衬衫和工装裤，他们的皮肤像波西娅的皮肤一样呈现出浓厚的褐色。他们没有看着他的眼睛，他们的脸上既没有爱，也没有恨。

"可惜的是，今天有一些人来不了——莎拉姨妈和吉姆，还有其余的人，"海博尔说，"但我们来的人真的很开心。"

"骡车太挤了，"其中一个孩子说，"我们不得不下车走了一段，因为骡车确实太挤了。"

外公用火柴杆掏着耳朵。"总得有人留在家里嘛。"

波西娅紧张地舔着她又薄又黑的嘴唇。"我想到的是我们家威利。在任何派对或热闹场合，他始终是个风头人物。我脑子里一直惦记着威利。"

整个房间里有一阵轻声咕哝，表示同意。老人靠在椅子里，上上下下地摆着头。"波西娅，亲爱的，给我读会儿《圣经》吧。遇到麻烦的时候，上帝的话肯定管用。"

波西娅从房间角落的桌子上拿起《圣经》。"你这会儿想听哪段，外公？"

"全都是圣主的箴言，你翻到哪儿就读哪儿吧。"

波西娅开始读《路加福音》。她读得很慢，用她那长长的、无力的手指追踪着字句。房间里很安静。科普兰医生坐在人群的边上，把指关节掰得噼啪作响，目光从一个角落漫游到另一个角落。房间很小，空气又塞又闷。四面墙壁乱七八糟地挂着日历和杂志上剪下来的绘制粗糙的广告。壁炉架上摆着一个花瓶，装着红色的纸玫瑰。炉火慢吞吞地烧着，油灯摇曳的灯光在墙上投下影子。波西娅以缓慢的节奏读着，以至于那些词句在科普兰医生的耳朵里睡着了，使他昏昏欲睡。卡尔·马克思四仰八叉地躺在地板上，在孩子们旁边。汉密尔顿和海博尔打起了瞌睡。只有老人似乎在琢磨词句的意思。

波西娅读完了这一章，合上书。

"我一次又一次地思考这个问题。"外公说。

房间里的人全都从昏昏欲睡中醒来。"什么？"波西娅问。

"是这样。你们还记得耶稣让死者复活、治愈病人那些部分吗？"

"我们当然记得，先生。"海博尔毕恭毕敬地说。

"很多日子，我在犁地或干活时，"外公慢吞吞地说，"我琢磨并推导过耶稣再次降临人间的时间。因为我太想此事实现了，我觉得那应该是在我的有生之年。对此我琢磨过很多次。我是这么计划来着。我想，我会领着我的子子孙孙、亲戚朋友，站到他的面前，对他说：'耶稣基督，我们大家都是悲伤的黑人。'然后，他会把他神圣的手放在我的头上，我们马上变得像棉花一样白。那就是我心里琢磨过很多很多次的计划和推理。"

寂静笼罩着整个房间。科普兰医生拽了拽袖口，清了清喉咙。他脉搏跳得太快，喉咙憋得太紧。坐在房间的角落里，他觉得隔绝、愤怒和孤单。

"你们有没有人收到过天国的信号？"外公说。

"我收到过，先生，"海博尔说，"有一次，我患上了肺炎，我看到上帝的脸从壁炉里朝外看着我。那是一张很大的白人的脸，长着白胡子和蓝眼睛。"

"我看到过一个鬼。"一个孩子说——那个女孩。

"有一次，我看见——"那个小男孩开口了。

外公举起了手。"你们小孩子别吱声。你，西莉亚——还有你，惠特曼——现在是你们听而不是说的时候，"他说，"只有一次，我收到了真正的信号。事情是这样。那是去年夏天，很热。我正在费劲地挖着猪圈旁边那棵大橡树桩的树根，我弯下身子，突然间，一阵剧痛爬上了我的后腰。我直起身子，周围一片漆黑。我用手撑住后腰，抬头看天，此时我突然看到那个小天使。那是一个小小的白人小女孩——我看大约豌豆那么大——黄头发，白袍子。正在太阳周围飞来飞去。过后我走进屋子，开始祈祷。我研究了三天《圣经》，然后再出门，下地干活。"

科普兰医生感觉到心里有一股从前那样的邪恶怒火。一些毫无条理的词语涌上喉咙，却无法说出来。他们会听信老人的话。但理性的话他们不会听。这些人都是我的同胞，他试图告诉自己——但是，由于他说不出来，这个想法这会儿帮不了他。他紧张而阴郁地坐在那里。

"那是一件怪事，"外公突然说，"本尼迪克特·马迪，你是个好大夫。为什么我挖了一会儿地、种了一会儿庄稼之后，后腰有时候会疼？这种痛苦为什么让我烦恼？"

"你今年高寿？"

"七十到八十之间吧。"

老人喜欢药品和治疗。从前他带着家人来看黛西时，总是要检查一下身体，给一大家子带些药和膏药。但黛西去世之后，老人再也不来了，不得不满足于那些在报纸上做广告的泻药和补肾丸。这会儿，老人以胆怯而热切的目光看着他。

"多喝水，"科普兰医生说，"尽量多休息。"

波西娅走进厨房去准备晚餐。热乎乎的气味开始充满房间。大家在轻声闲聊着，但科普兰医生既没听，也没说。他时不时地看着卡尔·马克思和汉密尔顿。卡尔·马克思谈到了乔·路易斯。汉密尔顿大多数时间说的是那场毁了一些庄稼的冰雹。当他们碰到父亲的目光时，便咧嘴笑笑，在地板上蹭着脚。他一直注视着他们，目光里有一种愤怒的痛苦。

科普兰医生咬紧牙关。他想得太多，关于汉密尔顿、卡尔·马克思、威廉和波西娅，关于他为他们设计的真正的目标，以至于看到他们的脸便让他心里油然而产生一种黑色的膨胀感。一旦他能够对他们说出这一切，从遥远的开始直到今夜，这样的讲述就会缓解他内心尖锐的疼痛。但他们不愿听，也听不懂。

他绷紧了身子，好让身上的每一块肌肉都僵硬而紧张。对于周围的一切，他既没听，也没看。他像一个又瞎又哑的人一样，坐在角落里。很快，他们纷纷走到餐桌旁，老人念叨起了感恩祷告。但科普兰医生没有吃。当海博尔拿出了一小瓶杜松子酒时，大家都笑了，嘴对瓶子喝了起来，一个传一个，但他拒绝了。他僵硬而沉默地坐在那里，最后，他拿起帽子，离开了那幢房子，没有跟大家道别。要是不能把一大套真理完整地说出来，他就无话可说。

一整夜，他都神经紧张地躺在那里，彻夜未眠。第二天是礼拜天，他出了几趟诊，半晌午的时候，他去了辛格先生的房间。这次拜访缓解了他内心的孤独感，当他起身告辞时，他再一次恢复了平静。

然而，当他离开那幢房子时，这种平静又离他而去。发生了一件意外的事。当他走下楼梯时，他看到一个白人拿着一个很大的纸袋，他于是紧贴着楼梯扶手，好让他们彼此都能通过。但那个白人两步并作一步跑上楼梯，看都不看，他们猛烈地撞到了一起，科普兰医生被撞得想吐，在那儿直喘气。

"天哪！我没看到你。"

科普兰医生目不转睛地看着他，没有作答。他以前见过这个白人一次。他记得那身材矮小、模样粗野的身体，以及那双粗大、笨拙的手。接下来，他突然产生了职业兴趣，观察了那个白人的脸，因为在他眼里，他看到的是古怪、固执、孤僻的疯狂表情。

"对不起。"那个白人说。

科普兰医生抓着楼梯扶手，继续往下走。

4

"那人是谁？"杰克·布朗特问，"刚从这儿出去的那个又高又瘦的黑人是谁？"

这个小房间非常整洁。太阳照亮了桌子上的一碗紫葡萄。辛格坐在那里，椅背后翘，双手揣在口袋里，望着窗外。

"我在楼梯上撞着他了，他瞪了我一眼——嗨，从未有人这样凶狠地看着我。"

杰克把那袋啤酒放在了桌子上。他这才惊讶地认识到，辛格并不知他走进了房间。他走到窗前，碰了碰辛格的肩膀。

杰克打了个哆嗦。尽管阳光明媚，但房间里还是有些冷。辛格抬起食指，走进了门厅。回来时，他拎来了一桶煤和一些引火柴。杰克看着他跪在炉前。他干净利落地在膝盖上折断了几根引火柴，把它们放在纸上，再把煤块整齐地码放好。起初，火没点着。火苗微弱地颤抖，被一股黑烟给闷熄了。辛格用双层报纸盖住了炉栅。气流让炉火重新烧旺了。房间里响起呼呼的燃烧声。报纸烧着了，被吸进了炉膛里。一片噼啪燃烧的橘黄色火焰填满了炉栅。

早晨的第一杯浓啤酒味道醇正。杰克很快就喝完了自己的那一份，用手背擦了擦嘴。

"很久之前我认识一个女的，"他说，"你有点儿让我想起了她，克拉拉小姐。她在得克萨斯州有一座农场，做果仁糖拿到城里去卖。她是个身材高大、模样好看的女士。穿着长长的、松松垮垮的毛衣和粗大笨重的鞋子，戴着一顶男人的帽子。我认识她时她丈夫已经死了。但我逐渐明白了：要不是因为她，我可能一直都不知道。我可能像其他千百万不知道的人一样度过一生。我或许只是一个牧师，一个棉纺工，或者一个推销员。我这一辈子可能就被浪费掉了。"

杰克疑惑地摇摇头。

"要明白我所说的，你得知道从前发生过什么。你瞧，我小时候在加斯托尼亚生活过。我是个八字脚的小矮子，个子太小，没法去工厂干活。我在一个保龄球馆干过球童，只管饭，没有工钱。后来，我听说在离得不是很远的地方，一个聪明伶俐、手脚麻利的男孩串烟草一天能挣三毛钱。于是我就去了，一天挣三毛钱。那是我十岁的时候。我离开了亲人，我没有写信。他们很高兴我走了。你明白这是怎么回事。再者说，除了我姐姐，家里也没人识字。"

他在空中挥舞着手，仿佛要把什么东西从脸上掸掉。"不过，我的意思是这样。我最早的信仰是耶稣。有一位伙计和我在同一个工棚里干活。他有个神龛，每天晚上布道。我去听了，于是信了这个。我整天满脑子耶稣。空闲时，我研究《圣经》并祈祷。接下来，一天夜里，我抄起一个锤子，把手放在桌子上。我很生气，我把钉子敲进了我的手心，敲进了桌子，我看着它，手指颤抖着，变成了青色。"

杰克伸开手掌，指了指中间那个粗糙而煞白的伤疤。

"我想成为一个福音传道者。我打算走遍全国各地，布道并举行培灵会。在此期间，我奔走于不同的地方，差不多二十岁的时候，我去了得克萨斯，在一个山核桃林场上干活，离克拉拉小姐住的地方不远。我认识了她，晚上我有时候去她家。她跟我谈话。你懂的，我并不是立即开始知道一切。我们当中任何人都不是这样。那是逐渐发生的。我开始读书。我会工作到刚好攒到足够的钱，让我可以停止工作一阵子，用这段时间来学习。那就像是重生一样。只有我们这些知道的人才懂得我说的是什么意思。我们睁开了眼睛，看见了。我们就像是来自另一个国度的人。"

辛格对他的说法表示同意。房间里像家一样舒适自在。辛格从储物间里拿出了一个铁皮盒子，里面装着脆饼、水果和奶酪。他挑了一个橘子，慢吞吞地剥着皮。他撕掉了里面的衬皮，直至橘子在阳光下变得透明。他掰开橘子，分了一半给杰克。杰克一次吃两瓣，扑哧扑哧把籽吐进了火炉里。辛格慢吞吞地吃着他的那一份，把籽整齐地放在手掌里。他们又开了两瓶浓啤酒。

"在这个国家，我们这样的人有多少？或许一万。或许两万。或许更多。我到过很多地方，但我只遇到过几个我们这样的人。我说的是一个人真的知道。他看到的是世界的本来面目，他回顾几千年，为的是看看这一切是如何发生的。他注视着资本和权力的慢慢黏合，看到了这种黏合今天已登峰造极。他把美国看作是一座疯人院。他看到了人们为了生存而不得不劫掠他们的兄弟。他看到了孩子们在挨饿，女人们为了吃饱肚子而一周工作六十个小时。他看到了他妈的整个失业大军，而数百万美元和数千英里土地却被浪费了。他看到了战争来临。他看到了人们承受太多的苦难，因而变得卑鄙而丑陋，他们身上某种东西正在死去。但他看到的主要事情是：世界的整个体系是建立在一个谎言之上。尽管这个谎言像照耀我们的太阳一样显而易见——但那些不知道的人却生活在这个谎言中，只是他们看不到这一点。"

杰克的额头上青筋暴起，血管怒张。他抓起炉膛上的煤桶，稀里哗啦把桶里的煤一股脑地倒进了炉火里。他的脚失去了知觉，他使劲地踩着脚，踩得地板直晃。

"我走遍了这个地方。我到处走动。我跟人交谈。我试着向他们解释。但这又有什么用？上帝啊！"

他凝视着炉火，啤酒导致的面红耳赤和炉火的热度使他脸上的颜色变得更深。脚上的发麻感蔓延至大腿。他打起盹来，看见了炉火的颜色，带有绿色、蓝色和灼热的黄色。"你是唯一一个，"他像是在说梦话，"唯一一个。"

他不再是一个陌生人。到现在，他认识镇上所有乱七八糟的贫民窟里的每一条街道，每一条胡同，每一道篱笆。他还在阳光南方游乐场工作。秋天里，游乐场从一块空地搬到另一块空地，始终在小镇的边缘，直至最后绕着小镇兜了一圈。地点在变，但场景是一样的——一条狭长的荒地，周围是一排排朽烂不堪的简易棚屋，挨着工厂、轧花厂或装瓶厂。人群也是一样的，大部分是工厂工人和黑人。晚上，游乐场点亮彩灯，显得花哨而俗气。旋转木马跟着机械音乐转圈子。秋千飞转，掷币游戏周围的栏杆处总是水泄不通。有两个售货摊卖饮料、血褐色的汉堡和棉花糖。

他是作为一个机械工被雇用的，但他的职责范围逐渐拓宽。他那粗糙沙哑、大喊大叫的声音透过嘈杂的喧嚣传了出去，他不停地从游乐场上的一个地方懒洋洋地晃到另一个地方。满头大汗，胡子经常被啤酒打湿。星期六，他的工作是维持人群的秩序。他那矮胖而结实的身躯使出浑身的蛮劲，从人群中挤过。只有眼睛不像身体的其余部分那么狂暴。硕大的前额下，眉头紧皱，双目圆睁，有一种孤僻内向、心不在焉的样子。

夜里，他十二点到一点之间到家。他住的那幢房子被分成了四个方方正正的房间，每个人的租金是一元五角。屋后有一间厕所，走廊里有一个水龙头。他的房间里，墙壁和地板有一股湿漉漉、酸溜溜的气味。窗户上悬挂着乌黑、廉价的花边窗帘。他把自己的一件好西装收在他的箱子里，把工装裤挂在一颗钉子上。房间里没有供热，也没有电。然而，有一盏街灯从外面照进窗户，在屋内映出略带绿色的苍白反光。他从不点亮床边的那盏油灯，除非想读书的时候。在冷飕飕的房间里，灯油燃烧时的刺鼻气味让他作呕。

如果待在家里，他就焦躁不安地在房间里走来走去。他坐在凌乱不堪的床沿上，凶狠地啃咬着指甲那破裂而肮脏的末端。污垢那辛辣的味道留在嘴里久久不去。内心的孤独是如此强烈，以至于心里充满了恐惧。通常，他会有一品脱非法酿制的白酒。喝过原液酒之后，到天亮时他便觉得暖和而轻松。五点钟的时候，工厂里传来头班开工的哨声。哨声引来了恍惚而诡异的回声，直至回声消失之后，他才能重新入睡。

但他通常并不待在家里。他走进狭窄的、空荡荡的街道。在早晨最初的几个小时里，天空漆黑，星光凛冽而明亮。有时候，工厂已经开工。从灯光昏黄的厂房里传出机器的轰鸣声。他在工厂的门口等待换早班的工人。年轻姑娘们穿着毛衣和印花裙子走进黑乎乎的街道。男人们拎着餐桶络绎而出。其中有些人总是去街车咖啡馆喝一杯可乐或咖啡，然后再回家，杰克跟着他们走了过去。在喧闹的厂内，人们能够清楚地听到别人说出的每一个字，但下班走出工厂的第一个小时里，他们都成了聋子。

在街车咖啡馆里，杰克喝着加了威士忌的可口可乐。他在谈论什么。冬天的黎明是白色的，烟雾迷蒙，寒气逼人。他醉眼蒙眬、神情急迫地盯视着人们那憔悴而蜡黄的脸。常常有人嘲笑他，每当此时，他便挺直矮小的身体，轻蔑地说着一些生僻的单词。他握着酒杯的那只手伸出小手指，傲慢地捻着胡子。如果还有人嘲笑他，有时候他会打上一架。他狂暴地挥舞着褐色的大拳头，大声哭了起来。

在这样的早晨之后，他便轻松地回到游乐场。从人群中挤来挤去让他感到轻松。喧嚣嘈杂，难闻的恶臭，摩肩接踵的身体接触，抚慰了他紧张的神经。

由于镇上实施的蓝法，游乐场在安息日关门歇业。礼拜天，他早早起床，从手提箱里拿出他的哔叽呢西装。他去了主街，先是走进纽约咖啡馆，买了一袋浓啤酒。然后便去了辛格的房间。尽管他认识镇上很多人，叫得出他们的名字，认得出他们的脸，但哑巴是他唯一的朋友。他们会无所事事地坐在安静的房间里，喝着浓啤酒。他会谈话，词语创造了它们自己，来自那些在街道上或独自在房间里度过的黑暗早晨。词语被轻松地构造出来，并被说出来。

炉火熄灭了。辛格在桌旁跟自己下棋。杰克睡着了。突然，他打了个激灵，醒了。他抬起头，转向辛格。"是啊，"他说，仿佛在回答一个突然提出的问题，"我们当中有些人是共产主义者。但并非我们所有人——我自己就不是一个共产党员。因为首先，我只认识一个共产党员。你游荡许多年也可能遇不到一个共产主义者。这儿周围也没有一家这样的机构，你可以走进去说自己想加入——就算有的话，我也从未听说过。你总不能飞到纽约去加入吧。正如我前面说过的，我只认识一个共产党员——他是个脏兮兮的小个子禁酒主义者，呼吸散发着恶臭。我们打了一架。我痛恨他妈的每一个国家和政府。但即便这样，没准我应该首先加入共产党。到底应该这样，还是应该那样，我没什么把握。你怎么看？"

辛格皱了皱眉头，思考了一会儿。随后伸手拿起他的银铅笔，在拍纸簿上写道，他不知道。

"但还有这样一个问题。你瞧，在知道之后，我们不能只安于现状，我们还要行动。我们当中有些人疯掉了。有太多的事要做，你不知道从哪里开始。这让你抓狂。即便是我——我做过一些回过头来看似乎并不理性的事。有一次，我创立了自己的组织。我挑选了二十个棉纺工，跟他们谈话，直至我认为他们知道了。我们的座右铭只有两个字：行动。嗨！我们打算发动暴动——尽可能制造所有的大麻烦。我们的终极目标是自由——但是，真正的自由，伟大的自由，只有通过人类灵魂的正义感，才有可能实现。我们的座右铭'行动'意思是要消灭资本主义。在宪法（我自己起草的）中，某些条款规定，一旦我们大功告成，我们的座右铭便要从'行动'转变为'自由'。"

杰克弄尖了一根火柴棍的末端，剔着烦人的牙洞。过了一会儿，他继续说：

"接下来，宪法写好了，最早的追随者被很好地组织起来了——

我开始搭乘顺风车到处跑，组建我们社团的分会。不到三个月，我回来了，你猜我发现了什么？第一次英勇的行动是什么？他们正义的愤怒是不是压倒了有计划的行动，以至于他们抛下我走在了前面？它是不是毁灭、杀戮和革命？"

杰克在椅子里俯身向前。暂停了一会儿，他阴郁地说：

"伙计，他们从资金中偷走了五十七元三角钱，用来购买制服帽和免费的星期六晚餐。我撞见了他们围着会议桌坐在那儿，正掷着骰子，帽子戴在头上，一份火腿和一加仑杜松子酒就摆在面前，伸手可及。"

杰克爆发出一阵大笑，辛格也跟着胆怯地笑了。过了一会儿，辛格脸上的笑意变得紧张，并逐渐消失了。杰克还在笑。额头上的血管鼓胀起来，脸色暗红。他笑得太久了。

辛格抬头看钟，指了指时间——十二点半。他拿起自己的手表、银铅笔和便笺簿，以及壁炉上的香烟和火柴，分别装在几个口袋里。到了吃午饭的时间。

但杰克还在笑。他的笑声里有某种疯狂的东西。他在房间里走来走去，把口袋里的零钱弄得丁当作响。他长长的、有力的手臂紧张而笨拙地挥舞着。他开始报出午餐的菜名。当他说到食物时，他的脸上显露出强烈的热情。每说出一个单词，他的上嘴唇就像一头饥饿的野兽一样向上扬起。

"带肉汁的烤牛排，米饭，以及发酵的白面包，还有一大块苹果派。我饿得要命。噢，约翰尼，我能听到北方佬正在走来。说到吃，我的朋友，我是不是跟你讲过克拉克·帕特森先生，就是拥有阳光南方游乐场的那位先生？他太胖了，以至于他二十年来没见过自己的私处。整天坐在自己的拖车里玩单人纸牌，抽大麻烟卷。他从附近的一家快餐店叫外卖，每一天他都要打破自己的禁食——"

杰克后退了一步，好让辛格出去。当他和哑巴在一起时，他总是站在门道里往后退。他总是跟在后面，希望辛格领路。他们走下楼梯时，他还在神经质似的滔滔不绝地说着。圆睁着褐色的眼睛，盯着辛格的脸。

下午轻柔而温和。他们待在了室内。杰克带回了一夸脱威士忌。他若有所思、默不作声地坐在床脚头，时不时地俯身拿起地板上的酒瓶子，给自己的杯子斟满。辛格靠窗坐在桌旁，在下棋。杰克放松了一些。他在边上看着他的朋友下棋，觉得这个温和而安静的下午正在融入苍茫的夜色中。火光在墙壁上投下摇曳的影子，幽暗而寂静。

但是在夜里，紧张再次回到他身上。辛格收好了他的棋子，他们坐在那里面面相觑。紧张使得杰克的嘴唇一阵阵地抽搐，喝酒让他平静了一些。不安和欲望的回流把他淹没。他喝干了威士忌，再次开始对辛格说话。词语随着他一起膨胀起来，从嘴里喷涌而出。他从窗前走到床边，再走回去——翻来覆去。最后，膨胀的词语洪流蓄势待发，他以醉意蒙眬的加强语气滔滔不绝地向哑巴诉说起来：

"他们对我们干下的好事！他们把真理变成了谎言。他们让理想变得肮脏而邪恶。就拿耶稣来说吧。他是我们当中的一员。他是知道的人。当他说富人进入天国比骆驼穿过针眼还要难时——他的意思就他妈的是他所说那个意思。但是，看看教会在过去两千年里对耶稣干了什么。他们是怎么理解他的。他们为了自己的邪恶目的而曲解了他所说的每一句话。如果耶稣今天活着，他肯定会遭到陷害，被关进监狱。耶稣是一个真正知道的人。我和耶稣会在桌旁相对而坐，我看着他，他看着我，我们两个都知道对方知道。我和耶稣，还有卡尔·马克思，全都可以坐在一张桌子旁，而且——

"看看我们的自由发生了什么。那些为美国革命而战斗人，他们和'美国革命之女'的太太小姐们的差别，就像我和一只洒了香水的大肚子哈巴狗的差别一样大。关于自由，他们的意思就是他们所说的。他们为一场真正的革命而战斗。他们的战斗使得这个国家能够成为一个人人自由而平等的国家。哈！这意味着每个人在大自然面前都是平等的——有平等的机会。这话的意思并不是说，百分之二十的人为了生活可以自由的掠夺另外百分之八十的人的财富。这话的意思不是说一个富人可以榨干一万穷人的血汗，好让他变得更富。这话的意思不是说暴君可以自由地把这个国家置于这样一种困境，让千百万人仅仅为了一日三餐和一个睡觉的地方，而愿意做任何事情——欺诈，撒谎，打断自己的右臂。他们让自由这个词变成了一个亵渎上帝的词汇。你听见我的话吗？他们让自由这个词对所有知道的人来说像臭鼬一样散发出恶臭。"

杰克额头上的血管狂野地跳动。他的嘴痉挛地说着话。辛格坐直了身子，有些惊慌失措，杰克试图再说下去，但词语被堵在了他的嘴里。一阵颤栗从他的身体中通过。他在椅子里坐了下来，用手指压住发抖的嘴唇。稍后，他声音嘶哑地说：

"事情是这样，辛格。发疯没用。我们能做的一切都没用。在我看来事情就是这样。我们所能做的一切就是到处去宣讲真理。一旦有足够多不知道的人明白了真理，战斗就不会有任何用处了。我们要做的唯一事情是让他们知道。这就是所需要的一切。但如何做到呢？嗯？"

炉火的影子叠映在墙上。幽暗而模糊的火浪升得更高，房间仿佛动了起来。房间升降起伏，一切平衡都不复存在。杰克觉得自己一个人正在下沉，以波浪般起伏的运动缓慢向下，沉入幽暗的海洋。在无助和恐惧中，他竭力睁开双眼，但他什么也看不见，只能看到黑暗的和鲜红的波浪，在头顶上饥饿地呼啸。最后，他终于认出了他要找的东西。哑巴的脸模糊而遥远。杰克闭上了眼睛。

第二天早晨，他醒得很晚。辛格已经离开了好几个小时。桌子上有面包、奶酪和橘子，还有一壶咖啡。吃过早饭，便到了上班的时间。他神情阴郁，低着头，穿过小镇朝自己住的地方走去。当他走到他的住处所在的那个街区时，刚好经过一条狭窄的街道，它的一侧是一个被烟熏黑的砖砌仓库。它的墙壁上有什么东西模模糊糊地让他心烦意乱。他正要继续朝前走，突然间，他的注意力被吸引住了。有人用鲜红的粉笔在墙上写了一句话，字迹很粗，字形很怪：

你们必吃勇士的肉，喝地上首领的血。[1]

他把这句话读了两遍，焦虑不安地朝街上东张西望。看不到一个人。冥思苦想几分钟之后，他从口袋里掏出一支很粗的红色铅笔，仔细地在这句话下面写道：

不管谁写下了上面这句话，请明天正午到这里和我会面。十一月二十九日，星期三。或者后天也行。

第二天中午十二点，他来到那堵墙前等着。时不时地，他急躁地走到街角朝街上张望。没有一个人来。一个小时后，他不得不动身去游乐场。

----

[1] 语出《以西结书》39:18。

第三天，他又来等。

接下来，星期五那天，一场漫长而乏味的冬雨不期而至。墙壁被打湿了，墙上的字迹变得斑斑驳驳，一个字也认不出。雨一直下着，灰暗、苦涩而寒冷。

5

"米克，"巴布尔说，"我开始相信，我们大家都要淹死了。"有一点倒是真的，雨好像再也不会停似的。韦尔斯太太用自己的车接送他们上学放学，每天下午，他们都不得不待在前廊上或房子里。她和巴布尔玩"巴棋戏"和"老处女"，在客厅的地毯上打弹子。圣诞节快到了，巴布尔开始念叨小主耶稣，以及他想让圣诞老人送给他的红色自行车。雨落在窗玻璃上亮晶晶的，天空湿润而寒冷，灰蒙蒙一片。河水猛涨，一些工人不得不搬出他们的房子。接下来，当这场雨看上去好像要没完没了地一直下下去的时候，它却突然停了。一天早晨，人们一觉醒来，明媚的阳光普照大地。到下午，天气几乎像夏天一样热。米克放学后很晚才回家，巴布尔、拉尔夫和斯佩尔里布斯在门前的人行道上玩。孩子们看上去热腾腾、黏糊糊的，他们的冬装散发出酸臭味。巴布尔拿着弹弓，口袋里装满了石子。拉尔夫端坐在童车里，帽子歪戴在头上，有点儿烦躁不安。斯佩尔里布斯拿着一把崭新的来复枪。天空一片湛蓝。

"我们等你很久了，米克，"巴布尔说，"你去哪儿了？"

她三步一跳上了门前的台阶，把毛衣朝衣帽架一扔。"在体育馆练钢琴。"

每天下午放学之后，她都要留下来弹一个小时琴。体育馆里人头攒动，嘈杂喧闹，因为女子篮球队在打球。今天有两次，篮球砸中了她的头。但不管头被砸中多少次，费多大麻烦，有机会坐在钢琴前都是值得的。她会把一串串音符组合在一起，直至发出她想要的声音。这事比她想象的更容易。最初的两三个小时之后，她便琢磨出了低音区的几组和弦，跟右手弹出的主旋律配合得很好。她现在可以凭记忆演奏出几乎每一首曲子。当她的双手摸索着弹出这些美妙的新声音时，那是她有生以来最美妙的感觉。

她很想学识谱。德洛丽丝·布朗上过五年音乐课。米克从午餐费中省下钱来，每周付给德洛丽丝五毛钱，让她给自己上课。这让她一整天都饿得不行。德洛丽丝弹了很多快速而流畅的曲子——但德洛丽丝不知道如何回答她想知道答案的所有问题。德洛丽丝只教给她不同的音阶，大调和弦和小调和弦，音符的时值，以及诸如此类的入门规则。

米克砰地关上厨房火炉的炉门。"就让我们吃这个？"

"亲爱的，这是我能给你们做的最好的东西了。"

只有玉米饼和人造黄油。吃的时候她喝了一杯水，为的是帮助下咽。

"别这么狼吞虎咽，没人跟你抢。"

孩子们依然在屋前闲逛。巴布尔把弹弓揣进了口袋，眼下正在玩那支来复枪。斯佩尔里布斯十岁，他父亲上个月去世了，这支枪是他父亲的。所有小孩子都喜欢摆弄那支来复枪。每隔几分钟，巴布尔都要把那支枪扛到肩膀上，做出瞄准的动作，大声发出"砰"的声音。

"别乱动扳机，"斯佩尔里布斯说，"我给枪上了子弹。"

米克吃完了玉米饼，环顾四周，想找点儿什么事情干干。哈里·米诺维茨正拿着一张报纸坐在他们家前廊的栏杆上。她很高兴看到他。她想开个玩笑，于是伸出手臂行了个纳粹礼，朝他高喊："嗨！"

但哈里没把它当玩笑。他走进前厅，关上了大门。很容易伤害他的感情。她很抱歉，因为她和哈里近年来一直是十分要好的朋友。小时候，他们总是在同一帮孩子当中玩，但最近三年，他上了职业学校，而她还在小学。他课余还做兼职工作。突然间，他长大了，再也不和小孩子们一起在前后院里瞎胡闹了。有时候，她能看到他在卧室里看报纸，或夜深时脱衣上床。就数学和历史这两门课而言，他是职业学校最聪明的孩子。如今她也上了中学，放学回家的路上他们经常碰见，然后一起走路回家。他们同在一个机械班，有一次，老师让他们做搭档，组装一台发动机。他喜欢读书，坚持每天读报纸。世界政治始终装在他脑子里。他说话慢吞吞的，当他非常严肃地讨论某件事情时，额头上会冒汗。这会儿她把他气疯了。

"不知道哈里是不是得到了他的金条。"斯佩尔里布斯说。

"什么金条？"

"犹太孩子出生时，父母会给他在银行里存一块金条。犹太人总这么干。"

"呸！你搞混了，"她说，"你想的是天主教徒吧。一个婴儿刚一出生，天主教徒便马上给婴儿买一把手枪。总有一天，天主教徒会发动一场战争，杀死其余的所有人。"

"修女让我觉得很好笑，"斯佩尔里布斯说，"在街上看到一个修女时，总是把我吓了一跳。"

她在台阶上坐了下来，把脑袋搁在膝盖上。她进了"里屋"——在她身上，好像有两个地方——"里屋"和"外屋"。学校、家庭和每天发生的事情在"外屋"。辛格先生既在"外屋"也在"里屋"。外国、计划和音乐在"里屋"。她的脑海里响起的那些歌曲在"里屋"。

还有那首交响乐。当她独自待在这间里屋中的时候，她在那天晚上派对之后听到的那首乐曲便会回到她的耳畔。这首交响乐像一朵大花那样在她脑子里慢慢生长。白天有的时候，或者当她在早晨刚刚醒来时，她会突然想起这首交响曲的某个片段。随后，她不得不走进里屋，把它听很多遍，试图把它和这首交响乐中自己记得的部分拼接起来。"里屋"是一个非常私密的地方。在一个人头攒动的房子中间，她可以依然觉得好像自己被单独关了起来。

斯佩尔里布斯把他的脏手竖在她的眼前，因为她一直空茫地注视着远处。她打了他一下。

"修女是什么？"巴布尔问。

"信天主教的女人，"斯佩尔里布斯说，"穿着硕大的黑裙子、一直罩到头顶的信天主教的女人。"

她已经厌烦了跟小孩子们一起瞎闹。她要去图书馆，看《国家地理杂志》上的图片。全世界所有外国地方的照片，法国巴黎，大冰川，以及非洲的原始丛林。

"你们这些小子看好了拉尔夫，别让他到街上去。"她说。

巴布尔把那支巨大的来复枪扛在肩膀上。"给我带本故事书回来。"

这孩子好像生下来就会读书识字。他才上二年级，但喜欢独自读故事书。"这回想看哪种故事书？"

"挑几本里面有东西吃的故事书。我很喜欢那本写的德国孩子的，里面讲到他们走进森林，来到那幢用各种不同的糖果做成的房子，还有女巫。我喜欢里面有东西吃的故事。"

"我帮你找找。"米克说。

"但我对糖果已经有点儿烦了，"巴布尔说，"看能不能找一本里面有烧烤三明治的故事书。不过，要是找不到，牛仔的故事我也喜欢。"

她正要离开，突然间站住了，目不转睛地凝望着。孩子们也凝望着。他们全都一动不动地站在那里，看着马路对面贝比·威尔逊正走下他们家的台阶。

"贝比真漂亮！"巴布尔轻声地说。

或许是因为连续下了好几个礼拜的雨，突然雨过天晴，阳光明媚。或许是因为他们深色的冬衣在这样一个下午看上去丑陋不堪。不管怎么说，贝比看上去像一个仙女或电影里的人。她穿着去年的晚会装束——一件粉红色的薄纱裙子，又短又硬的裙衬撑开着，粉红色的束腰，粉红色的舞鞋，甚至还有一个粉红色的小手包。再加上黄色的头发，她全身上下呈现出粉红色、白色和金色——如此娇小玲珑，如此干净整洁，看着都叫人心疼。她矜持而婀娜地走过马路，却没有把脸转向他们。

"过来，"巴布尔说，"让我瞧瞧你的粉红小手包。"

贝比沿着街道边缘从他们身边走过，头扭向一边。她打定主意不跟他们说话。

人行道与马路之间有一长条草地，当贝比走到草地上的时候，她一动不动地站了一会儿，然后翻了一个筋斗。

"别理她，"斯佩尔里布斯说，"她总爱炫耀。她要去布兰农先生的咖啡馆拿糖吃。他是她姨父，她拿糖不要钱。"

巴布尔把来复枪的一端搁在地上。那杆大枪对他来说太重了。当他目送着贝比在大街上走远时，他不停地扯着头上一缕缕散乱的刘海。"真是一个漂亮的粉红小手包。"他说。

"她妈妈总说她是个多么了得的天才，"斯佩尔里布斯说，"她寻思要让贝比演电影。"

这会儿去看《国家地理杂志》太晚了。晚饭差不多准备好了。拉尔夫开始哭，她把他从童车里抱了下来，放到地上。眼下是12月，对于一个像巴布尔那么大的孩子来说，从夏天到现在是一段很长的时间。整个夏天，贝比出门都穿着那套粉红色的晚会装束，在马路中间跳舞。起初，孩子们都跑过去围观，但他们很快就厌倦了。巴布尔是她出来跳舞时唯一的观众。他已经看了一百遍贝比跳晚会舞——但夏天已经过去了三个月，眼下在他看来又很新鲜。

"我真希望我有一身行头。"巴布尔说。

"你想要哪种的？"

"一身真正很酷的行头。一身真正漂亮的行头，用各种不同颜色的布做成。就像一只蝴蝶。那是我想要的圣诞礼物。那身行头和一辆自行车。"

"女里女气。"斯佩尔里布斯说。

巴布尔再次把那支大来复枪拖到了肩膀上，瞄准马路对面的一幢房子。"如果我有这样一身行头的话，我会穿着它到处跳舞。我会每天穿着它去上学。"

米克坐在门前的台阶上，眼睛一直盯着拉尔夫。巴布尔并不像斯佩尔里布斯那么女里女气。他只是喜欢漂亮的东西。她不会让老练的佩尔里布斯轻易得逞。

"一个人必须为他得到的每一样东西而战斗，"她慢吞吞地说，"我注意过很多次了，一个孩子在家里排行越小，实际上越优秀。最小的孩子总是最强壮。我很结实，因为我上面有很多孩子。巴布尔——他看上去病歪歪的，喜欢漂亮东西，但他骨子里很勇敢。如果这是真的，当拉尔夫大到足以满世界乱跑的时候，他肯定是一个真正强壮的家伙。尽管现在才十七个月大，但我已经能够从拉尔夫的脸上看到吃苦耐劳、坚韧强壮的迹象。"

拉尔夫四下张望，因为他知道有人正在谈论他。斯佩尔里布斯坐在地上，扯下拉尔夫头上的帽子，在他面前晃，逗他。

"行啦！"米克说，"要是你把他弄哭了，你知道我会怎么对付你。你最好是当心点儿。"

一切都安静下来。太阳在房子的屋顶后面，西边的天空呈现出紫色和粉色。隔壁的街区传来孩子们溜冰的声音。巴布尔靠着一棵树，似乎正在梦见什么东西。晚餐的香味从房子里飘出来，马上到吃饭的时间了。

"瞧，"巴布尔突然说，"贝比又来了。她穿着那套粉红色行头确实漂亮。"

贝比慢吞吞的向他们走来。她得到了一盒有奖品的爆米花糖，正把手伸进盒子里找奖品。她以和先前一样的矜持而优雅的方式走着。不难看出，她知道他们全都看着她。

"请过来，贝比——"当她正要从他们身边经过时，巴布尔说，"让我瞧瞧你的粉红小手包，摸摸你的粉红色衣服。"

贝比开始独自哼唱一首歌，没理会他。她走了过去，没有让巴布尔逗弄她。她只是突然低下头，对他笑了一下。

巴布尔依旧把那杆大枪扛在肩膀上。他发出一声响亮的"砰"，假装开枪射击。随后，他又朝贝比喊——声音柔和而悲伤，就像在喊一只小猫。"请过来，贝比——过来——贝比——"

他动作太快，米克来不及阻止他。当那支枪发出一声可怕的"砰"时，她只看到巴布尔的手扣在扳机上。贝比向人行道瘫倒下去。米克像是被钉在了台阶上，动弹不得，也尖叫不出。斯佩尔里布斯把胳膊举过头顶。

巴布尔是唯一没搞明白的人。"起来，贝比，"他大声喊道，"我不生你的气。"

这一切发生在一秒钟之内。他们三个同时走到贝比身边。她躺倒在肮脏的人行道上，裙子盖住了她的头，露出了粉红色的短衬裤和她白色的小腿。她的双手张开着——一只手里有糖果盒里取出的奖品，另一只手上是那个小手包。头上的丝带和黄色的卷发上全都是血。她被击中了头部，脸扑在地上。

一秒钟内发生了这么多事。巴布尔尖叫一声，丢下枪，跑了。米克站在那里，双手捂住脸，也尖叫起来。随后来了很多人。爸爸是第一个赶到的。他把贝比抱进了屋里。

"她死了，"斯佩尔里布斯说，"子弹穿过了她的眼睛。我看到了她的脸。"

米克在人行道上走来走去，她想问贝比是不是死了，但张口结舌说不出话来。威尔逊太太从她工作的美容院一路狂奔过来。她进了房子，又走了出来。她在街上走来走去，不停地哭泣，把手指上的戒指扯下又戴上。随后，救护车来了，医生进去看贝比。米克跟在他身后。贝比躺在前屋的床上。屋里像教堂一样安静。

贝比躺在床上，看上去就像一个漂亮的小洋娃娃。除了身上的血之外，她看上去似乎没有受伤。医生俯下身子，看了看她的头。在他检查完之后，他们用担架把贝比抬了出去。威尔逊太太和爸爸跟着一起上了救护车。

屋里依然很安静。每个人都忘记了巴布尔。他不见了。一个小时过去。妈妈、黑兹尔、埃塔和所有房客都在前屋里等待。辛格先生站在门道里。

过了许久，爸爸回来了。他说，贝比不会死，但颅骨破裂了。他问起巴布尔。没人知道他在哪儿。外面很黑。他们在后院里和大街上喊巴布尔。他们打发斯佩尔里布斯和另外几个孩子去外面找他。看来巴布尔好像已经离开了这个街区。哈里去一幢他们认为他可能在那儿的房子里转了一圈。

爸爸在前廊里走来走去。"我从未揍过我的任何一个孩子，"他不停地说，"我从不相信揍孩子管用。但今天只要一见到这孩子，我一定要把他狠揍一顿。"

米克坐在栏杆上，看着黑咕隆咚的街道。"我能管教巴布尔。只要他一回来，我就能把他管教得服服帖帖。"

"你出去找他。你比其他任何人更有可能找到他。"

爸爸刚一说到这个，她便突然知道了巴布尔在哪儿。后院里有一棵大橡树，夏天里他们在那里筑了一个树屋。他们把一个大箱子拖到了这棵树上，巴布尔总喜欢爬上树，独自坐在那个树屋里。米克离开了前廊上的家人和房客们，穿过屋后的小径，走到黑咕隆咚的后院里。

她在树干旁站了一会儿。"巴布尔——"她轻声说，"我是米克。"

他没有回答，但她知道他在那儿。她好像能闻到他的气息。她纵身跳上了最矮的树桠，缓慢地往上爬。她确实被这孩子气疯了，一定要给他点儿教训。当她爬到树屋时，再次对他说话——还是没有任何回答。她爬进了那只大箱子，摸索着边缘。最后，她终于摸到了他。他缩在一个角落里，两腿哆哆嗦嗦。他一直在屏住呼吸，当她摸到他的时候，哭声和呼吸声同时爆发出来。

"我——我没打算让贝比倒下。她那么小，那么漂亮——我只想砰的一声吓唬她。"

米克在树屋的地板上坐了下来。"贝比死了，"她说，"他们派了很多人在找你。"

巴布尔停止了哭泣。他很安静。

"你知道爸爸在家里干什么吗？"

她好像知道巴布尔在听。

"你知道华顿·劳斯——你在收音机里听到过他。你也知道新新惩教所。嗯，爸爸正在给华顿·劳斯写信，当他们抓住你并把你送进新新惩教所时，求他对你好点儿。"

这些话在黑暗中听上去十分可怕，她不由得打了个哆嗦。她能感觉到巴布尔在发抖。

"他们那儿有一些小电椅——刚好适合你的块头。当他们拧开电时，你就被烤焦了，就像一块熏肉。然后，你就下地狱了。"

巴布尔在角落里缩成一团，没有发出任何声响。她爬过箱子的边缘，下去了。"你最好是待在这儿别动，因为他们让警察守在院子里。或许过几天我可以给你带点儿吃的来。"

米克靠着橡树的树干。这会很好地教训巴布尔。她一直管教他，她比其他任何人更了解这孩子。曾经，大约一两年前吧，他老是想在矮树丛后面停下来撒尿，然后玩一会儿自己的小鸡鸡。她很快发现了这个小秘密。每当此事发生时，她便狠揍他一顿，三天后，他的毛病治好了。后来，他甚至再也不像别的小孩那样正常撒尿了——他把双手放在身后。她一直不得不照料巴布尔，一直能管教他。再过一会儿，她会回到那个树屋，带他回家。这之后，他一辈子就再也不会摸枪了。

家里依旧是死一般的感觉。房客们全都坐在前廊上，没人说话，也没人在椅子里摇晃。爸爸和妈妈在前屋里。爸爸喝干了一瓶啤酒，在屋里走来走去。贝比会好起来，所以这种焦虑不安并非因她而起。

似乎也没有人担心巴布尔。担心的是别的事。

"巴布尔那孩子!"埃塔说。

"这事之后,我都不好意思从这儿出门。"黑兹尔说。

埃塔和黑兹尔走进了中间的屋子,关上了门。比尔在后屋他自己的房间里。她不想和他们说话。她在前厅里闲站着,独自琢磨此事。

爸爸的脚步声停了下来。"这是故意的,"他说,"不像是小孩子玩枪意外走火。每个看见的人都说他是故意瞄准。"

"我想知道我们什么时候会听到来自威尔逊太太的消息。"妈妈说。

"我们会听到很多,行了!"

"我猜也是。"

这会儿太阳已经下山,夜晚又变得像十一月一样寒冷。人们纷纷从前廊走进屋内,坐在客厅里——但没有人点着火炉。米克的毛衣挂在衣帽架上,于是便把它穿上了,站在那里弓着肩膀,好让自己暖和一些。她想到巴布尔正坐在寒冷而黑暗的树屋里。他真的相信她说的每句话。但让他担点儿惊、受点儿怕,也算他罪有应得。他差点儿杀了贝比。

"米克,你能不能想到巴布尔可能去哪儿?"爸爸问。

"我猜他就在附近。"

爸爸手里拎着个空酒瓶走来走去。他像个盲人那样走着,满头大汗。"这可怜的孩子,被吓得不敢回家。如果我们能找到他,我会觉得好受些。我从未对巴布尔动过一个手指头,他不应该怕我。"

她会一直等到过了一个半小时。到那时候,他就会对自己的所作所为十分懊悔。她一直能够管教巴布尔,给他点儿教训。

过了一会儿,屋子里一阵兴奋。爸爸再次给医院打电话,想看看贝比的情况怎样，几分钟后，威尔逊太太回了电话。她说，她想和他们谈谈，她要来他们家。

爸爸依旧像个盲人那样在前屋里走来走去。他又喝了三瓶啤酒。"事情这个样子，她完全可以起诉我，让我输得连裤子都没得穿。她能得到的一切，是这幢房子，还得扣掉贷款。但事情已经这样，我们根本没有任何反驳的机会。"

突然间，米克想到了什么。或许他们真的会在法庭上审判巴布尔，把他送进少年管教所。或许威尔逊太太会把他送进工读学校。或许他们真的会对巴布尔做出什么可怕的事情。她立刻去了那个树屋，坐在他身边，告诉他没什么可担心的。巴布尔一直这么小，这么瘦弱，这么聪明。谁要是想把他送走，她会杀了他。她想亲他、咬他，因为她是这样爱他。

但她不能错过任何事情。威尔逊太太过几分钟就会来这儿，她必须知道接下来会发生什么。然后她会跑出去，告诉巴布尔，她所说的一切全都是谎言。他真的会接受这一次他自找的教训。

一辆廉价出租车开到了人行道边。每个人都在前廊等着，非常安静，非常害怕。威尔逊太太和布兰农先生一起下了出租车。他们走上台阶的时候，能听到爸爸紧张磨牙的声音。他们进了前屋，米克跟了过去，站在门道里。埃塔、黑兹尔、比尔和其他房客待在外面。

"我来跟你们商量所有这一切。"威尔逊太太说。

前屋看上去凌乱而肮脏，她看到布兰农先生注意着周围的一切。拉尔夫玩的那个破碎的赛璐珞洋娃娃、念珠和破烂散落在地板上。爸爸的工作台上放着啤酒，爸爸和妈妈睡的那张床上的枕头完全是灰色。

威尔逊太太不停地把手指上的结婚戒指扯下又套上。她旁边的布兰农先生非常镇静。他两腿交叉坐在那里。他的下巴呈乌青色，看上去像电影里的歹徒。他对她一直有一种怨恨。他总是以粗暴的声音和她说话，跟他和其他人说话的方式完全不同。是不是因为他知道她和巴布尔有一次从他的柜台里偷了一包口香糖？她恨他。

"归根到底，"威尔逊太太说，"你们家孩子故意朝我家宝宝的头上开枪。"

米克走到屋子中间。"不，他不是故意的，"她说，"我就在那儿。巴布尔用那支枪瞄过我、拉尔夫和周围的每一样东西。他只是碰巧把枪对准了贝比，手指滑了一下。我就在那儿。"

布兰农先生擦了擦鼻子，神情悲哀地看着她。她的确恨他。

"我知道你们大家是什么感觉——因此我想直截了当。"

米克的妈妈把一串钥匙弄得丁当作响，爸爸一动不动地坐在那里，一双大手悬在膝盖上。

"巴布尔事先没有想到事情会这样，"米克说，"他只是——"

威尔逊太太把手指上的指环拔下来又套上去。"等一会儿。我知道是怎么回事。我可以向法院起诉，要你们赔得一分钱不剩。"

爸爸的脸上没有任何表情。"我跟你讲一件事，"他说，"我们没多少东西可赔。我们所有的家当是——"

"听我说，"威尔逊太太说，"我并没有带上律师来起诉你。巴塞洛缪——也就是布兰农先生——和我来之前已经商量好了，在一些关键问题上达成了一致。首先，我想公正诚实地解决此事——其次，我不想让贝比的名字在她这个年龄就和一桩并不普通的官司搅到一起。"

房间里鸦雀无声，每个人都僵硬地坐在各自的椅子里。只有布兰农先生中间对米克笑了笑，但她眯着眼睛，很严厉地回了他一眼。

威尔逊太太非常紧张，点烟的时候手在抖。"我不想起诉你们，或者做任何诸如此类的事。我想要的只是公平。我不要求你们补偿贝比所经历的一切痛苦，她一直在哭，直到他们让她吃了点儿药才睡着。任何赔偿都弥补不了这些。我不要求你们赔偿此事给她的事业生涯和我们所制订的计划所造成的损害。她要绑几个月的绷带。她不能去晚会上跳舞——头顶上或许还会秃一小块。"

威尔逊太太和爸爸互相看着对方，好像他们都被施了催眠术。随后，威尔逊太太摸到了她的手包，从里面拿出了一张纸。

"你要赔偿的只是我们实际上要花的钱。贝比在医院里有单人病房和私人护士，直至她能够回家。这儿是手术室和医生的账单——而且只有一次，我希望立即把钱付给医生。而且，他们剃光了贝比的头发，你要支付我带她去亚特兰大做电烫的费用——等她的头发长出来之后她可以再做一次。还有她晚会礼服的钱，以及其他诸如此类的额外账单。一旦我弄清了所有项目，我会立即把它们全都写下来。我尽可能做到公正和诚实，当我把清单交给你的时候，你要支付总的金额。"

妈妈抚平了膝盖上方的裙子，迅速而短促地吸了一口气。"照我看，儿童病房好像比单人病房好很多。米克患肺炎的时候——"

"我说单人病房就单人病房。"

布兰农先生伸出他苍白而粗短的双手，把它们平衡了一下，好像它们是在天平上。"或许过一两天，贝比可以搬到一个双人病房，跟其他孩子一起。"

威尔逊太太不露声色地说："你们听到我说的话吧。是你们家孩子朝我家贝比开枪，她当然应该享受各种好的条件，直至她好起来。"

"你们有权这样，"爸爸说，"上帝知道，我们现在什么也没有——不过，我们或许可以一点点积攒。我明白你们并不想乘人之危，对此我很感激。我们会竭尽所能。"

米克很想留下来听他们说的每句话。但她心里一直惦记着巴布尔。想到他依旧坐在黑暗、寒冷的树屋中，琢磨着新新惩教所，她感到不安。她出了房间，穿过门厅，走向后门。风在吹，院子里漆黑一团，只有厨房里的灯光从窗户里透出一个暗黄的正方形。当她回头的时候，看到波西娅正坐在餐桌旁，瘦长的双手捧着脸，一动不动。院子里一片凄凉，风吹动迅速变换、让人惊恐的影子，在黑暗中发出有点儿像悲鸣的声音。

她站在那棵橡树下。接下来，正当她要爬上第一个树桠时，一个可怕的想法突然攫住了她。她喊他，他没有回答。她像猫一样又快又轻地爬了上去。

"说话呀！巴布尔！"

用不着到箱子里瞎摸，她就知道他不在那儿。为了确定，她爬进了箱子，摸遍了各个角落。那孩子走了。想必是她前脚刚离开，他后脚便下来了。他这会儿肯定正在逃亡，一个像巴布尔那样聪明的孩子，谁也不知道在哪儿能逮着他。

她从树上爬了下来，跑到前廊。威尔逊太太正要离开，大家跟着她一起走向了门前的台阶。

"爸爸！"她说，"我们得为巴布尔做点儿什么。他跑了。我敢肯定他已经离开了我们街区。我们大家都出去找他吧。"

谁也不知道去哪儿找，也不知道如何开始。爸爸在街上来来回回地跑，每条小巷都进去看一看。布兰农先生打电话帮威尔逊太太叫了一辆廉价出租车，然后留下来帮着找人。辛格先生坐在门廊的栏杆上，他是唯一保持镇静的人。他们全都在等着米克想出最有可能找到巴布尔的地方。但镇子太大，这小子又是那样聪明，她实在不知道该怎么办。

他也许去了波西娅在糖山的家。她走进厨房，波西娅正坐在餐桌旁，双手捧着脸。

"我突然想到他可能去了你们家。帮我们找找他吧。"

"我怎么没想到这个！我赌五分钱，咱们被吓坏了的小巴布尔肯定一直待在我家。"

布兰农先生借来一辆车。他和辛格先生，还有米克的爸爸，跟她和波西娅一起钻进了汽车。除了她，没人知道巴布尔是什么感觉。也没人知道他真的是为了救命而逃跑。

波西娅的家一片漆黑，只有地板上斑驳的月光。他们刚走进屋内，就知道两个房间里都空无一人。波西娅点亮了前灯。房间里有一股黑人的气味，里面被墙上剪下来的画报、蕾丝桌布和床上的蕾丝枕头塞得满满的。巴布尔不在。

"他来过这儿，"波西娅突然说，"我能看出有人来过这儿。"

辛格先生发现了餐桌上的铅笔和纸。他快速地读了一遍，随后，大家全都看着那张纸。字迹圆润而凌乱，这个聪明的小家伙只拼错了一个单词。纸条上写着：

亲爱的波西娅：

　　我去了佛罗里达。请告诉大家。

　　　　　　　　　　你忠诚的

　　　　　　　　　　巴布尔·凯利

他们站在那儿，一脸惊讶，不知所措。爸爸看着外面的门道，焦急地用拇指抠着鼻子。他们大家全都准备挤进汽车，驶向通往南方的公路。

"等一会儿，"米克说，"虽然巴布尔只有七岁，但他有足够的脑子，不会告诉我们他去了哪儿，如果他真的想逃跑的话。关于佛罗里达的说法只是一个花招。"

"一个花招?"爸爸说。

"是的。只有两个地方，巴布尔很熟悉。一个是佛罗里达，另一个是亚特兰大。我、巴布尔和拉尔夫去过亚特兰大公路很多次。他知道怎么去那儿，朝哪个方向走。他老是说，要是有机会去亚特兰大，他要如何如何。"

他们再次走向了汽车。正当米克准备爬进后座的时候，波西娅掐了掐她的胳膊。"你知道巴布尔干了什么吗?"她轻声说，"别告诉别人，咱们的巴布尔还从我的梳妆台拿走了我的金耳环。我从未想到咱们的巴布尔还会对我干这种事情。"

布兰农先生发动了汽车。他们开得很慢，一路上东张西望寻找巴布尔，直奔亚特兰大公路。

有一点倒是真的，巴布尔身上确实有一点儿粗暴和卑劣的倾向。他今天的行为和从前所有的行为都不一样。在此之前，他一直是个安静的小孩子，从未真正做过任何卑劣的事。每当有任何人的感情受到了伤害，总是让他感到羞愧而紧张。那他怎么能干出他今天所干下的所有这些事呢?

他们沿着亚特兰大公路开得很慢。他们经过了最后一排房子，来到了黑魆魆的田野和森林。沿途他们不断停下来，打听有没有人见到巴布尔。"有没有一个光着脚、穿着灯芯绒灯笼裤的小孩子从这条路上经过?"但是，即使在他们开出大约十英里之后，也没有一个人看见过或注意到他。冷飕飕的强风从敞开的车窗里吹了进来，夜已经深了。

他们又往前开了一会儿，然后掉头朝镇子驶去。爸爸和布兰农先生想去找所有二年级的孩子，但米克让他们又掉了一个头，再次回到亚特兰大公路。自始至终，她记得自己对巴布尔说过的话。关于贝比死了、新新惩教所和华顿·劳斯。关于那些刚好适合他的块头的小电椅，还有地狱。在黑暗中，这些话听上去很可怕。

他们开得很慢，离镇子大约半英里，随后，她突然看到了巴布尔。车灯非常清楚地照出他的身影，就在他们前方。事情有点儿好笑。他正沿着公路的边缘走，竖起自己的拇指，试图搭一程顺风车。他的腰上插着波西娅的切肉刀，在宽阔而黑暗的公路上，他看上去很小，好像只有五岁，而不是七岁。

他们把车停了下来，他跑了过来，准备上车。他看不见车里的人是谁。他眯着眼睛，从前打弹子瞄准时，他的脸上就是这种表情。爸爸揪住了他的衣领。他拳打脚踢，然后操起了那把切肉刀。爸爸及时把刀夺了下来。他像一只被困在陷阱里的小老虎那样搏斗，但他们最终把他弄进了车里。回家的路上，爸爸一直把他抱在自己的腿上，巴布尔非常僵硬地坐着，没有靠着任何东西。

他们不得不把他拖进了家里，所有邻居和房客都出来看热闹。他们把他拖进了前屋，进屋后他退到了一个角落里，紧紧地攥着拳头，眯着眼睛挨个地打量每一个人，好像准备跟整群人打架似的。

自他们进屋之后，他一言不发，最后尖叫起来："是米克干的！我没干。是米克干的！"

巴布尔从未发出过这样的叫喊。脖子上的血管突起，拳头像小石块一样硬。

"你们抓不到我！没人能抓到我！"他一直在叫喊。

米克抓住他的肩膀摇晃着，告诉他自己先前说的那些话都是瞎编的。他最后明白了她所说的，但他不愿安静下来。看起来好像没什么东西能制止他的尖叫。

"我恨每个人！我恨每个人！"

他们全都闲站在那儿。布兰农先生揉了揉鼻子，低头看着地板。最后，他静悄悄地走了出去。辛格先生似乎是唯一明白所有这一切的人。或许，这是因为他听不见那可怕的声音。他脸上的表情依旧镇静，每当巴布尔看着他的时候，他似乎变得更平静。辛格先生不同于其他任何人，在这样的时候，如果别人让他来对付，肯定会更好。他更有理性，知道很多平常人不可能知道的事情。他只是看着巴布尔，过了一会儿，这孩子总算安静了下来，爸爸可以把他弄到床上去。

他脸朝下趴在床上，哭了起来。又大又长的抽泣让他浑身颤抖。他哭了一个小时，三个房间里没有一个人能睡着。比尔搬到了客厅的沙发上，米克爬到了巴布尔的床上。他不让她碰他或贴着他。他又哭了一个小时，还一边打着嗝，最后总算睡着了。

她久久无法入睡。黑暗中，她抱住了巴布尔，紧紧抱着。她摸遍他的全身，亲吻他身上的每个地方。他是这样柔软而纤小，他身上有一种咸咸的、男孩子的气味。她感觉到的爱是如此强烈，以至于不得不用力让他挤压自己，直至双臂累得疲软乏力。她心里同时想到了巴布尔和音乐。她好像为他做任何事情都不够。她再也不会打他，甚至不会逗弄他。整夜，她一直抱着他的头睡。早晨，当她醒来时，巴布尔已经不在了。

但是，那夜之后，她再也没有多少机会逗弄他了——无论是她，还是别人。枪击贝比之后，这孩子再也不像那个小巴布尔了。他始终一言不发，也不和任何人玩。大多数时间他只是独自一人坐在后院里或者煤库里。圣诞节越来越近了。她真的想要一架钢琴，但很自然，她并没有说出来。她告诉每个人，她想要一块米老鼠手表。当他们问巴布尔想要圣诞老人送给他什么东西时，他说他什么也不想要。他把自己的弹子和折刀藏了起来，不让任何人碰他的故事书。

那夜之后，再也没人叫他巴布尔了。附近的大孩子开始叫他"贝比杀手"凯利。但他很少跟任何人说话，似乎没有什么事情能烦扰他。家里人都叫他的真名——乔治。起初，米克忍不住叫他巴布尔，她也不想忍住。但好笑的是，大约一个礼拜之后，她便像其他孩子一样，自然而然地叫他乔治。但他已经是一个不同的孩子——乔治——总是像一个年龄更大的人那样独来独往，没有人知道他究竟在想什么，就连她也不知道。

平安夜的晚上，她和他一起睡。黑暗中，他躺在那里，一言不发。"别这么行为古怪，"她对他说，"我们来聊聊东方三贤士，聊聊荷兰孩子的玩法，他们把木鞋放在外面，而不是挂出他们的袜子。"

乔治没有回答。他睡着了。

凌晨四点，她起床了，家里的每一个人都醒了。爸爸在前屋生了火，然后让他们钻进圣诞树里看他们的礼物。乔治的礼物是一套印第安人的衣服，拉尔夫的是一个橡皮洋娃娃。家里其余的人只得到了普通的衣服。她一直在看自己的袜子，想找到米老鼠手表，但没有。她的礼物是一双棕色的牛津鞋子和一盒樱桃糖。天依然很黑，她和乔治跑到外面的人行道上，砸开巴西果，放鞭炮，吃光了一整盒双层樱桃糖。到天亮的时候，他们的胃很不舒服，也累了。她在沙发上躺了下来，闭上眼睛，进了"里屋"。

6

早晨八点钟的时候，科普兰医生坐在办公桌前，正就着窗户里透进来的阴冷晨光，研究着一叠作文。在他旁边，有一棵枝繁叶茂的雪松树，把一大堆墨绿色一直堆到了天花板。自他执业行医的第一年以来，每年的圣诞节他都要举行一场派对，这会儿一切都准备就绪。一排排长凳和椅子靠着前屋的墙壁排列。整个房子里弥漫着新鲜出炉的蛋糕和热气腾腾的咖啡的香甜气味。办公室里，波西娅和他并排坐在靠墙的一张长凳上，双手捧着下巴，身子几乎弯成了折叠的形状。

"父亲，你自五点钟以来就一直趴在桌子上。你没事要这么早起来。你应该待在床上，等大家到了才起来。"

科普兰医生用舌头润了润他的厚嘴唇。他脑子里的事情太多，因此没理睬波西娅。她的在场让他很烦。

最后，他很不耐烦地地转向了她。"你为什么坐在那儿闷闷不乐？"

"我只是很担心，"她说，"为了一件事情，我担心我们家威利。"

"威廉？"

"你知道，他每个礼拜天都给我写信。星期一或星期二就寄到这里了。但上个星期他没写。当然，我并不是真的很着急。威利——他一直是那么温厚和善、讨人喜欢，我知道他会很好。他已经从监狱转到了劳改队，要去亚特兰大北边的什么地方干活。两周前，他写信说，他们今天要参加教堂的一个宗教仪式，他让我给他寄一套衣服和他的红领带。"

"威廉就说了这些么？"

"他写到，B.F.梅森先生也在那座监狱。他还遇见了巴斯特·约翰逊——威利从前认识到一个男孩。他还叫我把他的口琴寄给他，因为没有口琴吹，他不可能开心。这些我全都寄去了。还寄去了一副跳棋和一块刨冰蛋糕。但我当然希望接下来的几天里能收到他的来信。"

科普兰医生的眼睛兴奋地闪着光亮，一时间手足无措。"女儿，我们以后再讨论这个。已经有点儿晚了，我得到此为止。你回厨房去，看看是不是全都准备好了。"

波西娅站起身，试图让自己的脸看上去明亮而快乐。"对那笔五美元的奖金，你决定怎么办？"

"我还拿不定哪种做法最明智。"他谨慎地说。

他的一个朋友，一位黑人药剂师，每年拿出五美元，奖给写出最佳命题作文的中学生。这位药剂师一直让科普兰医生充当这些作文的唯一评判者，获奖者在圣诞节派对上宣布。今年作文的题目是"我的志向：如何提高黑人种族在社会上的地位"。只有一篇作文真正值得考量。然而这篇作文很幼稚，很鲁莽，把奖颁给它很难说是审慎的。科普兰医生戴上眼镜，十分专注地重读了那篇文章。

　　我的志向是这样。首先，我希望上塔斯基吉大学，但我不想成为布克·华盛顿或卡弗医生那样的人。然后，当我认为我的学业已经完成，我希望当一名优秀的律师，像那个为"斯科茨伯勒男孩"辩护的律师一样。我将只接黑人和白人打官司的案子。每一天，人们以各种方式，借助各种手段，让我们的同胞觉得他们低人一等。事实并非如此。我们是一个正在上升的种族。我们不能长期在白人的压迫下流汗。我们不能总是播种，而让别人收获。

我要像摩西一样，他曾带领以色列的子民走出压迫者的国度。我想创立一个"黑人领袖和学者秘密组织"。所有黑人都将在这些精英领袖的指导下组织起来，准备反叛。世界上关注我们种族的困境、愿意看到美国分裂的其他民族都会帮助我们。所有黑人都将组织起来，将会有一场革命，革命结束时，黑人将取得密西西比河以东和波托马克河以南的所有领土。我们将建立一个强大的国家，在黑人领袖和学者组织的控制之下。不发给任何白人护照——如果他们进入这个国家，他们不会有合法的权利。

我痛恨整个白人种族，我将一直努力工作，好让黑人能够为他们遭受的所有苦难实施报复。这就是我的志向。

科普兰医生感觉到热血沸腾。办公桌上时钟的嘀嗒声很响亮，那声音刺激着他的神经。他怎么能把奖金颁给一个有着这样疯狂想法的孩子呢？他该做出什么样的决定？

另外几篇作文根本没有任何坚实的内容。年轻人不会思考。他们只写了自己的志向，而完全漏掉了命题的后半部分。只有一点还有点儿意义。二十五篇作文中有九篇是以这样一句话开头："我不想成为一个奴仆。"然后便是他们希望成为飞行员、职业拳击手、牧师或舞蹈演员之类。有一个女孩，她的唯一志向是善待穷人。

那篇让他烦恼的作文的作者是兰西·戴维斯。在翻到最后一页看到签名之前，他就知道了作者的身份。兰西已经给他带来过一些麻烦了。他的姐姐十一岁的时候就出去给人当仆人，被她的雇主强奸了，雇主是一个人过中年的白人。大约一年之后，他出过一次急诊，被叫去给兰西看病。

科普兰医生走到卧室里的档案柜前，里面存放着他所有病人的记录。他取出了那张标着"丹·戴维斯太太及家人"的卡片，浏览了一遍记录，直至看到兰西的名字。日期是四年之前。关于他的条目比其他人写得更仔细，是用墨水写的："十三岁——已过青春期。未遂自我阉割。性欲过于旺盛和甲状腺功能亢进。两次探视期间大哭大闹，尽管只有微痛。滔滔不绝——很喜欢说话。参看露西·戴维斯——母亲是洗衣妇。谈话很聪明，尽管有些偏执狂。除了一点之外，环境尚可。很值得观察并给予一切可能的帮助。保持联系。收费：一元（？）"

"今年，这是一个很难做的决定。"他对波西娅说。

"如果你做出了决定，那么——还是给我讲讲这些礼物吧。"

派对上分发的礼物都放在厨房里。有一些装着食品和衣物的纸袋，全都用红色的圣诞卡作了标识。任何愿意来的人都收到了邀请，但那些打算参加的人都要在房子前停下来，并在门厅里的桌子上为此而准备的来宾登记簿上写下（或者请一个朋友写下）他们的姓名。那些纸袋堆放在地板上。大约有四十个纸袋，每个袋子的尺寸取决于受礼人的需要。有些礼物只是一小包坚果或葡萄干，还有一些礼物则是一个人几乎搬不动的重箱子。厨房里塞满了好东西。科普兰医生站在门道里，鼻孔因为自豪而微微颤抖。

"我觉得你今年干得很棒。大伙儿肯定喜欢。"

"哼！"他说，"这还不到所需要的百分之一呢。"

"得，又来了不是，父亲！我知道，你这会儿高兴得不能再高兴了。只不过你不想表现出来。你得找点儿什么东西抱怨一下。这儿有四配克①豌豆、二十袋玉米粉，大约十五磅肋肉、鲻鱼、六打鸡蛋，大量的粗玉米粉，几瓶西红柿和桃子罐头。苹果和两打橘子。还有衣

———————————
① 英制容积单位。

175

服。还有两件衣服和四块毛毯。没得说！"

"九牛一毛而已。"

波西娅指了指角落里的一个大箱子。"那个——你打算怎么处理？"

箱子里只装着一堆垃圾——一个无头的洋娃娃，一些脏兮兮的蕾丝花边，一张兔子皮。科普兰医生仔细查看了每一样东西。"不要扔掉。每一样东西都有用。它们都是那些拿不出更好东西的客人捐赠的礼物。以后我会让它们派上用场。"

"那你仔细检查一下这些盒子和纸袋吧，这样我就可以把它们扎起来了。厨房里眼看着没有空地方了。这会儿他们该涌进来吃茶点了。我要把这些礼物拿出去，放在屋后的台阶上和院子里。"

早晨的太阳已经升起。这将是是一个明媚而寒冷的日子。厨房里散发着浓厚的香甜气味。一盘咖啡豆放在炉子上，刨冰蛋糕塞满了橱柜的架子。

"没有一件是白人送的，全都来自黑人。"

"不，"科普兰医生说，"不完全是这样，辛格先生捐赠了一张十二元的支票，用于买煤。我已经邀请他今天到场。"

"天哪！"波西娅说，"十二元！"

"我觉得请他是合适的。他不像其他的白种人。"

"你是对的，"波西娅说，"但我一直想着我们家威利。我真的希望他能参加今天的这场派对。我真的希望我能收到他的来信。这是我心头的烦恼。糟糕。不能再聊了，要去做准备了。差不多到了派对开始的时间。"

时间还充裕。科普兰医生认真仔细地洗了个澡，穿好衣服。那一刻，他很想预先排练一下人们到来时他要说的话。但期盼和焦躁让他没法集中注意力。十点钟的时候，第一批客人陆续到达，不到半个小时，客人全都到齐了。

"圣诞快乐！"邮差约翰·罗伯茨说。他十分高兴地在人头攒动的房间里跑来跑去，一只肩膀高，一只肩膀低，不停地用白色的丝绸手帕擦着脸。

"圣诞快乐！"

房子前面挤满了人。客人们被堵在了门口，在前廊上和院子里三五成群。没有推推搡搡或粗鲁无礼的行为；混乱是有序的。朋友们彼此打招呼，陌生人有人介绍并握手。孩子和小伙子们在一起扎堆，朝后面的厨房走去。

"圣诞礼物！"

科普兰医生站在前屋的中央，紧挨着圣诞树。他有点儿头晕目眩。他稀里糊涂地跟人握手，回应祝贺。私人礼物纷纷被塞进他的手里，有些精心地用丝带扎着，有些用报纸包着。他找不到地方放这些礼物。空气变得浑浊，嘈杂声越来越大。脸在他周围飞转，以至于他一张也认不出来。他逐渐恢复了镇静。他找到了空间把自己抱在怀里的礼物放下。头晕目眩减弱了，房间变得清晰起来。他推了推眼镜，开始环顾四周。

"圣诞快乐！圣诞快乐！"

人群当中有药剂师马歇尔·尼科尔斯，穿着燕尾服，正在和他那位开垃圾车的女婿交谈。至圣升天教堂的牧师走来了。还有来自其他教堂的两位执事。海博尔穿着俗艳的格子西装，八面玲珑地穿过人群。几个身材高大的花花公子穿着长长的、色彩鲜艳的衣服，向年轻女士们鞠躬致意。有带着孩子的母亲，有不慌不忙的老人，把痰吐进花里胡哨的手帕里。房间里暖和而喧闹。

辛格先生站在门道里。很多人注视着他。科普兰医生不记得自己是不是已经跟他打过招呼。哑巴独自站在那里。他的脸有点儿像斯宾诺莎的一幅画像。一张犹太人的脸。很高兴见到他。

门窗洞开。风从房间里吹过，炉火烧得正旺。喧闹声安静了下来。座位全都坐满了，年轻人一排排地坐在地板上。门厅、前廊甚至还有院子里都挤满了默不作声的客人。到了他说话的时间——说些什么呢？恐慌让他的喉咙发紧。房间里的人在等待着。约翰·罗伯茨先生做了一个手势，所有人都安静了下来。

"我的同胞们，"科普兰医生茫然地开口了，停顿了一会儿，紧接着，话语突然涌到了他的嘴边，"这是我们一起聚集在这个房间里庆祝圣诞节的第十九个年头了。当我们的同胞第一次听说耶稣基督的诞生时，那还是一个黑暗的时代。我们的同胞在本镇的法院广场作为奴隶被拍卖。打那以后，我们记不清有多少次聆听并讲述过耶稣生平的故事。因此，我们今天的故事将是一个不同的故事。

"一百二十年前，另一个人诞生在那个被称作德意志的国家——那是远在大西洋彼岸的一个国家。这个人懂得的东西像耶稣一样多。但他的思想跟天堂没有关系，跟死者的来世没有关系。他的使命是为了活着的人。为了那些工作、受苦、再工作、直至死亡的平民大众。为了那些缝补浆洗和烧火做饭的人，那些在地里采摘棉花和在滚烫的染缸旁工作的人。他的使命是为了我们，这个人的名字叫做卡尔·马克思。

"卡尔·马克思是一个智者。他研究、改造和理解他周围的世界。他说，这个世界被分为两个阶级：穷人和富人。对于每个富人，就有一千个穷人为他干活，让这个富人变得更富。他没有把世界分为黑人、白人或华人——在卡尔·马克思看来，对一个人来说，是千百万穷人当中的一员，还是少数富人当中的一员，比他的肤色更为重要。卡尔·马克思毕生的使命，就是让人人平等，就是要重新分配世界的巨大财富，好让这世界不再有贫富之分，每个人都有自己的一份。这是马克思留给我们的戒律之一："各尽所能，按需分配。'"

门厅里举起了一只布满皱褶的蜡黄手掌，胆怯地挥舞着："他是《圣经》中的马可吗？"

科普兰医生进行了解释。他拼出了两个人的名字，引用了不同的日期。"还有什么问题吗？我希望你们每个人都自由地开口说话，参与讨论。"

"我猜，马克思先生应该是基督教会的人吧？"牧师问。

"他相信人的精神的神圣。"

"他是个白人吗？"

"是的，但他不把自己看作是一个白人。他说：'我认为没有任何人和我自己是异族。'他把自己看作是所有人的兄弟。"

科普兰医生更久地停顿了一会儿。周围的面孔在等待着。

"任何一件财产，以及我们在商店里购买的任何商品，其价值是什么？价值只取决于一样东西——那就是制造或养育这件商品所耗费的劳动。为什么一幢砖房比一棵卷心菜更值钱？因为建造一座砖房要投入很多人的劳动。有人生产砖块和砂浆，有人砍树以生产用作地板的板材。有人使砖屋的建造成为可能。有人把材料搬运到建造房屋的场地。有人制造手推车和货车把材料搬运到这个地方。最后，还有工人建造房屋。一幢砖房涉及很多、很多人的劳动——而我们当中任何人都可以在自家后院里种一棵卷心菜。一幢砖房之所以比一棵卷心菜更值钱，是因为它要耗费更多的劳动来生产。因此，当一个人购买这座砖房时，他就是在为建造它所耗费的劳动付款。但谁赚到了钱——利润呢？不是那些付出了劳动的人——而是控制他们的老板。而且，如果你进一步研究这个问题的话，你就会发现，这些老板的上面还有老板，而那些老板还有更高的老板——因此，真正控制所有这些劳动（正是劳动使得任何商品值钱）的人其实很少。这个问题现在是不是清楚了？"

"我们明白了！"

但他们真的明白吗？他从头开始，把他说过的话又说了一遍。这一次，有人提出问题。

"制造这些砖块的黏土难道不花钱吗？租地种庄稼不也要花钱吗？"

"这个问题提得好，"科普兰医生说，"土地、黏土、木材——这些东西叫做自然资源。人类并不生产这些自然资源——人类只是开发利用它们，只是使用他们来生产。因此，任何一个个人或团体是不是有权拥有这些东西呢？一个人怎么能拥有种植庄稼的土地、空间、阳光和雨水呢？对于这些东西，一个人怎么能说'这是我的'，并拒绝让别人分享它们呢？因此，马克思说，这些自然资源应当属于每一个人，不应该把它们分成一小块一小块，而是所有人根据他们的工作能力加以使用。就像是这样。比方说一个人死了，把他的骡子留给他的四个儿子。儿子们并不希望把骡子分成四个部分，每个人分得自己的那一份。他们会共同拥有这头骡子，并使唤它。马克思说所有自然资源也应当以这种方式拥有——不是被一群富人所拥有，而是被作为整体的全世界一切劳动者所拥有。

"在这间房子里的我们这些人都没有私人财产。或许我们当中一两个人拥有自己所住的房子，或许还存下了一两元钱——但我们所拥有的东西只够维持我们的生存。我们拥有的一切是我们的身体。我们活着的每一天都在出卖我们的身体。我们早晨出门上班时出卖身体，我们整天劳动时出卖身体。我们被迫以任何价钱、在任何时候、为了任何目的而出卖身体。我们为了吃饱肚子和维持生命而被迫出卖身体。为此而付给我们的价钱，只够让我们有力气为了别人的利润而更长时间地劳动。今天，我们倒是没有在法院广场被放到台上去拍卖。但我们被迫在我们活着的几乎每一个小时出卖我们的力气，我们的时间，我们的灵魂。我们被免于一种奴役，只是为了被交给另一种奴役。这就是自由吗？我们是自由人吗？"

前院里传来一声低沉的呼喊："这就是真理！"

"就是这么回事！"

"在这样的奴役中，我们并不是独一无二的。全世界还有千百万其他人，包括所有肤色、种族和宗教信仰。我们必须记住这一点。我们有很多同胞痛恨白种人当中的穷人，他们也痛恨我们。这个镇子上那些在工厂里干活的人都住在河边。这些人几乎像我们一样处在饥寒交迫中。这种仇恨是一种大恶，从中决不可能产生善。我们必须记住卡尔·马克思的话，并根据他的教诲来认识真理。这种贫困的不公正必须让我们所有人团结在一起，而不是让我们彼此分离。我们必须记住，我们大家因为自己的劳动而给这个地球创造了有价值的东西。这些来自卡尔·马克思的重要真理，我们必须始终记在心里，永不忘记。

"但是，我的同胞们！这间房子里的我们——我们黑人——还有另一项使命，它只属于我们。在我们心里，有一个强大的、真正的目标，如果我们没能实现这个目标，我们就永远输掉了。那么，就让我们看看这项特殊使命的性质是什么。"

科普兰医生松了松衬衣的领子，因为他的喉咙里有一种被堵住的感觉。他的内心里盈满了令人痛苦的爱。他看着周围安静下来的客人。他们在等待。院子里和前廊上的人群都像屋子里的人群一样安静而专注地站在那里。一个耳背的老人身子前倾，手搭在耳后。一个女人用橡皮奶头让怀里烦躁的婴儿安静下来。辛格先生专心致志地站在门道里。大多数年轻人坐在地板上。他们当中就有兰西·戴维斯。这孩子的嘴唇紧张而苍白，双臂紧紧抱着膝盖，年轻的脸上神情阴郁。屋子里所有的眼睛都在注视着，眼里闪烁着对真理的饥渴。

"今天，我们要把那笔五美元奖金授予给写出了最好命题作文的中学生，作文的题目是'我的志向：如何提高黑人种族在社会上的地位'。今年的获奖者是兰西·戴维斯。"科普兰医生从口袋里拿出一个信封，"我用不着告诉你们，这个奖的价值并不完全在于它的金额——而在于它所体现的神圣的信任与信仰。"

兰西笨拙地站了起来。他阴郁的嘴唇颤抖着。他鞠了一躬，领了奖。"你希望我朗读一下我写的这篇作文吗？"

"不，"科普兰医生说，"但我希望你这个星期能来找我谈谈。"

"好的，先生。"房间里再次安静下来。

"'我不想成为一个奴仆！'那是我在这些作文中一遍又一遍地读到过的愿望。奴仆？我们一千个人当中只有一个人有机会成为奴仆。我们没有工作！我们没有机会服务！"

房间里的笑声有些不安。

"听着！我们五个劳动者当中，有一个去修造公路，或处理这座城市的公共卫生，或者在锯木厂或农场里干活。五个人当中另有一个人根本得不到任何工作。但这五个人当中还有三个人呢——我们同胞中的大多数呢？我们很多人为那些没有能力做饭自己吃的人烧火做饭。很多人一辈子为了一两个人的快乐而打理花园。很多人为漂亮的房子擦亮打蜡的地板。或者，我们为那些懒得自己开车的富人开车。

我们耗费自己的毕生，做着许许多多对任何人都没什么实际用途的工作。我们劳动，但我们所有的劳动都被浪费了。这就是服务吗？不，这是奴役。

"我们劳动，但我们的劳动被浪费了。不给我们服务的机会。今天上午在这里的你们这些学生代表了我们种族当中幸运的少数。我们大多数同胞根本没有机会上学。每有一个孩子上学，就有几十个孩子几乎不会写自己的名字。不让我们得到知识和智慧的尊严。

"'各尽所能，按需分配。'我们这里所有人都知道，为了真正的需要而要受怎样的苦。这是极大的不公平。但是，有一种不公平甚至比这还要厉害——那就是剥夺了我们各尽所能的权利。一辈子无用地劳动。被剥夺了服务的机会。夺走我们精神和心灵的财富，远比从我们的钱包里抢钱更加糟糕。

"你们今天上午在这里的有些年轻人可能觉得想要成为本种族的老师、护士或领袖。但你们当中大多数人被剥夺了这样的机会。你们将不得不为了一个无用的目的而出卖自己，而这只是为了活下去。你们将遭到回击并被打败。有望成为化学家的年轻人却在摘棉花。有望成为作家的年轻人却不能读书识字。有望成为教师的年轻人却成了拴在熨衣板旁百无一用的奴隶。我们在政府里没有代表。我们没有投票权。在这个伟大的国家，我们是所有人当中最受压迫的人。我们不能发出自己的声音。我们的舌头由于缺少使用而烂在我们的嘴里。我们的心灵变得空虚，失去了实现我们目标的力量。

"黑人同胞们！我们生来就拥有人类精神和心灵的所有财富。我们奉献了最珍贵的礼物。我们的奉献遭到鄙视和轻蔑。我们的礼物被踩在泥里，变得毫无用处。我们不得不从事无用的劳动，比牲口的工作还要无用。我们必须站起来，再次成为一个整体！我们必须自由！"

房间里出现了一阵低语。歇斯底里的情绪在高涨。科普兰医生被噎住了，紧攥着拳头。他觉得自己膨胀到了巨人的块头。内心的爱使得他的胸膛成了一台发电机，他想要大喊，好让他的声音整个小镇都能听到。他想跪倒在地，用巨人的声音呼喊。房间里充满了呻吟和叫喊。

"救救我们吧！"

"万能的主啊！领我们走出这片死亡的荒野吧！"

"哈利路亚！救救我们，主啊！"

他努力控制自己。他挣扎着，终于恢复了克制。他压制住内心的呼喊，寻找真正强有力的声音。

"请注意！"他叫道，"我们要拯救我们自己，不是通过哀伤的祈祷，不是通过懒惰或烈酒，不是通过身体的快乐，也不是通过愚昧无知。不是通过服从和谦卑，而是要通过骄傲，通过尊严，通过变得坚硬而强大。我们必须为了我们真正的目标积蓄力量。"

他突然停了下来，把身子挺得笔直。"每年这个时候，我们都会小范围地阐明卡尔·马克思的第一条戒律。这次集会上的你们每一个人都事先带来了礼物。你们当中很多人为了减轻他人的困苦而放弃了自己的舒适。你们每个人都已各尽所能，却没有考虑得到相应的回报。对我们来说，互相分享是很自然的事。我们早就认识到了，给予比得到更有福。卡尔·马克思的话一直铭记在我们心里：'各尽所能，按需分配。'"

科普兰医生沉默了很久，仿佛他的话已经说完。接下来，他又说道：

"我们的使命就是要带着力量和尊严，走过我们屈辱的日子。我们的骄傲必须是强大的，因为我们知道人类精神和心灵的价值。我们必须教导我们的孩子。我们必须牺牲，好让他们可以挣得知识和智慧的尊严。这样的时刻必将到来。到那时，我们身上的财富将不会遭到鄙视和轻蔑。到那时，我们将会得到服务的机会。我们将会劳作，而我们的劳动不会被浪费。我们的使命就是要带着力量和信念等待这个时刻。"

他说完了。有人鼓掌，有人在地板上以及在外面坚硬的冬日地面上跺脚。滚烫而浓烈的咖啡气味从厨房里飘出。约翰·罗伯茨负责分发礼物，大声喊着写在圣诞卡上的名字。波西娅用长柄勺从炉子上的洗碟盆里舀着咖啡，而马歇尔·尼科尔斯在分发切好的蛋糕。科普兰医生在客人中间走来走去，始终有一小群人簇拥着他。

有人碰了碰他的胳膊："你们家巴迪就是按他的名字取名吧？"他回答"是的"。兰西·戴维斯紧跟着提了几个问题；他对每一个问题都回答是的。快乐让他觉得像一个醉酒的人。向他的同胞们讲授、劝告和解释——让他们明白。这是最好不过的事。说出真理，并被倾听。

"在这场派对上，我们确实度过了一段美好时光。"

他站在门廊里跟客人道别。一遍又一遍地握手。他沉重地靠在墙上，只有眼睛在动，他实在太累了。

"非常感谢。"

辛格先生最后一个离开。他是个真正的好人。他是个真正有智慧、有知识的白人。他身上没有丝毫狭隘的傲慢。当所有人都走了，他是最后一个留下来的。他等待着，似乎在期待最后的话。

科普兰医生用手抓住喉咙，因为嗓子很痛。"教师，"他嘶哑地说，"这是我们迫切需要的。领袖。有人来团结和引导我们。"

欢庆之后，几个房间看上去荒凉而破败。屋里很冷。波西娅在厨房里洗杯子。圣诞树上银亮的雪花在地板上被踩得一塌糊涂，两件装饰物已经破了。

他很累，但快乐和兴奋让他无法休息。从卧室开始，他着手收拾屋子。档案柜的顶部有一张散落的卡片——兰西·戴维斯的记录。自己要对他说的话开始在脑子里形成，他之所以烦躁不安，是因为他没法现在就对他说。这孩子那阴郁的脸庞充满了热情，没法把它从自己的脑海里驱走。他打开档案柜的顶层抽屉，放回了那张卡片，A、B、C——他紧张地用拇指翻过这些字母。随后，他的视线定在自己的名字上：本尼迪克特·马迪·科普兰。

文件夹里有几张肺部的X光片和一份简短的病历。他举着X光片凑近灯光。左肺的上部有一块明亮的地方，就像一个已经钙化的白斑。地下有一大块阴影区域，在右肺更上一些的地方有一块完全一样的区域。科普兰医生迅速把X光片放回了文件夹里。只有他给自己写的简短病历还在他手里。字迹很大，而且潦草，以至于他几乎认不出来。"1920——淋巴腺钙化——淋巴结门非常明显的增厚。病变得到抑制——功能恢复。1937——病变重新出现——X光片显示——"他读不了病历。起初，他辨认不出字迹，随后，当他清楚地辨认出来的时候，却看不出什么意思。末尾写着这么几个字："预后：不知道。"

从前那种黑色的、狂暴的感觉再次出现在他身上。他弯下身子，猛地拉开档案柜底部的抽屉。一堆乱七八糟的信。"黑人促进协会"的函件。黛西的一封泛黄的信。汉密尔顿找他要一元五角钱的便条。他在找什么？他的双手在抽屉里翻找着。最后，他僵硬地直起身来。

时间被浪费了。已经过去了一个小时。

波西娅在厨房的餐桌上削土豆皮。她弯腰驼背地坐在那儿，满脸忧伤。

"挺直你的胸膛，"他生气地说，"别垂头丧气。你一直闷闷不乐、萎靡不振，真让我受不了。"

"我只是在想威利，"她说，"当然，只要三天信就到了。但他没什么事情让我这样担心。他不是那种男孩。我有这个古怪的感觉。"

"要有耐心，女儿。"

"我想也只有这样了。"

"有几个出诊我得去，但我会很快回来。"

"好的。"

"一切都会好起来的。"他说。

在正午明亮而冷冽的阳光下，他的快乐大半消失得无踪无影。患者的病零零散散地装在他的心里。脓肿的肾脏。脊膜炎。脊椎结核病。他从后座抬起汽车的曲柄。通常，他会招呼某个从街上路过的黑人，帮他转动曲柄发动汽车。他的同胞一直很高兴帮助他，为他效劳。但今天，他亲自装上曲柄，干劲十足地转动它。他用外套的袖子擦了擦脸上的汗，赶忙坐到方向盘前，驱车上路了。

他今天说的话人们理解了多少呢？有多少话还算有点儿价值呢？他回忆着自己使用过的词句，它们似乎失去了光泽和力量。剩下没有说出的词句在他心里越来越重。它们涌到了他的嘴边，令人烦躁。受苦受难的同胞们的脸庞在他的眼前不断膨胀的人群中晃来荡去。当他驾驶着汽车驶上大街时，他的心脏随着这种愤怒的、无法平息的爱而翻滚。

7

小镇许多年来都没有见过像今年这么冷的冬天。窗玻璃结满霜，屋顶上白茫茫。冬天的下午透出柠檬色的朦胧光亮，影子是柔和的蓝色。街道上的水坑结了一层薄冰，据说圣诞节的第二天，小镇北边十英里的地方下了一场小雪。

辛格身上发生了变化。他经常出门长时间地散步，安东尼帕罗斯刚离开的那几个月，他也曾这样。他的散步沿着各个不同的方向延伸数英里，走遍了整个镇子。他漫步穿过沿河的人口稠密区，自今年冬天工厂萧条以来，那些地方比从前更加肮脏。在很多人看来，那里是一派阴森荒凉的景象。眼下，那里的人们被迫无所事事，明显可以感觉到一种焦躁不安。那里出现了一次新信仰的火热爆发。有一个年轻人，原先在一家工厂的染缸旁干活，他突然声称，有一股巨大而神圣的力量降临在他的身上。他说，他的职责就是要向人们传达上帝的一套新的戒律。这个年轻人设立了一个神龛，每天夜里，成百上千的人来到这里，在地上打滚，互相摇晃对方，因为他们相信，他们是和某种超乎人类的东西在一起。还有过一次凶杀。一个饥肠辘辘的女人认为是工头克扣了她的工分，刺穿了他的喉咙。有一家黑人搬进了一条最荒凉冷清的街道尽头的一幢房子，这导致左邻右舍的极大愤慨，以至于把那幢房子给烧掉了，那个黑人也被打了一顿。人们谈论的罢工从未实现，因为他们根本聚不到一起。一切都跟从前没什么不同。即便是在最寒冷的夜晚，阳光南方游乐场也照样开门营业。人们像从前一样做梦、打架、睡觉。出于习惯，他们懒得多想，免得迷失于明天的黑暗中。

辛格走过气味浓烈的黑人聚居区，它们散落在镇上不同的地方。这些地方有更多的欢乐，也有更多的暴力。常常，巷子里弥漫着杜松子酒那好闻而辛辣的气味。热烈温暖、令人欲睡的炉火映红了窗棂。教堂里几乎每天晚上举行集会。枯黄的草地上点缀着舒适的小屋——

辛格也曾从这些地方走过。这里的孩子们更强壮，对陌生人更友好。他也曾漫步走过富人区。有些房子宏伟而古老，有白色的立柱和错综复杂的锻铁栅栏。他走过一些高大的砖房，汽车在车道上鸣响喇叭，烟囱里冒出滚滚浓烟。出城走到那些从镇上通往乡村杂货店的公路的边缘，星期六晚上，农民们便来到这些杂货店，围炉而坐。他常常漫步于四个灯火通明的主要商业区，然后从后面那些漆黑而荒凉的小巷中走过。镇上没有辛格不熟悉的地方。他注视过许许多多窗户里反射出的昏黄光亮。冬天的夜晚很美。天空呈现出一种冷冽的蔚蓝色，繁星闪烁，一片光明。

如今经常出现这样的情况，在散步期间，他不得不停下来听人说话。形形色色的人都认识他。如果跟他说话的是一个陌生人，辛格便递上自己的卡片，好让对方理解自己的沉默。整个镇子的人都开始知道他。他散步的时候昂首挺胸，双手始终揣在口袋里。他灰色的眼睛似乎在观察着周围的一切，他的脸上依旧是那种安静平和的神情，在那些非常聪明、满腹忧伤的人身上，我们经常看到这样的神情。任何人想跟他说话，他总是很高兴停下脚步。因为毕竟，他也只不过是漫无目标地瞎逛。

如今，镇上开始流传各种各样关于哑巴的谣言。在从前和安东尼帕罗斯一起的那些年里，他们总是一起步行上下班，但除此之外，他们始终是单独待在他们的房间里。那个时候没有一个人打扰他们——即便有人注意到他们，注意力也集中在大个子希腊人身上。那些年的辛格被人遗忘了。

因此，关于哑巴的谣言丰富多彩，五花八门。犹太人说他是个犹太人。主街上的商人们声称，他接受了一笔巨额遗产，是个很阔的人。在一个受到威吓的纺织工会里，有人低声嘀咕说，哑巴是产业工会联合会的组织者。一个孤独的土耳其人多年前漫游到镇上，和家人一起在他们卖亚麻布的小店后面饱受思乡之苦，他充满激情地对妻子宣称，哑巴是土耳其人。他说，当他说土耳其语的时候，哑巴听懂了。当他宣布这个发现时，他的声音变得温暖而热烈，忘掉了与孩子们的争吵，满脑子的计划和行动。一个从乡下来的老人说，哑巴来自他们家附近的某个地方，哑巴的父亲种植的烟草有着全县最好的收成。所有这些事情都是说他。

安东尼帕罗斯！辛格的内心始终保存着对他这位朋友的记忆。夜里，当他闭上眼睛，希腊人的脸便浮现在黑暗中——滚圆而油腻，带着精明而温和的微笑。梦里，他们总在一起。

他的朋友离去已经一年多了。这一年似乎既不更长，也不更短。有点儿脱离了正常的时间感——就像一个人醉意蒙眬或半睡半醒时那样。每个小时的背后，总有他的朋友。这种和安东尼帕罗斯在一起的深埋心底的生活也在变化和发展，正如身边发生的事情一样。在最初的几个月里，他想得最多的是安东尼帕罗斯被带走之前那可怕的几个星期——他生病之后的麻烦，拘捕传票，以及试图控制他朋友突发奇想时的痛苦。他想到了过去他和安东尼帕罗斯都不开心的时刻。有一件年代久远的往事，多次浮现在他的记忆里。

他们并不是没有朋友。有时候，他们也会遇上其他的哑巴——十年时间里，他们结识过三个哑巴。但总会发生什么事情。一个哑巴在他们相遇之后的那个星期搬到另一个州去了。另一个哑巴结婚了，生了六个孩子，不再用手语交谈。但是，当他的朋友离去时，辛格回忆起来的，正是他们与第三个哑巴的交往。

这个哑巴名叫卡尔。他是一个满脸菜色的年轻人，在一家工厂里干活。他的眼睛是浅黄色的，他的牙齿是如此脆薄而透明，以至于看上去似乎也是浅黄色的。蓝色的工装裤松松垮垮地吊在他瘦小的身躯上，就像一个蓝色和黄色相间的布娃娃。

他们邀请他吃晚饭，事先安排在安东尼帕罗斯打工的店里会面。他们到达时希腊人还在忙。他正在店后的厨房里完成一炉太妃糖。在长长的大理石桌面上，太妃糖散发着金黄的光泽。空气热乎乎的，洋溢着甜美的香味。安东尼帕罗斯似乎很高兴让卡尔看着他用刀子滑过热乎乎的软糖，把它切成四方小块。他把沾在涂了油脂的刀刃上的一小块软糖递给了他们的新朋友，并给他表演了一个小把戏，每当他希望取悦于人的时候，他总是给对方表演这样的把戏。他指了指炉子上那一大桶沸腾的糖汁，扇了扇自己的脸，眯缝着眼睛，以证明糖汁有多烫。然后，他把自己的一只手在一壶冷水中浸湿，突然把手插入沸腾的糖汁中，再迅速抽回，重新放入水中。他鼓起眼睛，吐出舌头，仿佛正承受着极大的痛苦。他甚至绞着手、单腿蹦跳，以至于房子都瑟瑟发抖。接下来，他突然笑了，伸出他的那只手，拍了拍卡尔的肩膀，表明这只是个玩笑。

那是一个灰蒙蒙的冬日傍晚，当他们挽着胳膊走上大街时，他们的呼吸在冷冽的空气里凝成水雾。辛格走在中间，他两次把他们丢在人行道上，自己走进店里买东西。卡尔和安东尼帕罗斯拎着几袋食品，辛格紧紧挽着他们的胳膊，一路笑着回家。他们的房间很舒适，他开心地走来走去，与卡尔交谈。饭后，两个人谈了一会儿话，安东尼帕罗斯在一旁看着，脸上露出迟缓的笑容。大个子希腊人经常笨手笨脚地走到储物间，倒上杜松子酒。卡尔靠窗坐着，只有当安东尼帕罗斯把酒杯推倒他面前时他才肯喝，随后，神情严肃地一小口一小口地喝着。辛格不记得他的朋友以前曾对一个陌生人这么热情过，他很高兴地设想着以后卡尔经常来看他们的情形。

那件事情发生时，已经过了午夜，它把这次节日般的聚会彻底给毁了。安东尼帕罗斯去了一趟储物间，回来时面色愠怒。他坐在自己的床上，开始带着冒犯的表情和极大的憎恶，屡次三番地瞪视他们这位新朋友。辛格试图用热切的交谈来掩饰他的这一古怪举动，但希腊人很固执。卡尔缩在椅子里，抱着他骨瘦如柴的膝盖，被大个子希腊人的鬼脸吓得不敢动弹，满脸困惑。他面红耳赤，胆怯地吞咽着。辛格再也不能无视这样的情形了，终于，他问安东尼帕罗斯是不是肚子疼，或者是觉得不舒服，问他是不是想睡觉。安东尼帕罗斯摇摇头。他指了指卡尔，开始做出他所知道的各种下流手势。他脸上的憎恶看上去很可怕。卡尔吓得缩成一团。最后，大个子希腊人咬牙切齿，从椅子里站起身来。卡尔慌慌张张地拿起他的帽子，离开了房间。辛格跟着他下了楼。他不知道如何向这个陌生人解释他的朋友。卡尔站在楼下的门道里，弯腰驼背，蔫头耷脑，拉下他的大檐帽，遮住脸。最后，他们握了握手，卡尔走开了。

安东尼帕罗斯设法让他明白，趁他们不注意的时候，客人跑进了储物间，喝光了所有的杜松子酒。费尽口舌也没法让安东尼帕罗斯相信，是他自己把那瓶酒喝光了。大个子希腊人从床上坐了起来，他的圆脸阴郁而包含责备。大粒的泪珠缓慢地滚落下来，掉在了内衣的领口上，谁也安慰不了他。最后，他终于睡去，但辛格在黑暗中久久无法入睡。他们再也没有见过卡尔。

许多年后，有一次，安东尼帕罗斯从壁炉架上的花瓶里拿走了房租，全都花在了老虎机上。那年夏天的一个下午，安东尼帕罗斯赤身裸体地下楼拿报纸。夏天的闷热让他苦不堪言。他们分期付款买了一台电冰箱，安东尼帕罗斯连续不断吮吸冰块，甚至有几个冰块在他睡觉时化在了床上。还有一次，安东尼帕罗斯喝醉了，把一碗通心粉泼在了他脸上。

最初的几个月里，他的思绪里充满了这些不愉快的回忆，就像地毯上布满了脱漏的丝线。接下来，它们全都消失得无影无踪。他们有过的所有不愉快的时刻全都被忘得一干二净。随着时间的流逝，他对朋友的想念逐渐加深，直至他的心里只想着那个只有他一个人才了解的安东尼帕罗斯。

这就是他可以倾诉衷肠的朋友。这就是那个安东尼帕罗斯，除了自己之外，没有一个人知道他很聪明。这一年过去，他的朋友在他的脑海里似乎变得更加高大，在夜里，他的脸以一种严肃而微妙的方式从黑暗中向外张望。他脑海里对朋友的记忆改变了，以至于他想不起任何错误或愚蠢的东西——只有聪明的和好的东西。

他看到安东尼帕罗斯坐在他面前的一张大椅子上。他安静平和、一动不动地坐在那里。他圆乎乎的脸蛋像谜一样高深莫测。他的嘴巴透着聪明，笑意盈盈。他的眼睛深邃辽远。他注视着自己用手语对他说的那些话。他以自己的智慧，听懂了这些话。

这就是他如今念念不忘的那个安东尼帕罗斯。这就是他想要把发生的事情对之诉说的朋友。这一年确实发生了一些事情。他被留在了一个陌生的国度。独自一人。他睁开眼睛，周围有很多事情他无法理解。他深感困惑。

他留意观察着他们说话时的口形。

我们黑人需要一个最终获得自由的机会。自由只是奉献的权利。我们想要服务和分享，想要劳动，并反过来消费我们应得的东西。但你是我所遇到过的唯一一个认识到了我的同胞这一迫切需要的白人。

你知道吗，辛格先生？我心里始终能听到这首音乐。或许我并不懂什么新东西，但当我二十岁时我会懂的。知道吗，辛格先生？到那时候，我打算去有雪的外国旅行。

我们把这瓶喝完吧。我要一小瓶。因为我们在思考自由。这个词就像蠕虫一样在我脑子里。是？不是？几多？几少？这个词是一个信号，预示着劫掠、盗窃和狡诈。我们会自由的，到那时候最聪明的人就能够奴役其他人。我们这些知道的人必须警惕。这个词让我们感觉良好——事实上，这个词是一个伟大的理想。但正是怀着这个理想，蜘蛛为我们编织着它们最丑陋的网。

最后一个人揉了揉鼻子。他并不常来，话也不多。他提了一些问题。

七个多月以来，这四个人常来他的房间。他们从不一起来——总是单独来。他总是带着热情友好的微笑在门口迎接他们。对安东尼帕罗斯的渴望始终伴随着他——就像他的朋友离去之后最初的那几个月一样——跟任何人在一起总比长时间形单影只要好。那就像许多年前他向安东尼帕罗斯做出保证一样（他甚至写下了保证书，贴在床头的墙上）——他保证戒烟、戒酒、戒肉一个月。最初几天很难受。他没法休息，也没法安静下来。他去果品店找过安东尼帕罗斯很多次，以至于查尔斯·帕克很烦他。当他干完了手头的雕刻活之后，他会跑到店铺前面闲逛，跟钟表匠和女店员厮混，或者逛到冷饮柜那儿喝一杯可口可乐。在那些日子里，跟任何陌生人在一起，总比单独一个人想着他所渴望的烟、酒、肉要强。

起初，他根本不理解这四个人。他们说呀说——几个月的时间过去，他们说得越来越多。他已经十分熟悉他们的口形，以至于他们说的每个字他都能听懂。不久之后，不等他们开口，他就知道他们要说什么，因为意思始终是一样的。

他的双手对他是一种折磨。它们不得安宁。睡觉时它们抽搐，有时候，他醒来发现它们正在自己面前打着梦话的手语。他不想看到他的双手，也不愿去想它们。它们是褐色的，修长而有力。在之前的许多年里，他一直精心护理它们。冬天里他用油防止它们皴裂，他不停地按压外皮，总是把指甲锉平，与指尖的形状相吻合。他喜欢洗手并护理它们。但如今，他只是用一把刷子每天把它们草草地刷两次，再塞回口袋里。

当他在房间里走来走去时，他会把指关节捏得噼啪作响，猛拉手指直至感觉到疼痛。或者用一只手的拳头猛击另一只手的手掌。有时候，当他独自一人想念他的朋友时，他的双手会不知不觉地打起手语来。接下来，当他意识到的时候，他就像一个被人发现大声自言自语的人一样，简直就像是干了一件什么坏事。羞愧夹杂着悲伤，他紧握双手，把它们放到身后。但它们还是让他不得安宁。

辛格站在马路上，面对着他和安东尼帕罗斯曾经住过的那幢房子。傍晚烟雾迷蒙，天色灰暗。西边有一条条冷黄色和玫瑰色。一只冬天的麻雀羽毛蓬乱，从烟雾弥漫的天空飞过，最后轻轻落在房子的山墙上。街道一片荒凉。

他的眼睛紧盯着二楼右侧的一扇窗户。这是他们的前屋，后面是大厨房，安东尼帕罗斯曾在那里做他们的一日三餐。透过亮着灯光的窗户，他看到一个女人在房间里走来走去，在灯光下，她显得又大又模糊，系着一条围裙。一个男人坐在那里，手里拿着晚报。一个孩子拿着一片面包走到窗前，鼻子紧贴着窗玻璃。辛格看到房间还像他离开时的样子——安东尼帕罗斯睡的那张大床和他自己睡的那张小铁床。那只破糖碗被用作烟灰缸，天花板上屋顶漏雨的湿渍还在，角落里放脏衣服的箱子还在。从前像这样的傍晚时分，厨房里不会有灯光，只有那个大煤油炉的喷嘴喷出的火光。安东尼帕罗斯总是转动油门芯，只有每个喷嘴内部才能看到参差不齐的金色和蓝色的火苗。房间里很暖和，充满了晚餐好闻的香气。安东尼帕罗斯用他的木勺把每盘菜都尝一尝，他们用酒杯喝着红葡萄酒。喷嘴喷出的火焰在炉前的漆布地毯上投射出明亮的反光——五个小小的金灯笼。当乳白色的黄昏越来越暗时，这些小灯笼就更加明亮了，这样一来，当夜幕终于降临，它们便燃烧得鲜活而纯净。到那个时候，晚餐已经做好了，他们会打开电灯，把椅子拉到桌旁。

辛格低头看着黑乎乎的大门，想到他们早晨一起出门，晚上一起回家。人行道上有一个地方破损了，有一次，安东尼帕罗斯在那里摔了一跤，伤着了肘部。有一个信箱，供电公司每个月寄来的账单都塞到那里。他的手指能感觉到朋友胳膊的温暖。

街上这会儿黑了下来。他又一次抬头看着窗户，看到那个陌生的女人、男人和孩子在一起。空落落的感觉在心里蔓延。一切都过去了。想到朋友已经不在这儿，辛格闭上眼睛，试图想象那家精神病院，以及安东尼帕罗斯今夜所睡的房间。他记起了那张狭窄的白床，以及在角落里玩纸牌的老人。他把眼睛闭得更紧，但那个房间在他的脑海里并没有变得更清晰。空落落的感觉在他心里潜得很深。过了一会儿，他再次瞥了一眼那扇窗户，开始走上那条黑咕隆咚的人行道，他们曾那么多次一起从这里走过。

那是一个星期六的夜晚。主街上到处都是人。瑟瑟发抖的黑人穿着工装裤，在廉价商店的橱窗前流连忘返。一家家的人排着队站在电影院的售票窗前，少男少女们盯视着外面张贴的海报。滚滚车流很危险，他不得不等了很长时间，才穿过马路。

他走过了那家果品店。橱窗里的水果很漂亮——香蕉，橘子，鳄梨，鲜艳的小金橘，甚至还有几个菠萝。查尔斯·帕克在店里接待一位顾客。在他看来，查尔斯·帕克的脸很丑。有几次，查尔斯·帕克不在，他走进店里，茫然地站了很久。他甚至去了后面的厨房，安东尼帕罗斯曾在那里制作太妃糖。但查尔斯·帕克在店内的时候，他从未进去过。自从安东尼帕罗斯那天乘坐巴士离开之后，他们两个都一直小心翼翼地避开对方。他们在大街上碰见时，总是掉过脸去，连头都不点一下。有一次，他想寄给他朋友一罐他最喜爱的土波罗蜂蜜，于是他便通过邮件从查尔斯·帕克那里订购，免得被迫跟他见面。

辛格站在窗前，看着他朋友的表哥在招待一群顾客。星期六晚上的生意一向很好。安东尼帕罗斯有时不得不干到夜里十点。那台巨大的自动爆米花机就在大门的旁边。一位店员把一份玉米倒进机器里，玉米粒像大片的雪花在机器里飞速旋转。店里飘出的香味温暖而熟悉。地上有踩烂的花生壳。

辛格在街道上继续朝前走。他不得不小心地在人群中蜿蜒前行，以免被人挤撞。因为过节，街上挂着红红绿绿的电灯。人们三五成群地站在那儿，欢声笑语，搂搂抱抱。年轻的父亲们把冷得发抖、哭哭啼啼的孩子扛在肩膀上。街角上，一个救世军的小姑娘头戴红蓝色童帽，丁丁当当的敲着铃，她看着辛格，让他觉得自己有义务把一个硬币投进她身边的罐子里。有几个乞丐，既有黑人也有白人，伸出帽子或长满老茧的手。霓虹灯广告把橘黄色的光亮投射到人群的脸上。

他走到了一个街角，有一次，那是一个八月的下午，他和安东尼帕罗斯曾在那里看到一条疯狗。随后，他走过了海陆军商店上面那家照相馆，每个发薪日，安东尼帕罗斯都要来这里拍一张照片。这会儿他口袋里揣着不少照片。他向西转，朝那条河走去。他们曾经搞过一次野餐，过了那座桥，在河对岸的一块野地里吃午餐。

辛格沿着主街走了大约一个小时。在所有人群中，似乎只有他是孤单一人。最后，他掏出手表，转身走向他住的那幢房子。或许，今天晚上有人来他的房间。他希望如此。

他给安东尼帕罗斯寄了一大箱子圣诞礼物。他还送了礼物给那四个人当中的每一个人，以及凯利太太。他给大家买了一台收音机，放在靠窗的桌子上。科普兰医生没有注意到收音机。比夫·布兰农马上注意到了，吃惊地扬了扬眉毛。杰克·布朗特在那儿的时候把它一直打开着，调到同一个台，说话时大呼小叫似乎要压过音乐，额头上青筋暴起。米克·凯利看到收音机时很不理解。她满脸通红，一遍又一遍地问他，收音机是不是真是他的，她可不可以听。她把调谐盘转了好几分钟，这才调到了她想听的台。她坐在椅子里，俯身向前，双手放在膝盖上，嘴张开着，太阳穴上脉搏跳得很快。不管播放的是什么，她似乎都在认真聆听。她在那儿坐了一个下午，有一次，当她朝他咧嘴而笑时，眼睛是湿润的，她用拳头擦了擦眼睛。她问他，当他去上班时，她是不是可以偶尔进来听听。他点了点头。于是，在接下来的几天里，每当他推开门时，都发现她正凑在收音机旁。她的手耙过乱蓬蓬的短发，脸上有一种他之前从未见过的神情。

圣诞节过后的一天晚上，四个人碰巧全都同时来看他。之前从未发生过这样的事。辛格面带微笑，端着茶点，满屋子团团转，他尽了最大的殷勤，想让客人们轻松自在。但还是有什么东西不对劲。

科普兰医生不肯坐下。他站在门道里，手里拿着帽子，只是冷淡地对其他人鞠躬致意。他们看着他，仿佛他们很吃惊他为什么会在这儿。杰克·布朗特打开他带来的啤酒，泡沫溅到了胸前的衬衫上。米克·凯利在听收音机里播放的音乐。比夫·布兰农坐在床上，两膝交叉，目光扫视着面前的这群人，然后眯起眼睛，一动不动。

辛格迷惑不解。他们每个人总是有很多话要说。而现在，他们在一起的时候却都默不作声。他们进来时，他预期会有某种形式的爆发。他模模糊糊地预感到，这将是某件事情的终结。他紧张地打着手语，仿佛要从空气中扯出什么看不见的东西，再把它们绑到一起。

杰克·布朗特站到了科普兰医生旁边。"我认识你的脸。我们之前撞见过一次——就在外面的台阶上。"

科普兰医生拘谨地咬文嚼字，仿佛用剪刀剪出他说的每个字。"我不记得我们认识。"他说。接下来，他僵硬的身体似乎要收缩。他不断往后退，直至刚好退到门槛外。

比夫·布兰农泰然自若地抽着烟。薄薄的烟雾漫过整个房间。他转向米克，看着她的时候，他的脸红了。他半闭着眼睛，一瞬间，他的脸再次变得毫无血色。"你的事情最近进展如何？"

"什么事情？"米克满腹狐疑地问。

"就是生活中的事情，"他说，"功课啊——以及诸如此类吧。"

"我想还行吧。"她说。

他们每个人都看着辛格，仿佛在期待着什么。他迷惑不解，只好递给他们茶点，满脸微笑。

杰克用巴掌擦了擦嘴唇。他放弃了试图与科普兰医生交谈的努力，挨着比夫在床上坐了下来。"你们知道那个总是用红色粉笔在工厂周围的栅栏和墙壁上写下血腥警告的人是谁吗？"

"不知道，"比夫说，"什么血腥警告？"

"大多出自《旧约》。我对这事感到好奇很长时间了。"

每个人主要是对哑巴说话。他们的想法似乎都汇集在他的身上，就像轮辐通向中心轮毂。

"这样冷的天气很不寻常，"比夫最后说，"前些天我查阅了一些老的记录，发现1919年的气温低至华氏十度。今天早晨只有十六度，是自那年的大冰冻以来最冷的。"

"今天早晨煤库的屋檐上挂着冰柱。"米克说。

"上个礼拜我们收的钱还不够发工资。"杰克说。

他们又讨论了一会儿天气。每个人似乎都在等别人离开。接下来，冲动之下，他们全都站起身来，同时离开了房间。科普兰医生第一个走，其他人立即跟上。当他们离开时，辛格独自站在房间里，由于无法理解这样的情境，他很想把它忘掉。那天夜里，他决定给安东尼帕罗斯写信。

安东尼帕罗斯不识字，但这一事实并没有阻止辛格给他写信。他一直知道，他的朋友搞不懂纸上文字的意思，但几个月过去，他开始想象自己或许弄错了，或许安东尼帕罗斯只是一直保守着自己能够读书识字的秘密，不让别人知道。而且很有可能，精神病院里有某个识文断字的聋哑人，可以读懂他的信，然后向他的朋友解释信里的内容。他想到了几个写信的理由，因为，每当他困惑或悲伤的时候，他总是觉得很想写信给他的朋友。但写好之后，他却从未寄出过。每个礼拜天，他都会从早报和晚报上剪下连环漫画，寄给他的朋友。每个月他会寄去一张邮政汇票。但他写给安东尼帕罗斯的那些长信却积聚在他的口袋里，直至最后把它们销毁。

四个人走后，辛格迅速穿上他那件暖和的灰色大衣，戴上灰色毡帽，离开了房间。他一向在店里写信。而且，他已经答应明天早晨交一件活儿，他想现在把它完工，这样就不会有耽误事的问题。夜晚凛冽，遍地霜冻。满月当空，边缘环绕着一圈金光。衬着繁星闪烁的天空，屋顶显得漆黑一团。他一边走，一边想着信的开头，但是，还没等他把第一句话想清楚，他就走到了店门口。他掏出钥匙开了门，走进黑咕隆咚的店内，打开了前厅的灯。

　　他工作的地方在店铺的最后面。一道布帘把他的地方与店铺的其余地方分隔开来，这样一来，它就像是一间小小的私室了。在工作台和椅子的旁边，有一个沉甸甸的保险箱放在角落里，有一个洗手间，装着一面泛绿的镜子，还有几个架子，摆满了盒子和破旧的时钟。辛格升高了工作台，从毛毡盒里取出他答应做好的银盘。尽管店里很冷，但他还是脱下了外套，卷起有蓝色条纹的衬衫袖口，这样它们就不会碍事了。

　　他在银盘正中的花押字母上花了很大的功夫。他以纤细而浓缩的笔画，引导着刻刀在银盘上游走。干活的时候，他的眼睛里有一种古怪锐利的饥饿神情。他在琢磨写给朋友安东尼帕罗斯的信。干完活时已经过了午夜。他收拾好银盘，额头上因为兴奋而汗涔涔的。他清理了工作台，开始写信。他很喜欢用笔在纸上写字，他十分细心地写着字，仿佛那张纸就是一块银盘。

我唯一的朋友：

　　我从杂志上看到，协会要在梅肯举行一次会议。会上将有人发言，还有一顿四道菜的大餐。我想象着这次会议。记得我们一直计划着出席这样一次会议，却从未去过。现在我真希望我们去过。我希望这一次我们能去，我想象着它会是什么情形。当然，没有你，我不可能去。他们来自很多不同的州，他们心里全都装满了要说的话，以及长久以来的梦想。教堂里要举行一场专门的礼拜仪式，还有某种形式的竞赛，奖品是一块金牌。我写信告诉你，我想象着所有这一切。我既想，又没有想。我的手静止不动的时间太长，以至于很难记得它是什么样子。当我想象这次会议时，我想象所有的客人都像你一样，我的朋友。

前些天，我站在我们家的门前。现在里面住着别人。你还记得门前的那棵大橡树吗？树枝被砍短了，为的是不妨碍电话线，树死了。大树枝都腐烂了，树干上有一个空洞。还有，店里的那只猫（你总是抚弄的那一只）吃了有毒的东西，也死了。这真叫人伤心。

辛格把笔悬在纸的上方。他坐了许久，腰板笔直，肌肉紧绷，没有继续写下去。随后，他站起身来，点了一支烟。房间里冷飕飕的，空气里有一股酸溜溜的发霉气味——混合着煤油、银色擦光漆和烟草的气味。他披上大衣和围巾，迟迟疑疑地接着写下去。

你还记得我去那里时跟你讲过的那四个人吧。我给你画过他们的像，那个黑人，那个小女孩，蓄着小胡子的人，还有纽约咖啡馆的老板。关于他们，有些事情我很想跟你讲，但如何付诸文字，我一时毫无把握。

他们都是忙人。事实上，他们太忙了，以至于你很难描绘他们。我的意思倒不是说他们日日夜夜都在干活，他们脑子里一直装着很多事，让他们不得安宁。他们上楼来到我的房间，跟我说话，直至我实在搞不懂，一个人怎么能够开口闭口这么多次而不觉得累。（但纽约咖啡馆的老板有所不同——他不像其他人。他的胡子又黑又密，以至于每天要刮两次，他有一个电动剃须刀。他注意观察。其他人都有自己痛恨的东西。他们全都有自己喜欢的东西，而不只是吃、喝、睡和交朋结友。这就是他们为什么总是那么忙的原因。）

那个蓄着小胡子的人我想有点儿疯狂。有时候他说话非常清楚，就像许多年前我上学时的老师一样。有时候他说的话我根本搞不懂。有时他穿着一件素色的西装，下一次见他浑身脏兮兮、黑乎乎的，穿着干活时穿的工装裤。他挥舞着拳头，说一些不堪入耳的醉话，我都不想讲给你听。他认为我和他有一个共同的秘密，但我不知道这个秘密是什么。我跟你说一件难以置信的事吧。他能喝掉三品脱"快乐时光"威士忌，然后还能说话和走路，不想上床睡觉。你肯定不会相信此事，但它是真的。

我从那个小女孩的母亲那里租了我现在住的房间，每个月十六元。小女孩总是像男孩子一样穿着短裤，但现在她穿着蓝裙子和短上衣。她还不是一个年轻女士。我喜欢她来这儿看我。现在我给他们买了一台收音机，她老是来。她喜欢音乐。我很想知道她听的是什么。她知道我是个聋子，但她认为我懂音乐。

那个黑人患有肺结核，但这里没有他能去的好医院，因为他是黑人。他是个医生，他干的活比我见过的任何人都要多。他说话根本不像一个黑人。另外一些黑人的话我发现很难懂，因为他们的舌头活动得不够，看不出他们说什么。这个黑人有时候让我害怕。他的眼睛炽热而明亮。他邀请我去参加一场派对，我去了。他有很多书。但他没有侦探小说。他不喝酒，不吃肉，也不看电影。

自由和掠夺者啦，资本和民主党啦，那个蓄着小胡子的丑陋男人总是说这些。随后他反驳自己，并说，自由是最伟大的理想。我只想得到一个机会，把我心里的这首乐曲写出来，并成为一个音乐家。我想有一个机会，那个小姑娘说。我们没有机会服务，那个黑人医生说。那对我的同胞来说是一个神圣的需要。啊哈，纽约咖啡馆的老板说。他是个很有思想的人。

这就是他们来我的房间时他们说话的方式。他们心里的这些话让他们不得安宁，因此，他们总是很忙。那么，你可能会认为，他们在一起时，肯定会像这个礼拜协会在梅肯举行的集会。但情况并非如此。今天，他们所有人同时来到我的房间。他们坐在那里，就好像他们来自不同的城市。他们甚至有些粗鲁，你知道，我总是说，粗鲁和不顾别人的感受是不对的。但情况就是那样。我搞不明白，于是我写信给你，因为我想你应该会明白。我有一些古怪的感觉。但关于这个问题我已经写得够多了，我知道你肯定烦了。我也是。

到现在已经五个月零二十一天。在这段时间里，没有你在身边，我一直独自一人。我能想象的唯一事情是，什么时候能和你再在一起。如果不能很快去看你，我就不知如何是好。

辛格趴在工作台上，倒头休息。光滑的木头贴着他的脸颊，那种气味和感觉让他想起了学校的日子。他闭上眼睛，感觉到病了。脑子里只有安东尼帕罗斯的脸，他对朋友的渴望是如此强烈，以至于屏住了呼吸。过了一会儿，辛格坐直身子，伸手去拿笔。

我给你订的圣诞节礼物没有及时寄到。我想应该快了。我相信你会喜欢，会很开心。我总是想到我们在一起的时候，记得每一件事情。我很怀念你过去经常做的食物。纽约咖啡馆比过去糟糕很多。不久前我发现汤里有一只煮熟的苍蝇。它跟蔬菜和面条混在一起，像黑色的字母。但这不算什么。我需要你，那种方式是一种我无法承受的孤独。很快我会再来。我的假期还要等六个多月，不过我想，我可以在那之前做安排。我想也只能这样。我不想独自一人，不想没有善解人意的你。

你永远的

约翰·辛格

他回到家里已经是凌晨两点。那幢拥挤的大房子一片漆黑，他小心翼翼地摸索着走上了三段楼梯，没有绊倒。他从口袋里掏出随身携带的卡片、手表和钢笔。随后，他把衣服整齐地叠好，放在椅背上。他那身灰色的法兰绒睡衣暖和而柔软。几乎刚把毛毯拉到下巴那儿，他便立刻睡着了。

在黑沉沉的睡眠中，他做了一个梦。有一些昏黄的灯笼照亮一段黑乎乎的石阶。安东尼帕罗斯跪在石阶的顶部。他光着身子，笨拙地摸索着他举在头顶上的什么东西，凝视着它，仿佛在祈祷。他自己则跪在石阶的半中间。他也光着身子，很冷，他没法把目光从安东尼帕罗斯身上和他举着的东西上移开。在他身后的地面上，他感觉到那个蓄着小胡子的人、那个小女孩、黑人和最后那个人。他们光着身子跪在地上，他感觉到他们的眼睛在看着他。在他们身后，有数不清的人跪在黑暗中。他自己的双手是两架巨大的风车，他心醉神迷地凝视着安东尼帕罗斯举着的那个不知道是什么的东西。昏黄的灯笼在黑暗中摇曳，其余的一切都静止不动。突然间，出现了一阵骚动。在巨大的动荡中，石阶崩塌了，他觉得自己正在下坠。他打了一个哆嗦，醒了。清晨的光线让窗户变得煞白。他感到害怕。

过去了这么长时间，他的朋友可能发生了什么事。由于安东尼帕罗斯不给他写信，所以他不会知道。或许，他的朋友摔倒了，伤着了自己。他急于再次见到他，要不惜代价安排这次见面——立即。

那天早晨，他在邮局的信箱里发现一张通知单，他的包裹到了。那是他为圣诞节订购的没有及时寄到的礼物。礼物非常棒。他按两年的分期付款买下了这件礼物。那是一台私人用的电影放映机，连同半打安东尼帕罗斯喜欢的《米老鼠》和《大力水手》动画片。

那天早晨，辛格是最后一个赶到店里的人。他把一张正式的书面请假条交给了珠宝店老板，请了星期五和星期六两天假。尽管那一周手头有四场婚礼，但老板还是点头同意了。

他事先没有让任何人知道这趟旅行，而是动身的时候在门上钉了一张纸条，说他因事离开几天。他是晚上出发的，火车到达目的地时，冬日火红的黎明刚刚破晓。

下午，离探视时间还有一会儿，他便动身去精神病院。他双臂抱着电影放映机的零部件和一篮带给朋友的水果。他直接进了之前探视过安东尼帕罗斯的那个病房。

辛格放下大包小包，在一张卡片的底部写道："斯皮罗斯·安东尼帕罗斯在哪儿？"一个护士走进病房，他把卡片递给了她。她没弄明白，摇摇头，耸耸肩。他出门来到过道里，把卡片递给自己遇到的每一个人。没人知道。他心里一阵恐慌，开始打起手语来。终于，他遇到一个穿白大褂的实习医师。他拽了拽实习医师的胳膊肘，把卡片递给他。实习医师仔细地看过卡片，然后领着他穿过几个大厅。他们来到一个小房间，一个年轻女人坐在办公桌前，面前有一些文件。她读了卡片，随后查阅了抽屉里的一些档案。

紧张和恐惧的眼泪盈满辛格的双眼。那个年轻女人在便笺簿上仔细地写了起来，他忍不住扭过头去，想马上看看写的是什么。

> 安东尼帕罗斯先生被转到医务室了。他患上了肾炎。我会让人给你带路。

经过走廊时，他停了下来，拿起他留在病房门口的包裹。那篮水果被人偷走了，但其他盒子原封未动。他跟着实习医师走出了大楼，穿过一块草地，向医务室走去。

安东尼帕罗斯！当他们走到病房时，他一眼就看到了他。他的床摆在病房的中间，他正靠着枕头坐在床上。他穿着深红色的衬衣和绿色的丝绸睡裤，戴着一个绿松石戒指。他的皮肤是浅黄色，眼神恍惚，眼睛发黑。黑色的头发两鬓斑白。他在编织。他胖乎乎的手指慢吞吞地操作着长长的象牙针。刚开始他没有看见他的朋友。随后，辛格站到他的面前，安详地微笑着，没有丝毫惊讶，伸出他那只戴着宝石的手。

辛格突然产生了一种此前从未有过的羞怯和拘谨的感觉。他在床边坐了下来，双手叠放在床单的边缘。他的目光没有离开朋友的脸，脸色死一般的苍白。朋友华丽的服装让他大吃一惊。这身行头的每一件都是他在不同的时间寄给他的，但他没有想象过他们组合在一起会是什么样子。安东尼帕罗斯的块头比他记忆中的还要大。丝绸睡裤下面能够看出他的腹部那肉乎乎的巨大褶皱。他的头衬着白色的枕头显得巨大无比。他的脸上那种温和的镇静深不可测，看上去似乎没有意识到辛格就在他的身边。

辛格羞怯地抬起手，开始打手语。他有力而灵巧的手指充满爱意地做着准确的手势。他谈到了寒冷的天气，以及形单影只的那漫长的几个月。他提到了过去的回忆，那只死去的猫，店铺，他们住过的地方。每一次停顿，安东尼帕罗斯都会优雅地点点头。他谈到了那四个人，以及对他的房间所做的漫长拜访。朋友的眼睛湿润而黑暗，他在这双眼睛里看到了自己小小的长方形影子，他已经看过千百次了。热乎乎的血流回到了他的脸上，他的手势加快了。他详细谈到了那个黑人，那个蓄着小胡子的人，以及那个小女孩。他的手势越打越快。安东尼帕罗斯缓慢而严肃地点着头。辛格热切地靠得更近，呼吸又深又长，眼里盈满了亮晶晶的泪水。

突然间，安东尼帕罗斯用他那胖乎乎的食指在空中慢吞吞画了一个圈。他的手指冲辛格画着圈，最后戳了戳他朋友的肚子。大个子希腊人的笑变得很粗俗，伸出了肉嘟嘟的粉红色舌头。辛格哈哈大笑，疯狂地打着手语，肩膀随着笑声而颤动，笑得前仰后合。至于为何大笑，他自己也不知道。安东尼帕罗斯滴溜溜转动着眼珠。辛格继续狂笑，直至笑得岔气，手指乱颤。他抓住朋友的胳膊，试图让自己稳定下来。他的笑声慢了下来，像打嗝一样痛苦。

安东尼帕罗斯先镇静下来。他胖乎乎的小脚蹭开了床脚头的盖被。他的笑逐渐消失了，轻蔑地踢着毯子。辛格赶忙把它整理好，而安东尼帕罗斯却皱了皱眉头，威严地对一个从病房里走过的护士竖起手指。当护士把床铺成他喜欢的样子时，大个子希腊人郑重其事地低下了头，那姿态似乎更像是虔诚的祈福，而不是简单点头致谢。随后，他再次严肃地转向了他的朋友。

辛格说话时没感觉到时间流逝。当一个护士端着托盘给安东尼帕罗斯送来晚餐时，他这才意识到天色已晚。病房里开着灯，窗外几乎漆黑一团。其他患者的面前也都摆着晚餐托盘。他们都放下了手头的工作（有人编篮筐，有人加工皮革或编织），懒洋洋地吃着饭。跟安东尼帕罗斯比起来，他们看上去全都病恹恹的、面无血色。其中大多数人需要理发，他们穿着破旧肮脏的灰色睡衣，后背裂开了狭长的口子。他们满脸惊讶地瞪视着两个哑巴。

安东尼帕罗斯揭开餐盘的盖子，仔细地检查了一下饭菜。有鱼和一些蔬菜。他用手拿起了那条鱼，举到灯光下，彻底检查了一遍。然后，他津津有味地吃了起来。吃饭期间，他开始对病房里不同的人指指点点。他指了指角落里的一个男人，做了一个憎恶的鬼脸。那人对他吼叫起来。他指着一个年轻男孩，微笑、点头，挥了挥他胖乎乎的手掌。他从地上拿起包裹，把它们放在床上，想分散他朋友的注意力。安东尼帕罗斯拆掉包装，但那台机器根本没有引起他的丝毫兴趣。他转过头继续吃饭。

辛格递给护士一张便条，解释了这台放映机。她叫来一个实习医师，随后他们又叫来一个医生。三个人一边商量，一边好奇地看着辛格。只有安东尼帕罗斯无动于衷。

辛格事先拿这台放映机练过手。他竖起银幕，好让所有病人都能看到。接下来，他开始操作放映机和胶片。护士拿走了晚餐托盘，病房里的灯关上了。《米老鼠》闪现在银幕上。

辛格看着他的朋友。起初，安东尼帕罗斯很吃惊。为了看得更清楚，他使劲挺直了身子，要不是护士制止的话，他会从床上站起来。随后，他眉飞色舞地观看起来。辛格可以看到其他病人互相叫喊和大笑。护士和勤杂工们纷纷从大厅里走了进来，整个病房一片骚动。《米老鼠》放完后，辛格换上了《大力水手》的胶片。这部电影结束时，他觉得第一次娱乐活动已经够长了。他开了灯，病房再次安静下来。实习医师把机器放到了他朋友的床底下，他看到安东尼帕罗斯狡猾地扫视了一眼病房，以确定每个人都知道机器是他的。

辛格再次打起了手语。他知道，很快就会有人叫他离开，但他心里积攒的想法太多，一时半会儿说不完。他狂乱地说着。病房里有一个老人，他的头因为中风而不停地晃动，正在有气无力地扯着眉毛。他嫉妒那个老人，因为他日复一日地和安东尼帕罗斯生活在一起。辛格会高高兴兴地跟他换个位置。

他的朋友在胸前摸索着东西。是那个他一直戴在身上的小小的铜十字架。脏兮兮的绳子已经被一条红丝带所取代。辛格想起了那个梦，也把它告诉了他的朋友。仓促中，手语有时候变得模糊难辨，他不得不摆摆手，从头再来。安东尼帕罗斯用他昏昏欲睡的黑色眼睛看着他。他穿着那身华丽鲜艳的衣服坐在那里一动不动，看上去就像是传说中的一位智慧国王。

负责这间病房的实习医师允许他在探视时间过后再待一个小时。最后，他伸出多毛的瘦手腕，让他看自己的手表。病人们已经准备睡觉了。辛格的手哆嗦起来。他抓住朋友的胳膊，专注地盯视着他的眼睛，就像从前每天早晨他们上班前分手时一样。最后，辛格倒退着走出病房。在门道里，他打了一个伤心的告别手语，然后把双手握成拳头。

在一月里那些月光如水的夜晚，只要有空，辛格每晚都会继续漫步于小镇的大街小巷。关于他的谣言越来越大胆。一个黑人老太太告诉许许多多的人，辛格认识死者灵魂重回人间的路径。一个计件工声称，他曾在本州别的地方另一家工厂里和哑巴一起工作过——他讲的那些故事是独一无二的。富人认为他很有钱，穷人认为他像他们自己一样穷。由于没有办法证明这些谣言是子虚乌有，它们便越来越神奇，说得跟真的一样。每个人都按照自己所希望的样子来描述哑巴。

8

为什么？

这个问题总是不知不觉地从比夫的身上流过，就像他血管里的血。他想到人、物体和观念，这个问题便在他心里油然而生。午夜，黑暗的早晨，正午。希特勒和战争的传闻。里脊肉的价格和啤酒税。比方说，为什么辛格坐火车离开，而当他被问起去哪里时，却假装听不懂这个问题？为什么每个人都坚持认为哑巴恰好是他们所希望的那种人——而极有可能，那完全是一个非常奇怪的误会？辛格坐在中间的那张桌子旁，一天三次。面前摆着什么，他就吃什么——除了卷心菜和牡蛎。在吵吵闹闹的喧哗声中，只有他默不作声。他喜欢那种小小的、软软的绿色棉豆，他把这些小棉豆整齐地堆放在叉子的尖端，然后把他的软烤饼泡在豆子的汤汁里。

比夫还想到了死亡。发生了一件奇怪的事。有一天，他翻找浴室的储物间时发现了一瓶"佛罗里达"淡香水，他把艾丽斯剩下的化妆品拿给露西尔时漏掉了。他拿着这瓶香水陷入了沉思。她去世已经四个月了——每个月都像一年那样漫长和无所事事。他很少想到她。

比夫拔掉了瓶塞。他光着上身站在镜子前，在他乌黑多毛的腋窝里洒了一些香水。香味让他变得僵硬。他用非常神秘的眼神和镜子中的自己互相看了一眼。他被香水所唤起的记忆给惊呆了，不是因为这些记忆的清晰，而是因为它们把整个漫长的岁月聚集到了一起，而且很完整。比夫揉揉鼻子，斜眼看着自己。死亡的边界。他心里感觉到了自己和她生活在一起的每时每刻。如今他们在一起的生活是完整的，因为只有过去才可能是完整的。比夫突然转过脸去。

卧室重新布置过。现在完全是他的了。之前它一直是黏糊糊、毛茸茸的，了无生气。总有袜子和破了洞的粉红色人造丝内裤挂在房间里拉起的晾衣绳上。铁床油漆剥落、锈迹斑斑，装饰着脏兮兮的蕾丝闺枕。从楼下跑上来的一只骨瘦如柴的猫弯腰弓背，悲伤地蹭着污水桶。

他改变了所有这一切。他用铁床换了一张两用沙发。地板上铺了一块很厚的小地毯，他买了一块漂亮的青花布，挂在那面开裂最厉害的墙上。他拆开了被封掉的壁炉，给它铺上了松木。在壁炉架上方，有贝比的一幅小照片，以及一幅彩画，画的是一个小男孩，穿着天鹅绒，手里拿着一个球。角落里一个玻璃柜装着他收藏的小玩意儿——蝴蝶标本，一个罕见的箭头，还有一块奇石，形状像一个人的侧面轮廓。两用沙发上摆着蓝色的丝绸垫子，他还借来了露西尔的缝纫机，缝制深红色的窗帘。他喜欢这间卧室。它既奢华又稳重。桌子上有一个小小的日本宝塔，吊着玻璃垂饰，在穿堂风中发出奇怪的乐音。

这间屋子里没有什么东西让他想到她。但他经常会拔开那瓶"佛罗里达"淡香水的塞子，用瓶塞碰碰耳垂或手腕。香水的气味中，他缓慢地陷入了沉思。对过去的感觉在他的内心中生长。记忆几乎是以建筑的秩序构造成形。在他存放纪念品的那个箱子里，他偶然发现了他们结婚之前拍的一些老照片。艾丽斯坐在一块雏菊地里。艾丽斯和他在河上乘坐一只独木舟。纪念品中还有一个很大的骨质发夹，是他母亲的。小时候他很喜欢看母亲梳头，盘起长长的黑发。他曾想，发夹弯曲的弧线是模仿女人的体形，他有时候会拿着它们玩，像玩洋娃娃一样。那时候，他有一个雪茄盒，里面装满了各种小物件。他喜欢漂亮布料的手感和颜色，他会在厨房餐桌底下和他的小物件待在一起，一坐就是几个小时。但他六岁的时候，母亲把这些小物件从他这里拿走了。她是一个高个子强壮女人，像个男人一样有责任感。她最爱他。即使是现在，他有时候还会梦见她。她的手指上一直戴着金质的结婚戒指。

连同"佛罗里达"淡香水一起，他在储物间里还发现了一瓶艾丽斯从前用来洗头发的柠檬洗发水。有一天，他自己试着用了一次。柠檬水让他夹杂着白发的黑头发看上去蓬松而浓密。他很喜欢。他丢掉了自己以前用来防秃顶的发油，定期用柠檬水洗发。他以前嘲笑艾丽斯头脑的那些异想天开的古怪念头如今成了他自己的。为什么？

每天早晨，楼下的黑男孩路易斯都会给他端来一杯咖啡，让他在床上喝。他经常靠着枕头坐一个小时，然后才起床穿衣。他点着一支雪茄，看着阳光在墙上投下的图案，陷入了沉思，食指在他歪歪扭扭的长脚趾间游走。他在回忆。

接下来，从正午至傍晚五点，他一直在楼下干活。礼拜天一整天。生意一直在亏本。有很多清淡萧条的时刻。不过到了吃饭时间，店里通常满满的，每天守在收银台后面时，他总能见到数百个熟人。

"你老是站在那儿想什么？"杰克·布朗特问他，"你看上去像个德国犹太人。"

"我有八分之一的犹太血统，"比夫说，"我母亲的祖父是个来自阿姆斯特丹的犹太人。但我知道的其余所有亲属都是苏格兰-爱尔兰人。"

那是礼拜天的上午。顾客懒洋洋地坐在桌旁，有烟草的味道和报纸的沙沙声。角落的火车座里有几个男人在掷骰子，但这种游戏很安静。

"辛格去哪儿了？"比夫问，"今天上午你要去他住的地方吗？"

布朗特的脸变得幽暗而阴郁。他猛地把头向前一伸。他们吵架了么——可一个哑巴怎么能吵架呢？不，以前发生过这样的事。布朗特有时候会闲待着，行为举止仿佛是在跟自己争论什么。但他很快会走——他总是这样——再过一会儿他们两个会一起进来，布朗特在说着什么。

"你过得真潇洒。只是站在收银台后面。只是双手摊开站着。"

比夫没有生气。他把身体的重量支在胳膊上，眯缝着眼睛。"我们说点儿正经的吧。你到底想要什么？"

布朗特的双手啪地一声拍在柜台上。这双手温暖、肥硕而粗糙。"啤酒，一小袋花生酱夹心奶酪饼干。"

"我问的不是这个意思，"比夫说，"我们待会儿再说吧。"

这人是个谜。他总在变。他依旧像一条发疯的鱼那样喝酒，但他并没有像某些人那样被酒精拖垮。他的眼圈经常是红的，他有一个神经兮兮的习惯，总是惊慌地扭头向后看。他的脑袋在他细细的脖子上显得又重又大。他是那种家伙：孩子们取笑他，狗想咬他。然而，有人取笑他时，就会刺痛他的心——他会变得粗鲁而大声，像个小丑一样。他老是怀疑有人在笑他。

比夫若有所思地摇摇头。"得了吧，"他说，"是什么让你继续留在那个游乐场？你可以找点儿更好的事情干干。我可以在这儿给你一份兼职的差事。"

"万能的基督啊！就算你把这该死的整个地方，这锁、存货和酒桶，统统给我，我他妈也不愿守在那个收银箱的后面。"

他就这么个人。很气人。他决不可能有朋友，甚至也没法跟人相处。

"别瞎说八道了，"比夫说，"严肃点儿。"

一位顾客拿着支票走了过来，比夫给他找了钱。店里依旧很安静。布朗特躁动不宁。比夫感觉到他要走了，想留住他。他伸手从柜台后面的货架上拿出两支 A-1 雪茄，递给布朗特一支。他脑子里谨慎地排除了一个接一个问题，最后他问：

"要是能选择你所生活的历史时期，你会选哪个时代？"

布朗特用他又宽又湿的舌头舔了舔小胡子。"如果你必须在做一个呆子和不再提问之间做出选择，你会选哪个？"

"毫无疑问，"比夫坚持道，"仔细想想吧。"

他把头歪向一侧，视线越过他的长鼻子朝下看。这是一个他喜欢听别人谈论的话题。他选的是古希腊。穿着凉鞋漫步在蔚蓝的爱琴海边。宽松的衣袍围在腰间。孩子们。大理石浴缸和神庙里的沉思。

"没准和印加人待在一起。在秘鲁。"

比夫的眼睛审视着他，把他剥得一丝不挂。他看到布朗特被太阳晒成了一种很深的红褐色，他的脸上光滑无毛，前臂上戴着一个黄金和宝石做的臂镯。当他闭上眼睛时，这个男人便是一个标准的印加人。但是，当他再次看着他时，那幅画面便消失了。这是因为，那神经分分的小胡子并不属于那张脸，还有他肩膀猛地一动的方式，细小脖子上的喉结，裤腿的松松垮垮。而且不止是这些。

"或许选 1775 年前后吧。"

"那是个值得一过的好时代。"比夫表示同意。

布朗特很不自然地蹭着双脚。他脸色难看，闷闷不乐。他准备离开。比夫警觉地想留住他。"告诉我——你究竟为什么要来这个镇子？"

但他马上意识到这个问题很不明智，他对自己很失望。但奇怪的是，这个男人怎么可能跑到这样一个地方来呢。

"那是我所不知道的上帝的真理。"

他们静静地站了一会儿，都靠着柜台。角落里的骰子游戏已经结束。客人要的第一份午餐——特价菜长岛鸭——端给了那个经营着A.& P.商店的家伙。收音机调到了一篇教堂布道和一支摇摆乐之间的位置。

布朗特突然俯过身子，闻了闻比夫的脸。

"香水？"

"剃须液。"比夫镇定自若地说。

他再也留不住布朗特了。这家伙正准备离开。稍后他会跟辛格一起进来。总是这样。他很想让他彻底地掏心掏肺，这样他就能够理解某些关于他的问题。但布朗特从不说真话——除非是对哑巴。这是最奇怪的事情。

"谢谢你的雪茄，"布朗特说，"再见。"

"再见。"

比夫目送着布朗特迈着像水手一样的左右摇摆的步态，走向门口。随后，他着手应付面前的工作。他查看了一遍橱窗里的展品。这天的菜单贴在了玻璃上，特价菜配上了各种装饰，摆在那儿吸引顾客。看上去很糟糕，有点儿令人恶心。鸭子的汤汁流进了越橘酱里，一只苍蝇粘在甜点上。

"嗨，路易斯！"他喊道，"把这东西从橱窗里拿走。把那个红瓷碗和水果拿给我。"

他以色彩和设计的眼光摆好了水果。最后，装饰总算让他感到满意。他去厨房巡视了一遍，和厨师谈了几句。他揭开锅盖，闻了闻里面的食物，但有些心不在焉。艾丽斯过去一直负责这一部分。他不喜欢。但是，当他看到油腻的洗碗槽底下覆盖着残羹剩炙时，他的鼻子变得敏锐起来。他写下了第二天的菜单和订餐。他很高兴离开厨房，重新站到收银台的后面。

露西尔和贝比礼拜天来吃午饭。小家伙这会儿还没有完全好。头上依然缠着绷带，医生说要到下个月才能拆。绑着的纱布取代了黄色卷发，让她的头看上去光秃秃的。

"向比夫姨父打个招呼，宝贝。"露西尔提示道。

贝比不耐烦地昂起头。"向比夫姨父打个招呼。"她无礼地顶了一句。

当露西尔试图脱下她的礼拜日外套时，贝比挣扎起来。"你给我规矩点儿，"露西尔不停地说，"你得脱下它，要不我们出门时你会得肺炎的。你给我规矩点儿。"

面对这样的局面，比夫出手了。他拿出一粒软糖让贝比平静下来，然后从她肩膀上解开了外套。她的裙子在和露西尔搏斗的过程中被弄得乱七八糟。他把裙子弄平了，使裙腰与胸部对齐。他给她重新系好腰带，用手指把蝴蝶结捏成合适的形状。然后，他轻轻拍了拍贝比的后背。"我们今天弄了一些草莓冰淇淋。"他说。

"巴塞洛缪，你会当一个很好的母亲。"

"谢谢，"比夫说，"这是一句恭维话。"

"我们刚才去了主日学校和教堂。贝比，把你学会的《圣经》中的段落背给你比夫姨父听听。"

孩子很不情愿，撅着嘴。"耶稣哭了。"她终于开口说。她在这两个单词中放进的那种鄙视使得它听上去有点儿可怕。

"想去找路易斯吗？"比夫问，"他在厨房后面。"

"我想去找威利。我想听威利吹口琴。"

"好吧，贝比，你只管跟自己较劲吧，"露西尔不耐烦地说，"你很清楚威利不在这儿。威利被送进监狱了。"

"不过，"比夫说，"路易斯也会吹口琴。去叫他帮你准备冰淇淋，给你吹一支曲子。"

贝比向厨房走去，一只脚的后跟在地板上拖着。露西尔把她的帽子放在柜台上，眼睛里有泪水。"你知道我总是这样说：一个孩子如果保持干净、得到很好的照料并漂亮，那么，这孩子通常会可爱而聪明。但是，一个孩子如果又脏又丑，你就别对他有太多指望。我要说的意思是，贝比对自己剃光了头发和头上的绷带感到羞愧，以至于看上去这似乎让她一直提不起精神。她不愿意练习发声——他啥也不愿干。她的感觉很不好，我简直管不了她。"

"只要你不太多地挑她的刺，她一切都会正常。"

最后，他把他们安顿在一个靠窗的火车座里。露西尔要了一份特价菜，而贝比有一份切得很细的鸡胸脯、小麦糊和胡萝卜。她拨弄着自己的食物，把牛奶溅到了她的小连衣裙上。他陪她们坐着，直至店里开始忙起来。接下来，他不得不一直站着，才能让事情顺利进行。

人们都在吃。张大嘴巴狼吞虎咽。那是什么呢？不久前他读到过一句话。生活只不过是摄入、营养和繁殖。店里挤满了人。收音机里在播放一首摇摆乐。

随后，他一直在等的两个人走了进来。辛格先进门，穿着剪裁讲究的礼拜日西装，腰杆笔挺，派头十足。布朗特紧跟在他身后。他们走路的方式中有什么东西击中了他。他们坐在他们的桌旁，布朗特一边说话，一边津津有味地吃着，而辛格则斯斯文文地看着。吃完饭后，他们在收银台旁停了几分钟。接下来，当他们出门时，他再次注意到，他们相伴而行的样子有什么东西让他顿了一下，禁不住问自己：那是什么呢？内心深处的记忆突然打开，这让他大吃一惊。就是那个大个子聋哑低能儿，从前辛格有时候和他一起走在上班的路上。那个衣衫不整的希腊人，给查尔斯·帕克制作糖果。那个希腊人总是走在前面，辛格跟在后面。他从未太多地关注他们，因为他们从不进入店内。可是，他为什么不记得这个呢？他一直对哑巴感到好奇，却忽视了这样一个视角。看见了风景中的每一样东西，独独漏掉了三头跳华尔兹的大象。但归根到底，它是不是重要呢？

比夫眯缝着眼睛。辛格之前如何并不重要。重要的是布朗特和米克把他打造成某种自制的上帝的方式。由于他是个哑巴，他们能够把自己想让他拥有的一切品质都赋予他。是的。但这样的怪事如何能够发生呢？为什么？

一个独臂男人走了进来，比夫免费给了他一杯威士忌。但他并不想和任何人说话。礼拜天的午餐是一次家庭聚餐。那些平时夜里独自喝啤酒的男人，礼拜日都要带上他们的老婆孩子。存放在后屋里的高脚椅常常不够用。已经两点半了，尽管很多桌子还有人占据着，但午餐差不多要结束了。比夫已经站了四个小时，很累。他从前总是站十四至十六个小时，根本没什么感觉。但如今他老了。相当老了。这是毫无疑问的。或许应该使用成熟这个词。还不老——肯定不老。店里的声浪在他的耳边起起伏伏。成熟了。他的眼睛被刺痛了，仿佛内心的热度使得每一样东西都太亮，太刺眼。

他对一个女招待喊道："你替我来照看一下，行吗？我出去一下。"

因为是礼拜天，街上空荡荡的。太阳明亮而清澈，却并不暖和。比夫用外套的领子紧紧裹着脖子。独自一人走在街上，他觉得有些不自在。风把寒冷从河上吹来。他该掉头回去，待在他自己的餐馆里。他根本没有什么事情去他正在奔向的那个地方。过去四个礼拜天，他都这么干了。他走到了有可能见到米克的那个街区。这里面有什么东西——不完全正确的东西。没错，就是错误的东西。

他慢吞吞地走上了她住的那幢房子对面的人行道。上个礼拜天，她坐在屋前的台阶上看漫画报纸。但这一次，他迅速瞥了一眼那幢房子，却发现她并不在那儿。比夫向下压了压毡帽的帽檐，遮住自己的眼睛。或许，她稍后会走进店里。经常，礼拜天晚饭之后，她会过来要一杯热可可，在辛格坐的那张桌子旁边站上一会儿。礼拜天她总是穿一套不同的服装，而不是她在其他日子穿的蓝裙子和毛衣。她的礼拜日服装是深红色的丝绸，配有一个暗色的蕾丝领子。有一次，她穿了一双长筒袜——上面有些抽丝。一直以来，他总想帮她做点儿什么事情，给她点儿什么东西。不只是一个圣代冰淇淋或甜点——而是货真价实的东西。这就是他自己想要的一切——给她点儿什么。比夫的嘴变得有些僵硬。他没做过什么错事，但他心里感觉到一种奇怪的罪恶感。为什么？所有男人心里那种黑暗的罪恶感，说不清，道不明，也没有名字。

回家的路上，比夫发现了一枚一分钱的硬币，一半埋在排水沟里的垃圾中。他很节俭地把它捡了起来，用手帕把它擦干净，放进了他随身携带的黑色钱包里。回到餐馆时已经四点。生意冷冷清清。店里一个顾客也没有。

五点钟左右，生意开始好起来。他最近雇来干兼职的那个男孩子早早地来了。这孩子名叫哈里·米诺维茨。他跟米克和贝比住在同一个街区。十一个求职者回复了报纸上的广告，但哈里似乎是最合适的人选。对他那个年龄来说，他发育得很好，而且干净整洁。比夫在面试期间跟他谈话时注意到了这孩子的牙齿。牙齿始终是一个很好的标志。他的牙齿很大，干净而洁白。哈里戴着眼镜，但这对干活来说不是什么问题。他母亲给街上的一个裁缝做针线活，每周挣十元钱，哈里是家里唯一的孩子。

"嗯，"比夫说，"你已经跟我干一个星期了，哈里，你觉得还喜欢这份工作吗？"

"当然，先生。我当然喜欢。"

比夫转动着手指上的戒指。"让我想想。你什么时间放学来着？"

"三点，先生。"

"嗯，这让你有两个小时学习和娱乐的时间。然后从六点到十点在这儿。留给你睡觉的时间够不够？"

"足够了，我不需要那么多的时间睡觉。"

"在你这个年龄，大约需要睡九个半小时，孩子。纯粹的、有益健康的睡眠。"

他突然觉得有些尴尬。没准哈里会认为这不关他的事。不管怎么说，这确实不关他的事。他转过脸去，随后想起了什么。

"你上职业学校么？"

哈里点点头，用衬衣袖子擦了擦眼镜。

"让我想想。我认识那里的很多男孩和女孩。阿尔瓦·理查兹——我认识他父亲。马吉·亨利。还有一个名叫米克·凯利的孩子——"他感觉到自己的耳朵仿佛着了火。他意识到自己是个傻瓜。他很想转身走开，但他只是站在那儿，微笑，用大拇指使劲压着鼻子。"你认识她？"他怯怯地问道。

"当然，我就住在她家隔壁。但在学校，我在毕业班，她是新生。"

比夫把这点儿微不足道的信息整整齐齐地储存在了脑子里，以便独自一人时再仔细琢磨。"这会儿的生意有些清淡，"他急急忙忙地说，"我把它交给你。现在你已经知道怎么处理了。只要留心喝啤酒的顾客，记住他们喝了多少，这样你就用不着问他们或者光凭他们自己说。找钱时悠着点儿，盯着周围发生的事。"

比夫把自己关在楼下的房间里。这是他存放文件的地方。房间只有一个小窗户，窗外是一条小巷，空气凛冽，有股霉味。一叠叠报纸一直堆到了天花板。自制的档案柜覆盖了一面墙。靠近门的地方有一把老式摇椅，还有一张小桌子，上面放着一把剪刀、一本词典和一把曼陀林。因为有一堆堆报纸，朝任何方向迈出两步都是不可能的。比夫坐在摇椅里摇着，无精打采地拨着曼陀林的琴弦。他闭着眼睛，开始用悲伤的声音吟唱起来：

> 我去了动物展览会。
> 那儿有飞鸟和走兽，
> 月光下的那只老狒狒
> 正梳着他赤褐色的毛发。

他以一个和弦结束了弹唱，最后的声音在寒冷的空气中颤抖着归于寂静。

不妨收养两个小孩子。一个男孩和一个女孩。三四岁左右，这样他们就会一直觉得他就是他们的亲生父亲。他们的爸爸。我们的父亲。小女孩像那个年龄的米克（或贝比？）圆脸蛋，灰眼睛，淡黄色的头发。他会给她做衣服——粉红色的双绉连衣裙，裙腰和袖子有精致的抽褶。丝袜和白色的鹿皮鞋。冬天穿的红色天鹅绒小外套、帽子和手笼。男孩子是深色的皮肤和黑色的头发。小男孩走在他的身后，模仿他的一举一动。夏天，他们三个人会去墨西哥湾的农舍，他会给孩子们穿上防晒服，领着他们小心翼翼地走进碧绿的浅浪里。当他老了，他们正值花季。我们的父亲。他们会带着问题来找他，而他会回答他们。

为什么不呢？

比夫再次拿起曼陀林。"镗—踢—踢姆—踢，踢—踢，彩绘洋娃娃的婚礼。"曼陀林模仿着叠句。他把歌词从头到尾唱了一遍，一边用脚打着拍子。随后，他弹了"凯—凯—凯—凯蒂"和"甜蜜的昔日情歌"。这些曲子像"佛罗里达"淡香水一样勾起他的回忆。每一件事情。整个第一年，他都很幸福，她看上去也很幸福。当时，那张床在三个月里塌了两次，他们掉在了地上。他不知道，她的脑子里一直在想着怎么能存下五分钱，或者挤出额外的一毛钱。接下来，他和里约还有其他女孩躺在她的床上。基普、玛德林和罗。再后来，突然间，他失去了这一切。他再也不能和一个女人躺在一起了。圣母玛利亚！就这样，起初，看上去似乎一切都消失了。

露西尔一直很理解整个安排。她了解艾丽斯那种女人。或许，她也了解他。露西尔劝他们离婚。她做了一个人所能做的一切，试图帮他们收拾烂摊子。

比夫突然缩了一下。他猛地把手从曼陀林琴弦上抽了回来，乐句戛然而止。他肌肉绷紧地坐在椅子里。然后，他突然暗自笑了。是什么让他突然想到这些？啊，天哪，天哪！那是他的二十九岁生日，露西尔叫他看完牙医后顺便去她的公寓。他期待这次探访能得到一件小小的纪念品——一盘樱桃馅饼或一件漂亮衬衫。她在门口迎候他，没等他进门便蒙住了他的眼睛。随后她说，她一会儿就回来。在寂静无声的房间里，他听到了她的脚步声，当她走到厨房时，他放了个屁。

他站在房间里，蒙着眼睛放屁。接下来他突然恐怖地意识到，房间里还有其他人。先是有一阵窃笑，很快便是震耳欲聋的哄堂大笑。那一刻，露西尔回来了，解开了他的眼罩。她端着一个大浅盘，上面是一块太妃糖蛋糕。房间里挤满了人。勒鲁瓦他们那一帮人，当然还有艾丽斯。他真想找个地缝钻进去。他站在那儿，了无遮拦的脸暴露在众目睽睽之下，满面通红。他们在出他的洋相，接下来的时间就像他母亲去世时一样糟糕——他是这样看的。那天晚上他喝了一夸脱威士忌。后来的几个星期里——圣母玛利亚！

比夫冷冷地暗自笑了。他拨了几下曼陀林琴弦，开始唱一支欢快的牛仔歌曲。他的声音是一种柔和的男高音，唱歌时他闭着眼睛。房间里几乎漆黑一团。湿漉漉的寒气冰凉刺骨，两腿因为风湿而疼痛难忍。

最后，他放下曼陀林，在黑暗中慢慢地摇着。死亡。有时候他能感觉到它就在房间里，与他相伴。他坐在椅子里前后摇晃着。他明白什么呢？什么也不明白。他奔向哪里呢？哪里也不去。他想要什么呢？想要知道。什么？一个意义。为什么。一个谜。

破碎的画面像散落的拼图玩具一样储存在他的大脑里。艾丽斯在浴缸里抹着肥皂。墨索里尼的脸。米克用童车拉着那个婴儿。橱窗里的一只烤火鸡。布朗特的嘴。房间完全黑了。厨房里传来路易斯的歌声。

比夫站起身来，轻轻按了按摇椅的扶手，使它停止摆动。他打开了门，外面的大厅里温暖而明亮。他记得米克大概会来。他整了整衣服，把头发向后抚平。温暖和活力重新回到了他的身上。餐馆一片喧闹。一巡巡啤酒和礼拜日晚餐开始了。他亲切和蔼地对小哈里笑了笑，站到了收银台后面。他的目光像套索一样把屋子扫视了一遍。店里人头攒动，噪声嗡嗡。橱窗里的果盘展示得优雅而富有美感。他注视着大门，继续用一只老练的眼睛审视着餐厅。他警觉而专注地等待着。辛格终于来了，用他的银铅笔写下他只想要汤和威士忌，因为他感冒了。但米克没有来。

9

她手头就连一个五分钱的硬币也不剩了。他们就是那样穷。钱是主要问题。始终是钱、钱、钱。他们不得不为贝比·威尔逊的单人病房和私人护士支付过高的费用。但这只是其中的一份账单。付完了一份账单，另一份账单又会出现。他们欠下了大约两百元的账，马上要还。他们失去了房子。爸爸从这笔交易中得到了一百元，让银行接受了抵押。随后他又借了五十元，辛格先生在借据上签下了担保。以后，他们不得不操心的，是每个月的房租，而不是税收。他们差不多就像工厂的伙计们一样穷了。只是没人能看不起他们。

比尔在装瓶厂找到了一份工作，每周挣十元。黑兹尔在一家美容院当助手，每周八元。埃塔在一家电影院卖票，每周五元。他们每个人都拿出工资的一半，支付生活费。房子有六个房客，每人五元。辛格先生支付房租非常及时。加上爸爸凑起来的钱，每个月总共大约两百元——要用这笔钱让六个房客吃好，让全家人吃饱，支付整个房子的房租，维持家具的分期付款不中断。

乔治和她如今再也得不到午餐钱了。她不得不停了音乐课。波西娅把午餐的剩饭剩菜存起来，给她和乔治放学之后吃。他们一直在厨房里吃饭。比尔、黑兹尔和埃塔是跟房客一起吃还是在厨房里吃，取决于有多少食物。在厨房里，他们早餐有粗玉米粉粥、动物油脂、肋肉和咖啡。晚餐是一样的，加上餐厅里能够剩下的任何东西。不得不在厨房里吃饭时，大孩子们牢骚满腹。有时候，她和乔治会整整饿上两三天。

但这是在"外屋"。它和音乐、外国以及她所制定的计划毫无关系。冬天很冷。窗玻璃上结满了霜。夜里，客厅里的炉火噼里啪啦，很暖和。全家人与房客们一起坐在炉边，这样一来，她就可以独自一人待在中间的卧室里。她穿着两件毛衣，还有比尔已经穿不上的灯芯绒裤子。兴奋让她浑身暖乎乎的。她从床底下拿出自己的私密盒子，坐在地板上忙活起来。

这个大盒子里，有她在政府免费的艺术班里画的画。她把它们从比尔的房间里拿出来了。盒子里还有爸爸送给她的三本侦探故事书，一个连镜小粉盒，一盒手表零件，一条水钻项链，一个锤子，以及几个笔记本。其中有一个笔记本用红色蜡笔标上了几个字——私密。请勿入内，私密——系着一根线。

整个冬天，她都在这个笔记本上创作音乐。她晚上不再做学校的功课，这样她就有更多的时间花在音乐上。大多数情况下，她只是写一小段旋律——没有词的歌曲，甚至没有低音音符。它们都很短。但是，即使这些曲子只有半页纸，她也给它们取了名，并在下面画上自己的姓名缩写。这个笔记本中没有一首真正的乐曲或作品。它们只是她的脑海里一些她想要记住的歌曲。她按照这些音乐让她联想到的东西给它们命名——"非洲"、"激战"和"暴风雪"什么的。

她没法完全按照脑子里所听到的把音乐写出来。她不得不把它简化到只有几个音符；否则的话，她就被彻底搞糊涂了，无法写下去。关于如何写一首曲子，有太多的东西她不知道。但是，在学会了如何相当快速地写出这些简单的音符之后，她或许就可以开始把脑子里的整首乐曲记录下来。

一月，她开始写一首确实很精彩的曲子，叫做"我想要的这个，我不知道是什么"。它是一首优美而奇妙的歌曲——很慢，很柔和。起初，她着手同时写一首诗，但她想不出适合这首乐曲的理念。也很难想出第三行与"什么"押韵的词。这首新歌让她同时感觉到悲伤、兴奋和快乐。像这样优美的音乐，很难继续写下去。任何歌曲都难写。有的乐曲，她能够在两分钟之内哼唱出来，但要把它在笔记本上写下来，需要整整一周的工作——要在她琢磨出音阶、节拍和每个音符之后。

她不得不全神贯注，反复哼唱。她的嗓子总是很沙哑。爸爸说这是因为她小时候哭得太多。当她在拉尔夫那个年龄时，爸爸每天晚上不得不起来，抱着她走啊走。他总是说，唯一能让她安静下来的办法，就是用一根拨火棍敲打煤桶，哼唱《迪克西》。

她趴在冰冷的地板上，思考着。以后——到她二十岁时——她会成为一个举世闻名的伟大作曲家。她会有整整一支交响乐队，亲自指挥她所有的作品。她会站在指挥台上，面对一大群听众。指挥交响乐队时，她会穿一身真正的男人的晚礼服，要么就穿装饰着水钻的红裙子。舞台大幕是红色天鹅绒，上面印着烫金的 M. K.。辛格先生会到场，过后他们会一起出去吃炸鸡。他会崇拜她，把她视为自己最好的朋友。乔治会拿着巨大的花环走上舞台。那会是在纽约城，或外国别的城市。名人会对她指指点点——卡洛尔·隆巴德、阿图罗·托斯卡尼尼和海军上将伯德。

她可以随时演奏贝多芬的那首交响乐。关于她在去年夏天听到的这首曲子，有一种古怪的东西。这首交响乐一直留在她的身体里，一点一点地生长。理由是这样的：整首交响乐都在她脑子里。不能不是这样。她听过每一个音符，在内心深处的某个地方，整首曲子还在那里，就像刚刚演奏时一样。但她没有办法让它完整再现。只能等待，时刻准备着某个新的部分突然出现在她的脑海里。等待它生长，就像春天里一棵橡树的树枝上树叶缓慢地生长。

在"里屋"，除了音乐之外，还有辛格先生。每天下午，刚在体育馆弹完钢琴，她便沿着主街走过他打工的那家珠宝店。从前面的窗户她看不到辛格先生。他在店铺的后面干活，被一道帘子挡住了。但她看着他每天工作的地方，看到了他认识的人。每天晚上，她都在前廊里等他回家。有时候，她会跟着他上楼。她坐在床上，看着他放好帽子，解开衣领上的纽扣，梳理头发。出于某种原因，那就像是他们有一个共同的秘密。或者，就像是等待告诉对方以前从未说过的话。

他是"里屋"里唯一的人。许久之前，那儿有过其他的人。回首过去，她记得他来之前那里是什么样子。她回忆起六年级时一个名叫西莱斯特的女孩子。这个女孩有着笔直的金色头发，翘起的鼻子和雀斑。她穿着红色的羊毛无袖套衫和一件白色的短衬衫。她走路内八字。她每天带个橘子课间休息时吃，还有一个蓝色的铁皮饭盒，里面装着午餐，中午放学的时候吃。其他孩子会在课间休息时把他们带来的食物狼吞虎咽地吃个精光，后来他们就只好饿肚子了——但西莱斯特不是这样。她撕掉三明治的硬皮，只吃中间软的部分。她总是有一只煮熟了的酿鸡蛋，把它捧在手里，用大拇指压着蛋黄，把指印留在了上面。

接下来有一个名叫巴克的小男孩。他是个大块头，脸上长着粉刺。八点半列队行军时她站在他旁边，他身上的味道很难闻——好像他的裤子需要晾晒晾晒。有一次，巴克一头撞向校长，被勒令停学。接下来还有一个在火鸡抽彩活动上卖奖票的女士。教她七年级的阿格林小姐。电影上的卡洛尔·隆巴德。他们所有人。

但辛格先生有所不同。她对他的感觉是慢慢产生的。她回想不起来是如何发生的。其他人都普普通通，但辛格先生不是这样。他按响门铃询问租房的第一天，她便紧盯着他的脸看了许久。她打开门，把他递给她的卡片看了一遍。然后，她喊来妈妈，自己回到厨房里，把见到他的事告诉了波西娅和巴布尔。她跟在他和妈妈的身后，上了楼梯，看到他戳了戳床上的垫子，卷起窗帘，看它是不是好的。他搬进来的那天，她坐在前廊的栏杆上，看着他走出那辆廉价出租车，手里拎着他的手提箱和象棋盘。后来，她听到他在房间里走来走去，想象着他的样子。其余的感觉是逐渐出现的。因此到现在，他们之间有了这样一种秘密的感觉。她对他说过的话比从前跟任何人说过的话都要多。如果他能说话的话，他肯定会告诉她很多事情。就好像他是一个伟大的教师，仅仅因为他是个哑巴才没有去教书。夜里躺在床上，她设想着自己如何成了孤儿，跟辛格先生生活在一起——只有他们两个人，住在外国的一幢房子里，那里冬天会下雪。或许是在一个瑞士小镇上，周围是高高的冰川和苍莽的群山。那里所有房子的顶部都是岩石，屋顶又陡又尖。或者在法国，那里的人们把面包从店里扛回家，包都不包。或者在挪威，紧挨着冬日灰蒙蒙的大海。

早晨，她第一个想到的就是他。还有音乐。穿衣服的时候，她琢磨着今天在哪里会见到他。她用埃塔的一点儿香水或一滴香草精，这样一来，如果在大厅里遇到他的话，她身上的气味就会很好闻。她很晚才上学，以便能看到他走下楼梯、去上班。下午和晚上，如果他在的话，她从不离开家。

她所了解到的关于他的每一件新信息都很重要。他把牙刷和牙膏放在桌上的一个玻璃杯里。于是，她不再把牙刷放在浴室的架子上，而是也放在一个玻璃杯里。他不喜欢卷心菜。这是给布兰农先生打工的哈里告诉她的。现在她也不吃卷心菜。当她得知关于他的什么新鲜事时，或者，当她对他说什么事情、而他则用自己的银铅笔写下几个字时，回头她总是要独自琢磨许久。和他在一起时，她脑子里的主要想法是要把一切储存起来，这样过后她就可以重温并记住。

但是，有音乐和辛格先生的这间"里屋"并不是一切。很多事情发生在"外屋"。她从楼梯上摔下来，摔断了一颗门牙。明纳小姐给了她两次低分。她在一块空地上丢了一个两角五分的硬币，她和乔治找了三天也没找到。

事情是这样发生的：

一天下午，她坐在屋后的台阶上复习英语准备考试。哈里在他们家篱笆的那边砍柴。她朝他喊了一声。他走了过来，给她分析了几个句子。他的眼睛在角质边框眼镜的后面显得很机灵。向她解释了几个英文句子之后，他站起身来，双手在短夹克衫的口袋里伸进伸出。哈里总是充满活力，有点儿神经质，每时每刻他都得说点儿什么或做点儿什么。

"你瞧，现如今只有两件事。"他说。

他喜欢让人吃惊，有时候她不知道该怎么回答他。

"这是真理，现如今只有两件事情在前面。"

"什么？"

"激进民主或法西斯主义。"

"你不喜欢共和党么？"

"呸，"哈里说，"我说的不是那个意思。"

一天下午，他详细解释了关于法西斯分子的一切。他讲到纳粹分子如何让犹太小孩子趴在地上吃草。他讲到自己如何计划刺杀希特勒。他已经十分周密地计划好了一切。他讲到法西斯主义不会有任何正义和自由。他说报纸上写的都是蓄意的谎言，人们并不知道世界上正在发生什么。她和他一起密谋暗杀希特勒。这场密谋中最好是有四五个人，这样的话，如果一个人失手，其他人同样可以把他干掉。就算他们死了，也全都会成为英雄。成为一个英雄几乎不亚于成为一个伟大的音乐家。

"要么成为前者，要么成为后者。尽管我不相信战争，但我准备为我认为正确的东西而战斗。"

"我也是，"她说，"我愿意与法西斯分子战斗。我可以穿得像一个男孩子，谁也看不出来。剪掉头发什么的。"

那是一个明媚的冬日下午。天空蔚蓝，在这样的背景下，后院里那棵橡树的枝桠显得黑乎乎、光秃秃的。太阳很暖和。天气让她觉得浑身是劲。音乐在她的头脑里。只是为了干点儿什么，她捡起一根每百根十便士的大钉子，猛敲几下把它敲进台阶里。爸爸听到锤子的声音，穿着浴衣走了出来，闲站了一会儿。树下有两个锯木架，小拉尔夫正忙着把一块石头放在一个锯木架顶部，然后又把它拿到另一个锯木架上，往返来回。他张开双手以保持平衡。他弓着腿，尿布拖到了膝盖上。乔治在打弹子。他该理发了，长长的头发让他的脸看上去很瘦。他的几颗恒齿已经长出来了——但它们很小，是蓝色的，就像刚吃过黑莓。他为打弹子画了一条线，趴在那里瞄准第一个洞。爸爸回去干活时，把拉尔夫抱走了。过了一会儿，乔治走进了那条小巷。自从开枪打中贝比之后，他就再也不愿跟任何人一起玩了。

"我得走了，"哈里说，"我得六点之前去上班。"

"你喜欢待在那家咖啡馆吗？是不是有好东西免费吃？"

"当然。各种各样的家伙来店里。比我以前干过的任何工作都要好，我更喜欢，薪水也更高。"

"我恨布兰农先生。"米克说。有一点倒是真的，尽管他从未对她说过任何恶意的话，但他说话的方式总是粗鲁可笑。他想必一直就知道她和乔治曾偷过一盒口香糖。为什么他会问她事情进展如何呢——就像在辛格先生房间里的那次？他或许认为他们经常偷东西。而他们并没有。他们肯定没有。只有一次，从廉价店里拿过一小套水彩，还有一个五分钱的削笔刀。

"我受不了布兰农先生。"

"他挺好的，"哈里说，"有时候他似乎有点儿怪，但他脾气并不坏，要是你了解他的话。"

"我琢磨过一件事情，"米克说，"一个男孩子比一个女孩子更有优势。我的意思是一个男孩子通常可以得到一份兼职工作，而用不着把他从学校拉出来，还让他有时间干点儿别的事情。但女孩子就没有这样的工作机会。如果一个女孩子想要工作，她就得退学干全职。我当然愿意像你一样每周挣几块美元，但无论如何都不可能。"

哈里坐在台阶上，解着鞋带。他一直扯着，直至扯断了一根。"一个名叫布朗特先生的人总是来店里。杰克·布朗特先生。我喜欢听他说话。当他喝着啤酒时，我从他说的那些话里学到了很多东西。他带给我一些新的观念。"

"我认识他。他每个礼拜天都来这儿。"

哈里解开了鞋带，并把那根断了的鞋带扯得一样长，这样他就可以重新打个结。"听着"——他神经兮兮地用短夹克衫擦了擦眼镜——"你不要对他提起我刚才说过的话。我的意思是说，我怀疑他是不是记得我。他没跟我说过话，他只跟辛格先生说话。他可能认为这很好笑，如果你——你懂我的意思。"

"好吧。"她懂得他的言外之意，他迷上了布朗特先生，她知道他的感觉，"我不会说的。"

黑暗降临。像牛奶一样白的月亮出现在蓝色的天空上，空气冷飕飕的。她可以听到拉尔夫、乔治和波西娅在厨房里的声音。炉火在厨房的窗户上映出暖融融的橘黄色。飘出了烟和晚餐的气味。

"你知道有一件事情我从未告诉过任何人，"他说，"我自己也很不愿承认这个。"

"什么事？"

"你还记得你最早什么时候开始读报纸并思考你懂到的东西吗？"

"当然。"

"我过去是个法西斯分子。我过去认为我是。就这么回事。你知道那些图片，在欧洲，像我们这个年龄的人都行军，唱歌，步调一致。我过去认为这很棒。他们所有人都互相发誓，忠于一个领袖。他们所有人都有同样的理想，步调一致地行军。我并不怎么操心犹太少数人身上正在发生什么，因为我不想琢磨这个。因为那时候我不想像一个犹太人那样思考。你瞧，我并不知道。我只是看着那些图片，读着图片底下的文字，却并不理解。我从不知道那是一件可怕的事情。我想我是一个法西斯分子。当然，后来我还是发现了不同。"

说到自己时他的声音是严厉的，不断从一个男人的声音改变为一个小男孩的声音。

"嗯，你当时没有认识到——"她说。

"这是一次可怕的犯罪。是一宗道德罪。"

他就是那样。每一件事情要么对，要么错——没有中间道路。任何一个二十岁以下的人喝酒或抽烟都是错的。一个人考试作弊是重罪，但抄作业不是罪。女孩子涂口红或穿露背装是一宗道德罪。购买任何贴着德国或日本标签的东西都是重罪，哪怕它只值五分钱。

她回想着哈里，一直追溯到他们的儿时。有一次他患上了斗鸡眼，时间长达一年。他会坐在门前的台阶上，双手放在两膝之间，注视着一切。安安静静，双目内斜。他在小学跳了两级，十一岁时他已经准备上职业学校了。但在职业学校，当他们在《艾凡赫》中读到犹太人时，其他孩子都会朝哈里张望，而他则跑回家里，哭了起来。于是，他母亲让他退学了。他休学整整一年。他长高了，变得很胖。每次她爬上篱笆，都会看到他正在厨房里给自己弄吃的。他们俩都在这个街区上玩耍，有时候他们会摔跤。小时候她很喜欢跟男孩们打架——不是真打，只是闹着玩。有时他把她摔倒，有时她把他掀翻。哈里从不对任何人太粗鲁。小孩子们弄坏了玩具都会来找他，而他总是花时间帮他们修好。他什么都会修。这个街区的女士们都找他修坏了的电灯或缝纫机。接下来，十三岁时，他又回到了职业学校，开始用功学习。他送报纸，星期六打工，阅读。有很长一段时间，她很少见到他——直至她举办那场派对之后。他变了很多。

"事情是这样，"哈里说，"过去我对自己抱有很大的野心。成为一个伟大的工程师，或者一个伟大的医生或律师什么的。但如今我已经不这么想了。我所能思考的一切，是这个世界上现在发生的事。关于法西斯主义，以及欧洲那些可怕的事情——另一方面还有民主。我的意思是说，我不能把心思放在生活中我打算成为什么这样的问题上，因为对另外的问题我思考太多。每天晚上我做梦都想杀掉希特勒。夜里醒来我口干舌燥，很害怕什么东西——我不知道那是什么。"

她看着哈里的脸，一种深沉而严肃的感觉让她满腹悲伤。他的头发吊在前额上。他的上嘴唇又薄又紧，但下嘴唇很厚，老是颤抖。哈里看上去不到十五岁。随着黑暗降临，一阵冷风吹了过来。风在街区的那些橡树间拼命呼啸，把房子一侧的百叶窗吹得砰砰作响。街上，韦尔斯太太在喊萨克回家。傍晚的黑暗让她内心的悲伤变得沉甸甸的。我想要一架钢琴——我想上音乐课，她心里暗自说。她看着哈里，他正在把自己纤细的手指缠绕在一起，做出各种不同的形状。他的身上有一种男孩子的温暖气息。

是什么让她突然有了那样的举动？或许是因为回忆起了他们的小时候。或许是因为这种悲伤让她觉得有些奇怪。但不管怎么说，她突然推了哈里一下，差点儿让他摔倒在台阶上。"你奶奶是个狗娘养的。"她朝他大叫。那是这个街区的孩子们想挑起争斗时通常说的话。哈里站起身来，一脸的惊讶。他戴好了眼镜，盯着她看了一会儿，随后跑向了后面的小巷。

凛冽的空气让她变得像大力士参孙一样强壮。当她大笑时，有一阵短暂而迅速的回声。她追过去用肩膀撞了一下哈里，哈里一把抓住了她。他们拼命扭起来，一边哈哈大笑。她个子最高，但他的手劲很大。他打得不是十分卖力，她把他撂倒在地。接下来，他突然停止了移动，她也停住了。他的呼吸在她脖子上暖洋洋的，他一动不动。当她坐在他身上的时候，她感觉到他的肋骨抵着她的膝盖，还有他粗重的呼吸。他们一起站起身来。他们不再笑了，小巷很安静。当他们从黑暗的后院里走过时，她莫名其妙地觉得很好笑。没有什么古怪的东西，但突然间就这样发生了。她轻轻推了他一下，他回敬了一下。随后她又笑了，感觉一切正常。

"再见。"哈里说。他已经大了，不能再去爬篱笆了，于是他跑过旁边的那条小路，到了自家的门口。

"天哪！这么热！"她说，"快把我闷死了。"

波西娅正在炉子上热晚饭。拉尔夫用他的勺子把高脚椅上的托盘敲得砰砰作响。乔治脏兮兮的小手拿着一片面包搅他的粗玉米粉粥，眯缝着眼睛，神情恍惚。米克自己拿了白肉、肉汁、粗玉米粉粥和几粒葡萄干，在盘子里把它们混在一起。她吃了三份，直至粗玉米粉粥全都吃光了，她还没吃饱。

她一整天都在想辛格先生，刚吃完晚饭，她便上楼了。但当她走到三楼时，她看到他的门开着，房间里很黑。这让她有一种空落落的感觉。

在楼下，她没法安静地坐下来复习英文，准备考试。仿佛她强壮到了没法像其他人一样在房间里的一张椅子上坐下来。仿佛她可以踢倒房子的所有墙壁，然后像一个巨人那样昂首阔步走过大街。

最后，她从床底下拿出了自己的私密盒子。她趴在地板上，仔细翻看着笔记本。到现在大约有二十首歌曲，但她并不满意。要是能写一首交响曲该多好！为整个交响乐队而写——该如何写呢？有时候，几件乐器演奏同一个音符，因此谱子将会非常大。她在一张很大的考试卷上画了五条线——线与线之间的距离大约一英寸。如果一个音符是由小提琴、大提琴或长笛来演奏时，她便写上乐器的名称来表示。当它们同时演奏一个音符时，她就画一个圆它们圈起来。在这一页的顶部，她用大写字母写上了SYMPHONY（交响乐），并在下面写上"米克·凯利"。然后，她就再也无法写下去了。

要是她能上音乐课多好！

要是她能有一架真正的钢琴多好！

过了很长时间，她才得以入门。旋律在她的脑子里，但她不知道如何把它们写出来。看起来好像这是世界上最难的游戏。但她一直在不断地琢磨，直至埃塔和黑兹尔走进房间，上了床，并说她应该关灯，因为已经十一点了。

10

已经有六个星期，波西娅一直在等威利的来信。每天晚上她都会来到那幢房子，问科普兰医生同样的问题："你知道有谁收到了威利的信吗？"每天晚上他都不得不告诉她，他没有听到任何消息。

最后，她不再问这个问题了。她会走进门厅，看着他，一言不发。她酒醉醺醺。她的短上衣半敞着，鞋带松开。

二月来了。天气转暖，然后是热。太阳照射着强光。鸟儿在光秃秃的树上鸣唱，孩子们赤着脚、光着上身在户外玩耍。夜晚就像盛夏一样炎热。几天之后，冬天再次降临小镇。温和的天空变暗了。冷雨飘零，空气阴湿而凛冽。镇上的黑人苦不堪言，燃煤的供给已经告罄，到处都在挣扎着取暖。流行性肺炎在那些潮湿狭窄的街道上蔓延，一个星期以来，科普兰医生只能零零星星地睡上片刻，连衣服都不脱。还是没有来自威廉的任何消息。波西娅写过四封信，科普兰医生写过两封。

白天和黑夜的大多数时间里，他都没有工夫去想。但偶尔，他还是会找个机会在家里休息片刻。他会在厨房的火炉旁喝一壶咖啡，深深的忧虑不安不由得浮上心头。他的五个病人死了。其中一个是聋哑小孩奥古斯塔斯·本尼迪克特·马迪·刘易斯。他被要求在葬礼上说点儿什么，但是，不出席任何葬礼是他的规矩，因此他不能接受这一邀请。五个病人的去世，并非由于他这方面的任何疏忽。过错在于许多年的物质匮乏。玉米面包、腌猪肉和糖浆这样的日常饮食，四五个人挤在一个房间里。死于贫困。他在思考这个问题，为了提神而喝着咖啡。他经常用手撑着下巴，因为脖子上的神经最近总是轻微震颤，这让他在疲劳的时候脑袋很不稳固地垂下来。

接下来，在二月的第四周，波西娅来到他家。刚刚早晨六点，他正坐在厨房的炉火旁，热一锅牛奶当早餐。她极其兴奋。他闻到了强烈的、带点儿甜味的杜松子酒的气味，鼻孔因为厌恶而张大了。他没有看她，而是忙着弄自己的早餐。他掰碎了一些面包放在碗里，把滚烫的牛奶倒了进去。他把咖啡煮上，摆好了餐具。

当他坐下来吃早餐时，他严厉地看着波西娅。"吃过早饭了吗？"

"我不想吃早餐。"她说。

"你需要吃一点儿。如果你今天打算去上班的话。"

"我不想去上班。"

他突然感到恐惧。他不想再问她什么。他眼睛盯着那碗牛奶，用勺子喝着，拿勺子的手在发抖。吃完之后，他抬头看着头顶上的墙壁。"你舌头打结了吗？"

"我会告诉你。你会听到的。等我能说话，我马上就告诉你。"

波西娅一动不动地坐在椅子里。目光缓慢地从一个墙角移到另一个墙角。她的双臂无精打采垂下来，两腿松散地绞在一起。当他的目光从她身上移开时，霎时间有一种危险的轻松和自由的感觉，由于他知道这种感觉很快就会被彻底粉碎，因此它就更加强烈了。他给炉火添了些燃料，暖了暖手。随后他卷了一支烟。厨房整洁而干净。墙上挂着的平底锅被炉火映红，每一个平底锅的后面，都有一个圆圆的、黑乎乎的影子。

"是关于威利的消息。"

"我知道。"他在两掌之间小心翼翼地卷着香烟。他的目光粗心大意地扫视了一下周围，很贪恋刚才的甜美快乐。

"我曾经跟你提到过那个巴斯特·约翰逊跟威利一起在监狱里。我们之前认识他。他昨天被送回家了。"

"当真?"

"巴斯特终身残疾了。"

他的头在颤抖。他用手压住下巴,好让自己稳定下来,但顽固的颤抖很难控制。

"昨天晚上,有几个朋友跑到我家,说巴斯特回家了,要告诉我关于威利的事。我一路跑了过去,他所说的是这样。"

"嗯。"

"他们有三个人。威利、巴斯特和另外一个男孩子。他们是朋友。然后就出事了。"波西娅停了一下。她用舌头舔湿了手指,再用手指润了润干燥的嘴唇。"事情和那个老是找他们茬儿的白人看守有关。有一天,他们在外面搞道路施工,巴斯特跟他顶嘴,随后另外那个孩子试图跑进树林里。他们带走了他们三个。把他们三个全都带到了营地里,关进了那个冰冷的屋子里。"

他又嗯了一声。但他的头还在发抖,他喉咙里的声音听上去就像嘎嘎作响。

"那是大约六个星期之前的事,"波西娅说,"你还记得那段时期的寒潮吧。他们把威利他们几个孩子关进了那间冰窟一样的屋子。"

波西娅说话时声音很低,她既没有在单词之间停顿,脸上的悲痛也没有缓和。听上去就像一首低沉的歌。她说着,但他听不明白。声音在他的耳朵里很清晰,却没有形状和意义。仿佛他的头是一艘小船的船首,声音是迎着船首被劈开,然后从两边流走的水。为了找回已经说出的词句,他觉得必须向后看。

"……他们的脚全都肿了,他们躺在地板上挣扎、嚎叫。没有人来。他们在那儿叫喊了三天三夜，还是没有人来。"

"我聋了，"科普兰医生说，"我听不明白。"

"他们把我们家威利和另外两个孩子扔在这个冰冷的屋子里。有一根绳子从天花板上吊下来。他们脱掉了他们的鞋子，把他们的光脚绑在绳子上。威利他们仰躺在地板上，脚悬在空中。他们双脚肿得老高，躺在地板上挣扎和嚎叫。屋子里冰冷，他们的脚都冻坏了。他们双脚肿胀，叫喊了三天三夜。没有一个人来。"

科普兰医生双手压住脑袋，但顽固的颤抖依旧停不下来。"我听不到你说的话。"

"最后，他们终于来找他们了。他们很快把威利他们几个带到了病房，他们的腿全都肿着，被冻坏了。坏疽。他们锯掉了我们家威利的双脚。巴斯特·约翰逊失去了一只脚，另外那个孩子没事。但我们家威利——他现在终身残疾了。他的双脚都被锯掉了。"

话说完了，波西娅俯着身子，用头撞击桌面。她没有哭泣，也没有呻吟，只是一次次用头撞击结实光滑的桌面。碗和勺子丁当作响，他把它们拿到洗碗池里去了。那些词句散落在他的脑子里，但他没有试着把它们组合起来。他烫洗了碗和勺子，洗干净了洗碗布。他从地板上捡起了什么东西，放到了某个地方。

"残废？"他问道，"威廉？"

波西娅在桌子上撞着头，撞击声就像缓慢敲鼓的节奏，心脏也跟着这个节奏跳动。词句静静地活了过来，组合成了意义，他明白了。

"他们什么时候送他回家？"

波西娅俯下身子，头落在手臂上。"巴斯特也不知道。他们三个人很快分开了，被送到了不同的地方。他们把巴斯特送到了另一个营地。由于威利的刑期只剩几个月，巴斯特认为他很快就能回家了。"

他们喝着咖啡，坐了很久，彼此盯着对方的眼睛。他的杯子把牙齿碰得格格作响。她把自己的咖啡倒进了茶托里，有一些咖啡滴到了她的大腿上。

"威廉——"科普兰医生说。当他念出这个名字时，他的牙齿深深地咬进了舌头里，他费劲地活动着下巴。他们坐了很久。波西娅抓着他的手。早晨阴冷的光线让窗户变得灰白。外面还在下雨。

"要是我打算去上班的话，最好现在就走。"波西娅说。

他跟在她后面走过客厅，在衣帽架前停了下来，穿上外套，披上围巾。打开大门，一阵潮湿而寒冷的风扑面而来。海博尔坐在外面的马路牙子上，手里拿着一张湿漉漉的报纸挡雨。沿着人行道有一排篱笆。波西娅靠着这排篱笆走着。科普兰医生跟在她后面，只隔着几步，他也扶着篱笆的栏板以保持平衡。海博尔紧跟在他们后面。

他等待着那黑暗而可怕的愤怒，仿佛在等待一头在夜晚出没的野兽。但愤怒没有出现。他的内脏就像灌了铅一样沉重，他走得很慢，靠着路边的篱笆和建筑物冰冷而潮湿的墙壁磨蹭着。不断向深处沉落，直至下面再也没有空间。他摸到了绝望那坚实的底部，然后在那里安下心来。

在这里，他体验到了某种强烈而神圣的快乐。被迫害者的笑声，黑奴在皮鞭下对着他愤怒的灵魂歌唱。有一首歌眼下就在他的心里——尽管它不是一首乐曲，而只是一首歌的感觉。安宁那湿漉漉的重量让他的四肢更觉沉重，以至于只是在强大的、真正的目标的支撑下，他才得以移动。为什么要向前走呢？为什么不在这终极耻辱的底部休息，并得到片刻的满足呢？

但他还是向前走去。

"大叔，"米克说，"你认为喝点儿热咖啡会让你感觉好点儿吗？"

科普兰医生盯着她的脸，但没有迹象表明他听见了。他们穿过了小镇，最后来到了凯利家背后那条小巷里。波西娅先进去，他跟在后面。海博尔留在外面的台阶上。米克和她的两个弟弟已经在厨房里。波西娅谈到了威廉。科普兰医生没有听她说的词句，但她的声音有一种韵律——有开头、中间和结尾。说完之后，她又开始从头说一遍。其他人也进来听。

科普兰医生坐在角落里的一个凳子上。他的外套搭在炉旁一张椅子的椅背上，正冒着水汽。他把帽子扣在膝盖上，他那双修长的黑手绕着帽子破旧的边缘神经质地移动。黄色的手心汗涔涔的，他偶尔用手帕擦一擦。他的头在发抖，他全身的肌肉因为努力让头静止下来而变得僵硬。

辛格先生走进了厨房。科普兰医生仰起脸看着他。"你听说此事了吗？"他问。辛格先生点点头。他的眼睛里没有恐惧、怜悯或仇恨。知道此事的所有人当中，只有他的眼睛没有表达出这些反应。因为只有他理解这件事。

米克低声问波西娅："你父亲叫啥名字？"

"叫本尼迪克特·马迪·科普兰。"

米克俯身靠近了科普兰医生，对着他的脸大声喊叫，仿佛他是个聋子。"本尼迪克特，你是不是认为喝点儿热咖啡会让你感觉好点儿？"

科普兰医生大吃一惊。

"别大喊大叫，"波西娅说，"他像你一样能听得清清楚楚。"

"哦。"米克说。她倒掉了壶里的底渣，把咖啡放到炉子上煮了起来。

哑巴还待在门道里。科普兰医生依然盯着他的脸。"你听说了吗？"

"他们会怎么处理那几个监狱看守？"米克问。

"宝贝，我真的不知道，"波西娅说，"我真的不知道。"

"我会做点儿什么。我肯定会做点儿什么。"

"我们做什么都没用。我们所能做的最好的事情就是把嘴闭上。"

"应该像他们对待威利和其他孩子一样对待他们，而且比这还要厉害。我真想纠集几个人，亲手宰了这些家伙。"

"基督徒可不能这样说话，"波西娅说，"我们只能等待，并知道撒旦将用干草叉把他们剁成碎块，永久性地放在油锅里炸。"

"不管怎样，威利还能吹口琴。"

"锯掉了双脚，他大概也只能干这个了。"

房子里充满了喧哗和骚动。厨房上面的房间里有人在搬动家具。餐厅里挤满了房客。凯利太太在早餐桌与厨房之间来回奔忙。凯利先生穿着一条松松垮垮的裤子和浴衣转来转去。小凯利们在厨房里狼吞虎咽地吃着早饭。门砰砰地响着，房子的各个角落都能听到。米克递给科普兰医生一杯兑了稀牛奶的咖啡。牛奶让这杯咖啡泛着灰蓝色的光泽。一些咖啡泼溅到了托盘里，于是他先用手帕擦干了托盘和杯子的边缘。他根本不想喝咖啡。

屋里安静下来。餐厅里的人都出去上班了。米克和乔治上学去了，婴儿被关在一间前屋里。凯利太太在头上裹了一条毛巾，拿着一把扫帚上了楼。

哑巴依旧站在门道里。科普兰医生仰头盯着他的脸。"你知道这事么？"他又问了一遍。话说出口却听不到声音——被噎在喉咙里了——但他的眼神同样在问这个问题。随后，哑巴走了。厨房里只剩下科普兰医生和波西娅。他已经在角落里的凳子上坐了一段时间。终于，他站起身来要走。

"你回来坐下，父亲。今天上午我们就待在一起。我要煎一条鱼，再做点儿鸡蛋面包和马铃薯作午餐。你就待在这儿，我要给你做一顿热乎乎的饭。"

"你知道我要出诊。"

"就今天一天。求你了，父亲。我觉得自己好像真的要崩溃了。再者说，我不想让你一个人在街上晃荡。"

他犹豫起来，摸了摸大衣的衣领。领子潮乎乎的。"女儿，很抱歉。你知道我要出诊。"

波西娅把他的围巾举到炉子上方，直至羊毛变得热乎乎的。她帮他扣好外套，翻起毛领围着他的脖子。他清了清喉咙，把痰吐到了一方纸片里，他口袋里随时装着这样的纸片。随后他把纸片扔进炉子里烧掉了。出门的路上，他停了下来，跟台阶上的海博尔谈了几句。他建议海博尔陪陪波西娅，如果能请假的话。

空气凛冽刺骨。蒙蒙细雨从低暗的天空上有条不紊地飘落下来。雨水渗进了垃圾桶里，那条小巷里散发着湿垃圾难闻的气味。他走路的时候借助篱笆让自己保持平衡，一双黑眼睛紧盯着地面。

他去看了所有的急诊，然后才去接待诊所的门诊病人，从正午一直忙到两点。这之后，他坐在自己的办公桌前，紧握着拳头。不过，试图认真思考这件事情毫无用处。

他再也不想看到一张人脸了。但与此同时，他没法独自一人坐在空荡荡的房间里。他穿上外套，再次出门，走到了湿漉漉、冷飕飕的大街上。他的口袋里有几张将要交给药房的处方。但他不想和马歇尔·尼科尔斯说话。他走进药房，把处方放在柜台上。药剂师放下他正在称量的药粉，转过身来，伸出双手。他的厚嘴唇无声地蠕动了片刻，然后才镇定下来。

"医生，"他一本正经地说，"你想必知道，我和我所有的同事，以及我的联谊会和教堂的所有成员，都挂念着你无比巨大的悲痛，并希望向你表达我们最深切的同情。"

科普兰医生立刻转过身，一言不发地离开了。这种口头上的同情没多大意义。需要更多的东西。强大的、真正的目标，正义的意志。他身体僵硬地走着，双臂紧贴着身体的两侧，朝主街走去。他认真思考着，却一无所获。他想不出整个镇上有哪个有权有势的白人既勇敢又公正。他想到了他知道名字的每一个律师，每一个法官，每一个公共官员——但是，想到其中每一个白人，他的心里都感到痛苦。最后，他决定去找高等法院的法官。当他走到法院时，他丝毫没有犹豫，快速走了进去，决心今天下午见见法官。

宽敞的前厅空荡荡的，只有几个闲人在通向两侧办公室的门道里懒洋洋地晃悠。他不知道该到哪里去找法官的办公室，于是他漫无目标地走过这幢大楼，不断查看门上的标牌。最后，他来到了一条狭窄的过道。经过这条走廊的半道上，有三个白人站在那儿闲聊，挡住了路。他紧贴着墙壁想过去，其中一个人转身叫住了他。

"你想干什么？"

"劳驾告诉我，法官的办公室在哪儿？"

那个白人突然伸出大拇指，指了指过道的尽头。科普兰医生认出了他是副警长。他们彼此见过几十次，但副警长不记得他。在黑人看来所有白人都长得差不多，但黑人很留意他们之间的区别。另一方面，在白人看来所有黑人都长得差不多，但白人通常不会费心去记住一个黑人的脸。因此这个白人说："你有什么事，牧师？"

这个人们熟悉的戏谑称号激怒了他。"我不是牧师，"他说，"我是个医师，一个医生。我叫本尼迪克特·马迪·科普兰，我有急事，想马上见法官。"

副警长像其他白人一样，他那咬字清晰的说话方式让他抓狂。"是这样吗？"他用嘲弄的语气问道，对他的朋友们眨了眨眼，"那我是副警长，我叫威尔逊先生，我告诉你法官很忙，改日再来吧。"

"我有急事要见法官，"科普兰医生说，"我等他。"

过道的入口处有一条长凳，他坐了下来。那三个白人继续闲聊，但他知道副警长在观察他。他下定决心不离开。半个多小时过去了。几个白人自由自在地在走廊上走来走去。他知道副警长在看他，他僵硬地坐在那儿，双手插在两膝之间。他的审慎感告诉他要离开，下午晚些时候副警长不在的时候再回来。他一辈子在跟这样的人打交道时都小心谨慎。但这会儿他心里有什么东西不让他退缩。

"过来，你！"副警长终于开口。

他的头在发抖，起身的时候都站不稳。"什么？"

"你说你想见法官干什么来着？"

"我没说干什么，"科普兰医生说，"我只是说我有急事找他。"

"你都没法站直。喝酒了吧？我都闻到酒气了。"

"瞎说，"科普兰医生慢吞吞地说，"我没有——"

副警长打了他一个耳光。他向墙上倒去。两个白人抓住他的胳膊，把他拖下台阶，拖到了一楼。他没有反抗。

"这个国家的麻烦，"副警长说，"就在于有一些像他这样该死的傲慢黑鬼。"

他一言不发，听之任之。他在等待那种可怕的愤怒，感觉到它在体内升腾。狂怒让他变得虚弱无力，他踉踉跄跄。他被推进了一辆警车，有两个人充当看守。他们把他带到警察局，随后又带到了监狱。

直到他们进了监狱，愤怒的力量才开始降临在他身上。他突然挣脱了他们。他被围堵在一个角落里。他们用警棍打他的头和肩膀。一股光荣的力量在他的体内，搏斗时他听见自己在放声大笑。他又哭又笑。他疯狂地用脚踢。他用拳头搏斗，甚至用头撞他们。随后，他被紧紧抓住，动弹不得。他们一步一步地拖着他走过监狱的大厅。牢房的门被打开了。后面有人踢他的腹股沟，他跪倒在地。

狭窄的囚室里另外还有五名囚犯——三个黑人，两个白人。其中一个白人年龄很老，喝醉了。他坐在地上，在给自己挠痒。另一个白人囚犯是个小男孩，顶多不过十五岁。三个黑人都很年轻。当科普兰医生躺在铺位上仰望着他们的脸时，他认出了其中一个。

"你怎么来这儿了？"年轻人问，"你不是科普兰医生吗？"

他回答说是。

"我叫达里·怀特。你去年给我姐姐摘除过扁桃体。"

冰冷的牢房里弥漫着腐烂的气味。角落里放着一个装满尿的木桶。蟑螂爬上了墙壁。他闭上眼睛，想必是立刻就睡着了，因为当他再次抬眼望去，装着铁栅的小窗户已经黑了下来，大厅里灯火通明。地上放着四个空空的锡盘。他的晚餐是卷心菜和玉米面包，就放在他身边。

他坐在铺位上，狠狠地打了几个喷嚏。当他呼吸时，痰在他的胸腔里呼噜作响。过了一会儿，那个白人男孩也打起喷嚏来。科普兰医生的纸片用完了，不得不从口袋里的笔记本上撕纸。白人男孩俯身对着角落里的尿桶，或者索性任由鼻涕流到衬衫的前襟上。他双目圆睁，面红耳赤，在铺位的边缘缩成一团，痛苦呻吟。

很快，他们被领着去外面的厕所，回来后，他们都准备睡觉。那个老人躺在地板上，鼾声如雷。达里和另一个男孩一起挤进了一个铺位。

时间漫长难挨。大厅里的灯光灼痛了他的眼睛，牢房里的气味使得每一次呼吸都很不舒服。他没法保持暖和。牙齿冷得打战，刺骨的寒冷让他浑身哆嗦。他坐起身来，裹着脏兮兮的毯子，来回摇摆。他两次走过去给白人男孩盖好被子，那孩子嘟嘟哝哝说着梦话，睡梦中把胳膊伸了出来。他摇摆着，双手捧着头，喉咙里发出唱歌般的呻吟。他没法去想威廉，甚至也不能思考那个强大的、真正的目标，从中汲取力量。他只能感觉到体内的痛苦。

第二天早晨，太阳出来了。南方这个古怪的冬天就要结束。科普兰医生被释放了。监狱外面有一小群人在等着他。辛格先生在那儿。波西娅、海博尔和马歇尔·尼科尔斯也在。他们的脸模模糊糊，他无法看清。太阳非常明亮。

"父亲，你不知道这对我们家威利毫无帮助吗？跑到白人的法院去瞎晃？我们能做的最好的事情就是闭上嘴巴，耐心等待。"

她的大嗓门在他的耳朵里发出令人厌烦的回声。他们爬进了一辆廉价出租车里，随后便到家了，他的脸紧贴着清新的白枕头。

11

米克一夜无眠。埃塔病了，因此她不得不睡在客厅里。沙发太窄、太软。她做过几次跟威利有关的噩梦。自波西娅讲述他的遭遇以来，差不多过去了一个月——但她依然忘不掉这事。夜里，她做了两次这样的噩梦，醒来躺在地板上。额头上起了一个包。六点钟的时候，她听到比尔去厨房给自己弄早餐。天已经亮了，但窗帘放下来

248

了，房间里半明半暗。在客厅里醒来让她觉得古怪。她不喜欢这种感觉。裹在身上的床单扭作一团，一半在沙发上，一半在地板上。枕头在客厅的中间。她站起身，打开通向过道的门。楼梯上没有人。她穿着睡衣跑向了后屋。

"挪过去点儿，乔治。"

这孩子躺在床的正中间。那夜很暖和，他像小鸟一样光着身子。他的拳头攥得紧紧的，即便在睡梦中，他的眼睛也眯缝着，像是在思考什么很难弄明白的事情。他的嘴巴张开着，枕头上有一小块是湿的。她推了推他。

"等一下——"他在睡梦中说。

"往你那边挪一点儿。"

"等一下——让我做完这个梦——这个——"

她把他拖到了属于他的地方，紧挨着他躺下。当她再次睁开眼睛时，已经不早了，因为太阳透后面的窗户照了进来。乔治走了。院子里传来孩子们的说话声和淌水的声音。埃塔和黑兹尔在中间的屋子里聊天。穿衣服时她突然冒出了一个想法。她贴门听着，但听不清她们在说什么。她猛地拉开门，把她们吓了一跳。

她们在读一本电影杂志。埃塔还在床上。她的手半遮着一个演员的照片。"从上面这部分看，你不觉得他很像那个男孩子，他过去总是约会——"

"今天早晨感觉怎样，埃塔？"米克说。她低头瞅了瞅床底下，她的私密盒子还在她原先放的地方。

"你操心的可真多。"埃塔说。

"没必要挑起争斗吧。"

埃塔的脸消瘦了许多。胃部出现了可怕的疼痛，卵巢也发生了病变。这跟她来了大姨妈有关。医生说，要马上切掉她的卵巢。但爸爸说，他们还要等等，家里没钱了。

"你到底要我怎样做才好？"米克说，"我问了你一个礼貌的问题，而你却对我恶语相向。我觉得我应该为你感到难过，因为你病了，可你却不让我表现得有礼貌。我自然就很恼火了。"她把几缕刘海向后压了压，贴近地照着镜子，"好家伙！瞧我这儿起了个大包！我敢打赌，我的头破了。昨天晚上我掉下来两次，好像撞上了沙发旁边的桌子。我在客厅里没法睡。沙发太挤，我在上面待不住。"

"别这么大声嚷嚷。"黑兹尔说。

米克在地板上跪下来，拖出了那只大盒子，仔细检查了绕着盒子绑的那根线。"说，你们俩谁动了这个盒子？"

"呸！我们干吗要动你的破烂？"

"没动最好。谁要是乱动我的私人物品，我会宰了他。"

"你给我听着，"黑兹尔说，"米克·凯利，我认为你是我见过的最自私的人，你不关心这个世界上的任何人，除了——"

"呀，狗屁！"她砰地摔上了门。她恨她们俩。想起来挺可怕，但这是真的。

爸爸在厨房里，和波西娅一起。他穿着浴衣，正在喝咖啡。眼里布满血丝，杯子把茶托碰得格格作响。他绕着餐桌不停地兜圈子。

"几点了？辛格先生走了吗？"

"他走了，先生，"波西娅说，"差不多十点了。"

"十点了！天哪！我还从未睡过这么晚。"

"你成天捧着的那个大盒子里装着啥玩意儿？"

米克把手伸进炉子，拿出半打软烤饼。"你不问我，我就不会跟你说谎。一个打探隐私的人没什么好结果。"

"要是还有点儿多余牛奶的话，我想用它来泡碎面包，"爸爸说，"墓地汤，没准对我的胃有点儿好处。"

米克掰开软烤饼，把几片炸白肉放进里面。她坐在屋后的台阶上吃早餐。早晨温暖而明亮。斯佩尔里布斯和萨克在后院和乔治玩。萨克穿着防晒服，另外两个孩子脱得只剩下短裤。他们拿着水龙软管互相朝对方喷水。水流在阳光下闪闪发光。风吹散了喷射出的水，像雾一样，雾中有彩虹的颜色。一排衣物在风中飘舞——白床单、拉尔夫的蓝衣服、红色的短上衣和女式睡衣——湿漉而清新，被吹成不同的形状。天气几乎像夏天一样。毛茸茸的小黄蜂绕着小路篱笆上的忍冬花嗡嗡飞着。

"瞧我把它举过头顶！"乔治大叫着，"看看水是怎么流下来的。"

她浑身是劲，没法安静地坐在那里。乔治在一个面粉袋里装满了土，把它吊在一根树桠上当拳击沙袋。她开始击打这个沙袋。砰！砰！她按照一首歌的节拍击打它，她醒来时这首歌就一直在她脑子里。乔治在土里混进了一块尖利的石头，这块石头弄伤了她的指关节。

"哎呀！你正好把水喷到我的耳朵里啦。它弄破了我的耳膜。我听不见了。"

"过来。让我再喷点儿。"

喷出的水花飘到了她的脸上，孩子们把水龙头对准了她的大腿。她担心弄湿了她的盒子，于是拿着盒子跑过了那条小路，来到前廊。哈里正坐在他家台阶上读报纸。她打开盒子，拿出笔记本。但很难把心思集中在她想要写下的那首歌曲上。哈里朝她的方向张望着，她没法思考。

她和哈里最近聊过很多事情。几乎每一天，他们放学回家都一起走。他们谈到了上帝。有时候，她夜里醒来，为他们说过的话不寒而栗。哈里是个泛神论者。那也是一种宗教，和浸礼会教友、天主教徒或犹太教徒是一样的。哈里相信，在你死去并被埋葬之后，你变成了植物、火、土、云和水。要花儿千年的时间，最后你才能成为整个世界的一部分。他说，这比做一个天使要强点儿。不管怎么说，总归比什么都不是要强点儿。

哈里把报纸扔进了他家的门厅里，然后走了过来。"天气像夏天一样热，"他说，"才三月呢。"

"是啊。我希望我们能去游泳呢。"

"要是有游泳的地方，我们准会去。"

"没有游泳的地方，除非是乡村俱乐部的游泳池。"

"我真想干点儿什么——离开这儿，去个什么地方。"

"我也是，"她说，"等等！我知道一个地方。它在镇外大约十五英里的乡下。它是树林里一条又深又宽的小河。夏天的时候，女童子军在那儿有一个营地。去年有一回，韦尔斯太太带我、乔治、皮特和萨克去那儿游过泳。"

"如果你想去的话，我可以弄到自行车，我们明天就可以去。每个月有一个礼拜天我休假。"

"我们骑车去，在那儿野餐。"米克说。

"好，我来借自行车。"

到了他上班的时间。她目送着他走上大街。他挥了挥手。在这个街区的半道上，有一棵枝桠很低的月桂树。哈里纵身一个跑跳，抓住一棵树桠，做起了引体向上。一种幸福的感觉涌上心头，因为他们确实是真正的好朋友。而且，他很英俊。明天她会借来黑兹尔的那条蓝色项链，穿上丝绸裙子。他们会带上果冻三明治和蜜桃汽水作午餐。

或许，哈里会带上什么稀奇古怪的东西，因为他们家吃正统的犹太食物。她目送着他，直至他转过街角。有一点倒是真的，他已经出落成一个非常漂亮的小伙子。

在乡下的哈里不同于那个坐在屋后台阶上读报纸和琢磨希特勒的哈里。他们一大早就动身了。他借来的自行车是男孩子骑的那种——两腿之间有根横档。他们用皮带把午餐和游泳衣跟挡泥板捆在一起，九点前出发了。早晨天气闷热，阳光灿烂。不到一个小时，他们就骑出镇子很远，上了一条红色的黏土路。田野明媚，绿意盎然，空气中飘荡着强烈的松树气味。哈里一路上非常兴奋地说着话。暖风吹拂着他们的脸。她嘴里干巴巴的，有些饿了。

"看到山上那幢房子吗？我们停下来，弄点儿水喝。"

"不，我们最好坚持一下，井水会让你得伤寒病的。"

"我已经得过伤寒病了。我得过肺炎，摔断过腿，还感染到了脚。"

"我记得。"

"是啊，"米克说，"我和比尔患上伤寒热的时候一直待在前屋，皮特·韦尔斯总是捏着鼻子从人行道上跑过，仰头望着窗户。比尔很难堪。我头发都掉光了，成了个秃瓢。"

"我敢打赌，我们离镇子至少十英里了。我们已经骑了一个半小时——还骑得很快。"

"我确实渴了，"米克说，"而且饿了。你那个午餐包里装了啥？"

"冷猪肝布丁、鸡肉沙拉三明治和馅饼。"

"真是一顿很棒的野餐。"她对自己带来的东西感到羞愧，"我带了两个煮熟的鸡蛋——已经填了馅——分开的两小袋盐和胡椒粉。还有三明治——黑莓果冻加黄油，都用油纸包着。还有纸巾。"

"我没打算让你带任何东西，"哈里说，"我妈妈准备了我们两个人的午饭。毕竟是我邀你出来。我们马上就去一家商店买点儿冷饮。"

他们又骑了半个小时，终于来到那家加油站商店。哈里支好自行车，她在他前面进了商店。从刺眼的强光里走进来，店里显得很暗。货架上堆满了一块块白肉、一桶桶食油和一袋袋玉米粉。苍蝇围着柜台上一个黏糊糊的装着散糖的大瓶子嗡嗡叫。

"有啥喝的？"哈里问。

店老板开始向他们一一报着饮料名称。米克打开冰柜，看了看里面。她的手在冷水中感觉得很舒服。"我要一瓶巧克力蜜桃汽水。你们这儿有吗？"

"和她一样，"哈里说，"来两瓶。"

"不，等一下。这儿有冰啤酒。我要一瓶冰啤酒，要是你能这么高规格招待我的话。"

哈里也给自己要了一瓶。他认为，二十岁以下的人喝酒都是一宗罪——不过，没准他只是突然想表现得够朋友。刚喝完第一口，他便做出一副苦脸。他们坐在店门口的台阶上。米克的两条腿累得不行，以至于腿部的肌肉跳个不停。她用手擦了擦瓶颈，吞下了冰凉的一大口。路对面有一块很大的空草地，再过去是一排松树林。松树呈现出各种各样的绿色——从明亮的黄绿，到几近黑色的墨绿。天空是炽热的蓝色。

"我喜欢啤酒，"她说，"我过去总是用面包蘸着爸爸剩下的几滴酒。我喜欢喝酒的时候舔着手里的盐。这是我有生以来自己一个人喝掉的第二瓶啤酒。"

"第一口有股酸味，但剩下的味道就很好了。"

店老板说这里离镇子十二英里。他们还有四英里的路要赶。哈里付了钱，他们走出小店，再次走进灼热的太阳底下。哈里大声说着话，一直无缘无故地哈哈大笑。

"天哪！这么热的太阳底下，啤酒让我晕晕乎乎的。但我确实感觉得很不错。"他说。

"我迫不及待地想游泳。"

路上有沙子，他们不得不竭尽全力，使劲踩踏板，以避免陷进去。哈里的衬衫被汗水湿透，紧贴着后背。他还在说个不停。路变成了红色的黏土路，沙子留在了身后。她的脑海响起了一首缓慢的黑人歌曲——波西娅的哥哥从前总是用口琴吹奏这首歌曲。她跟着歌曲的节拍踩着踏板。

终于，他们到了她一直在寻找的那个地方。"就是这儿！看到那个写着'私人领地'的牌子吗？我们得爬过那道带刺铁丝栅栏，然后走上那条路——瞧！"

树林很安静。光滑的松针覆盖着地面。几分钟后，他们到达了那条小河。河水是褐色的，水流湍急。很凉爽。只有水流的声音和松树林里微风的吟唱。仿佛这片幽深而寂静的树林让他们变得胆小起来，他们沿着河边的堤岸轻轻地走着。

"看上去难道不漂亮么？"

哈里笑了。"是什么让你轻声细语？听我的！"他用手捂着嘴，发出了一声长长的、印第安人的吼叫，回声返回到了他们的耳畔。"来吧。我们跳到水里去，凉快凉快。"

"你不饿吗？"

"那好吧。我们先吃点儿东西。现在吃一半，等上岸之后再接着吃。"

她打开了果冻三明治。吃完之后，哈里把包装纸整齐地揉成一团，塞进了一个空洞的树桩里。随后，他脱掉短裤，走下那条小路。她在一片灌木丛后面脱下了衣服，挣扎着穿上了黑兹尔的游泳衣。游泳衣太小，勒得她两腿痛。

"准备好了吗？"哈里喊道。

她听到了水花泼溅的声音，当她走到岸边时，哈里已经在游了。"先别跳水，等我找找看有没有树桩或水浅的地方。"他说。她只是看着他的头在水里上下起伏。无论如何，她并没打算跳水。她甚至都不太会游泳。她有生以来总共只游过几次泳——而且总是套着救生圈，或者不到水没过头顶的地方去。但告诉哈里这个显得胆小。她有些尴尬，于是灵机一动编了个故事：

"我再也不跳水了。我以前总是跳水。从很高的地方跳，一向这样。但有一次，我把脑袋给撞破了，于是我再也不能跳水了。"她想了一会儿，"我跳的是前空翻屈体两周。当我浮上来时，水里全是血。但我懒得管它，接着开始玩各种花式游泳动作。周围的那些人朝我大喊大叫，我才发现水里的血是从哪儿来的，打那以后我就再也游不好了。"

哈里爬上岸。"天哪！我从未听说过这事儿。"

她本想给这个故事添点儿什么，好让它听上去更靠谱一些，可她什么也没说，只是看着哈里。他的皮肤呈浅褐色，水使得皮肤闪闪发光。胸口和大腿上都有毛发。穿着紧身游泳裤，他看上去简直一丝不挂。没戴眼镜，他的脸显得更宽，更英俊。双眼湿润，眼珠子是蓝色的。他也看着她，仿佛突然之间，他们都尴尬起来。

"水大约十英尺深，除了对岸，那儿的水很浅。"

"我们开始游吧。我敢打赌，这冷水肯定让人觉得很爽。"

她并没有被吓着。她觉得自己仿佛陷身于一棵很高大树的顶部，除了尽最大的努力往下爬，也别无他法——感觉到死一般的平静。她小心地离开河岸，下到冰冷的水中。她紧紧抓住一棵树根，直至树根在手里断掉了，她这才开始游起来。有一次，她呛了一口水，沉了下去，但她一直在往前游，并没有丢脸。她游到了河对岸，在那里可以触到河底。接下来她感觉好多了。她用拳头拍击着河水，胡言乱语地大喊大叫，为的是发出回声。

"看这儿！"

哈里摇摇晃晃地爬上了一棵又高又瘦的小树。树干很柔韧，当他爬到树梢时，小树摇摇摆摆向下弯。他掉到了水里。

"我也来！看我的！"

"那是一棵幼树。"

像那个街区的任何孩子一样，她也是个爬树高手。她准确地模仿他所做的动作，啪地一声掉到了水里。她也能游泳了。现在她游得还不错。

他们玩着"有样学样"的游戏，沿着河岸上下奔跑，跳进冰冷的褐色河水里。他们喊叫、跳跃、爬树。他们玩闹了大概两个小时。接下来，他们站在岸上，互相看着对方，看来已经没有什么新鲜玩意儿了。她突然说：

"你裸泳过吗？"

树林非常安静，过了一会儿，他没有回答。他很冷。他的乳头变得又硬又紫。嘴唇也是紫色的，牙齿直打哆嗦。"我——我想没有吧。"

她心里一阵兴奋，脱口说道："你要是裸泳，我也裸。敢不敢。"

哈里向后抹了抹几缕湿漉漉的乌黑刘海。"好吧。"

他们俩都脱掉了自己的游泳衣。哈里背对着她。他结结巴巴，面红耳赤。随后他们都转身面向对方。他们站在那儿，或许有半个小时——或许不超过一分钟。

哈里扯下一片树叶，把它撕碎。"我们最好还是穿上衣服。"

整个野餐期间，他们俩都没说话。他们把午餐铺在地上。哈里把每一样东西都对半分成两份。有夏日午后那种炎热的、昏昏欲睡的感觉。在幽深的树林里，他们只能听到河水的缓慢流淌和鸟鸣的声音。哈里拿起带馅的煮鸡蛋，用大拇指把蛋黄压碎。这个动作让她想起什么来着？她听得见自己的呼吸。

随后，他越过她的肩膀抬眼望去。"听我说。我觉得你真漂亮，米克。我以前从未这么想过。我的意思不是说我过去认为你很丑——我只是想说——"

她把一个松果扔到了河里。"要是想在天黑之前到家的话，或许我们最好是现在动身。"

"不，"他说，"我们躺下吧，就躺一会儿。"

他弄来了几捧松针、树叶和灰苔藓。她吮吸着膝盖，注视着他。她的拳头紧攥着，仿佛浑身上下都绷得很紧。

"现在我们可以睡会儿了，这样回家的路上就会精神饱满。"

他们躺在那张柔软的床上，看着天空的映衬下那墨绿的松树丛。一只鸟鸣唱着一首她之前从未听过的悲伤而清脆的歌。有一个高音有点儿像双簧管——随后它下降了五个调，再扬上去。这首歌就像一个无言之问一样悲伤。

"我喜欢那只鸟，"哈里说，"我想它应该是一只莺雀。"

"我希望我们在海边。在沙滩上，看着远处海面上的船。有一年夏天你去过海滩——它究竟是个什么样子？"

他的声音沙哑而低沉。"嗯——有海浪。有时湛蓝，有时碧绿，在明媚的阳光下，它们看上去像玻璃一样。在沙滩上，你可以捡拾小贝壳。就像我装在雪茄盒里带回来的那种。海水上方有白色的海鸥。我们是在墨西哥湾——凉爽的海风一直吹着，那儿从未有过像这里这般烤人的酷热。总是——"

"雪，"米克说，"我想看的是雪。冷冽而洁白的积雪，就像图画中那样。暴风雪。不停地轻柔飘落的洁白而冷冽的雪，不停地下啊下，一整个冬天都在下。像阿拉斯加那样的雪。"

他们俩同时转过身。他们彼此挨得很近。她感觉到他在发抖，她的拳头攥得很紧，差不多要裂开。"噢，上帝。"她一遍又一遍地说着。她的头仿佛跟身体脱离，被扔到了远处。她的双眼直愣愣地盯视着炫目的太阳，心里同时在琢磨着什么。然后，事情就这样了。

就这么回事。

他们沿着公路慢吞吞地推着自行车。哈里低着头，垂着肩。他们黑乎乎的影子长长地投在尘土飞扬的路面上，因为天色已经向晚。

"听着。"他说。

"嗯。"

"我们要把这事弄明白，一定要弄明白。你知道吗？"

"我不知道，我想我不知道。"

"听我说。我们要做点儿什么。我们坐下来吧。"

他们丢下自行车，坐在路边的一条水沟旁。他们离得很远。傍晚的太阳烧灼着他们的头，周围到处是褐色的、易碎的蚂蚁窝。

"我们一定要把这事弄明白。"哈里说。

他哭了起来。他一动不动地坐在那儿，眼泪顺着白皙的脸颊滚落下来。她无法去琢磨那件让他哭泣的事情。一只蚂蚁在叮咬她的脚踝，她用手指把它捏了起来，仔细看着它。

"是这样，"他说，"我之前还从未吻过一个女孩子。"

"我也是。我从未吻过任何男孩子，家人除外。"

"我从前总是琢磨的是——要吻这一个女孩。我上学时总是计划着这事，晚上梦见这事。然后，她答应跟我约会。我能看出她想让我吻她。我只是在黑暗中看着她，却没法吻她。这就是我琢磨的一切——吻她——而当机会出现时我却没法吻她。"

她用手指在地上挖了个洞，把那只死蚂蚁埋了。

"全是我的错。无论如何，通奸是重罪，不管你怎么看它。你比我小两岁，还只是个孩子。"

"不，我不是，我已经不是孩子，尽管现在我很希望我是。"

"听我说。如果你认为我们应该结婚，我们就可以结婚——秘密结婚，或者用任何别的方式。"

米克摇了摇头。"我不喜欢那样。我决不会跟任何男孩结婚。"

"我也决不会结婚。我知道这个。我并不只是说说而已——是真话。"

他的脸把她吓了一跳。他的鼻子在颤抖，下嘴唇被他咬得血迹斑斑。他的眼睛明亮、湿润而阴沉。他的脸比她记忆中的任何一张脸都要苍白。她扭过头看着别处。要是他不再说话，情况会更好。她的目光缓慢地环顾左右——沟里红白斑驳的黏土，一只破威士忌酒瓶，对面的一棵松树上挂着一个人竞选本县行政长官的广告牌。她很想安安静静地坐上很长时间，什么都不想，一句话也不说。

"我要离开小镇。我是个很好的技工，我能在别的地方找到工作。如果我待在家里，妈妈可以从我的眼睛里看出这事儿。"

"告诉我。你看着我，能看出有什么不一样吗？"

哈里盯着她的脸看了许久，点点头，表示他能看出不一样。接下来，他说：

"还有一件事。一两个月之内，我会把我的地址寄给你，你写信给我，让我知道你是不是一切都好。"

"你什么意思？"她慢吞吞地问。

他向她解释道："你只要写上'安好'两个字，我就知道了。"

他们再次推着自行车往家里走。他们的影子在路上拉得像巨人一样长。哈里弯着腰，像个老乞丐，不停地用袖子擦鼻子。太阳落山之前的那一会儿，明亮金黄的光线普照万物，在面前的路面上，他们的影子消失了。她觉得自己很老，内心里仿佛有什么东西沉甸甸的。她现在已经是大人了，不管她想还是不想。

他们走了十六英里，走进了家旁边的那条黑咕隆咚的小巷里。她能看到她们家厨房里透出的昏黄灯光。哈里家的房子一片漆黑——他妈妈还没回家，她在一条小巷子里的一家裁缝店里干活。有时候甚至礼拜天也要上班。透过窗户，你可以看到她正趴在缝纫机后面忙活，或者正把一根很长的针穿过厚重的布料。在你注视着她的时候，她从不抬头。昨天夜里，她给哈里和米克烹制了这些正统的犹太饭菜。

"听我说——"他说。

她在黑暗中等待着，但他没有继续说下去。他们互相挥了挥手，哈里走进了两幢房子之间的那条黑咕隆咚的小巷里。当他走到人行道上的时候，他扭过头，朝后面望了望。灯光照在他脸上，苍白而凝重。随后，他消失不见了。

"让你猜个谜语。"乔治说。

"我听着呢。"

"两个印第安人走在一条小路上。前面一个人是后面一个人的儿子，但后面一个人并不是前面一个人的父亲。请问他们是什么关系？"

"让我想想。是他继父。"

乔治咧着嘴巴朝波西娅笑了，露出他那四四方方的蓝色小牙齿。

"那么是他叔叔。"

"你猜不到吧。是他母亲。这里面的窍门在于，你没有考虑一个印第安人是个女人。"

她站在厨房门外，看着他们。门道把厨房框住了，就像一幅画。画框里面舒适而干净。只有水池旁边的灯开着，厨房里影影绰绰。比尔和黑兹尔在餐桌旁玩二十一点扑克牌，用火柴棍代表钱。黑兹尔用她胖乎乎的粉红色手指抚弄着辫子，而比尔则吮吸着脸颊，一本正经地发着牌。波西娅在水池边用一块干净的方格毛巾擦干碗碟。她看上去很瘦，皮肤是金黄色，抹了发油的黑头发梳得光滑整齐。拉尔夫安静地坐在地板上，乔治正在试穿一件小铠甲，那是他用旧的圣诞节装饰物做成的。

"还有一个谜语，波西娅。如果时钟的指针指向两点半——"

她走进了厨房。她原本预计他们看到她时会后退，站成一圈看着她。但他们只是瞥了她一眼。她在餐桌旁坐了下来，等待着。

"你总是大家吃完晚饭之后才磨磨蹭蹭地回家。好像我从不下班似的。"

没人注意她。她吃了满满一盘卷心菜和鲑鱼，最后吃了点儿乳冻甜食。她心里正在想着妈妈，门开了，妈妈走了进来，告诉波西娅，布朗小姐说她的房间里发现了一只臭虫。去洒点儿汽油。

"别老是那样皱着眉头，米克。你也到了梳妆打扮的年龄，尽可能把自己收拾得好看些——我跟你说话时别老是那样顶撞——我的意思是你要用海绵给拉尔夫好好擦洗擦洗，然后才让他上床睡觉。好好洗洗他的鼻子和耳朵。"

拉尔夫柔软的头发被燕麦粥给弄得黏糊糊的。她用一块洗碗布给他擦了擦，在水池边给他洗了洗脸和手。比尔和黑兹尔玩完了牌。比尔收拾火柴棍时，他长长的指甲刮擦着桌面。乔治抱着拉尔夫上床去了。厨房里只剩下她和波西娅。

"喂！看着我。你注意到有什么不一样吗？"

"我当然注意到了，宝贝。"

波西娅戴上她的红帽子，换好了鞋。

"噢——？"

"你只要弄点儿油膏，擦在脸上。你的鼻子已经脱皮得很厉害。他们说，油膏治疗严重晒伤最管用。"

她独自站在黑咕隆咚的后院里，用指甲从那棵橡树上抠下一块块树皮。这样更糟糕。要是他们看着她并且能够看出点儿什么，她或许感觉更好点儿。要是他们知道的话。

爸爸从屋后的台阶上叫她。"米克！哎，米克！"

"来了，先生。"

"电话。"

乔治凑了过来，想听听电话里说什么，但她把他推开了。米诺维茨太太嗓门很大，有些激动。

"我们家哈里这会儿应该到家了。你知道他在哪儿吗？"

"不知道，夫人。"

"他说你们俩一起骑自行车出去。他这会儿会在哪儿呢？你知道他在哪儿吗？"

"不知道，夫人。"米克又说了一遍。

12

天气又热了起来，阳光南方游乐场一直人满为患。三月的风安静了下来。树叶茂密，郁郁葱葱。天空湛蓝，万里无云，太阳的光线变得更加强烈。空气潮湿，闷热难耐。杰克·布朗特恨死了这种天气。他晕晕乎乎地想到了几个月漫长而灼热的夏天就在前面。他的感觉很不好。近来，头痛又开始持续不断地折磨他。他的体重有所增加，因此肚子开始显出一点儿富态。他不得不解开裤子最上面的扣子。他知道这是酒精造成的肥胖，但他照样继续喝。酒精帮助缓解了他的头痛。只要喝上一小杯，头痛就会好点儿。现如今，一杯对他来说和一夸脱是一回事。倒不是喝酒的那一瞬间给他带来快感——而是第一口酒对最近几个月里渗透在他血液中的所有酒精的反应。一调羹啤酒可以缓解他的头痛，但一夸脱威士忌也没法让他喝醉。

他彻底戒了酒。有好几天，他只喝水和橘子汁。疼痛就像他脑袋里一只爬动的虫子。那些漫长的下午和夜晚，他疲惫不堪地干着活。他没法入睡，试图读点儿书是极大的痛苦。房间里的潮湿和酸腐的恶臭让他愤怒。他焦躁不安地躺在床上，最后，当他终于睡去，天已经亮了。

有一个梦一直纠缠着他。第一次做这个梦是四个月前。他总是在恐怖中惊醒——但古怪的是，他从来都不记得梦的内容。当他睁开眼睛时，残留的只有感觉。每一次，他醒来时的恐惧感完全相同，以至于他毫不怀疑，这些梦都是一样的。他以前也总是做梦，酒后荒诞不经的噩梦领着他坠入了一个疯子的混乱国度，但早晨的光亮总是驱散了这些噩梦的影响，他忘掉了它们。

这个空茫而隐秘的梦却有着完全不同的性质。他从梦中醒来，却什么也不记得。但有一种威胁感在他心里久久盘桓，挥之不去。有一天早晨，他带着那种熟悉的恐惧醒来，却依稀记得身后一片黑暗。他正在一群人当中行走，怀里抱着什么东西。他能确定的仅此而已。他偷了东西么？他在试着保住某件私人物品么？周围的那些人全都在追捕他么？他觉得好像都不是。他越是研究这个简单的梦，他能够弄明白的就越少。接下来有一段时期，这个梦没有再出现。

他遇到了那个用粉笔在墙上写字的人，他去年十一月在墙上见到过他写下的话。从见面的第一天起，那个老人就像个邪恶天才一样粘住他不放。他名叫西姆斯，总是在人行道上布道。冬天的寒冷让他只好留在室内，但到了春天，他便整天在大街上。他的白发很柔软，乱蓬蓬地耷在脖子上，他随身拎着一个很大的女式丝制手袋，里面塞满了粉笔和宣扬耶稣的广告。他的眼睛明亮而疯狂。西姆斯试图让他皈依。

"不幸的孩子，我在你的呼吸里闻到了啤酒那罪恶的臭味。你还抽烟。如果上帝想让我们抽烟，他会在《圣经》里明说。你的眉毛上有撒旦的印记。我看到了它。忏悔吧。让我指给你光明。"

杰克向上翻了翻眼珠子，在空中缓慢做了一个虔诚的手势。随后，他摊开沾满油污的手。"这个我只拿给你看。"他以一种低沉的舞台腔说。西姆斯低头看着他掌心里的那块伤疤。杰克俯身凑过来，低声说："还有一个印记。你懂的。因为我生下来就有。"

西姆斯背靠着篱笆，以女里女气的手势，捏起额头上的一缕银发，把它掠到脑后，抹平了。他的舌头神经质地舐着嘴角。杰克哈哈大笑。

"亵渎神明的人啊！上帝会把你收了去。你和你们那一伙。上帝会记住嘲弄者。上帝眷顾我。上帝眷顾每一个人，但他最眷顾我。就像他对摩西一样。上帝在夜里告诉我很多事情。上帝会把你收了去。"

他把西姆斯带到街角的一家店里，要了可口可乐和花生酱脆饼。西姆斯又开始对他做工作。当他动身去游乐场时，西姆斯跟在他身后一路跑着。

"晚上七点来这个街角。耶稣有专门给你的启示。"

四月的头几天风和日暖，白云在蓝天上游曳。风中飘来了河水的气味，还有小镇外面田野的清新气息。游乐场每天人头攒动，从下午四点直至午夜。都是一些粗人。随着新春的到来，他隐隐感觉到了麻烦的暗流。

一天晚上，他正在摆弄秋千的机械设备，突然间，他从沉思中惊醒，听到一阵愤怒的声音。他迅速挤过人群，看到旋转木马售票处旁一个白人女孩和一个黑人女孩在打架。他把她们拉开了，但她们还在挣扎着去抓对方。人群各有偏袒，场面嘈杂，一片混乱。白人女孩是个驼背，手里紧紧攥着什么东西。

"我看见你了，"黑人女孩大叫，"还有，我要把你背上的罗锅给打掉。"

"闭上你的臭嘴，你这个黑鬼！"

"下等的工厂贱货。我付了钱，我有权骑。那个白人，你让她把我的票还给我。"

"黑母狗！"

杰克看看这个，瞅瞅那个。人群围得更拢。站在各方的立场七嘴八舌地咕哝着不同的意见。

"我看到露莉的票掉在地上，我看到了这位白人女士把票捡起来。这就是真相。"一个黑人男孩说。

"黑鬼不许碰白人女孩——"

"你别再推我。即使你是白皮肤，我也要还手的。"

杰克粗暴地挤进了密密麻麻的人群。"够啦！"他大声喊道，"往前走——散开。你们每一个都他妈的该死。"他那双拳头的尺码还是有点儿说服力，人们很不高兴地慢慢散去。杰克转过身对着那两个女孩。

"事情是这样，"黑人女孩说，"我敢说，我是这里要一直干到星期五夜里才能存上五毛钱的少数几个人之一。这个星期我熨了两倍的活。我已经付了五分钱买她拿着的那张票。现在我要骑木马。"

杰克很快解决了这个麻烦。他让驼背女孩留下那张有争议的票，另给了黑人女孩一张票。这天晚上其余的时间里再也没有出现争吵。杰克机警地穿过人群。他心烦意乱，焦躁不安。

除了他自己之外，游乐场还有另外五名雇员——两个男人操作秋千和收票，三个女孩管理售票处。这还没算帕特森。游乐场老板的大多数时间花在了待在拖车里跟自己玩纸牌上。他的眼睛呆板晦暗，瞳孔收缩，脖子上的皮松松垮垮，满是肉嘟嘟的黄色褶皱。最近几个月里，杰克和另外两个人涨了工资。午夜时分，他的工作是向帕特森报告，交付这天晚上的营业收入。有时候，杰克走进拖车好几分钟，帕特森才注意到他；他一直盯着纸牌，沉陷在恍惚中。拖车里的空气散发着浓重的食物和大麻卷烟的臭味。帕特森把手放在肚子上，仿佛在保护它。他对账总是非常仔细。

杰克和另外两个操作工有过一次口角。这两个人从前都是一家工厂的落纱工。起初，他试着跟他们交谈，帮助他们看清真相。有一次，他邀请他们去台球室喝酒。但他们太笨，他帮不了他们。不久之后，他无意中听到了他们之间的一次谈话，惹出麻烦来了。那是一个礼拜日的凌晨，差不多两点了，他和帕特森对完账。当他走出拖车时，场地上看上去空无一人。月光如水。他正在琢磨辛格和接下来空闲的一天。随后，当他从秋千旁经过时，他听到有人说到自己的名字。两个操作工干完了活，正在一起抽烟。杰克接着往下听。

"如果有什么东西比黑鬼更让我痛恨的话，那就是赤色分子。"

"他真逗。我懒得理他。瞧他那昂首阔步的样子。我从未见过这样的矮冬瓜。你猜他多高？"

"五英尺左右吧。但他认为他得告诉每一个人很多事情。他应该待在监狱里。那是他该去的地儿。赤色布尔什维克。"

"他只是把我逗得不行。看到他我就忍不住发笑。"

"他没必要对我们那样趾高气扬。"

杰克注视着他们走上了通往韦弗斯巷的那条路。他的第一个念头是冲过去跟他们正面相对，但某种东西让他畏缩不前。接下来的几天里，他一直沉默不语，怒气哼哼。一天夜里下班之后，他尾随那两个人走过了几个街区，当他们转过一个街角时，他挡在了他们前面。

"我听见了，"他气喘吁吁地说，"我碰巧听见了你们上个星期六夜里说的每一句话。没错，我是个赤色分子，至少我以为我是，但你们是什么玩意儿？"他们站在街灯下。两个人向后倒退了几步。整个街区空无一人。"你们这两个脸色苍白、肠道萎缩、患有佝偻病的小耗子！我伸手就能掐住你们的细脖子——一手掐一个。是不是矮冬瓜不要紧，我能把你们摔扁在这条人行道上，到时就只能用铁锹把你们铲起来了。"

两个人互相看了一眼，被吓住了，试图继续往前走。但杰克不让他们过去。他跟随着他们的步伐，倒退着走，脸上堆满愤怒的冷笑。

"我要说的只不过是：今后不管什么时候，你们要是觉得有必要对我的身高、体重、口音、举止或意识形态评头品足的话，你们就来找我。对于最后那个话题，我也不会找个借口跑掉——在你们不知道的情况下。我们可以一起讨论这个题目。"

这之后，杰克一直带着愤怒的蔑视对待这两个人。他们在背后嘲笑他。一天下午，他发现秋千的发动机被故意损坏，他不得不超额工作三个小时来修理它。他始终觉得有人在嘲笑他。每次听到那几个女孩子在一起说话，他都会把身子挺得笔直，满不在乎地独自大笑，仿佛正想到某个私密的笑话。

温暖和煦的西南风从墨西哥湾吹来，由于春天的气息而变得芬芳馥郁。白天更长，阳光明媚。懒洋洋的暖和天气让他萎靡不振。他又开始喝酒了。刚一下班，他便立即回家，躺倒在床上。有时候他会在床上躺十二三个小时，衣服也不脱，懒得动一下。之前几个月里让他哭泣和咬指甲的那种焦躁不安似乎消失不见了。然而，在他了无生气的底下，他感觉到了那种熟悉的紧张。在他到过的所有地方当中，这是最孤独的小镇。或者说，如果没有辛格的话，这里应该是最孤独的。只有他和辛格懂得真理。他知道，却无法让那些不知道的人认识到这一点。那就像是和黑暗、炎热或空气中的恶臭战斗。他忧郁地注视着窗外。街角上一棵被烟熏黑的小矮树长出了胆汁绿的新叶。天空始终是刺目的深蓝色。一条散发着恶臭的小溪从镇子的这个街区穿过，来自那里的蚊子在房间里嗡嗡叫着。

他被叮得浑身发痒。每天早晨，他把硫黄和猪油混到一起，涂抹在身上。他把自己挠得皮开肉绽，痒好像也无法止住。一天夜里，他终于爆发了。他独自坐了好几个小时。他把杜松子酒和威士忌掺在一起，喝得酩酊大醉。他从窗户里探出身子，看着黑暗而寂静的街道。他想到了周围的所有人。那些正在睡觉的人。那些不知道的人。突然间，他大声喊叫起来："这就是真理！你们这些杂种什么都不知道。你们不知道。你们不知道。"

整条街都愤怒地醒来。灯亮了，睡意蒙眬的咒骂奔他而来。住在这幢房子里的人怒不可遏地朝他的房门喋喋不休地叫骂。街对面一家妓院里的姑娘们从窗户里探出脑袋。

"你们这些蠢、蠢、蠢、蠢杂种。你们这些蠢、蠢、蠢、蠢——"

"闭嘴！闭嘴！"

大厅里的几个家伙正在推门："你这头醉醺醺的公牛！等我们逮住你，你就会看到更蠢的景象。"

"外面有多少人？"杰克吼道，他把一个空酒瓶子砰地敲碎在窗台上，"上啊，每个人都上啊。上啊，所有人一起上啊。我一次解决你们三个。"

"这就对了，宝贝。"一个妓女喊道。

门被撞开了。杰克从窗户里跳了出去，跑过一条很宽的小巷。"咳咳！咳咳！"他醉醺醺地叫喊着。他赤着脚，光着上身。一个小时后，他跌跌撞撞地走进了辛格的房间。他四仰八叉地躺在地板上，笑着笑着便昏昏睡去。

四月的一天早晨，他发现了一个被人谋杀的男人的尸体。·个年轻的黑人。杰克在一条距离游乐场大约三十码远的水沟里发现了他。这个黑人的喉咙被割开了，以至于脑袋以一个怪异的角度滚向后面。灼热的太阳照在他睁开的、玻璃一样的眼睛上，苍蝇在覆盖着干血的胸口上空盘旋。死者拿着一根红黄相间的带穗的棍棒，就像游乐场汉堡摊位上卖的那种。杰克俯下身子，一脸阴郁地盯着尸体看了好一会儿。然后，他叫来了警察。没有发现任何线索。两天后，死者的家人到停尸房认领了尸体。

在阳光南方游乐场，经常有人打架和争吵。有时候，两个朋友会手挽手来到游乐场，有说有笑地喝着酒——离开之前却气呼呼地扭打在一起。杰克一直很警觉。在游乐场花里胡哨的欢乐、鲜艳明亮的灯光和懒洋洋的笑声背后，他感觉到了某种阴郁而危险的东西。

这几个头昏眼花、支离破碎的星期里，西姆斯马不停蹄地四处奔波。老人喜欢带着一个肥皂箱子和一本《圣经》，站在人群当中布道。他谈到了基督的第二次降临。他说，世界末日将是 1951 年 10 月 2 日。他会指出人群当中的某些醉汉，用他刺耳而疲倦的声音对他们尖叫。一旦他走进人群，站好位置，任何理由都不可能让他动摇半步。他送给杰克一本基甸国际版的《圣经》作为礼物，叫他每天晚上跪下来祈祷一个小时，把别人递给他的每一瓶啤酒或每一支香烟扔得远远的。

他们在墙壁和篱笆上争吵。杰克也开始在口袋里揣上粉笔。他写下一些简短的句子。他字斟句酌，好让路过的人驻足停留，仔细琢磨这些句子的意思。就这样一个人会惊奇。就这样一个人会思考。他还写一些篇幅很短的小册子，在大街上分发。

杰克知道，要不是因为辛格，他肯定会离开这个小镇。只有礼拜天和他的朋友在一起时，他才感到安宁。有时候，他们会一起散会儿步，或者下盘棋——但更多时候是在辛格的房间里安静地待上一天。如果他想谈话，辛格总是留心倾听。如果他整天愁眉苦脸地坐在那儿，哑巴理解他的感觉，不会大惊小怪。在他看来，现在似乎只有辛格能帮上他。

有一个礼拜天，当他爬上楼梯时，他看到辛格的房门开着。房间里空无一人。他独自在那里坐了两个多小时。终于，他听到楼梯上传来辛格的脚步声。

"我正在对你感到纳闷呢。你去哪儿了？"

辛格笑了笑。他用手帕掸了掸帽子，把它放好了。随后，他从容不迫地从口袋里拿出那支银铅笔，趴在壁炉架上写一张便条。

"你什么意思？"读完哑巴写的字条后，杰克问道，"谁的腿被锯掉了？"

辛格收回便条，又补上了几句。

"哈！"杰克说，"这并不让我吃惊。"

他对着便条沉思了一会儿，然后把它揉皱在手里。过去一个月的无精打采消失不见了，他紧张而不安。"哈！"他又说了一遍。

辛格装好了一壶咖啡，拿出了他的棋盘。杰克把那张便条撕碎了，用两只汗涔涔的手掌搓着。

"对这件事，我们可以做点儿什么，"过了一会儿，他说，"你知道吗？"

辛格并不肯定地点点头。

"我想去看看这孩子，听听整个故事，你啥时候能带我去那儿？"

辛格考虑一会儿。随后，他在拍纸簿上写下了两个字："今夜。"

杰克用手捂住嘴，开始焦躁不安地在房间里走来走去。"我们可以做点儿什么。"

13

杰克和辛格在前廊里等着。当他们按下门铃时，黑乎乎的房子里并没有传出门铃的声音。杰克不耐烦地敲了敲门，鼻子紧贴着纱门。辛格站在他旁边，呆头木脑，笑意盈盈，脸颊上泛着红晕，因为他们一起喝了一瓶杜松子酒。夜晚安静而漆黑。辛格看到大厅里射出一束昏黄的光。波西娅给他们开了门。

"我相信你们没等太久吧。来的人太多，我们认为明智的做法是把门铃扯掉。两位先生把帽子给我——父亲病得很厉害。"

杰克蹑手蹑脚地跟在辛格后面，走过空荡荡的狭小大厅。在厨房门口，他突然停了下来。厨房里拥挤而闷热。一团火在小木炉里烧着，窗户紧闭。烟混合着一种黑人的气味。炉子里的火光是屋子里唯一的光亮。刚才在大厅里听到的低沉声音静了下来。

"两位白人先生来探望父亲，"波西娅说，"我想他这会儿或许能见你们，但我最好还是先进去看看，帮他准备一下。"

杰克用手指摸了摸他厚厚的下嘴唇。他的鼻尖上有一块栅格印，是他紧贴着纱门时留下的。"不是那样，"他说，"我是来找你哥哥谈谈。"

屋子里的黑人都站了起来。辛格示意他们重新坐下。两个头发花白的老人在炉旁的一张长凳上坐了下来。一个四肢柔软灵活的黑白混血儿懒洋洋地靠着窗户。角落里的一张行军床上躺着一个没有腿的小伙子，他的裤子折叠着，用别针固定在他粗短的大腿下。

"晚上好，"杰克笨嘴笨舌地说，"你叫科普兰吗？"

男孩子把双手放在残肢上，往后缩了缩，紧贴着墙。"我叫威利。"

"宝贝，别担心，"波西娅说，"这位就是你听父亲说起过的辛格先生。另一位白人先生是布朗特先生，他是辛格先生非常要好的朋友。听说我们遇到麻烦，他们只是好心地过来探望我们。"她转向杰克，指了指屋子里的另外三个人。"靠着窗户的那个小伙子也是我哥哥，他叫巴迪。炉子旁边的这两位是我父亲的好朋友，他们是马歇尔·尼科尔斯先生和约翰·罗伯茨先生。我觉得让你认识一下房间里的所有人是个不错的主意。"

"谢谢。"杰克说，他再次转向威利，"我只是想你跟我说说这事，好让我把它弄明白。"

"事情是这样，"威利说，"我觉得我的双脚好像还在痛。我觉得我的脚趾头痛的要命。但我脚上的痛应该在我的双脚原本应该在的地方，如果它们还在我的腿、腿、腿上的话。可现在我的脚并不在那儿。这事儿很难理解。我的双脚一直痛得要命，我却不知道它们在哪儿。他们一直没有把它们还给我。它们应该在一百多英——英里之外的什——什么地方。"

"我想知道这一切是怎么发生的。"杰克说。

威利忐忑不安地抬头看着他妹妹。"我记得不是——很清楚。"

"嗯——"男孩的声音胆怯而阴郁，"我们大家都在路上干活，巴斯特对看守说了什么。那个白、白人抄起警棍对着他。随后另一个男孩试图逃跑。我跟在了他后面。一切发生得太快，我记不清究竟是怎么回事。后来，他们把我们带回了营地里，并且——"

"后来的事我都知道，"杰克说，"你告诉我另外两个男孩的姓名和住址，告诉我看守的名字。"

"听着，白人。在我看来，你的意思好像要让我找麻烦。"

"麻烦！"杰克粗暴地说，"以基督的名义，你觉得你现在是怎么回事？"

"我们都静一静，"波西娅紧张地说，"事情是这样，布朗特先生，他们在威利刑满之前让他离开了劳动营。但他们还暗示他不要——我相信你懂我们的意思。威利自然很害怕。我们自然要小心为好——因为我们最好是这样。我们的麻烦已经够多了。"

"那些看守怎么样？"

"那几个白、白人被开除了。这是他们告诉我的。"

"你的朋友们现在在哪儿？"

"什么朋友？"

"嗨，另外两个男孩。"

"他们不、不是我的朋友，"威利说，"我们大吵了一场。"

"什么意思？"

波西娅扯了扯她的耳环，耳垂像橡皮一样被扯得老长。"威利的意思是这样。你瞧，在他们痛得要命的那三天里，他们开始争吵。威利甚至再也不想见到他们。父亲和威利已经争论过这事儿。那个巴斯特——"

"巴斯特装了一条木腿，"靠着窗户的那个男孩说，"我今天在街上见到他了。"

"那个巴斯特没有亲人，父亲的意思是让他搬过来跟我们一起住。父亲想让这几个孩子都聚拢在一起。我真不知道他是怎么想的，竟然认为我们能养活他们。"

"那不是什么好主意。再者说，我们从来都不是很要好的朋友。"威利用他那双强壮的黑手摸着他的残肢，"我只想知道我的脚、脚、脚在哪儿。我操心的主要是这事儿。医生没有把它们还给我。我真的很想知道它们在哪儿。"

杰克神情恍惚、醉眼蒙眬地环顾四周，每一样东西看上去都模糊而陌生。厨房里的闷热让他头昏眼花，声音在耳朵里发出回声。烟把他给呛着了。吊在天花板上的电灯倒是亮着，但灯泡被报纸包着，减弱了它的亮度，大部分光亮来自热炉子上裂缝之间的火光。红色的火光映照在周围所有黝黑的脸上。他感到不安和孤独。辛格离开了厨房，去探望波西娅的父亲。杰克很想他回来，这样他们就可以离开了。他笨拙地走过地板，在那张长凳上坐了下来，挤在马歇尔·尼科尔斯和约翰·罗伯茨之间。

"波西娅的父亲在哪儿？"他问道。

"科普兰医生在前屋，先生。"罗伯茨说。

"他是个医生吗？"

"是的，先生，他是个医师。"

外面的台阶上传来一阵慌乱的脚步声，后门开了。一阵新鲜的暖风让凝重的空气变得更清爽。首先走进来的是一个高个子男孩，穿着亚麻西装和镀金鞋子，抱着一个袋子。跟在他后面的是一个大约十七岁的年轻男孩。

"嗨，海博尔。嗨，兰斯，"威利说，"你们给我带来了什么？"

海博尔煞有介事地向杰克鞠了一躬，把两个装着酒的果酱瓶子放在了桌子上。兰斯在旁边摆上了一个盘子，上面覆盖着干净的白色餐巾。

"酒是协会送的，"海博尔说，"兰斯的妈妈送了一些桃酥饼。"

"医生怎么样了，波西娅小姐？"兰斯问。

"宝贝，他这些天病得很厉害。他很强壮，我担心的是这个。一个像他那样的病人突然变得这么强壮，这不是什么好兆头。"波西娅转向杰克。"你不认为它是个坏兆头吗，布朗特先生？"

杰克一脸茫然地看着她。"我不知道。"

兰斯阴郁地瞥了一眼杰克，往下扯了扯他已经穿小了的衬衫袖口。"请向医生致以我们全家人的问候。"

"我们非常感谢，"波西娅说，"父亲前些天还说到你呢。他有一本书想送给你。待会儿我拿给你，再把这块盘子擦洗干净，还给你妈妈。她真是太客气了。"

马歇尔·尼科尔斯凑近了杰克，似乎要对他说什么。老人穿着一条细条纹裤子和一件大礼服，纽扣孔上插着一朵花。他清了清嗓子，说："对不起，先生——不可避免，我无意中听到了你和威廉之间谈话的一部分，关于他现在遇到的麻烦。**不可避免**，我们已经考虑了应当采取的最好办法。"

　　"你是他的亲戚，还是他所属教堂的牧师？"

　　"不。我是个药剂师。坐在你左边的约翰·罗伯茨在政府的邮政部门工作。"

　　"一个邮差。"约翰·罗伯茨重复道。

　　"请允许我——"马歇尔·尼科尔斯从口袋里掏出一块黄色的丝绸手帕，小心翼翼地擤了擤鼻涕，"很自然，我们已经**详尽地**讨论过这件事情。毫无疑问，作为美国这样一个自由国家的有色种族的成员，我们渴望为发展**友好**关系恪尽自己的职责。"

　　"我们一直希望做正确的事。"约翰·罗伯茨说。

　　"我们理应尽心尽力，不要危及已经建立起来的这种友好关系。然后，通过循序渐进的方法，更好的**情况**一定会出现。"

　　杰克看看这个，瞅瞅那个。"我似乎听不明白你们的话。"闷热让他喘不过气来。他很想出去。他的眼珠子似乎蒙上了一层薄膜，周围所有的脸庞都模糊起来。

　　对面的威利在吹口琴。巴迪和海博尔在听。曲子低沉而悲伤。一曲吹完，威利在衬衫前襟上擦了擦口琴。"我又饿又渴，口水都把音符给打湿了。我真想试着吹一首摇摆爵士乐。喝点儿好酒是唯一能让、让我忘掉痛苦的事情。要是我知道我的脚、脚现在在哪儿，每天夜里喝上一杯杜松子酒，我就不会那么在意了。"

　　"别心烦，宝贝。你这就有酒喝了，"波西娅说，"布朗特先生，愿意来一块桃酥饼和一杯酒吗？"

"谢谢，"杰克说，"那太好了。"

波西娅很快铺好了桌布，摆好了一个盘子和一把叉子。她倒了满满一大杯酒。"请自便。要是你不介意的话，我去招待别人了。"

果酱瓶你一口我一口地传递着。海博尔在把瓶子传给威利之前，从波西娅那里借来一支口红，在瓶子上画了一条红线，定下了这一口的界线。屋子里有咯咯的嘈杂声和笑声。杰克吃完了他那块桃酥饼，端着酒杯坐回了他在两位老人之间的老地方。家酿的酒像白兰地一样醇厚浓烈。威利开始吹奏一段低沉忧伤的旋律。波西娅咬着手指，拖着脚步在屋里走来走去。

杰克转向马歇尔·尼科尔斯。"你说波西娅的父亲是个医生？"

"是的，先生。没错，确实是。一个医术高明的医生。"

"他出了什么事？"

两个黑人警惕地互相看了一眼。

"他出了点儿意外。"约翰·罗伯茨说。

"什么意外？"

"一次不好的意外。一次糟透了的意外。"

马歇尔·尼科尔斯把他的丝手帕叠好又展开。"正如我们刚才说过的那样，重要的是不要**损害**这些友好的关系，而是要尽可能诚挚地在各个方面加以促进。我们这些有色种族的成员必须努力在各个方面提高我们的公民。那边屋子里的医生就在各个方面努力过。但有时候，在我看来，他好像并没有足够充分地认识到不同种族和境况的某些**因素**。"

杰克不耐烦地喝干了杯子里最后几口酒。"看在基督的分上，伙计，别绕弯子了，我听不明白你说的话。"

马歇尔·尼科尔斯和约翰·罗伯茨交换了一个痛苦的眼神。对面的威利还在吹口琴。他的嘴唇像胖乎乎、皱巴巴的毛虫一样在口琴的四方形小孔上爬行。他的肩膀很宽,很强壮。他的残肢随着音乐的节拍而抽搐。海博尔跳起了舞,巴迪和波西娅拍手打着节拍。

杰克站了起来,马上意识到自己醉了。他摇摇晃晃,报复性地环顾四周,似乎没有一个人注意到。"辛格哪儿去了?"他声音沙哑地问波西娅。

音乐声停止了。"怎么啦,布朗特先生,我以为你知道他已经走了。你坐在餐桌旁吃桃酥饼的时候,他来到了门口,伸了伸手表,示意到了他要走的时间。你直愣愣地看着他,摇了摇头。我以为你知道的。"

"或许我在琢磨别的事。"他转向威利,怒气哼哼地对他说:"我甚至都没告诉你我为什么来这儿,我来这儿不是要你们做什么。我想要的——我想要的只是这个。你和另外两个孩子要为发生过的事情作证,我来解释为什么。唯一重要事情是'为什么'——而不是'怎么了'。我会用车子推着你到处走动,你讲述你的故事,然后我来解释'为什么'。或许,这可能有点儿意义。或许——"

他觉得周围的人在笑他。慌乱导致他忘掉了他想要说的话。屋子里到处是黝黑而陌生的面孔,空气混浊得没法呼吸。他看到了对面的门,跌跌撞撞地向门口走去。他进了一个黑咕隆咚的储藏间,闻到了药的味道。随后,他的手正在转动另一个门把手。

他站在一个白色小房间的门槛上,里面的家具只有一张铁床、一个柜子和两把椅子。床上躺着的,正是他在去辛格房间的楼梯上曾经遇到过的那个令人讨厌的黑人。在硬邦邦的白色枕头的映衬下,他的脸显得很黑。黑色的眼睛因为仇恨而变得灼热,但浅蓝的厚嘴唇却很镇静。他的脸像一个黑色的面具一样纹丝不动，只有鼻孔随着每一次呼吸而缓慢地、大幅度地翕动着。

"滚出去。"黑人说。

"等等——"杰克无助地说，"你为什么要这样说？"

"这是我的家。"

杰克没法把目光从黑人那张可怕的脸上移开。"可是为什么呢？"

"你是一个白人，一个陌生人。"

杰克没有离开。他笨拙而小心地走向其中一把白色的直背椅子，坐了下来。黑人在床罩上移动着他的双手。他黑色的眼睛闪烁着狂热。杰克注视着他。他们都在等待。房间里有一种紧张感，像是一场阴谋，又像是爆炸之前那死一般的寂静。

午夜已经过去了很长时间。春天早晨温暖而黑暗的空气搅动房间里一层层蓝烟。地板上有几个皱巴巴的纸球和一瓶已经喝了一半的杜松子酒。床罩上散落的烟灰是灰色的。科普兰医生紧张地把头埋在枕头里。他脱掉了晨衣，白色棉睡衣的袖子卷至肘部。杰克坐在椅子里，身子前倾。他的领带松开了，衬衣领子被汗水打蔫了。这几个小时里，他们之间有过一次令人精疲力竭的漫长对话。现在又出现了一次停顿。

"所以，时候已经到了——"杰克开口了。

但科普兰医生打断了他。"现在必须做的也许是——"他声音嘶哑地喃喃低语。他们停住了。互相看着对方的眼睛，等待着。"请原谅。"科普兰医生说。

"对不起，"杰克说，"你继续吧。"

"不，你继续。"

"嗯——"杰克说,"我不想说我开头说过的话。关于南方,我有一句最后的话。被窒息的南方。被荒废的南方。被奴役的南方。"

"还有黑人。"

为了让自己镇静下来,杰克从身边拎起地上的瓶子,长长地喝了一大口烈性酒。然后,他不慌不忙地走到储藏间,拿起一个小小的廉价地球仪,那是用来镇纸的。他把地球仪放在手里缓慢地转动着。"我只能这样说:世界充满了卑鄙和邪恶。哈!这个地球上四分之三的地方处于战争或压迫的状态。骗子和恶魔联合了起来,那些知道的人被孤立,无力抵抗。但是!如果你要我指出这个地球表面上最不文明的区域,我会指这儿——"

"看清楚点儿,"科普兰医生说,"你指到大海上去了。"

杰克再次转动地球仪,用他粗钝而肮脏的大拇指小心地压住他选中的那个点。"这儿。这十三个州。我知道我在说什么。我博览群书,我行走天下。我到过这十三个州当中他妈的每一个该死的州。我在每个州都干过活。我想我这样做的理由是:我们生活在世界上最富裕的国家。这里很富足,却不能为那些贫困中的男人、女人和孩子省下点儿什么。除此之外,我们这个国家的建立,是基于一项伟大而纯正的原则——自由,平等,以及每一个人的权利。哈!这个开端带来的是什么呢?有价值数十亿美元的公司——而成千上万的人却没有饭吃。在这十三个州,对人的剥削达到了这样的地步——你应该亲眼去看看。我这辈子看到了很多让人发疯的事情。至少有三分之一的南方人,他们的生活条件并不比欧洲任何法西斯国家最低贱的农民更好。租佃农场一个工人的平均工资只有每年七十三元。注意,这是平均工资!小佃农的工资从每人三十五元至九十元不等。一年三十五元意味着整整一天的工作只换来大约一毛钱。到处都有糙皮病、钩虫病和贫血症。还有十足而纯粹的饥饿。但是！"杰克用肮脏拳头的指关节擦了擦嘴唇，额头上冒出了汗珠，"但是！"他重复道，"这些只是你看得见、摸得着的恶。还有一些事情更糟。我说的是真相被掩盖，不让人们看到。他们被告知的那些事情使他们看到不到真相。有毒的谎言。不允许他们知道真相。"

"还有黑人，"科普兰医生说，"要理解我们身上发生的事情，你必须——"

杰克粗暴地打断了他的话。"谁拥有南方？北方的公司拥有整个南方的四分之三。他们说，这头老奶牛到处吃草——在南方、西部、北方和东部。但它只在一个地方挤奶。奶胀的时候，它的老奶头只在一个地方晃荡。它四处吃草，在纽约挤奶。比方说我们的棉纺厂，我们的果肉厂，我们的马具厂，我们的床垫厂。北方拥有它们。怎么回事？"杰克的小胡子愤怒地颤抖，"这儿有个例证。地点是一个依据美国工业庞大的父权体制建立起来的工业村。缺席者所有制。村子里有一家巨大的砖厂，大概有四五百座简陋棚屋。这些房子根本不适合人类居住。此外，这些房子首先是作为贫民窟来建造的。这些棚屋只有两三个房间和一间厕所——事先的计划远不如谷仓或牲口棚。建造时要费的心思远不如猪圈。因为在这样的体制下，猪是有价值的，而人没有。你不可能用那些皮包骨头的工厂小孩制作猪肉排和香肠。人你只能卖掉一半。但一头猪——"

"等一等！"科普兰医生说，"你扯到题外去了。而且，你没有关注非常特别的黑人问题。我都插不上嘴。这些我们之前都经历过，但如果不把我们黑人包括进来，就不可能看到完整的状况。"

"回到我们的工厂村吧，"杰克说，"一个年轻的棉纺工在他能够找到工作的时候，开始挣每周八至十元的不错收入。他结婚了。第一个孩子出生之后，女人也必须到厂里上班。两个人都上班时，他们的工资加起来比方说是每周十八元。哈！他们拿出这笔钱的四分之一租住厂里提供给他们的棚屋。他们在一家被公司所拥有或控制的商店里购买食物和衣服。商店对每一件商品都要多收钱。有了三四个小孩之后，他们就被控制住了，仿佛被铁链锁起来了一样。这就是奴隶制的整个原理。但在美国，我们说自己是自由的。可笑的是，这个说法被牢牢地灌输进了小佃农和棉纺工以及其余所有人的头脑里，以至于他们真的相信了。但他们拿出了一大堆该死的谎话，为的是不让人们知道真相。"

"只有一条出路——"科普兰医生说。

"两条路。只有两条路。曾经有一段时期，这个国家在不断扩张。每个人都认为自己有机会。哈！但那段时期已经过去了——永远过去了。不到一百家公司鲸吞了一切，只留下一点儿残羹剩炙。这些企业已经吸干了人们的血，榨干了人们的骨髓。从前扩张的日子已经一去不复返。整个资本主义民主体制都是腐朽的和堕落的。前面只剩下两条路可走。一：法西斯主义。二：最具革命性的、最永久的改革。"

"还有黑人。别忘了黑人。就我和我的同胞而言，南方现在就是法西斯主义的，而且一直都是。"

"没错。"

"纳粹分子剥夺了犹太人的法律生活、经济生活和文化生活。而在这里，黑人一直就没有这些。如果说，这里并没有像德国那样发生大规模的、戏剧性的对金钱和物品的抢劫，那只是因为黑人从一开始就没有机会发家致富。"

"这就是制度。"杰克说。

"犹太人和黑人，"科普兰医生痛苦地说，"我们民族的历史与犹太人的漫长历史完全可以相提并论——只是更加血腥，更加暴力。像某些种类的海鸥一样。你抓住一只，把一根红绳了缠在它的腿上，其余的海鸥就会把它啄死。"

科普兰医生取下眼镜，绕着断裂的铰链重新绑了绑金属丝。他在睡衣上擦了擦镜片。他的手因为激动而颤抖。"辛格先生是个犹太人。"

"不，你搞错了。"

"但我确信他是。辛格这个名字。第一次见到他的时候，我便认出了他的种族。从他的眼睛看出来的。而且，他这样对我说过。"

"得了吧，他不可能说过，"杰克坚持道，"如果我没看错的话，他是纯种盎格鲁—撒克逊人。爱尔兰血统和盎格鲁-撒克逊血统。"

"但是——"

"我敢肯定。绝对的。"

"那好吧，"科普兰医生说，"我们别吵了。"

外面，黑乎乎的空气冷了下来，房间里有了一丝寒意。这会儿差不多天亮。凌晨的天空呈现出丝绸般的深蓝色，月亮从银色变成了洁白。万籁俱寂。唯一的声音是一只春天的小鸟在外面的黑暗中清澈而孤独的鸣唱。尽管从窗户里吹进来一阵微风，但房间里的空气有股馊味，令人气闷。有一种既紧张又疲劳的感觉。科普兰医生从枕头上探起身子。他的眼睛里布满血丝，双手紧紧抓住床罩，睡衣的领口滑落到瘦骨嶙峋的肩膀上。杰克的后脚跟搭在椅子的横档上，一双大手交叉放在两膝之间，一种孩子般天真的等待姿态。他的眼睛底下有很深的黑眼圈，头发蓬乱。他们互相看着对方，等待着。沉默的时间越长，两个人之间的紧张便越发不自然。

终于，科普兰医生清了清喉咙，说："我敢肯定，你来到这里并不是毫无缘由。我确信我们彻夜讨论这些话题也并不是毫无目的。我们现在已经全都谈到了，除了一个最紧要的话题——出路。什么是必须做的。"

他们一动不动地注视着对方，等待着。每个人的脸上都有一种期待。科普兰医生靠着枕头坐得笔直。杰克手撑着下巴，俯身前倾。停顿还在继续。他们犹犹豫豫地同时开口说话。

"对不起，"杰克说，"你先说。"

"不，你说。你先开口的。"

"继续说吧。"

"哼!"科普兰医生说，"你继续说。"

杰克用他那双蒙眬而神秘的眼睛盯着他。"是这样。我是这么看的。唯一的解决办法是让人们**知道**。一旦他们知道了真相，他们就再也不可能受压迫。只要有一半人知道了，就会赢得整个战斗。"

"是的，只要他们明白了这个社会的运转方式。但你打算怎么告诉他们呢?"

"听我说，"杰克说，"想想连环信吧。如果一个人把信寄给十个人，这十个人当中的每个人又把信寄给另外十个人——你明白吗?"他的声音有些颤抖，"不是说我来写信，但想法是一样的。我只是四处宣讲。如果在一个镇子上我能让十个不知道的人看到真相，那我就觉得自己做了一件好事。懂吗?"

科普兰医生惊讶地看着杰克。随后他哼了一声。"别孩子气了!你不可能只是到处宣讲。连环信，真亏你想得出!知道的人和不知道的人!"

杰克的嘴唇颤抖着，眉毛随着迅速到来的愤怒而耷拉着。"好吧，你有什么主意呢?"

"我首先要说，在这个问题上，我从前的感觉像你一样。但我现在知道了，这种态度错得多么离谱。半个世纪以来，我·直以为忍耐是明智的。"

"我没说要忍耐。"

"面对野蛮的暴行，我忍耐。在不公正面前，我保持平和。我为了假想的整体利益而牺牲了很多东西。我相信舌头，而不是拳头。我宣扬忍耐是抵抗压迫的盔甲，我相信人的灵魂。我现在知道自己错得多么离谱。我是个叛徒，既背叛了自己，也背叛了我的同胞。这一切都是胡说八道。现在是时候行动了，迅速行动起来。以狡诈对狡诈，以力量对力量。"

"但怎么做呢？"杰克问，"怎么行动呢？"

"嗨，通过走出去，做事情。把人群召集起来，让他们去游行示威。"

"哈！最后那句话让你露了马脚——'让他们去游行示威。'你让他们去游行示威，反对一件他们并不**知道**的事，那有什么用。你是在试图通过屁眼给猪喂食。"

"这样粗俗的措辞让我很生气。"科普兰医生一本正经地说。

"看在基督的分上！我才不在乎你生气不生气。"

科普兰医生举起一只手。"我们都别过分激动，"他说，"让我们努力达成一致吧。"

"正合我意。我可不想跟你打架。"

他们沉默了。科普兰医生的目光从天花板的一个角落移到另一个角落。有几次，他润了润嘴唇准备开口，但每一次话到嘴边，欲言又止。终于，他开口说道："我给你的建议是这样，不要试图单打独斗。"

"但是——"

"但是，没什么但是，"科普兰医生以教训人的口气说，"一个人所能做的最要命的事情，就是试图单打独斗。"

"我明白你的意思。"

科普兰医生把睡衣的领口拉倒了他瘦骨嶙峋的肩膀上面，朝喉咙那儿拢紧了一些。"你相信我的同胞为了他们的人权所做的斗争吗？"

医生的激动不安，以及他的这个温和而嘶哑的问题，让杰克的眼眶里突然盈满了泪水。迅速膨胀起来的爱的涌动导致他抓起床罩上那只瘦骨嶙峋的黑手，紧紧握住。"当然。"他说。

"还有我们的极度穷困？"

"是的。"

"公正的缺乏？严重的不平等？"

科普兰医生咳嗽起来，把痰吐进了他放在枕头底下的一张纸片里。"我有一项计划。它是一项非常简单而集中的计划。我打算集中于唯一一个目标。今年八月，我计划领导本县超过一千名黑人，搞一次行军。向华盛顿进军。我们大家凝聚成一个坚实的整体。如果你去那边的储藏间里看看的话，你会发现一沓信，是我这个星期写的，我会亲自去递送这些信。"科普兰医生的双手在那张窄床的两侧紧张地上下滑动，"你还记得我刚才对你说过的话吗？你应该还记得，我给你的唯一建议是：不要试图单打独斗。"

"我明白。"杰克说。

"但是，一旦你加入进来了，你就必须是全身心的投入。这是最重要的。你要永无止境地工作。你必须毫不吝啬地奉献整个自我，没有任何希望获得个人回报。没有休息，也别指望有休息的时间。"

"为了南方黑人的权利。"

"南方和我们这个县。要么全有，要么全无，非此即彼。"

科普兰医生向后靠在枕头上。似乎只有那双眼睛是活的。它们在他的脸上像火红的木炭一样燃烧。发烧使他的脸颊呈现出一种可怕的紫色。杰克绷着脸，用指关节压住他那张柔软、阔大、颤抖的嘴巴。他满脸通红。外面，早晨第一抹微弱的光亮出现在天空。吊在天花板上的电灯泡在黎明中燃烧着丑陋而刺目的光。

杰克站起身来，僵硬地站在床脚头。他冷冷地说："不。那根本不是正确的角度。我绝对肯定它不是。首先，你根本出不了小镇。他们会说这样的集会威胁到公共健康——或者某个诸如此类编造出来的理由——从而把它解散。而且，即便凭借某个奇迹，你们去了华盛顿，也一点儿用途都没有。为什么，因为整个想法就很疯狂。"

痰液在科普兰医生的喉咙里发出尖锐的嘎嘎声。他的声音很刺耳。"既然你这么快就冷嘲热讽，不以为然，那你有什么更好的建议吗？"

"我没有冷嘲热讽，"杰克说，"我只是说你的计划很疯狂。今晚来这里，我就带来了一个比这好得多的想法。我想用手推车把你儿子威利和另外两个男孩推着到处走。他们讲述自己身上发生的事情，我来发表演说，谈谈资本主义的辩证法——揭穿其所有的谎言。我会解释得每个人都明白这些孩子的腿**为什么**被锯掉了。让每一个看到他们的人都**知道**。"

"呸！呸呸！"科普兰医生怒不可遏地说，"我不相信你脑子正常。如果我觉得它还值得一笑的话，我肯定会嘲笑一番。我还从未有过这样的机会亲耳听到这样的胡说八道。"

他们带着强烈的失望和愤怒，互相瞪视着对方。外面的街道上传来手推车嘎吱嘎吱的声音。杰克喝了一口，咬着嘴唇。"哈！"他最后说，"你是唯一一个疯掉的人。你让每一件事情实际上都倒退了。在资本主义体制下，解决黑人问题的唯一办法是：把这些州的一千五百万黑人当中的每一个都阉割掉。"

"你表面上夸夸其谈正义，底下抱有的就是这种观念。"

"我不是说应该这样做。我只是说，你只见树木，不见森林。"杰克缓慢而费劲地字斟句酌，"工作得从最底下开始。砸碎旧传统，创立新传统。要为世界打造一个全新的格局，要让人第一次成为社会的动物，生活在一个有序的、受到控制的社会里，在这样的社会里，他不会被迫为了生存而行不义之事。一个这样的社会传统，在这一传统中——"

科普兰医生冷嘲热讽地拍起巴掌来。"很好，"他说，"但必须先摘棉花，然后才能织成布。你和你那些不切实际的无为理论只能——"

"哈！谁关心你和你的一千名黑人是不是要溜达到一个叫做华盛顿的散发着恶臭的污水坑去？那样做会有什么不同？如果我们的整个社会建立在黑色谎言的基础上，少数几个人又有什么要紧——千把来个人，黑人、白人、好人或坏人？"

"一切！"科普兰医生气喘吁吁地说，"一切！一切！"

"狗屁都不是！"

"从正义的角度看，即便是这个地球上最卑鄙、最邪恶的人，其价值也要超过——"

"噢，见他妈的鬼去吧！"杰克说，"胡说八道！"

"你这个亵渎神明的家伙！"科普兰医生尖叫起来，"臭不可闻的渎神者。"

杰克摇晃着床上的铁栅，额头上青筋暴起，几乎要炸开，脸因为愤怒而变得乌黑。"你这个没有远见的老顽固！"

"白人——"科普兰医生说不出话来。他挣扎着，没有声音出来。最后，他总算能够说出一句被噎住的低语："恶魔。"

亮黄色的晨曦出现在窗户上。科普兰医生的头向后倒在枕头上。他的脖子扭成了一个好像要断掉的角度，嘴唇上有一小片带血的唾沫。杰克看着他，剧烈地抽泣着，然后仓促地冲出了房间。

14

现在她没法待在"里屋"。身边得一直有人。每时每刻得做点儿什么事。如果独自一人，她就数数。她数了客厅墙纸上所有的玫瑰。她算出了整个房子的体积。她数了后院里的每一片草叶，一棵灌木上的每一片树叶。因为，如果不把脑子集中在数字上的话，那种可怕的恐惧感就会袭上心头。这些五月的下午，她从学校步行回家，突然间，她必须琢磨某件转瞬即逝的东西。一件好东西——非常好。她或许会琢磨一段快速的爵士乐。或者是到家时冰箱里等着她的一碗果子冻。或者是打算躲在煤库后面抽一支烟。或许，她会想得很远，想到她今后去北方看雪的时间，甚或是在外国的某个地方旅行。但这些胡思乱想都是关于不会持久的好东西。果子冻五分钟就没了，烟也一会儿就抽完了。这之后还有什么呢？数字在她的大脑里混作一团。雪和外国是很久很久以后的事。那么，还有什么呢？

只有辛格先生。她想随时随地跟踪他。早晨，她会注视着他走下前台阶去上班，然后跟在他后面尾随半个街区。每天下午刚一放学，她就跑到辛格上班的那家商店附近的街角上闲逛。四点钟的时候，他会从店里出来，去喝一杯可口可乐。她注视着他穿过马路，走进那家杂货店，最后又出来。她跟着他下班回家，有时候，他散步时甚至也跟着。她总是远远地跟在他后面，而他并不知道。

她会上楼去他的房间看他。她先把脸和手擦洗干净，再在裙子的前面洒些香草精。现在她一个星期只去拜访他两次，因为她不想让他对自己感到厌烦。大多数时候，当她推开房门时，他总是坐在那儿，面对着那副古怪而漂亮的象棋。随后，她和他在一起待一会儿。

"辛格先生，你是否在一个冬天下雪的地方生活过？"

他把椅子斜靠墙，点点头。

"在某个跟这儿不同的国家——在外国吗？"

他又点点头，并在他的拍纸簿上写了起来。他曾经到过加拿大的安大略省——与底特律隔河相望。加拿大在北边很远的地方，以至于白雪都堆积到了和屋顶一般高。著名的五胞胎和圣劳伦斯河便在那儿。人们在街上跑来跑去，互相说着法语。在很远的北边，有幽深的森林和冰块砌成的白色圆顶小屋。北极地区有美丽的北极光。

"在加拿大的时候，你有没有到外面去弄点儿新鲜的雪，跟奶酪和糖混在一起吃？我曾在书上读到，这样吃很棒。"

他把头转向一侧，因为他没听明白。她不能再问这个问题，因为突然间它听上去似乎很蠢。她只是看着他，等待着。他的头在身后的墙上投下一个大大的黑色影子。电风扇让混浊而闷热的空气变得凉爽了些。周围一片寂静。好像他们都在等着告诉对方一些他们之前从未说起过的事。她要说的事很恐怖，很吓人。但他要告诉她的却非常真实，以至于它会让一切都好起来。或许，那是一件既不能说出来、也不能写出来的事。或许，他将不得不以不同的方式让她明白这一点。这就是她和他在一起的感觉。

"我只是问问你加拿大的事——并没有什么意思，辛格先生。"

楼下自家的房间里有太多的烦心事。埃塔依旧病恹恹的,三个人挤在一张床上她无法睡着。窗帘拉了下来,黑咕隆咚的房间里由于有病人的气味而很难闻。埃塔的工作丢了,这意味着除了医生的账单之外,每周还少了八元钱的收入。接下来有一天,当拉尔夫在厨房里闲逛的时候,他在炽热的炉子上把自己给烧伤了。绷带使得他的手发痒,得一直有人看着他,否则他会挠破水泡。乔治生日那天,他们给他买了一辆红色小自行车,车把上有一个铃和一个筐。家里每个人都凑了钱。但是,当埃塔丢了工作时,他们就付不起账了,拖欠了两期分期款之后,商店便派了一个人来拿走自行车。乔治只是注视着那人把自行车推出门廊,当他从自己身边经过时,乔治踢了一脚后面的挡泥板,然后跑进煤库,关上了门。

始终是钱,钱,钱。他们欠杂货店的钱。他们欠家具最后的分期款。现在他们失去了房子,还欠着那里的钱。这幢房子有六个房间租出去了,但没有房客按时付房租。

有一段时间,爸爸每天都出去,想找另一份工作。他再也干不了木匠活了,因为,离地面超过十英尺他就战战兢兢。他应聘了很多工作,但没人雇他。最后,他终于想出了一个主意。

"就是广告,米克,"他说,"我得出了一个结论,眼下我的修表生意关键在于广告。我得推销自己。我得走出去,让人们都知道我会修理钟表,而且质优价廉。你要记住我的话。我要把这宗生意做起来,好让我能够在余生里让一家人过上好日子。就通过广告。"

他弄回来了一打铁皮和一些红色油漆。接下来的一个星期里,他一直很忙。在他看来,这真他妈的是个好主意。前屋的地板上铺满了招牌。他趴在地上,认真仔细地描画每个字母。他一边干活,一边摇头晃脑地吹着口哨。几个月以来,他从来不曾这样开心和高兴。时不时地，他不得不穿上那身体面的西装，跑到街角那儿喝上一杯啤酒，好让自己平静下来。起初，他在招牌上写道：

威尔伯·凯利
　　修理钟表
　　价廉手艺好

"米克，我想让它们一下子就吸引你的眼球。不管在哪儿看到都引人注目。"

她给他帮忙，他给了她三个五分钱的硬币。招牌起初看上去很不错。接下来，他又反复对它们进行加工，结果全给毁了。他想要添加的东西越来越多——在角上、顶部和底部。还没完工，招牌上就涂满了"价格便宜""立等可取"和"给我任何表，都能让它跑"。

"你想在招牌上写的东西太多，以至于人们啥也看不到。"她告诉他。

他又弄回来一些铁皮，把设计的活都交给她。她把它们画得很朴素，大大的黑体字，再画上一个时钟。很快他就有了一大堆招牌。一位他认识的伙计开车把他带到郊外，只要能把招牌钉在树上和篱笆上的地方他都去。在本街区的两头，各树了一个招牌，上面画着一只黑手指向他家的房子。大门的上方钉着另一块招牌。

弄完广告之后的那天，他身着干净的衬衫，系着领带，在前屋等着。什么动静也没有。珠宝店老板送来了两座钟，是店里干不完的活，他只收半价。仅此而已。他艰难地接受了这个现实。他再也没有出去找别的工作，但每时每刻都要在房子里四处忙活。他拆下门，给铰链上油——也不管需要不需要。他帮波西娅配制人造黄油，擦洗楼上的地板。他设计了一个奇妙的装置，可以把冰箱里的水通过厨房的窗户排出去。他给拉尔夫雕刻一些漂亮的字母积木，发明了一个小小的穿针器。对于拿给他修理的寥寥几块手表，他十分尽心尽力。

米克依旧在跟踪辛格先生。但她并不想这样做。在他不知道的情况下跟踪他，这事似乎有些不对头。有那么两三天，她逃学了。他去上班时，她跟在他后面，然后整天都在他打工的那家店铺附近的街角上瞎逛。当他到布兰农先生的餐馆里吃午饭时，她便走进咖啡馆，花一个五分钱的硬币，买了一袋花生。夜里，她跟在他后面，在黑暗中长时间地散步。她会走在街道上和他相对的那一侧，落在后面大约一个街区。他停，她也停——他快，她也快。只要能看到他，离他不远，她就很幸福。但有时候，那种古怪的感觉会浮上心头，她知道自己在做错事。因此她想方设法在家里忙个不停。

她和爸爸如今同病相怜：手头总得摆弄点儿什么东西。家里和街区发生的事情，她一件都不漏。斯佩尔里布斯的姐姐在电影院的抽奖中赢了五十元钱。贝比·威尔逊现在拆掉了头上的绷带，但头发剪得像男孩子一样短。今年她没法在晚会上跳舞了，当她妈妈带她去看跳舞时，贝比便在一支舞曲中间喊叫胡闹。他们不得不把她拖出了剧院。在人行道上，威尔逊太太不得不搂她，好让她规矩点儿。威尔逊太太也哭了。乔治恨死了贝比。当她从自家旁边经过时，他会捏着鼻子，塞住耳朵。皮特·韦尔斯从家里跑了，已经走了三个星期。他回来时光着双脚，饥肠辘辘。他吹嘘自己如何一路走到新奥尔良。

由于埃塔，米克依旧在客厅里睡觉。短沙发挤得太难受，以至于她不得不在学校的自习室里补觉。每隔一个晚上，比尔和她换地方睡，她和乔治一起睡。接下来，他们出现了一次幸运的转机。一个租住楼上房间的家伙搬走了。一个礼拜过去，报纸上的招租广告无人理眯，妈妈告诉比尔可以搬到那个空房间去。比尔很高兴有一个完全属于自己的地方，远离家人。米克则搬去和乔治一起睡。她睡得就像一只暖洋洋的小猫，呼吸非常安静。

她再次认识了夜晚的时光。但和去年夏天她在黑暗中独自漫步、聆听音乐和制订计划的时候并不一样。她现在是以不同的方式来认识夜晚。她醒着躺在床上。一种古怪的恐惧感攫住了她。就好像天花板正缓慢地向她的脸压下来。如果房子倒塌了会怎样呢？有一次，爸爸说整个房子都应该被宣判有罪。他的意思是不是说，或许某个夜晚，当他们熟睡的时候，墙壁会开裂，房子会倒塌呢？把他们全都埋在灰泥、碎玻璃和被砸烂的家具之下？这样一来，他们就动弹不得、无法呼吸呢？她醒着躺在那儿，肌肉僵硬。夜里有嘎吱作响的声音。是不是有人在散步——除她之外还有别人也醒着——是辛格先生吗？

她从未想过哈里。她打定主意要忘掉他，也确实把他给忘了。他写信说，他在伯明翰的一个加油站找到了工作。她在一张明信片上回复了"安好"两个字，就像他们所计划的那样。他每周给他母亲寄来三元钱。看起来，自从他们一起去那片树林以来，似乎已经过去了很久很久。

白天，她一直在"外屋"忙活。但每到夜晚，她独自待在黑暗中，光数数是不够的。她需要有人。她试图让乔治也醒着。"一直醒着，在黑暗中说话，一定很好玩。我们一起说会儿话吧。"

他睡眼蒙眬地回了一句什么。

"看窗外的星星。很难相信，每颗小星星都是一颗像地球一般大的行星。"

"他们是怎么知道的？"

"他们就知道。他们有办法测量。那是科学。"

"我才不信。"

她试图怂恿他来一场争论，这样的话，他就会抓狂并一直醒着。他只是任由她在那儿说，好像不加理会。过了一会儿，他说：

"看，米克！你看那根树枝？他像不像一个早年的清教徒移民，躺在那儿，手里拿着枪？"

"还真像。简直一模一样。看那边的写字台上。那个瓶子像不像一个戴着帽子的小丑？"

"不像，"乔治说，"我觉得一点儿都不像。"

她从地板上拿起一杯水，喝了一口。"我们玩个游戏吧——名字游戏。你想是什么就是什么。不管你喜欢哪个。你可以选择。"

他把两个小拳头放到自己的脸上，安静而均匀地呼吸，他已经睡着了。

"等等，乔治！"她说，"这很好玩。我是一个名字以 M 打头的人。你猜我是谁。"

乔治叹了口气，声音有些疲倦。"你是哈勃·马克斯么？"

"不，我又没演过电影。"

"我不知道。"

"你肯定知道。我的名字以 M 打头，我生活在意大利。这你应该猜到吧。"

乔治翻了个身，缩成一团。他没有回答。

"我的名字以 M 打头，但有时候人们叫我另外一个名字，是 D 打头。在意大利。你能猜到的。"

房间里很安静，周围一片漆黑，乔治睡着了。她掐他，揪他的耳朵。他哼哼着，但没有醒来。她紧贴着他，把脸压着他热乎乎的裸露的小肩膀。他会睡上一个通宵，而她则在算小数算术题。

辛格先生在楼上的房间里醒着么？天花板嘎吱作响是不是因为他在安静地走来走去，喝着一杯冰橙汁，研究桌上摆着的棋子？他有没有过像她一样的恐惧感？不。他从未做过任何坏事。他从不干坏事，他的心在夜晚很平静。但与此同时，他会理解。

要是能把这事告诉他，应该会好很多。她想象着自己如何开始告诉他。辛格先生——我认识这个女孩子，岁数跟我一般大——辛格先生，我不知道你是不是理解这种事情——辛格先生。辛格先生。她一遍一遍地说着他的名字。她爱他超过了家里的任何人，甚至超过了乔治或爸爸。那是一种不同的爱。它不像是她之前在生活中感受到的任何东西。

早晨，她和乔治会一起穿衣并谈话。有时候她很想紧挨着乔治。他长高了，苍白而消瘦。他柔软的淡红色头发参差不齐地覆盖在两只小耳朵的顶部。他锐利的眼睛总是眯缝着，以至于他的脸上有一种紧张的神情。他的恒牙正在长出来，但它们是蓝色的，像他的乳牙一样分得很开。他的下巴常常歪着，因为他有个习惯，总是用舌头去顶那颗疼痛的新牙。

"听我说，乔治，"她说，"你爱我吗？"

"当然。我爱你。"

那是一个天气炎热、阳光明媚的早晨，是学校放假之前的最后一个星期。乔治穿好了衣服，坐在地板上做算术作业。他的小脏手紧捏着铅笔，不停地弄断了铅笔头。当他做完作业时，她抱住他的肩膀，死死盯着他的脸。"我指的是很多爱，很多很多。"

"放我走吧，我当然爱你，你不是我姐姐么？"

"我知道。但假设我不是你姐，你还会爱我吗？"

乔治向后退。他没有干净的衬衫，穿上了一件脏兮兮的套头毛衣。他的手腕很细，青色的血管隐约可见。毛衣的袖子被拉得老长，松松垮垮地吊着，让他的双手看上去很小。

"如果你不是我姐，那我可能不认识你。因此我不可能爱你。"

"但如果你认识我，而我又不是你姐呢？"

"可你怎么知道我认识你呢？你无法证明这个。"

"好吧，只是想当然一下，假装这样。"

"我想我会挺喜欢你的吧。但我还是要说，无法证明——"

"**证明！**你念念不忘这个词。**证明**和**骗人的把戏**。每一样东西要么是骗人的把戏，要么就应该证明。我真受不了你。乔治·凯利。我恨你。"

"好吧。那我也不喜欢你。"

他爬到了床底下，摸索着什么。

"你跑床底下找什么？你最好是别动我的东西。要是我逮着你乱动我的私人盒子，我会揪住你的脑袋往墙上撞，让你脑袋开花。我会的，我要把你的脑浆踩个稀巴烂。"

乔治从床底下爬了出来，拿着一本拼写课本。他脏兮兮的小爪子伸进了床垫上的一个洞里，那里藏着他的弹子。没有什么东西能让这孩子烦恼。他不慌不忙地挑出了三个棕色弹子，揣在了身上。"呀，呸，米克。"他回敬道。乔治太小，太粗暴。爱他实在是毫无道理。他对事情的了解比她自己还要少。

学校放假了，她每门课都过了——有的课是 A 加，有的课侥幸过关。白天漫长而炎热。终于，她又能够刻苦钻研音乐了。她开始写下几首小提琴曲和钢琴曲。她写了一些歌曲。音乐始终在她脑子里。她听辛格先生的收音机，在房子周围游荡，一边琢磨着听过的节目。

"米克哪儿不舒服？"波西娅问，"什么样的猫叼走了她的舌头？

她晃来晃去，一句话也不说。甚至不像从前那样贪吃。这些日子她快要成为一个十足的淑女了。"

仿佛她以某种方式在等待——但她并不知道等待什么。耀眼的太阳把街道晒得滚烫。白天，她要么刻苦钻研音乐，要么和孩子们厮混。同时等待着什么。有时候，她迅速环顾四周，那种恐慌油然而生。六月底，突然发生了一件重要的事，以至于改变了一切。

那天夜里，他们全都在外面的门廊上。暮色模糊而柔和。晚饭差不多准备好了，卷心菜的味道从敞开的门厅里飘了过来。他们所有人全都在一起，除了还没下班的黑兹尔和卧病在床的埃塔。爸爸仰靠在椅子里，穿着短袜的双脚搭在栏杆上。比尔在台阶上和孩子们在一起。妈妈坐在秋千上，用报纸给自己扇风。马路对面一个新近搬到这个小区的女孩子穿着溜冰鞋，在人行道上溜来溜去。街区的路灯刚刚开始亮起来，远处，一个男人在喊谁的名字。

黑兹尔回家了。她的高跟鞋踩在台阶上嘚嘚作响，她懒洋洋地靠在栏杆上。昏暗的暮色中，她摸着脑后的辫子，那双肉嘟嘟、软乎乎的手显得非常白。"我真的希望埃塔能去工作，"她说，"我今天发现了这样一份工作。"

"什么工作？"爸爸问，"是我能干的，还只有女孩子能干？"

"只有女孩子能干。伍尔沃斯连锁店的一位店员下个礼拜要结婚。"

"那个廉价商店——"米克说。

"你有兴趣？"

这个问题让她措手不及。她正在想她前天在那里买过一袋冬青糖。她感到闷热和紧张。她把额头上的刘海向上抹了抹，数起了最早出现在天空的那几颗星星。

爸爸把手里的烟头轻弹到了人行道上。"不，"他说，"我们不想让米克在她那个年龄担负太多的责任。让她自由地长大吧。不管怎么说，至少让她发育完全。"

"我同意你说的，"黑兹尔说，"我真的认为让米克干全职工作是个错误。我不认为那是正确的。"

比尔把拉尔夫从他的膝盖上放了下来，拖着脚走上台阶。"在满十六周岁之前，任何人都不应该去工作。米克还有两年读完职业学校——要是我们能熬过来的话。"

"即使我们不得不放弃这幢房子，搬到工厂区去，"妈妈说，"我也宁愿让米克暂时留在家里。"

有那么一会儿，米克很害怕他们会逼她接受这份工作。那样的话，她准会说她要离家出走。但他们实际上所采取的态度感动了她。她感到兴奋。他们全都在谈论她——而且是以一种友善的方式。她为自己刚才担惊受怕的感觉而羞愧。突然间，她爱家里所有的人，喉咙里感到憋得慌。

"大概能挣多少钱？"她问。

"十元。"

"一个星期十元？"

"当然，"黑兹尔说，"你不会认为一个月才十元吧？"

"波西娅也挣不了那么多呢。"

"噢，黑人——"黑兹尔说。

米克用拳头蹭了蹭头顶。"那可是一大笔钱。很不少呢。"

"不要笑得合不拢嘴，"比尔说，"我也挣这么多。"

米克口干舌燥。她把舌头在嘴里蠕动着，好聚集足够的唾液来说话。"一个星期十元可以买大约十五只炸鸡，五双鞋子或五条裙子，或者分期付款买一台收音机。"她想到了一架钢琴，但没有说出声。

"这笔钱会帮我们渡过难关，"妈妈说，"但我宁愿让米克暂时留在家里。唉，要是埃塔——"

"等等！"她觉得心里一热，有些豁出去了，"我想要那份工作。我能干好。我知道我能。"

"听听小米克说的。"比尔说。

爸爸用一根火柴棍剔着牙齿，把双脚从栏杆上放了下来。"听着，我们别急着做决定。我倒宁愿米克慢慢来，把这事琢磨清楚。她不去工作我们也能挺过去。我打算让我修理钟表的业务增长百分之六十，只要——"

"我忘了，"黑兹尔说，"我想那儿每年还有一笔圣诞节奖金。"

米克皱了皱眉毛。"但到那会儿我不会在上班。我会在学校。我只想在暑假期间工作，然后回到学校。"

"那当然。"黑兹尔马上说。

"那我明天就跟你去，接受这份工作，如果他们要我的话。"

仿佛巨大的忧虑和紧张都已烟消云散。黑暗中，他们开始欢声笑语。爸爸用火柴棍和手帕给乔治变了个戏法。随后，他又给这孩子五毛钱，让他去街角的商店买可口可乐晚饭后喝。门厅里卷心菜的味道更强烈，厨房里正在煎猪排。波西娅叫大家开饭。房客们已经在餐桌旁等着了。米克在餐厅里吃晚饭。她盘里的卷心菜叶蔫头耷脑，颜色发黄，她没法吃。当她伸手去拿面包时，碰翻了桌上的一罐冰茶。

稍后，她独自在前廊上等辛格先生回家。她不顾一切地想见到他。一个小时之前的兴奋逐渐消失了，她的胃很不舒服。她就要去一家廉价商店上班了，她不想去那里干活。就好像她掉进了某个陷阱里。这份工作不会只干这个夏天——而是要干很长一段时间，长得她看不到尽头。一旦他们习惯了这笔收入，将就着应付下去就再也不可能了。事情总是这样。她站在黑暗中，紧紧抓着栏杆。过了许久，辛格先生还是没有回家。十一点的时候，她出了家门，想看看能不能找到他。但突然间，她在黑暗中害怕起来，于是跑回了家。

早晨，她洗了个澡，仔细穿好衣服。黑兹尔和埃塔把衣服借给她穿，并把她打扮得看上去很漂亮。她穿着黑兹尔的绿色丝裙子，戴着一顶绿色的帽子，穿着长丝袜和高跟鞋。她们给她涂上胭脂，抹上口红，拔了眉毛。当她们给她打扮完之后，她看上去至少十六岁。

现在打退堂鼓为时已晚。她真的长大了，准备挣钱养活自己了。然而，如果她去找爸爸，把自己的感受告诉他，他肯定会叫她再等上一年。而即便是现在，黑兹尔、埃塔、比尔和妈妈也肯定会说她不必去了。但她不能这么做。她不能那样丢脸。她上楼去看辛格先生。话说得很急促：

"听我说——我相信我得到了这份工作。你怎么想？你认为这是个好主意吗？你认为现在就辍学打工好吗？你认为这样做好吗？"

起初，他没听明白。他灰色的眼睛半睁半闭，站在那儿，双手深深地插进口袋里。那种熟悉的感觉又出现了：他们都在等着告诉对方此前从未讲过的事情。她现在要说的事情并不多。但他要告诉她的事情是正确的——如果他说这份工作听上去很不错，她的感觉就会好受些。她缓慢地重复了一遍刚才说过的话，然后等着。

"你认为这样做好吗？"

辛格先生想了想，然后，他点了点头。

她得到了那份工作。经理把她和黑兹尔带到后面的一间小办公室里，跟她们谈了谈。后来，她不记得经理长得什么样，也不记得他说过的话。但她被雇用了，出了商店，她在路上买了一毛钱的巧克力，给乔治买了一小套橡皮泥。六月五日，她要开始上班。她在辛格先生打工的那家珠宝店的橱窗前站了很久。随后便在街角上游来晃去。

15

又到了辛格去探望安东尼帕罗斯的时间。这是一趟漫长的旅行。因为，尽管他们之间的距离不到两百英里，但火车蜿蜒曲折地绕了很远的路，而且夜里在几个站停了好几个小时。辛格下午离开小镇，路上走了整整一夜，直到第二天早晨才到。像往常一样，他提前准备了很长时间。他计划这次探望要跟朋友在一起待上整整一个星期。他把衣服送到了洗衣店，帽子也熨了，大包小包都已准备就绪。要带去的礼物用彩色棉纸包好了——此外，还有一个豪华的篮子，装着用玻璃纸包起来的水果，以及一筐刚运来的草莓。动身之前的那天早晨，辛格打扫了自己的房间。他在冰箱里发现了一块吃剩的鹅肝，便把它拿了出来，到那条小巷里去给邻居家的猫吃。他用图钉在门上钉了一张和以前一样的纸条，说他因事离开几天。他不慌不忙地做着所有这些准备工作，脸颊上有两块鲜活的红晕。脸上的表情很严肃。

最后，动身的时刻到了。他站在站台上，拎着手提箱和礼物，注视着火车驶进车站的轨道。他在座席车厢里找到了自己的座位，举起行李，放到头顶上的行李架上。车厢里挤得水泄不通，大部分是母亲带着孩子。绿色的长毛绒座席有一股污秽的气味。车厢的窗户脏兮兮的，扔到某对新婚夫妇身上的稻米撒了一地。辛格诚恳地对旅伴们笑了笑，靠回到自己的座位上。他闭上眼睛。睫毛在脸颊凹陷处的上方形成了一道弧形的黑色边缘。他的右手在口袋里紧张地移动着。

一时间，他的思绪停留在身后的那个小镇上。他看到了米克、科普兰医生、杰克·布朗特和比夫·布兰农。这些面孔从黑暗中浮现出来，挤在他的心里，让他感到喘不过气来。他想到了布朗特和那个黑人之间的争吵。这场争吵的性质在他的头脑里不可救药地被搞糊涂了——但他们各有几次在背后滔滔不绝地攻击对方。而米克——她脸上的神情很急切，说了很多他一点儿也听不懂的话。还有纽约咖啡馆的比夫·布兰农。布兰农有着铁青色的下巴和警惕的眼睛。还有那些在大街上跟在他身后的陌生人，莫名其妙地拉他说话。亚麻店的那个土耳其人，在他面前突然挥动双手，含混不清地说着什么，舌头和口形是辛格之前从未想象过的。有一个工厂的工头和一个黑人老太太。有主街上的一个商人，以及一个为河边的妓院招徕士兵的顽皮少年。辛格很不自在地扭动了一下肩膀。火车随着平稳而轻松的移动而摇晃。他的头耷拉在肩膀上，睡了一小会儿。

当他再次睁开眼睛时，小镇已经远远地丢在了身后。小镇被遗忘了。脏兮兮的车窗外面，是盛夏时节明媚的乡村风光。太阳那强烈的古铜色光线斜射在绿油油的新栽棉花的田地里。有大片的烟草地，这些绿色植物密密麻麻，就像某种可怕的丛林杂草。桃园里生长繁茂的果实把树枝压弯了腰。有绵延数英里的牧场，以及绵延数十英里的荒芜的水淹地，被抛弃给了生命力更顽强的野草。火车穿过深绿色的松树林，那里的地面上覆盖着光滑的褐色松针，一尘不染的树梢高高地伸向天空。再往前，在小镇以南很远的地方，是长满柏树的沼泽地——长满节瘤的树根扭曲着钻入含盐的水中，破破烂烂的灰色苔藓从树枝拖到水面上，热带水生鲜花在阴湿和黑暗中开放。随后，火车驶出这片沼泽，进入了开阔地带，头顶上是明媚的阳光和湛蓝的天空。

辛格严肃而胆怯地坐在那里，脸完全转向了车窗。空旷的视野和强烈的自然色彩让他头晕目眩。这千变万化的场景，这大量的生长和色彩，似乎以某种方式和他的朋友联系了起来。他的思绪已经和安东尼帕罗斯在一起。重逢的喜悦几乎让他窒息。鼻子被塞住了，他通过微微张开的嘴巴快速而短促地呼吸。

安东尼帕罗斯见到他一定会很高兴。他会喜欢新鲜水果和礼物。到这会儿，他会走出病房，去看一场电影，然后去他第一次探访时吃晚饭的那家酒店。辛格给安东尼帕罗斯写了很多信，但没有寄出过一封。他听任自己满脑子想着他的朋友。

自从上一次跟他在一起，已经过去了半年，时间似乎既不长也不短。每一个醒着的时刻，背后总是有他的朋友。与安东尼帕罗斯之间的这种隐秘交流一直在生长和改变，仿佛他们已经血肉相连。有时候他带着敬畏和谦卑想着安东尼帕罗斯，有时则带着骄傲——但始终带着不为批评所阻、不受意志控制的爱。夜里做梦时，朋友的脸总是出现在他的面前，硕大而温和。醒着的时候，在他的脑海里，他们永远没有分开。

夏天的夜晚姗姗来迟。远处，太阳沉落在参差不齐的树影后面，天空变得暗淡。暮色慵懒而柔和。天边有一轮皎洁的满月，低矮的紫色云霞覆盖在地平线上。大地，树木，以及没有刷漆的乡村住宅，全都慢慢变暗了。每隔一会儿，温和的夏日闪电在空中颤动。辛格专心致志注视着这一切，直至夜幕降临，车窗玻璃上映出他自己的脸。

孩子们在车厢的过道里蹒跚着走来走去，手里端着装满水的纸杯。辛格面前的座位上，一个穿着工装裤的老人时不时地从一个可乐瓶子里喝着威士忌。喝完一口之后，他便小心翼翼地用一个纸团把瓶口塞好。右边座位上的一个小女孩用一个黏糊糊的红色棒棒糖梳着头发。鞋盒一样的车厢被打开了，从餐车里端来了晚餐。辛格没有吃。他靠在座位上，漫无目的地观察着周围发生的一切。终于，车厢里总算安静下来。孩子们躺在宽敞的长毛绒座位上睡着了，男人和女人们都靠着枕头，缩成一团，以尽可能舒适的姿势休息了。

辛格没有睡。他把脸紧贴着车窗玻璃，使劲地注视着黑夜。夜色深厚凝重，天鹅绒般地柔和。有时候会出现一小片月光，或者从路边房子的窗户里透出摇曳的灯光。从月亮的方位判断，他看出了火车已经从向南的轨道转为向东。他内心的渴望是如此强烈，以至于鼻子堵塞得无法呼吸，两颊泛起红晕。整个漫长的黑夜旅行中，他大多数时间都坐在那儿，脸紧贴着冰冷漆黑的车窗玻璃。

火车晚点了一个多小时，当他们到达时，已经是明媚而清新的夏日早晨。辛格马上去了酒店，那是一家很好的酒店，他已经提前预订了房间。他解开大包小包，把他带给安东尼帕罗斯的礼物摆放在床上。根据服务生拿来的菜单，他选了一顿丰盛的早餐——烤青鱼、玉米粥、法式烤面包和热的黑咖啡。吃过早餐，他穿着内衣、对着电扇休息了。正午时分，他开始梳洗打扮。他洗了个澡，刮了胡子，摊开干净的亚麻衬衫和他最好的泡泡纱西装。三点钟医院的探视时间开始。那是七月十八日星期二。

在精神病院，他先去了安东尼帕罗斯原先住的那个病房找他。但刚走到病房的门道里，他立即看出了他的朋友不在那儿。紧接着，他经过走廊，去了他上一次被带到的那间办公室。他已经把自己的问题写在了他随身携带的一张卡片上。办公桌后面的那个人跟上次不是同一个人。他是个年轻小伙子，几乎是个孩子，有一张稚气未脱的脸和一头蓬乱的直头发。辛格把卡片递给他，静静地站着，怀里抱着大包小包，身体的重量全都落在脚后跟上。

小伙子摇了摇头。他趴在办公桌上，在拍纸簿上潦草地写了几个字。辛格读罢，顿时面无血色。他盯着纸条看了很久，目光斜向一侧，低着头。纸条上写着安东尼帕罗斯死了。

回酒店的路上，他小心翼翼地不让他带来的水果被压坏了。他拎着大包小包上楼去了自己的房间，然后又晃晃悠悠走到楼下的大堂。在一棵盆栽棕榈树的后面，有一台老虎机，他塞进一个五分硬币，可是，当他试图拉起操纵杆时，却发现机器卡住了。在这件事情上他小题大做。他把那个服务员逼入了困境，满腔怒火地演示刚才发生的事。他的脸死一般苍白，他完全失控了，眼泪顺着鼻梁滚落下来。他捶胸顿足，甚至用他那狭长优雅的皮鞋踩了一脚长毛绒地毯。当他的硬币被退还时，他还不满意，坚持要马上退房。他收拾自己的行李，不得不费了很大的劲才把行李箱关上。因为除了他带来的东西之外，它还拿走三条毛巾，两块肥皂，一支钢笔和一瓶墨水，一卷卫生纸，以及一本《圣经》。他付完账，走到火车站，把行李存在寄存处。火车要到晚上九点才开，他有一个下午的空闲时间。

这个镇子比他生活的那个小镇更小。两条交叉的商业街组成了一个十字架的形状。商店的样子土里土气，橱窗里有一半是马具和饲料袋。辛格无精打采地走在人行道上。他的喉咙感到肿胀，他想吞咽，却吞不了。为了缓解这种窒息感，他去一家杂货店买了一杯饮料。他去理发店闲逛了一圈，在廉价商店买了几件零碎玩意儿。他没有正眼看任何人，脑袋向一侧耷拉着，像一头病歪歪的动物。

下午眼看着快要过去，辛格遇上了一件怪事。他正在马路牙子上慢吞吞地溜达。乌云密布，空气潮湿。辛格没有抬头，但是，在经过镇上的台球室时，他斜着眼睛瞥见的一幕场景让他心烦意乱。他已经过了台球室，然后在马路当中停住脚步。他无精打采地往回走了几步，站在台球室敞开的门前。里面有三个哑巴，正在用手语交谈着。三个人都没有穿外套，戴着圆顶硬礼帽，系着鲜艳的领带，每个人左手端着一杯啤酒。他们的长相有点儿像亲兄弟。

辛格走了进去。他费了很大的劲才把手从口袋里抽出来。他笨拙地做了一个打招呼的手势。有人拍了拍他的肩膀。他叫了一杯冷饮。他们围了过来，向他提问时，他们的手指就像连珠炮似的。

他告诉了他们自己的名字，以及他所生活的那个小镇的名字。这之后，他就再也想不出自己还有什么别的事情可讲了。他问他们认不认识斯皮罗斯·安东尼帕罗斯。他们不认识他。辛格站在那儿，双手松松垮垮地悬着。他的头依然倒向一侧，目光是斜的。他无精打采，浑身发冷，那三个戴圆顶硬礼帽的哑巴都奇怪地看着他。过了一会儿，他们不再理会他，自己聊起天来。他们付完了啤酒账，准备离开，甚至都没有暗示他跟他们一起走。

尽管辛格在街上漫无目的地闲逛了半天，但他还是险些误了火车。他不清楚这究竟是怎么回事，也不知道之前的几个小时是如何打发的。他赶到火车站时，离火车出发只剩两分钟，这段时间刚好够他把行李拖上车，找到座位。他选的这个车厢几乎是空的。安顿好之后，他打开了那筐草莓，十分仔细地挑拣起来。草莓个头巨大，像胡桃一般，已经熟透了。颜色鲜艳的水果顶部的绿叶就像一束束小花。辛格把一颗草莓放进了嘴里，尽管果汁有一种浓烈而多汁的甜味，但已经隐约有一丝丝腐烂的味道。他不停地吃着，直到味觉麻木，这才把筐重新包好，放到头顶的行李架上。午夜时分，他拉上了窗帘，躺倒在座位上。他蜷缩成一团，用外套劈头盖脸把自己蒙了起来。他就是以这个姿势，恍恍惚惚、半梦半醒地躺了大约十二个小时。火车到站时，列车员不得不把他摇醒。

辛格把行李留在了车站大厅的中间。然后，他走到了自己打工的那家店铺。他无精打采地扭过头，跟老板打了个招呼。当他再次从店里出来时，口袋里有什么东西沉甸甸的。一时间，他低着头，漫无目的地在街上闲逛着。但是，直射的太阳光和潮湿的闷热压得他喘不过气来。他回到自己房间，两眼浮肿，头疼得厉害。休息片刻，他喝了一杯冰咖啡，抽了一支烟。然后，他洗净了烟灰缸和杯子，从口袋里掏出一把手枪，朝胸口开了一枪。

第三部

1

1939 年 8 月 21 日，早晨

"别催我，"科普兰医生说，"让我爱怎么着就怎么着吧。行行好，就让我在这儿安安静静地坐一会儿。"

"父亲，我们不想催你，但这会儿我们该走了。"

科普兰医生固执地坐在椅子里来回摇摆，灰色的披肩紧紧裹着肩膀。尽管早晨暖和而清新，但炉子里还是烧着一小团柴火。厨房里空空荡荡，除了他坐的那把椅子之外，没有任何家具。其他房间也是空的，大部分家具都搬到波西娅家去了，其余的被绑在外面的汽车上。一切都准备就绪，除了他自己的脑筋。但是，这个时候他怎么能离开呢？他的思想里既没有开始也没有结束，既没有真理也没有目的。他举起自己的手，试图让不断发抖的脑袋稳定下来，并继续坐在嘎吱作响的椅子里摇晃着。

在紧闭的房门后面，他听到了他们的声音：

"我已经尽力而为了。他决心要坐在那儿，直至他准备离开。"

"巴迪和我已经包好了那些瓷盘，而且　　　"

"我们应该在露水晒干之前离开，"老人说，"照现在这样，到天黑我们还在路上。"

他们的声音静了下来。脚步声在空荡荡的门厅里发出回音，他再也听不到他们说话了。他身边的地板上有一个杯子和一个茶托。他端起炉子上的壶，倒满了一杯咖啡。他一边摇晃，一边喝着咖啡，同时在蒸汽里暖着手。这绝对不可能是结束。另外的声音在他心里发出无言的呼喊。耶稣和约翰·布朗的声音。伟大的斯宾诺莎和卡尔·马克思的声音。所有那些战斗过的人的召唤声，召唤后继者完成他们的使命。他的同胞被悲痛所束缚的声音。还有死者的声音。哑巴辛格的声音，他是一个有同情心的正派白人。弱者和强者的声音。他的同胞们此起彼伏的声音，在力量上和能力上一直在不断发展。强大的、真正的目标的声音。在回应这些声音时，词语在他的嘴唇上颤抖——这些词语肯定是一切人类悲痛之根——以至于他几乎是大声说："全能的主啊！宇宙的终极力量！我已经做了那些我本不应该做的事情，而留下那些我应该做的事情没有做。因此，这绝对不可能是结束。"

他最初是和他所爱的人一起搬进这幢房子。黛西穿着婚纱，戴着白色蕾丝面纱。她的皮肤是漂亮的深色蜂蜜的颜色，她的笑声很甜美。晚上，他把自己关在明亮的房间里独自读书。他试图认真思考，训练自己读书学习。但黛西在身边，他身体里总是有一种强烈的欲望，不会因为读书学习而消失。因此，他有时候只好向这些情感屈服，随后再次咬紧嘴唇，彻夜读书思考。接下来，有了汉密尔顿、卡尔·马克思、威廉和波西娅。都失去了。一个也不剩。

玛迪本和本妮·梅。还有本妮迪恩·玛迪恩和马迪·科普兰。那些按照他的名字取名的人。那些他曾勉励过的人。许许多多的这些人当中，哪里有这样一个人，他可以把使命托付给他，然后安心休息呢？

他一辈子都强烈地认识到了这一使命。他认识到了自己工作的理由，并在内心里确信这个理由，因为他每天都知道前面有什么在等着他。他会拎着包走家串户，跟他们无话不谈，并很有耐心地解释。随后，在夜里，他会很高兴地认识到，这一天是有意义的一天。即使没有黛西、汉密尔顿、卡尔·马克思、威廉和波西娅，他也能独自坐在炉旁，从这一认识中得到快乐。他会喝一壶芜青叶汁，吃一块玉米面包。一种深深的满足感油然而生，因为这一天是美好的一天。

有过许许多多这样的满足时刻。但它们的意义是什么？所有这些年里，他想不出一项工作有着持久的价值。

过了一会儿，通向大厅的们开了，波西娅走了进来。"我想，我们得像对待孩子一样帮你穿上衣服了，"她说，"这儿是你的鞋子和袜子。让我脱下你的便鞋，穿上它们。我们得马上离开这儿。"

"你为什么要这样对我？"他伤心地问道。

"我对你怎么啦？"

"你清楚地知道，我不想离开。在我的健康状况不适合做决定的时候，你强迫我同意。我希望留在我一直待的地方，你知道的。"

"你就继续胡闹吧！"波西娅愤怒地说，"你发了这么多牢骚，我都快听烦了。你怒气不息，小题大做，我都为你害臊。"

"哼！爱咋说咋说吧。你就像只蚊子一样在我面前飞来飞去。我知道自己想要什么，我可不想被你烦扰得去做错误的事情。"

波西娅脱掉他的便鞋，给他穿上一双干净的黑色棉袜。"我们这会儿别吵了。我们做了我们认为最好的事。搬出去和外公、汉密尔顿和巴迪一起住，对你来说绝对是最好的计划。他们会好好照顾你，你会好起来的。"

"不，我不会好起来的，"科普兰医生说，"在这儿我会康复。我知道。"

"你认为谁能付这儿的房租？你认为我们如何能养活你？你认为谁能来这儿照顾你？"

"我一直设法应付过来了，现在也能应付。"

"你只想唱反调。"

"哼！你就像只蚊子一样在我面前飞来飞去。我不理你。"

"在我费劲地给你穿上鞋子和袜子的时候，你却这样跟我说话，你真行。"

"对不起。请原谅，女儿。"

"你当然对不起，"她说，"当然，我们都对不起。我们再也经不起吵架了。而且，一旦我们把你在农场上安顿下来，你就会喜欢它的。他们有我见过的最漂亮的菜园。想到它就让我直流口水。还有一群鸡、两头母猪和十八棵桃树。你准会迷上那里。我真希望能有机会去那儿的是我自己。"

"我也希望是你。"

"你为什么要这样伤心？"

"我只是觉得我失败了。"他说。

"你说你失败了是什么意思？"

"我不知道。别管我，女儿，就让我在这儿静静地坐一会儿。"

"好吧，但我们得马上离开这儿。"

他不想说话。他只想静静地坐着，在椅子里摇晃，直到秩序感再次回到他身上。他的头在发抖，背脊骨隐隐作痛。

"我当然希望，"波西娅说，"我当然希望，当我死去时，有很多人为我伤心，就像他们为辛格先生伤心一样。我当然想知道，我是不是像他一样，也有一场悲伤的葬礼，也有一样多的人——"

"别说了！"科普兰医生粗暴地说，"你话太多了。"

但那个白人的死的确在他心里留下了黑暗的悲伤。他从未和其他白人有过和他之间那样的谈话，而且，他信任他。辛格的自杀之谜让他感到困惑和无助。这样的悲伤，既没有开头，也没有结束，而且让人无法理解。他的思绪总是回到这个白人身上，他既不傲慢无礼，也不藐视别人，他很公正。当死去的人依旧活在那些活着的人的灵魂里，他怎么可能真的死去呢？但他不能想这些。他现在必须把这些想法从心里推开。

他需要的是克制。在过去的一个月里，那些黑暗而可怕的感觉再次起来和他的精神搏斗。有一种仇恨，许多天来让他真正堕入了死亡的领地。在那次和午夜不速之客布朗特先生争吵之后，他心里便有一团可怕的黑暗。现在他无法清楚地回忆起哪些问题是他们争吵的起因。而且，当他看着威廉的残肢时，心里便会产生一种不同的愤怒。互相敌对的爱和恨——对自己同胞的爱，以及对本民族压迫者的恨——让他身心俱疲。

"女儿，"他说，"把我的手表和外套给我拿来。我要走了。"

他撑着椅子的扶手站起身来。地板离他的脸似乎很遥远，长时间卧床之后，他的双腿软弱无力。片刻间，他觉得自己就要倒下。他头昏眼花地走过空荡荡的屋子，靠着门道的一侧站着。他咳嗽起来，从口袋里掏出一张纸片，捂住嘴。

"给你外套，"波西娅说，"但外面很热，你用不着穿外套。"

他最后一次走过空荡荡的屋子。百叶窗紧闭，黑暗的房间里有一股灰尘的气味。他靠在前厅的墙上休息了片刻，随后走到了外面。早晨明媚而温暖。昨天晚上和今天一大早，有很多朋友来道别——但现在，只有家人聚集在门廊上。骡车和汽车停在门外的街道上。

"嗯，本尼迪克特·马迪，"老人说，"我猜，最初几天你肯定会有点儿想家，但时间不会太长。"

"我没有任何家，我干吗要想家呢？"

波西娅神经质地湿了湿嘴唇，说："只要身体好了，随时都可以回来。巴迪会很高兴开车把他送到镇上。巴迪就是喜欢开车。"

汽车装满了东西。一箱箱书被绑在脚踏板上。后座塞进了两把椅子和档案柜。他的办公桌四角朝天，被牢牢拴在车顶上。尽管汽车满载重负，但骡车几乎是空的。那头骡子很有耐心地站在那儿，缰绳上绑着一块砖。

"卡尔·马克思，"科普兰医生说，"赶快，去检查一遍房子，确定没落下什么东西。去把我放在地板上的杯子和我的摇椅给我拿来。"

"我们出发吧。我急着要在晚饭之前赶回家呢。"汉密尔顿说。

终于，他们准备出发了。海博尔用曲柄摇响了汽车。卡尔·马克思坐到方向盘前，而波西娅、海博尔和威廉则一起挤在后座上。

"父亲，建议你坐在海博尔的腿上。我相信，那样比在这儿跟我们和所有这些家具挤在一起更舒适。"

"不，这儿太挤了，我宁愿坐骡车。"

"可你不习惯坐骡车啊，"卡尔·马克思说，"它颠得厉害，这趟路很可能要走上一整天。"

"没关系，我之前坐过很多次骡车。"

"那就叫汉密尔顿过来。我肯定他更愿意坐汽车。"

外公昨天就把骡车赶到了镇上。他们带来了满满一车的产品，桃子、卷心菜、芜菁什么的，让汉密尔顿在镇上卖。除了一袋桃子，其余的全卖掉了。

"好啊，本尼迪克特·马迪，我正想让你跟我一起坐骡车回家呢。"老人说。

科普兰医生爬进了骡车的后座。他累得不行，仿佛骨头是用铅做成的。他的头在发抖，一阵突如其来的恶心让他不得不躺倒在粗糙的车板上。

"我确实很高兴你来，"外公说，"你知道我一向很敬重有学问的人。深深的敬意。如果一个人有学问的话，我能够原谅并忘记很多事情。我很高兴像你这样有学问的人再次出现在我家里。"

骡车的轮子嘎吱作响。他们已经上路。"我很快就会回来，"科普兰医生说，"只过一两个月我就回来。"

"汉密尔顿确实是个很有学问的人。我觉得他跟你有些像。他帮我记所有的账目，他还看报纸。我觉得惠特曼也会成为一个有学问的人。现在他能给我读《圣经》了，还会做算术作业，虽说他还是个孩子。我一向很敬重有学问的人。"

骡车的行进让他的后背随之而颠簸。他仰望着头顶的树枝。没有树荫的时候他便用手帕遮着脸，挡住眼睛不被太阳照射。这不可能是结束。他心里一直感觉到那强大的、真正的目标。四十年来，他的使命就是他的生活，他的生活就是他的使命。然而，一切都还等着去做，没有一件事情完成了。

"是的，本尼迪克特·马迪，我真的很高兴你又和我们在一起。我一直在等着问你呢，我的右脚有一种奇怪的感觉。这种古怪的感觉就好像我的脚要睡着了。我服了点儿六六六，给它抹了点儿膏药。我希望你能给我找到一个好的治疗方法。"

"我会尽力而为。"

"嗯，我很高兴身边有你。我相信所有亲人都应该团结在一起——血亲和姻亲。我相信我们大家应该一起奋斗，互相帮助，总有一天我们会在来世得到奖赏。"

"哼！"科普兰医生刻薄地说，"我相信眼下的正义。"

"你说你相信什么来着？你说话声音沙哑，我都没法听清。"

"相信对我们公正，对我们黑人公正。"

"那是对的。"

他感觉到内心里的火，他静不下来。他想坐起来，大声说话——然而，当他试图起身的时候，却发现自己根本没有力气。一肚子的话不断长大，它们不肯沉默。但老人不再听，没有一个人听他说。

"跑起来，李·杰克逊。跑呀，宝贝。抬起你的脚，别戳在那儿不动。我们还有很远的路要走。"

2

下午

杰克以狂暴而笨拙的步法奔跑着。他跑过了韦弗斯巷，然后拐进了一条侧巷，爬过了一道篱笆，加速向前跑。他的胃里感到十分恶心，以至于喉咙里有一股呕吐物的味道。一条汪汪乱叫的狗跟在他身边追着跑，直至他停下来足够长的时间，捡起一块石头吓唬它。他的眼睛由于恐怖而睁得很大，用手捂住张开的嘴巴。

主啊！就这样结束了。一次打架。一场骚乱。独自和每一个人打架。破酒瓶子割破的血污的人头和眼睛。主啊！在人声鼎沸的喧嚣之上，是旋转木马嘎吱作响的音乐。掉在地上的汉堡和棉花糖，还有尖叫的少年。全都有他的份儿。灰尘和太阳让人睁不开眼睛，只好瞎打一气。锋利的牙齿咬破了他的指关节。还有笑声。主啊！感觉到他心里释放出了一段疯狂而刺耳的韵律，不肯停下来。随后紧盯着那张死去的黑脸，什么都不知道。甚至不知道他是不是杀了人。但是，等一等。主啊！没人能让骚乱停下来。

杰克放慢了脚步，紧张地猛地扭头看看身后。巷子里空空荡荡。他呕吐起来，完了用衬衫袖子擦了擦嘴巴和额头。然后他休息了一会儿，感觉好些。他已经跑过了八个街区，尽管抄了一些近路，但大约还有半英里要跑。他清了清头脑，消除了晕眩感，以便能够从所有疯狂的感觉中记起一些事实。他又跑了起来，不过这一回是平稳的慢跑。

没有人能让骚乱停下来。整个夏天，他一直在不停地扑灭骚乱，就像扑灭突然烧起的火一样。只有这一次没能扑灭。这次打架没人能制止。它似乎是无中生有烧起来的。他一直在捣鼓秋千机，停下来去倒杯水。经过场地时，他看到一个白人男孩和一个黑人正互相绕着对方走。他们都喝醉了。那天下午人群中有一半人都喝醉了，因为是星期六，工厂里已经全天候运转了一个星期。炎热和阳光令人恶心，空气里有一股浓重的恶臭。

他看到那两个打架的人互相靠近对方。但他知道，这不是开始。很久以来，他一直预感到有一场大架要打。可笑的是，他居然有时间想到这些。他站在那里注视了大约五秒钟，然后，他挤进了人群。在这短短的时间里，他想了很多事情。他想到了辛格。他想到了那些阴郁的夏日下午，以及漆黑、闷热的夜晚，想到了他驱散的斗殴和他平息的争吵。

随后，他看到了一把折刀在太阳下闪光。他用肩膀挤开人群，跳到了拿刀黑人的后背上。那人跟着他一起倒下，同时跌倒在地。黑人身上的汗味混合着厚重的灰尘，涌进了他的肺里。有人踩他的腿，踢他的头。等到他重新站起来时，打架已经变成了群殴。黑人打白人，白人打黑人。他看得一清二楚，每分每秒。那个挑起战斗的白人男孩似乎是个领头的。他是一伙经常来游乐场的那帮人的首领。他们大约十六岁左右，穿着白色帆布裤和花里胡哨的人造丝球衣。黑人竭尽全力反击。有人掏出了剃刀。

他开始大声喊叫：秩序！救命！警察！但那就像是对着一条决堤的大坝喊叫。耳朵里响起可怕的声音——之所以可怕，因为它是人的声音，却没有词句。那声音不断升高，最后成了震耳欲聋的咆哮。他的脑袋被打中了。他看不到周围发生了什么。他只看到了眼睛、嘴巴和拳头——疯狂的、半睁半闭的眼睛，湿润而松弛的嘴巴，以及紧握的拳头：黑拳头和白拳头。他从一个人的手里抢下了一把刀子，截住了一只举起的拳头。随后，尘土和阳光让他睁不开眼睛，他脑子里的一个念头就是要离开这里，找一部电话求助。

但他被困住了。他不知道自己什么时候也加入了战斗。他挥拳出击，感觉到湿乎乎的嘴巴那柔软的挤压。他闭着眼，低着头，一通乱打。喉咙里发出疯狂的声音。他使出全身力气击打着，像公牛一样用脑袋冲锋。脑子里尽是些毫无意义的词语，他放声大笑。他看不到他打的是谁，也不知道谁打了他。但他知道，战斗阵线已变，眼下每个人都是单打独斗。

接下来，战斗突然结束了。他绊了一跤，向后倒去。这一跤摔得不轻，以至于可能过了一分钟，也可能过了更长时间，他才睁开了眼睛。有几个醉鬼还在打，但两个警察很快把他们驱散了。他看清了绊倒他的东西是什么。他一半身子压在一个黑人男孩的身上。只看一眼，他就知道那个男孩死了。他脖子的一侧有一道刀口，但在这样的一片忙乱中，很难看出他是怎么死的。他认识那张脸，但具体对不上号。男孩的嘴巴张开着，眼睛惊讶地睁着。地上乱扔着一些废纸、破酒瓶子和踩烂的汉堡包。一个旋转木马的头被打掉了，一个售货棚被摧毁了。他坐了起来，看到了警察，惊慌中他开始狂奔。到这会儿，他们想必已经追不上他了。

前面只剩下四个街区，再过去他就肯定安全了。恐惧让呼吸变得急促，以至于有些喘不过气来。他紧攥着拳头，低着头。突然间，他放慢脚步，停了下来。他独自一人站在主街附近的一条小巷里。一侧是房子的墙壁，他靠着墙壁一屁股坐了下来，气喘吁吁，额头上青筋暴起。混乱中，他穿过小镇一路狂奔，竟然来到了他朋友住的那幢房子。辛格已经死了。他哭了起来，大声地抽泣，鼻涕流下来，打湿了他的小胡子。

一堵墙，一段楼梯，前面的一条路。他开始沿着来的路往回走。这一回他走得很慢，一边用油腻的衬衫袖子擦着湿乎乎的脸。他没法止住嘴唇的颤抖，只好紧咬着嘴唇，直至尝到了血的味道。

在下一个街区的拐角上，他撞上了西姆斯。这个怪老头坐在一个箱子上，膝盖上放着他的《圣经》。他身后是一道木板栅栏，上面有一段用紫色粉笔写的话。

他为救你而死
请听关于他的爱和恩典的故事
每晚七点十五分

街上空荡荡的。杰克试图穿过马路，走到对面的人行道去，但西姆斯抓住了他的胳膊。

"来吧，尔等内心孤独而伤痛之人。放下你们的罪孽和烦恼，跪倒在上帝神圣的脚下，他为救你而死。你为何要走，布朗特兄弟？"

"回家拉屎，"杰克说，"我要拉屎。救世主对拉屎有什么意见吗？"

"罪人！主会记住你所有的罪。今天晚上主有话要对你说。"

"主记得我上个星期给你的一块钱吗？"

"耶稣今晚七点十五分有话对你说，你准时来这儿听圣言。"

杰克舔了舔他的小胡子。"你这儿每天晚上有一大群人，我没法挤上前去听清楚。"

"总有地方是给嘲笑者准备的。而且，我得到了信号，很快，救世主要我为他建造一幢房子，就在十八大街和第六街的拐角处。一个礼拜堂，大到足以容纳五百人。然后，你们这些嘲笑者会看到的。在我的敌人面前，主为我准备了一张桌子，他为我行涂油礼，把油涂在我的头上。我的杯子——"

"今晚我可以帮你弄一些人过来。"杰克说。

"怎么弄？"

"把你漂亮的彩色粉笔给我，我保证弄一大群人来。"

"我见过你写的那些标语，"西姆斯说，"'工人们！美国是世界上最富裕的国家，我们却有三分之一的人在挨饿。我们何时联合起来，要求得到我们应有的份额？'——全是这一套。你的标语太激进。我不会让你用我的粉笔。"

"但我不打算写标语。"

西姆斯用手指抚弄着《圣经》，满腹狐疑地等待着。

"我会帮你弄一大群人来。我要在街区两头的人行道上帮你画一些模样好看、光着身子的婊子。全是彩色的，再画上箭头指路。可爱的、丰满的、光屁股的——"

"巴比伦人！"老人尖叫起来，"索多玛的孩子！上帝会记住这个。"

杰克过了马路，走到了对面的人行道上，开始向他住的那幢房子走去。"再见，兄弟。"

"罪人，"老人喊道，"你七点十五分给我准时回到这里，听来自耶稣的启示，它会给你信仰，让你得救。"

辛格死了。最早听说辛格自杀时，他感觉到的不是悲伤——而是愤怒。他面对着一堵墙，回忆起了他曾对辛格说过的所有内心深处的想法，在他看来，随着辛格的去世，这些想法全都失去了。辛格为什么要结束自己的生命？或许他发疯了。但不管怎么说他已经死了、死了、死了。再也看不到他，摸不到他，也没法跟他说话了，他们曾经度过那么多时光的那个房间如今租给了一个女打字员。他再也不可能去那儿了。他孤身一人。一堵墙，一段楼梯，一条开阔的路。

杰克锁上身后的房门。他饿了，房间里没有东西吃。他渴了，桌子上的水壶里只剩下几滴热水。床铺没有整理，布满灰尘的绒毛堆积在地板上。房间里到处都是废纸，因为最近他写了很多简短的布告，在镇上到处分发。他心神不定地瞥见一张纸上写着"T.W.O.C.（纺织工人组织委员会）是你最好的朋友"。有些布告只有一句话，还有一些则更长。有一张是整整一页的宣言，题为"我们的民主与法西斯主义之间的相似性"。

一个月以来，他一直在捣鼓这些东西，上班时间打草稿，然后在纽约咖啡馆的打字机上打出副本，再亲手去分发。他没日没夜地工作。可谁去读他们呢？又有什么用处呢？一个这种规模的镇子，对任何一个单枪匹马的个人来说都太大了。现在他要离开了。

但这一次会去哪里呢？一些城市的名字召唤着他——孟菲斯、威尔明顿、加斯托尼亚、新奥尔良。他会去某个地方，但不会离开南方。那种熟悉的焦躁不宁和饥饿感再次出现在他身上。这一次有所不同。他并不渴望开放的空间和自由——恰恰相反。他记起了黑人科普兰对他说过的话："不要试图单打独斗。"有些时候那是最好的。

杰克把床搬到了房间的另一头。在地板上被床遮住的那部分，有一个手提箱，还有一堆书和脏衣服。他很不耐烦地收拾起来。那个老黑人的脸出现在他的脑海里，他们说过的一些话再次在耳边响起。科普兰很疯狂。他是个狂热分子，因此，试图跟他说理简直令人发狂。他们那天晚上所感觉到的那种可怕的愤怒依然很难理解。科普兰是知道的人。那些知道的人就像一小撮赤手空拳的士兵，面对一支全副武装的部队。他们做了什么呢？他们转向了互相争吵。科普兰是错的——是的——他很疯狂。但在某些方面，他们毕竟可以协同合作。要是他们没有说太多就好了。他会去看他。他突然产生了一个强烈的冲动：赶快去找他。不管怎样，那或许是最好的事情。那或许是一个征兆，是他等待了如此之久的那只手。

没有停下来洗一把脸上和手上的污垢，他绑好手提箱，离开了房间。外面，空气湿热难耐，街上散发着一股恶臭。乌云在天空积聚。空气纹丝不动，以至于这个地区的一家工厂里冒出的煤烟笔直向上，形成一条连续不断的直线。杰克走路的时候，手提箱笨拙地撞着他的膝盖，他常常猛地扭过头，看看身后。科普兰住在小镇的另一头，因此得赶紧点儿。天空的乌云越来越浓密，预示着天黑之前将有一场夏季大暴雨。

当他走到科普兰住的那幢房子时，看到百叶窗已经拉下。他走到屋后，从窗户里凝视着人去屋空的厨房。一种空落落的极度失望让他的双手感到汗津津的，心脏狂乱地跳动。他走到左边那幢房子，但屋里一个人也没有。别无他法，只能去凯利家问问波西娅。

他实在不想再靠近那幢房子。看到前厅里的那个衣帽架，以及他爬过那么多次的那段长长的楼梯，他真的有些受不了。他慢吞吞地穿过小镇往回走，经由那条小巷走近凯利家。他从后门进去。波西娅在厨房里，小男孩跟她在一起。

"不，先生，布朗特先生，"波西娅说，"我知道你是辛格先生很要好的朋友，你明白父亲对他的看法如何。但是，今天早晨我把父亲送到乡下去了，我心里很清楚，我无权告诉你他究竟在哪儿。要是你不介意我直来直去的话，我就不在这件事情上拐弯抹角了。"

"你在任何事情上都不必拐弯抹角，"杰克说，"可是为什么？"

"那次你来看我们之后，父亲病得很厉害，我们都以为他快不行了。花了很长时间才让他能够坐起来。他现在恢复得还不错。待在现在的地方，他的身体准会强壮很多。但是，你理解也好，不理解也罢，他现在恨死白人了，很容易烦躁。而且，如果你不介意我直来直去的话，你从我父亲那里究竟想得到什么？"

"什么也没有，"杰克说，"你什么都不懂。"

"我们黑人像其他任何人一样也有感情。我说话算话，布朗特先生。父亲只是一个生病的黑人老头，他的麻烦已经够多的了。我们得照顾他。他不想见你——我知道这一点。"

重新走到大街上，他看到乌云变成了愤怒的深紫色。纹丝不动的空气里有一股暴风雨的气息。人行道旁树叶的鲜绿色似乎偷偷渗入了空气中，以至于街面上泛着古怪的绿光。一切都这样阒寂无声，纹丝不动，弄得杰克停了下来，嗅嗅空气，茫然四顾。但他的反应还是不够灵敏。传来一声金属撞击般的雷声，空气突然冷了下来。巨大的银色雨点噼里啪啦地砸到人行道上。瓢泼而下的大雨让他睁不开眼睛。当他跑到纽约咖啡馆时，衣服已经湿透，皱巴巴地贴在身上，鞋子里灌满了雨水，吱吱作响。

布兰农扔下手里的报纸，胳膊肘支着柜台。"哈，真是奇了怪了：我预感到你暴雨之后要来这儿。我的直觉告诉我你要来，而且知道你会晚上一步，躲不过这场大雨。"他用大拇指使劲压着鼻子，直至鼻子变得又白又平，"还有手提箱？"

"它看上去像是个手提箱，"杰克说，"摸着也像个手提箱。因此，如果你相信它实际上是手提箱，那我想，它就是个手提箱，很好。"

"别价，干吗老站着。上楼去，把你的衣服给我脱下来。路易斯会用滚烫的熨斗把它们熨平。"

杰克在后面火车座里的一张桌子旁坐了下来，头搁在手上。"不，谢谢。我只想在这儿歇会儿，喘口气。"

"可你的嘴唇在发青，看上去筋疲力尽。"

"我没事，我想要的是来点儿晚饭。"

"晚饭还要半个小时才弄好。"布兰农很有耐心地说。

"来点儿剩饭也行，直接装盘子里得了，甚至都不必劳驾去热一下。"

空落落的感觉在心里隐隐作痛。他既不想向后看，也不想向前看。两根粗短的手指在桌面上游走。自他第一次坐在这张桌子旁以来，已经过去了一年多。他现在比那时候前进了多少呢？没有前进。除了交过一个朋友然后又失去他之外，什么事也没发生。他把一切都给了辛格，然后那家伙却自杀了。留下他孤身一人。如今他只能靠自己摆脱困境，重新开始。想到这个，他就不由得恐慌起来。他累了。

他把头靠在墙上，把脚搁在旁边的座位上。

"给你，"布兰农说，"这应该管点儿用。"

他把一杯热饮料和一盘鸡肉派放在了桌子上。饮料有点儿甜，味道很重。杰克吸了口热气，闭上眼睛。"这里面放了啥？"

"用糖搓过的柠檬皮，还有沸水兑朗姆酒，很棒的饮料。"

"我欠你多少钱？"

"我一下子说不上来，不过你走之前我会算出来。"

杰克深深喝了一大口香甜热酒，在嘴里漱了漱，然后才吞下。"你永远拿不到钱了，"他说，"我没钱付给你——就算我有钱，多半也不会给你。"

"得了吧，我逼过你吗？我给过你一张账单要你付账吗？"

"没有，"杰克说，"你很讲道理。我一直认为你确实是个正派的家伙——从我个人的观点看是这样。"

布兰农坐在桌子对面，脑子里在想着什么事。他拿着盐瓶在桌上滑来滑去，不停地抹平自己的头发。他闻起来像香水一样，他的蓝色条纹衬衫非常清新而干净。袖子卷起，用老式的蓝色吊袖带固定着。

最后，他犹犹豫豫地清了清喉咙，说："就在你进来之前，我刚好浏览了一下今天下午的报纸。你们那个地儿今天似乎有不少麻烦。"

"没错。报纸上怎么说？"

"等一下。我去拿报纸。"布兰农从柜台上拿来报纸，靠着火车座的隔板，"头版上说，在位于某某地方的阳光南方游乐场，有一场大骚乱。两个黑人被人用刀砍成致命伤。另外三个人受轻伤，正在本城的医院接受治疗。死者为吉姆·梅西和兰斯·戴维斯。伤者为中央工厂区的白人约翰·哈姆林，黑人弗里奥斯·威尔逊，如此这般，等等等等。原文：'多人被逮捕。据称，这场骚乱为劳工煽动所引发，因为在骚乱现场及附近发现了一些颠覆性的传单。预计很快还有一些人要被逮捕。'"布兰农咔嗒一声把牙齿咬合在一起，"这份报纸的排版一天比一天糟。'颠覆性的'在第二音节拼了一个 u，'逮捕'只印了一个 r。"

"他们很聪明，没错，"杰克嘲讽地说，"'为劳工煽动所引发'，引人注目的是这个。"

"不管怎么说，整个事情非常不幸。"

杰克用手捂着嘴，低头看着空盘子。

"你现在打算怎么办？"

"我要走了，今天下午就离开这儿。"

布兰农用手掌擦着指甲。"嗯，当然，这是不必要的——不过也可能是一件好事。为什么这么仓促呢？这个时候动身毫无道理。"

"我愿意。"

"我不认为你应该重新开始。可是，在这个问题上你为什么不听听我的建议呢？我自己——我是个保守的人，当然，我认为你的观点很激进。不过，我愿意了解一件事情的各个方面。不管怎么说吧，我希望看到你好起来。为什么不去某个能够遇到几个多少和你自己相像的人的地方，然后安顿下来呢？"

杰克不耐烦地推开了面前的盘子。"我也不知道自己要去哪儿。别管我，我累了。"

布兰农耸耸肩，回到了柜台旁。

他确实够累的。热朗姆酒和沉闷的雨声让他昏昏欲睡。安全地坐在火车座里，再加上刚吃了一顿好饭，他感觉好多了。只要他愿意，他完全可以趴在那儿打个盹——就短短一会儿。他已经感觉到头昏脑涨，闭上眼睛更舒服一些。但只能睡一小会儿，他得马上离开这儿。

"这场雨会下多久?"

布兰农的声音有点儿让人昏昏欲睡的意思。"这可说不准——热带的一场暴雨。可能突然雨过天晴——或者——也可能渐渐沥沥下一个晚上。"

杰克把头枕在手臂上。雨声就像波涛汹涌的海之声。他听到了钟声滴答,以及依稀遥远的盘碟碰撞声。逐渐地,他的手松开了。双手摊开在桌上,掌心向上。

随后,布兰农摇晃着他的肩膀,盯着他的脸。一个可怕的梦浮现在他的脑海里。"醒醒,"布兰农说,"你做噩梦了。我过来看看,发现你嘴巴张开,哼哼唧唧,脚在地板上不停地蹭。我从未见过这样的情景。"

梦在他的头脑里依然沉甸甸的。他感觉到了从前醒来之后总是出现的那种熟悉的恐怖。他推开布兰农,站起身来。"用不着你来告诉我,我做噩梦了。我记得是怎么回事。我以前大约做过十五次同样的梦。"

这会儿他确实记得。以前每一次,他都无法在醒着的头脑里把梦搞明白。他在一大群人当中行走——就像在游乐场一样。但周围人的身上还有某种东部人的东西。太阳亮得可怕,人们半裸着身子。他们默不作声,慢吞吞的,他们的脸上有一种饥饿的神情。没有声音,只有太阳,以及默不作声的人群。他走在他们中间,抱着一个被遮盖起来的巨大篮子。他把篮子带到了某个地方,却找不到地方把它放下。梦里,有一种古怪的恐惧在人群中不停地游荡,不知道该在哪儿放下他抱了如此之久的重负。

"是什么?"布兰农问,"是魔鬼在追赶你吗?"

杰克站了起来,走到柜台后面的镜子前。他的脸脏兮兮、汗津津的。眼睛下面有黑眼圈。他在水龙头下打湿了手帕，擦了一把脸。随后，他从口袋里掏出一把梳子，把他的小胡子梳得整整齐齐。

"梦什么都不是。你得睡着了，才能明白它为什么是这样一场噩梦。"

时钟指向五点三十分。雨差不多停了。杰克拿起他的手提箱，走到门口。"再见了。我或许会给你寄一张明信片。"

"等一等，"布兰农说，"你现在不能走，还在下小雨呢。"

"只是雨篷上滴落的水滴。我最好是在天黑之前离开镇子。"

"等一等。你身上有钱吗？足够让你撑上一个礼拜？"

"我不需要钱。我之前一直身无分文。"

布兰农准备好了一个信封，里面有两张二十元的钞票。杰克把它们翻过来看看，再翻过去看看，然后揣进了口袋。"上帝知道你为什么要这么做。你再也闻不到它们了。不过还是要谢谢，我不会忘记的。"

"祝你好运。记得给我写信。"

"再见①。"

"再见。"

门在他身后关上了。当他在这条街的尽头蓦然回首，布兰农正在人行道上注目凝望。他走了，一直走到火车铁轨旁。两边是一排破烂不堪的两居室房子。狭窄的后院里有腐臭的厕所，有一行行被熏黑的破烂衣物挂在那里晾晒。两英里的范围内，看不到任何舒适、宽敞和干净的景象，就连大地本身看上去也肮脏而荒凉。时不时地，有迹象表明有人尝试着栽种一畦蔬菜，但只有几棵蔫头耷脑的羽衣甘蓝幸

---

① 原文为西班牙语。

存了下来。还有几棵没有结果、落满煤灰的无花果树。小孩子们成群结队地挤在这片垃圾中，其中年龄更小的孩子一丝不挂。这一幕贫穷的景象是如此残酷而绝望，杰克不由得吼叫起来，紧攥着拳头。

他走到镇子的边缘，转到了公路上。汽车从身边络绎驶过。他的肩膀太宽，胳膊太长。他看上去如此强壮而丑陋，以至于没有一个人愿意搭他一程。不过，或许很快就会有一辆货车停下来。傍晚时分，太阳再次露面。炎热使得水汽从湿漉漉的地面上蒸腾而起。杰克步伐稳定地走着。刚刚把小镇甩在身后，一股新的能量便汹涌地将他淹没。可是，这究竟是一次逃离，还是一次猛攻？不管怎么说，他在往前走。所有这一切将开始另一个时期。前面的道路向北偏西。但他不会走得太远，不会离开南方。这是再清楚不过的事情。他心中有希望，他这次旅行的轮廓或许很快就会成形。

3

傍晚

那有什么用？这是她很想知道答案的问题。到底有什么鬼用。她制订过的所有计划，还有音乐。由此而产生的一切不过是个陷阱——商店，然后回家睡觉，再回到商店。辛格先生从前打工的那家店铺前面的时钟指向七点。她就要下班了。每当有加班，经理总是叫她留下来。因为她比其他任何女孩子站得更久，干活更卖力。

大雨过后，天空呈现出安静的淡蓝色。夜幕降临。街灯已经点亮。汽车在街道上鸣响喇叭，报童高声叫喊报纸上的大字标题。她不想回家。如果她这会儿回家，她会在床上躺下来，放声痛哭。她疲惫不堪时总是这样。不过，如果走进纽约咖啡馆，吃点儿冰淇淋，她的感觉可能就好多了。抽支烟，独自待一会儿。

咖啡馆的前半部分挤满了人，于是她走到了最后面的火车座里。她的腰背和脸蛋都累得不行。店里的口号是"时刻警觉，保持微笑"。一旦出了商店，她不得不皱眉蹙额很长时间，才能让脸部重新变得自然。就连耳朵都累。她摘下绿色的耳坠，掐了掐耳垂。她上个礼拜买了这对耳坠——还有一个银手镯。起初，她在厨具部工作，现在他们把她调到了首饰部。

"晚上好，米克。"布兰农先生说。他用餐巾擦了擦一只水杯的底部，然后放在桌子上。

"给我来一份巧克力圣代冰淇淋和一杯五分钱的生啤。"

"一起上吗？"他放下菜单，用小手指指了指，手指上戴着一个女式金戒指，"瞧——这儿有上好的烤鸡肉或炖牛肉。你为什么不跟我一起吃晚饭呢？"

"不，谢谢。我只想要圣代冰淇淋和啤酒，都要足够凉的。"

米克把头发从额头上往后捋了捋。她的嘴张得很大，以至于两颊看上去有些凹陷。有两件事情她怎么也无法相信。辛格先生自杀身亡。还有就是自己长大了，不得不去伍尔沃斯连锁店上班。

是她发现了他。他们认为那响声是发动机回火，直到第二天他们才知道真相。她进去听收音机。他的脖子上全是血，爸爸来的时候把她推出了房间。她跑回了家，强烈的震惊没有让她静止不动。她跑进了黑暗中，用拳头捶打自己。接下来，第二天晚上，他躺在客厅里的一口棺材里。殡仪工在他的脸上抹了胭脂和口红，好让他看上去自然一些。但他看上去并不自然。他死气沉沉。与鲜花的芬芳混在一起的，是另外一种气味，让她没法待在屋里。不过，在那些日子里，她一直都在坚持上班。她包好商品，递给柜台对面的顾客，把钱放进现金出纳机里。该走路的时候走路，该吃饭的时候吃饭。只是最初，她夜里上床时无法入睡。但现在，她也做到了该睡的时候倒头便睡。

米克在座位上斜着身子，这样她就可以跷起二郎腿了。她的长袜上有一处脱丝。她走路上班时开始脱丝的，她朝那儿吐了口唾沫。后来，脱丝越来越厉害，她便在末端粘上了一小块口香糖。但即使那样也于事无补。现在，她得回家把它缝一下。真搞不懂该怎么对付长袜。她总是很快就把它们穿坏了。除非她是那种愿意穿棉袜的普通女孩。

她不该来这儿。鞋底完全磨坏了。她应该存下两毛钱补个前掌。因为，如果她继续穿着一只破了洞的鞋子站在那儿，该会发生什么呢？她的脚上会起一个水泡。她将不得不用一根烧红的针把它挑破。她将不得不旷工待在家里，并被解雇。然后还会发生什么呢？

"给你，"布兰农先生说，"但我之前还从未听说过这样一种组合。"

他把圣代冰淇淋和啤酒放在了桌子上。她假装清洁指甲，因为如果她注意他的话，他就会开始说话。他对她不再有任何芥蒂了，因此他想必已经忘记了那包口香糖。如今，他总是想跟她说话。但她想一个人静静地待一会儿。圣代冰淇淋很不错，上面布满了巧克力、坚果和樱桃。啤酒让人放松。吃过冰淇淋后，啤酒有一种细腻的苦味，这让她有点儿醉意。啤酒是仅次于音乐的最好的东西。

但现在她的脑子里没有音乐。这是一件很可笑的事。就好像她被关在了"里屋"的外面。有时候，一小段快速的旋律来而复去——但她再也没有像过去那样带着音乐走进"里屋"。仿佛她太过紧张。或许是因为商店已经占据了她全部的活力和时间。伍尔沃斯连锁店和学校不一样。从前放学回家时，她总是感觉很好，准备开始钻研音乐。

可现如今，她总是疲惫不堪。在家里，她只是吃晚饭，睡觉，然后吃早饭，再出门去店里。两个月前她在私人笔记本里开始写的一首歌曲还没写完。她想待在"里屋"，但她不知道该怎么做。仿佛"里屋"已经被锁在离她很远的地方。这真是一件很难理解的事。

米克用大拇指推了推她断掉的门牙。但她得到了辛格先生的收音机。剩下的分期付款都没有付，由她接着付。有一件属于他的东西确实很好。或许不久后的一天，她能够存下一小笔钱，买一架二手钢琴。比方说一个星期存两块钱。她不会允许其他任何人碰这架私人钢琴——不过她可能会教乔治几首小曲子。她会把它放在后屋里，每天晚上弹。还有礼拜天一整天。但是接下来，假设某个星期她付不了分期款。那样他们就会来把它搬走，就像拿走那辆红色小自行车一样，那该怎么办？设想一下，她不会让他们拿走。设想一下，她把钢琴藏在地下室里。或者，她到大门口去迎接他们。跟他们打一架。她会把这两个男人打翻在地，打得他们鼻青脸肿，昏倒在大厅的地板上。

米克皱了皱眉头，用拳头使劲地擦着前额。就这么回事。就好像她一直很疯狂似的。不是一个小孩子突然抓狂，很快就烟消云散——而是以另外的方式。只是没有什么事情值得发狂。除了商店。但商店又没有求她接受这份工作。所以没有什么事情值得发狂。就好像她上当受骗了。只是没有人骗她。所以没有人可以拿来做出气筒。但不管怎么说，她还是有那样的感觉。上当受骗的感觉。

不过，关于钢琴或许会是真的，结果会很好。或许她很快就会得到机会。可所有这一切——她对音乐的感觉，她在"里屋"做过的计划——到底有什么鬼用呢？如果一件事情有意义，它就得有点儿用处。她的情况也是如此，也是如此，也是如此，也是如此。一定有点儿用处。

好了！

没问题！

有点儿用处。

4

夜晚

万籁俱寂。正当比夫擦干脸和手时，一阵微风把桌上那个日本小宝塔的玻璃垂饰吹得丁当作响。他刚刚从一场小睡中醒来，抽完一支夜间雪茄。他想到了布朗特，不知道这会儿他是不是已经走远。一瓶"佛罗里达"淡香水在浴室的架子上，他用瓶塞子点了点太阳穴。他用口哨吹起了一首老歌，当他走下楼梯时，曲调在身后留下断断续续的回音。

路易斯这会儿应该在收银台后面值班。但他偷懒了，店里空无一人，大门朝空荡荡的街道敞开着。墙上的时钟指向十一点四十三分。收音机开着，里面谈论着希特勒围绕但泽所制造的危机。他来到后面的厨房，发现路易斯在椅子里呼呼大睡。这孩子脱掉了鞋子，解开了裤子的纽扣。他的头耷拉在胸前。衬衫上一道长长的口水印子表明他已经睡了好一会儿。他的双臂直愣愣地垂在身体的两侧，奇怪的是，他竟然没有脸朝下栽倒在地。他睡得很香，叫醒他也没什么作用。这是个安静的夜晚。

比夫蹑手蹑脚地走到厨房那头的一个货架前，架子上放着一篮木犀，还有两个开满百日菊的水罐。他把这些花儿拿到餐馆的前厅，从橱窗里撤下了玻璃纸包着的大浅盘，那是昨天的特价菜。他对食物感到恶心。一个摆满夏日鲜花的橱窗——这样多好。他闭上眼睛，想象着如何摆放。底下撒一层木樨，清爽翠绿。红色的陶盆开满鲜艳的百日菊。这就够了。他开始仔细布置橱窗。花丛当中，有一棵畸形植物，那是一棵百日菊，有六个古铜色花瓣和两个红色花瓣。他仔细检查了一下这个珍稀品种，把它放到一边，打算保存起来。随后，橱窗摆好了，他站在街道上仔细打量自己的手艺。笨拙的花茎弯成恰到好处的角度，显得宁静而惬意。电灯有些分散注意力，不过，当太阳升起，这样的陈列便会显示出最佳的效果。绝对的艺术。

繁星闪烁的漆黑夜空仿佛紧贴着大地。他漫步在人行道上，中间一度停下来，用脚的侧面把一块橘子皮踢进了街边的排水沟里。在隔壁街区的远端，有两个人手挽手站在那儿，从远处看显得很小，一动不动。他的餐馆是整个街道上唯一开门亮灯的店铺。

为什么？镇上每一家咖啡馆都打烊之后，有什么理由让餐馆通宵营业？经常有人问他这个问题，他却从来都无法用语言回答。不是为了钱。偶尔，有一帮人进来要点儿啤酒和炒鸡蛋，花个五元十元什么的。但这种情况很少。多数时候一次来一个人，点菜很少，待的时间很长。有些夜晚，在十二点至凌晨五点之间，一个顾客也没有。无利可图——这是明摆着的。

但他夜里决不会关门歇业——只要他还在干这个行当。夜晚正是时候。有一些他在别的地方绝对不会见到的人。有几个人一个星期定期来几次。还有一些人只来过一次，喝杯可口可乐，就再也没有回来过。

比夫双臂抱在胸前，走得更慢了。街灯的弧光里，他的影子显得瘦削而漆黑。夜晚的安宁寂静沉落在他心里。这是休息和冥想的时刻。或许，这就是他为什么待在楼下不睡觉的原因吧。最后一次匆匆扫视一眼街道之后，他走进了店内。

收音机里还在谈论危机。天花板上的吊扇平稳地旋转着。厨房里传来路易斯打呼噜的声音。他突然想到可怜的威利，决定最近什么时间送他一夸脱威士忌。他转向了报纸上的填字游戏。中间有一张女人像让人认。他认出来了，在另一面的第一行空格里写上了名字：蒙娜丽莎。第一个垂直方向的单词是乞丐的意思，以 m 大头，共九个字母。Mendicant。第二个水平方向的单词意思是挪到远处。一个以 e 打头的单词，六个字母。Elapse？他大声地念出尝试性的字母组合。Eloign。但他很快没了兴致。就算没有这种字谜，世上的谜语也已经够多了。他折好报纸，收了起来。以后再猜吧。

他查看了一下他打算保存起来的那棵百日菊。当他把它捧在手掌里凑近灯光时，这朵花根本不是什么珍奇品种。不值得保存。他扯下柔软鲜艳的花瓣，最后一朵因爱而盛开的鲜花。但那是谁？他眼下爱着的人是谁？一个人也没有。任何一个从街上走进来、坐上一个小时、喝点儿什么的体面人。但一个人也没有。他曾经知道他的爱，全都结束了。艾丽斯，玛德琳和基普。都结束了。让他变得更好或更坏。究竟是好是坏？随你怎么看吧。

还有米克。最近几个月里一直如此奇怪地活在他心里的人。那种爱也结束了么？是的。也结束了。每天傍晚，米克走进来要一杯冷饮或一份圣代冰淇淋。她已经长大了。她那种粗鲁的、孩子气的样子几乎消失不见了。相反，她身上已经有了一种难以言表的纤细柔弱的女人味。耳坠，手镯的晃动，还有她跷起二郎腿、把裙子褶边拉过膝盖的新作派。他注视着她，感觉到的只是一种温柔。在他心里，那种老的感觉已经消失。一年来，这种爱古怪地开放。他问过自己一百次，却找不到答案。而现在，就像夏季的花朵在九月里凋零，它已经结束了。一个人也没有了。

比夫用食指轻轻敲了敲鼻子。收音机里这会儿在说外语。他没法确定那声音是德语、法语，还是西班牙语。但它听上去就像是末日审判。听这声音让他不由得紧张起来。他关掉了收音机，寂静变得深沉而连续。他能感觉到外面的夜晚。孤独紧紧地攫住了他，以至于呼吸变得更急促。太晚了，不可能给露西尔打电话，和贝比说说话。在这个时辰，也别指望有一个顾客进来。他走到门口，朝街上四下张望。一片漆黑，空空荡荡。

"路易斯！"他叫道，"醒了吗，路易斯！"

没人回答。他把胳膊支在柜台上，双手捧着头。他左右移动着胡子拉碴的铁青下巴，慢慢地低下前额，紧皱眉头。

不解之谜。那个问题已经在他心里扎下根来，让他不得安宁。辛格和其余人的谜。自它开始出现，到现在已经一年多了。自布朗特第一次长醉不醒、在店里闲待着，自第一次见到那个哑巴，已经过去一年多了。自从米克开始跟着他进进出出。而现在，辛格已经死了并被埋了一个月。那个谜依旧在他心里，让他不得安宁。关于这个谜，有某种东西并不十分自然——就像是一个不祥的玩笑。想到它的时候，他感到不安，还有一种无名的恐惧。

他操办了葬礼。他们把一切都交给了他。辛格的后事一团糟。每一件东西都欠着分期款，他的人寿保险受益人已经死亡。那点儿钱刚够埋葬他。葬礼在正午举行。他们围着敞开的潮湿阴冷的墓穴站成一圈，热辣辣的太阳炙烤着他们。花儿在太阳底下都卷曲着，变成了褐色。米克哭得很伤心，以至于把自己噎住了，她父亲拍打着她的后背。布朗特怒视着墓穴，用拳头堵着嘴。镇上的黑人医生，跟那个可怜的威利有什么亲戚关系，站在人群的边上，独自呜咽。还有一些陌生人，之前谁也没见过，也没听说过。上帝才知道他们从哪儿来，为什么出现在那里。

夜色渐深，寂静也随之而变得更深。比夫呆若木鸡地站在那儿，陷入了沉思。突然间，他心里有一种猛然苏醒的感觉。他有些晕眩，为了让自己支撑住，他背靠着收银台。因为在霎那间的灵光一现中，他瞥见了人的奋斗和勇猛。瞥见了人性无休无止地流过无穷无尽的时间长河。瞥见了那些劳作的人，那些——一个字——爱着的人。他的灵魂舒展开了。但只有一瞬间。因为在心里，他感觉到了一种警告，一种突然闪现的恐怖。他被悬在两个世界之间。他看到，他站在柜台的玻璃镜前看着自己的脸。汗水在太阳穴上闪着光亮，脸扭曲了。一只眼睛睁得比另一只眼睛更大。左眼眯缝着凝望过去，右眼睁得大大的，惊恐地瞪视着黑暗、错误和毁灭的未来。他被悬在了光明与黑暗之间。在辛辣的讽刺与坚定的信仰之间。他急剧地转过脸去。

"路易斯！"他喊道，"路易斯！路易斯！"

还是没有人回答。可是，圣母玛利亚，他究竟是不是一个头脑正常的人？这样的恐惧怎么能让他窒息而死，而他甚至都不知道究竟是什么导致了恐惧？他究竟是要就这样站在这里，像一个战战兢兢的笨蛋，还是要重新振作起来，做一个头脑正常的人？这一切过去之后，他还是不是一个头脑正常的人。比夫在水龙头下打湿了手帕，轻轻拍着他憔悴而紧张的脸。不知何故，他突然记起了雨篷还没有支起来。走到大门口时，他的步伐恢复了稳定。最后，当他回到店内，他终于清醒地镇静下来，平静地等候早晨的太阳。

年　表

一九一七年　露拉·卡森·史密斯二月十九日出生于佐治亚州首府哥伦布，是拉马尔和玛格丽特·沃特斯·史密斯的第一个孩子。

一九二六年　开始上钢琴课。

一九三〇年　去掉名字中的"露拉"，立志要成为一名钢琴家。

一九三二年　身患严重的风湿热，当时被误诊，这件事之后被认为与她晚年的中风关系密切。据信，就是在这一年，她告诉最要好的朋友，她决定要成为一名作家。

一九三三年　自哥伦布高中毕业，开始写作剧本和她第一部短篇小说《吸管》，这篇小说最终在一九六三年得以出版。

一九三四年　乘坐汽轮从萨瓦纳前往纽约市，先是在哥伦比亚大学登记参加了文学创作班，在接下来的一年，进入纽约大学学习。

一九三五年　与小詹姆斯·利夫斯·麦卡勒斯相遇。

一九三六年　第一篇正式刊载的短篇小说《神童》挣到二十五美元的稿费，这个短篇刊登在该年十二月号的《故事》杂志上。再一次患上风湿热（这一次被误诊为结核病）。在养病期间，开始筹划她的第一部长篇小说。

一九三七年　与利夫斯·麦卡勒斯结婚，搬家到北卡罗来纳州的夏洛特市——利夫斯在那里的零售信用公司找到了工作。她开始撰写一部她称为《哑巴》的小说。

一九三八年　搬家到北卡罗来纳的费耶特维尔市。提交了《哑巴》的六个章节及故事大纲参加米夫林出版公司新人出道作大赛，赢得了一份合同，以及五百美元的出版预付款。

一九三九年　完成《哑巴》，开始写第二部长篇小说——《军中来信》，稍后被更名为《金色眼睛的映像》。筹划第三部小说，《新娘和她的兄弟》，亦即后来的《婚礼的成员》。

一九四〇年　《哑巴》更名为《心是孤独的猎手》，由米夫林出版公司出版。出席佛蒙特州明德学院的布莱德·洛夫作家会议。《金色眼睛的映像》分为两个部分，于该年十月和十一月在《时尚芭莎》①杂志上发表。与利夫斯分居，搬到布鲁克林的一家社区公屋居住；同住的房客包括威斯坦·休·奥登②和吉普赛·罗斯·李③。

---

① 全球历史最为悠久的顶级时尚杂志，一八六七年创刊。

② 威斯坦·休·奥登（Wystan Hugh Auden, 1907—1973）：英国出生的美国诗人，是继叶芝和艾略特之后，最重要的英语诗人。

③ 吉普赛·罗斯·李（Gypsy Rose Lee, 1911—1970）：美国三十年代脱衣舞明星，一九三七年登上银幕。代表作有《玫瑰影后》《巴格达的姑娘们》等。

一九四一年　《金色眼睛的映像》由米夫林出版公司出版。造访萨拉托加温泉市的耶都艺区，并在那里完成了《伤心咖啡馆之歌》。开始跟利夫斯办理离婚。第一次脑中风之后，在这一年的晚些时候患上严重的肋膜炎、链球菌喉炎和肺炎。

一九四二年　《树·石·云》被选入《欧·亨利纪念奖小说年选》。获得古根海姆创作基金。糟糕的健康状况迫使她取消了前往墨西哥的旅行。利夫斯延长服役时间。

一九四四年　病情更为严重。父亲去世。利夫斯在诺曼底战役中受伤。《伤心咖啡馆之歌》被选入《最佳美国短篇小说年选》。

一九四五年　与利夫斯再婚。完成《婚礼的成员》。

一九四六年　米夫林出版公司出版《婚礼的成员》。在南塔克特岛上与田纳西·威廉斯一道将《婚礼的成员》改编为剧本。再获古根海姆创作基金，与利夫斯前往巴黎。

一九四七年　两次严重中风，第二次中风令她左臂瘫痪。回到纽约。

一九四八年　与利夫斯分居，尝试自杀，后与利夫斯和解。公开支持哈利·S.杜鲁门的总统竞选。

一九四九年　新方向出版公司出版《婚礼的成员》(剧本)。

一九五○年　《婚礼的成员》在百老汇帝国大剧院首演。作为当季最佳剧本，这部舞台剧赢得了纽约戏剧评论家奖。再次与利夫斯分居。

一九五一年　米夫林出版公司出版《伤心咖啡馆之歌与其他作品》。开始创作她称之为《碾槌》的作品（其中一部分将会成为长篇小说《没有指针的钟》）。

一九五二年　与利夫斯一起回到欧洲，在巴黎附近买了一所房子。短暂参与电影《终点站》剧本的创作。《婚礼的成员》电影版上映。

一九五三年　利夫斯试图说服卡森一同自杀。她返回纽约。利夫斯在巴黎的一家旅店里自杀身亡。

一九五四年　在耶都艺区度过数月时间，创作《没有指针的钟》和一部剧本《奇妙的平方根》。

一九五五年　在基韦斯特同田纳西·威廉斯一同创作。母亲猝亡。

一九五七年　《奇妙的平方根》在百老汇首演，但是经过四十五场演出后即撤剧。

一九五九年　手臂和手腕进行两次手术。开始写作儿童诗歌。

一九六〇年　完成《没有指针的钟》。

一九六一年　再次手术。《没有指针的钟》由米夫林出版公司出版。

一九六二年　确诊乳腺癌，被施以乳房切除术。左手再次手术。

一九六三年　爱德华·阿尔比[1]的改编剧本《伤心咖啡馆之歌》在百老汇首演。

一九六四年　右侧髋骨骨折，左侧手肘粉碎性骨折。儿童诗集《甜如泡菜净如猪》由米夫林出版公司出版。

一九六五年　首本麦卡勒斯研究著作——奥利弗·伊文思的《卡森·麦卡勒斯：她的生命与作品》出版。

一九六六年　与玛丽·罗杰斯[2]合作，将《婚礼的成员》改编为音乐剧。撰写自传《神启与夜之光》(于一九九九年出版)。

一九六七年　因"对文学作出的杰出贡献"获亨利·贝拉曼奖。最

---

[1] 爱德华·阿尔比（Edward Albee, 1928—　）：美国剧作家。
[2] 玛丽·罗杰斯（Mary Rodgers, 1931—　）：美国音乐剧作家、编剧。

后一次中风，重度脑出血，昏迷四十七天。卡森·麦卡勒斯于九月二十九日逝世，埋葬在橡树山公墓，墓碑就在哈德逊河的河堤旁。《金色眼睛的映像》电影版上映。

一九六八年　《心是孤独的猎手》电影版上映。

一九七一年　米夫林出版公司出版《抵押出去的心：短篇小说及非小说作品集》，由卡森的妹妹玛格丽塔·G.史密斯负责编辑。